D1656656

AMANDA HOCKING

WATERSONG
Todeslied

AMANDA HOCKING

WaterSong

Todeslied

Aus dem Englischen
von Anja Hansen-Schmidt
und Violeta Topalova

cbt

cbt
Kinder- und Jugendbuchverlag
in der Verlagsgruppe Random House

Verlagsgruppe Random House FSC-DEU-0100
Das für dieses Buch verwendete
FSC®-zertifizierte Papier *Super Snowbright*
liefert Hellefoss AS, Hokksund, Norwegen.

Gesetzt nach den Regeln der Rechtschreibreform

1. Auflage 2014

Die amerikanische Originalausgabe erschien 2013
unter dem Titel »Tidal. A Watersong Novel« bei
St. Martin's Griffin, New York.

Aus dem Englischen von Anja Hansen-Schmidt
und Violeta Topalova
Lektorat: Christina Neiske
Umschlaggestaltung: bürosüd, München,
www.buerosued.de, unter Verwendung von
eines Motivs von Gettyimages/Zena Holloway
he · Herstellung: kw
Satz: Buch-Werkstatt GmbH, Bad Aibling
Druck: GGP Media GmbH, Pößneck
ISBN: 978-3-570-16161-6
Printed in Germany

www.cbt-buecher.de

EINS

Macht

Gemma gefiel es, wie er sie küsste, sein Mund hungrig und leidenschaftlich auf ihrem. Er wirkte nicht besonders stark – obwohl sie die drahtigen Muskeln unter seinem dünnen T-Shirt spüren konnte, wenn er sie fest an sich drückte –, aber seine Leidenschaft schien ihm Bärenkräfte zu verleihen.

Dabei war Kirby nicht einmal ein besonders guter Küsser. Gemma hatte beschlossen, dass sie damit aufhören musste, andere Jungs mit Alex und der Art, wie er küsste, zu vergleichen, denn gegen ihn verblassten alle anderen. Aber selbst ohne den Vergleich mit Alex war Kirby kein besonders begabter Ersatz.

Dennoch gab es triftige Gründe dafür, dass sie ein paarmal mit ihm ausgegangen war und alle ihre Dates auf dem Rücksitz seines alten Toyotas geendet hatten. Aber bisher hatten sie nur geknutscht, und Gemma hatte auch nicht die Absicht, mit ihm weiter zu gehen.

Was sie immer wieder zurück zu Kirby führte, war weder Liebe noch die Sehnsucht nach seinen Küssen. Ihr Herz brannte immer noch für Alex, und nur für ihn. Aber sie durfte nicht mit ihm zusammen sein und sie hatte lange genug zu Hause herumgesessen und ihm nachgetrauert. Zumindest hatten das Harper und ihr Dad gesagt.

Und deshalb war sie hier bei Kirby und holte sich bei ihm eine rein körperliche Zuwendung, die sich zugleich falsch und vollkommen richtig anfühlte.

Selbst wenn Gemma rein menschlich gewesen wäre, hätten ihr diese Knutschorgien Spaß gemacht. Kirby war sexy und nett, und er brachte sie zum Lachen. Aber der Sirenenanteil ihres Wesens verzehrte sich geradezu nach körperlicher Nähe. Und wenn sie ehrlich zu sich war, dann wurde ihre Unruhe immer größer. Thea hatte ihr erklärt, dass das passieren würde, wenn sie nicht aß. Im Grunde musste sie nur vier Mal pro Jahr essen, vor den Sonnwenden und den Äquinoktien, aber je länger sie auf Nahrung verzichtete, desto unruhiger und reizbarer wurde sie.

Es gab jedoch ein paar Tricks, um den Hunger zu dämpfen. Einer davon war schwimmen, und das tat Gemma so oft wie möglich. Ein anderer Trick war, häufig zu singen, aber davor hatte Gemma zu viel Angst. Sie wollte nicht aus Versehen jemanden verzaubern.

Der dritte Trick war, den Hunger nicht zu verleugnen, sondern sich ihm hinzugeben. Und das machte sie mit Kirby. Sie küsste ihn, um sich davon abzuhalten, ihre Zähne in ihn zu schlagen.

Als er jetzt seinen Mund auf ihren presste und sie gegen die Rückenlehne drückte, regte sich etwas in ihr. Hitze stieg in ihr auf und ließ ihre Haut kribbeln, genau wie in den Momenten, in denen ihre Beine sich in einen Fischschwanz verwandelten.

Die Sirene in ihr drängte an die Oberfläche, und es war ein seltsames, aber sehr erhebendes Gefühl, sie zurückzuhalten. Gemma, und nicht das Monster in ihr, hielt die Zügel in der Hand, und als Kirby ihren Hals küsste, blieb sie sicher an der Grenze zwischen Mensch und Sirene stehen.

Erst als seine Hand sich unter ihren Rock stahl und über die weiche Haut ihres Oberschenkels glitt, brachte Gemma die Sirenenlust in ihr zum Schweigen. Ihre Haut hörte auf zu kribbeln, die Hitze in ihr erlosch. Sie setzte sich auf und schob Kirby sanft von sich weg.

»Oh, entschuldige«, stammelte Kirby schwer atmend und wich zurück. »Bin ich zu weit gegangen?«

»Du kennst die Regeln«, erwiderte Gemma achselzuckend und strich ihren Rock glatt. »Weiter will ich nicht gehen.«

»Sorry.« Er zog eine Grimasse und strich sich das dunkle Haar aus der Stirn. »Ich habe mich kurz vergessen. Wird nicht wieder passieren.«

Gemma lächelte ihn an. »Schon okay. Ich weiß, dass du beim nächsten Mal besser aufpassen wirst.«

»Heißt das, es gibt ein nächstes Mal?«

Kirby kniete auf dem Sitz, seine blauen Augen funkelten. Er sah aus wie ein Model – schlank, mit ebenmäßigen, markanten Gesichtszügen –, aber er war auch ein wirklich netter Junge.

Die Verehrung, mit der er sie behandelte, hatte wahrscheinlich mehr mit ihrem Sirenenwesen zu tun als mit tiefen Gefühlen für Gemma selbst. Sie hatte nicht für ihn gesungen, also war er nicht ihr Liebessklave. Aber ihre Erscheinung verlieh ihr ebenfalls eine Macht, der Jungs sich nur schwer entziehen konnten.

Kirby war ein paar Jahre älter als sie, aber sie kannte ihn noch aus der Schule. Trotz seiner Attraktivität und Beliebtheit war er zu den anderen Kids immer freundlich gewesen. Seit sie miteinander ausgingen, hatte er noch nie ein böses Wort über andere verloren, und es kam ihm gar nicht in den Sinn, ihr nicht zu gehorchen.

Und genau das war es, was Gemma immer wieder zu ihm hinzog: Er war harmlos.

Sie mochte ihn, aber nicht zu sehr. Der magische Funke, der dazu geführt hatte, dass sie sich in Alex verliebt hatte, war nirgendwo zu finden. Wenn Gemma mit Kirby zusammen war, hatte sie die komplette Kontrolle über ihre Gefühle, über das Monster in ihr, sogar über ihn. Sie würde ihn niemals verletzen und er konnte auch sie nicht verletzen.

»Ja, es gibt ein nächstes Mal«, sagte Gemma.

Er grinste breit. »Cool. Ich würde mir nie verzeihen, wenn ich die Sache mit dir versaue.«

»Du wärest überrascht darüber, was man sich alles verzeihen kann«, murmelte Gemma.

»Wie bitte?«, fragte Kirby.

»Ach, nichts.« Sie schüttelte den Kopf und zwang sich zu einem Lächeln. »Wie sehe ich aus?«

»Wunderschön, wie immer.«

Gemma lachte. »Nein, ich will wissen, ob mein Make-up verschmiert ist und ich aussehe, als hätte ich gerade auf dem Rücksitz eines Autos herumgeknutscht.«

Kirby beugte sich vor, inspizierte ihr Make-up und gab ihr einen schnellen Kuss. »Nö. Alles perfekt.«

»Danke.« Gemma fuhr sich mit der Hand durch ihre dunklen, welligen Haare. Im Licht der Straßenlaterne leuchteten die goldenen Strähnen darin auf.

»Wir sind also immer noch kein offizielles Paar, stimmt's?«, fragte Kirby. Er lehnte sich zurück und beobachtete, wie Gemma ihre Kleidung wieder in Ordnung brachte.

»Nur noch heute«, sagte sie. »Morgen endet mein Hausarrest endlich.«

»Schade eigentlich«, erwiderte Kirby. Als sie ihn fragend anschaute, fuhr er fort: »Es ist irgendwie scharf, sich heimlich zu treffen und ständig Angst zu haben, erwischt zu werden.«

Gemma lachte und Kirby schloss verzückt die Augen. Sosehr sie darauf achtete, nie in seiner Nähe zu singen, um ihn nicht mit einem Zauber belegen, so konnte sie doch nicht verhindern, dass auch ihre Stimme und sogar ihr Lachen einen enormen Effekt auf ihn hatten.

»Du bist süß, wenn du den Bad Boy spielst«, neckte sie ihn.

»Hey. Ich bin ganz schön gefährlich.«

Er ließ seine Muskeln spielen und sie beugte sich vor und küsste ihn. Kirby schloss sie in die Arme und versuchte, sie wieder an sich zu ziehen, aber sie machte sich von ihm los.

»Sorry, Kirby, aber ich muss wirklich gehen«, sagte sie. »Mein Vater wartet wahrscheinlich noch auf mich.«

»Na toll«, seufzte Kirby, aber er ließ sie los. »Sehen wir uns morgen bei der Probe?«

»Klar.« Gemma öffnete die Autotür und glitt ins Freie. »Bis dann.«

Sie schloss die Tür und joggte die Straße entlang zu ihrem Haus. Wenn Kirby sie nach Hause brachte, parkte er immer hinter der Straßenecke, damit Gemmas Vater nicht aus dem Fenster schauen und sie beim Knutschen erwischen konnte.

Als sie an Alex' Haus vorbeiging, schaute sie stur auf den Gehweg. Sie wollte nicht hinsehen, denn es war vollkommen egal, ob sein Auto in der Einfahrt stand oder das Licht in seinem Zimmer brannte. Er wollte nichts mehr mit ihr zu tun haben und genau so sollte es sein.

Ihr eigenes Haus war dunkel, was sie als gutes Zeichen wertete.

Brian musste morgen früh zur Arbeit, also war er hoffentlich bereits zu Bett gegangen. Gemma öffnete so leise wie möglich die Haustür.

Aber sobald sie hinter ihr ins Schloss gefallen war, ging eine Tischlampe an. Gemma hätte vor Schreck beinahe aufgeschrien.

»Um Gottes willen, Harper!« Gemma legte sich die Hand auf die Brust und lehnte sich gegen die Haustür. »Was soll denn das?«

»Ich wollte mit dir reden«, erklärte Harper.

Sie hatte den Sessel ihres Dads so verschoben, dass er zur Tür zeigte, und saß mit vor der Brust verschränkten Armen darin. Ihr langes, dunkles Haar war zu einem unordentlichen Knoten zusammengefasst und sie trug ihre uralte rosafarbene Pyjamahose, was ihre einschüchternde Pose komplett ruinierte.

»Dafür hättest du dich doch nicht wie ein irrer Serienmörder im Dunkeln verstecken müssen.« Gemma zeigte auf die Lampe neben Harpers Sessel. »Du hast mich zu Tode erschreckt.«

»Gut.«

»Gut?« Gemma verdrehte mit einem Stöhnen die Augen. »Echt jetzt? Wird das wieder so ein Gespräch?«

»Was soll denn das heißen?«, fragte Harper.

»Die Art von Gespräch, die man auch Gardinenpredigt nennt.«

»Ich will dir keinen Vortrag halten«, erwiderte Harper beleidigt. »Es ist nur …«

Sie holte tief Luft und setzte von Neuem an. »Es ist schon nach zehn Uhr, und deine Probe hätte schon um acht enden sollen. Zu deinem Glück vertraut Dad dir wieder, aber ich weiß genau, dass die Probe pünktlich aus war.«

»Weil Daniel mir nachschnüffelt«, murmelte Gemma und starrte auf den abgetretenen Läufer zu ihren Füßen.

»Daniel ›schnüffelt‹ dir überhaupt nicht nach!«, erwiderte Harper empört. »Ich weiß es, weil ich am Theater vorbeigefahren bin und keine Autos mehr dort standen. Und deinem Make-up und diesem lächerlich kurzen Rock nach zu urteilen …«

»Der ist überhaupt nicht zu kurz«, knurrte Gemma, zog den Saum aber in Richtung Knie.

»… muss ich ja wohl davon ausgehen, dass du dich mit einem Typen herumtreibst«, fuhr Harper fort. »Weißt du nicht, wie gefährlich das für dich ist? Natürlich weißt du das. Die Sirenen töten Jungs, das hast du mit eigenen Augen gesehen.«

Gemma starrte zu Boden. Sie hatte ihrer Schwester immer noch nicht erzählt, dass auch sie schon mal einen Mann getötet hatte. Er war im Begriff gewesen, sie zu vergewaltigen, und das hatte dazu geführt, dass Gemma sich in das Monster verwandelt hatte. Aber der eigentliche Grund, aus dem sie ihn getötet hatte, war, dass es nötig gewesen war. Um als Sirene zu überleben, musste sie fressen.

Im Laufe der vergangenen vier Wochen, die Gemma wieder zu Hause verbracht hatte, und nach dem Deal mit Penn, war Harper zu der Überzeugung gekommen, dass die Sirenen sich dadurch ernährten, dass sie junge Männer töteten und ausweideten. Allerdings hatte sie Gemma bisher noch nicht direkt gefragt, ob sie selbst auch schon einen Menschen getötet hatte, also hatte Gemma es ihr auch nicht erzählt. Was Harper aber sicherlich wusste, war, dass auch Gemma früher oder später morden musste, um nicht selbst zu sterben.

»So ist es nicht«, seufzte Gemma. »Der Typ arbeitet an der Theaterproduktion mit und wir haben uns ein paarmal getroffen. Es ist nichts Ernstes.«

»Der Typ?« Harper zog eine Augenbraue hoch.

»Kirby Logan«, sagte Gemma.

»Der ist nett.« Harper schien sich ein bisschen zu entspannen. Wahrscheinlich kannte sie ihn auch aus der Schule. »Aber das bedeutet nicht, dass du mit ihm herumziehen solltest. Er ist zu alt für dich …«

»Echt jetzt, Harper?«, schnaubte Gemma. »Ich bin ein mythisches Monster, und du hast ein Problem damit, dass er drei Jahre älter ist als ich?«

»Nein, eigentlich …« Harper schaute Gemma eindringlich an. »Es gibt eine Million Gründe dafür, dich nicht heimlich mit Kirby herumzutreiben. Einer ist sein Alter, und ein weiterer ist, dass du gerade erst mit Alex Schluss gemacht hast. Aber darum geht es nicht. Der einzig wichtige Grund ist, dass du weißt, dass es falsch ist.«

»So ein Bockmist.« Gemma ließ ihren Kopf gegen die Tür fallen. »Du und Dad wart doch diejenigen, die mir ständig damit in den Ohren gelegen haben, dass ich endlich aus dem Haus gehen und etwas unternehmen soll. Also habe ich mich aufgerafft, mache seit einer Woche bei dem Theaterstück mit und habe neue Freunde gefunden. Und jetzt soll das alles wieder falsch sein?«

»Nein, Gemma. Und das habe ich auch nicht gesagt.« Harper bemühte sich, ruhig zu sprechen, um ihren Vater nicht zu wecken. »Du hast den ganzen Tag lang im Pyjama zu Hause gesessen, bist erst nachmittags aus dem Bett gekrochen und hast weder geduscht noch gegessen. Ich wollte, dass du wenigstens wieder halbwegs funktionierst.«

»Und das tue ich auch. Aber hör auf, so streng zu mir zu sein. Ich kann nicht mehr an Schwimmwettkämpfen teilnehmen, weil ich so übernatürlich schnell geworden bin, dass es den anderen gegenüber nicht fair wäre. Aber mir selbst gegenüber ist es auch nicht fair. Ich habe hart trainiert, um so gut zu werden, wie ich war, und jetzt kann ich mich anstrengen, so viel ich will, es ist alles egal.«

»Es ist nicht alles egal, Gemma«, sagte Harper schnell. Ihre Stimme war weicher geworden.

»Beim Schwimmen schon«, sagte Gemma. »Ich habe das Schwimmen aufgegeben. Ich musste Alex aufgeben. Vielleicht muss ich bald auch dich und Dad aufgeben …«

»Wir werden einen Weg finden, das zu verhindern«, sagte Harper zum millionsten Mal diesen Sommer.

Ihre Schwester hatte ihr zwar das Wort abgeschnitten, aber insgeheim war Gemma froh darüber. Sie hätte beinahe gesagt, dass sie wahrscheinlich auch ihr Leben aufgeben musste, aber darüber hatte sie mit Harper noch nicht gesprochen. Den Sirenen ging allmählich die Geduld aus, und obwohl sie Gemma gegenüber nichts davon erwähnt hatten, war sie überzeugt, dass sie bereits nach einem Ersatz für sie suchten. Es würde nicht ewig dauern, bis sie eine geeignete Kandidatin fanden, und dann würden sie Gemma aus dem Weg schaffen.

»Ich weiß nicht mehr, wer ich bin«, sagte Gemma schließlich unter Tränen. »Ich habe alles aufgegeben, was ich geliebt habe. Bitte lass mich herausfinden, was noch von mir übrig ist, okay?«

Harper atmete aus. »Okay. Aber bitte sei vorsichtig.«

»Das bin ich immer«, log Gemma, drehte sich auf dem Absatz um und eilte die Treppe hinauf. Sie konnte nicht mehr reden.

Als sie sicher in ihrem Schlafzimmer angekommen war, legte sie sich die Hand auf den Mund und weinte lautlos.

Harper glaubte, Alex sei der Grund, aus dem Gemma in den vergangenen Wochen immer depressiver geworden war, und zum Teil stimmte das auch. Die restlichen Gründe waren die Tatsache, dass ihr Traum, Olympiaschwimmerin zu werden, geplatzt war, dass sie sich damit abfinden musste, eine Mörderin zu sein, und dass ihr gesamtes Leben in Trümmern lag.

Wieder und wieder hatte Gemma sich gefragt, was sie

tun würde, wenn sie nur noch wenige Wochen zu leben hätte. Denn sie glaubte nicht, dass ihr noch viel mehr Zeit bleiben würde. Die Sirenen würden sie und Capri bestimmt nicht mehr lange ertragen.

Das Problem war nur, dass sie keine Antwort gefunden hatte. All das, was Gemma am liebsten tun wollte – mit ihren Eltern, Harper und Alex am Strand zu sitzen und in jeder freien Minute zu schwimmen –, war unmöglich.

Sie musste etwas anderes finden. Und bislang war es ihr einziger Lichtblick gewesen, Kirby zu küssen und so zu tun, als wäre alles nicht so schlimm.

ZWEI

Besessen

Der Wind in der Bucht kühlte Daniels nackte, von der Sonne erhitzte Haut, als er die *Schmutzige Möwe* in den Hafen lenkte. Als das Boot zum Stehen gekommen war, sprang er auf die Mole und vertäute es.

Er hatte das Tau gerade verknotet, als er hinter sich ein Plätschern hörte. Daniel seufzte tief auf. Er musste sich nicht umdrehen, um zu wissen, wer es war. Inzwischen konnte er beinahe spüren, wenn sie ihn beobachtete.

Daniel war zwar im Gegensatz zu anderen Menschen gegen den Bannzauber der Sirenen immun, aber das bedeutete nicht, dass er sich ihrem Charme vollständig entziehen konnte. Penns Ausstrahlung war stärker als alle vernünftigen Gedanken. Wenn sie in der Nähe war, schien sich die Luft zu verändern und vor Elektrizität zu knistern.

Auf dem Weg von Bernies Insel zum Festland hatte er kurz geglaubt, Penn hinter dem Boot schwimmen zu sehen. Er sah fast jedes Mal, wenn er auf dem Wasser war, neben dem Boot einen Schatten unter der Wasseroberfläche dahingleiten, der möglicherweise Penn in ihrer Fischgestalt war. Ganz sicher war er sich bisher nicht gewesen, aber als Penn plötzlich auf dem Dock auftauchte, sah er sich in seinem Verdacht bestätigt. Sie verfolgte ihn.

»Gutes Schwimmwetter?«, fragte er.

Ein Schulterblick bestätigte ihm, dass Penn nur ihr Bikinioberteil trug, und er schaute schnell wieder nach vorne.

»Man wird dich verhaften, wenn du dich nicht anziehst«, sagte er und stand auf.

Penn kicherte. »Das bezweifle ich. Ich bin noch nie für irgendwas verhaftet worden.«

Aus dem Augenwinkel sah Daniel, wie sie ihre Bikinihose aus ihrem Oberteil zog, wo sie sie zusammengerollt aufbewahrt hatte.

Er kletterte wieder auf sein Boot und schlüpfte in das T-Shirt, das auf dem Deck lag. Als er es über den Kopf zog, hörte er Penn enttäuscht mit der Zunge schnalzen. Daniel ging unter Deck, um seine Schuhe und Socken zu holen. Die kleine Tür fiel hinter ihm ins Schloss.

Seit er auf Bernies Insel wohnte, war das Boot, seine ehemalige Wohnstatt, beinahe leer, aber paradoxerweise machte das die Suche nach seinen Schuhen nicht leichter. Auf der Fahrt waren sie gewandert, und inzwischen war unter seinem Bett so viel Platz, dass er sie schließlich darunter fand.

Er griff schnell nach ihnen und eilte dann an Deck zurück. Er traute Penn nicht und wollte sie im Auge behalten. Als er die Kajütentür aufstieß, prallte er beinahe mit ihr zusammen. Sie stand direkt am Kajüteneingang, von ihrem langen, schwarzen Haar fielen Wassertropfen auf ihre gebräunte Haut und ihre dunklen Augen funkelten.

»Hast du ein Handtuch für mich?«, fragte sie mit samtweicher Stimme.

»Warum bist du auf meinem Boot?«, fragte Daniel zurück. »Ich kann mich nicht erinnern, dich eingeladen zu haben.«

»Ich bin kein Vampir«, sagte Penn mit einem Hauch von Schärfe. »Ich brauche keine Einladung.«

»Ich habe keine Handtücher mehr an Bord«, beantwortete Daniel ihre erste Frage.

Er ging an Deck, und da sie sich nicht bewegte, schob er sich an ihr vorbei. Ihre Haut fühlte sich durch sein T-Shirt heiß an, und als er sie berührte, hörte er sie tief einatmen. Aber das war es nicht, was ihm einen kalten Schauer über den Rücken schickte – es war ihr seltsames Knurren.

Das Geräusch war nicht menschlich und hatte eine urzeitliche Wildheit. Es war leise, und Penn schien es ganz unbewusst von sich gegeben zu haben. Daniels Nackenhaare richteten sich auf.

»Ich weiß immer noch nicht, was ich mit dir machen werde«, gestand Penn seufzend und folgte ihm. »Ein Teil von mir würde dich am liebsten sofort mit Haut und Haaren fressen. Der andere Teil würde viel lieber mit dir ins Bett hüpfen.«

»Warum willst du überhaupt irgendetwas mit mir machen?« Daniel setzte sich auf einen Sitzplatz an Deck und zog seine Schuhe an.

»Ich weiß es nicht«, sagte Penn, und das schien sie zu beunruhigen.

Daniel schaute im grellen Sonnenlicht blinzelnd zu ihr auf. Sie lehnte an der Bank ihm gegenüber, hatte die Beine ausgestreckt, den Kopf auf die Reling gelegt und ihre langen Haare hinter sich ausgebreitet.

»Kennst du den Mythos von Orpheus?«, fragte Penn.

»Nein.« Daniel lehnte sich ebenfalls zurück. »Sollte ich?«

»Er ist eine sehr beliebte Figur der griechischen Mythologie«, sagte Penn. »Bekannt für seine Musikalität und seine Dichtkunst.«

»Sorry. Gedichte interessieren mich nicht«, erwiderte Daniel.

»Mich auch nicht«, sagte Penn achselzuckend. »Und seine habe ich gar nicht gelesen. Während wir zusammen waren, schrieb er kaum. Er hatte seine Musik aufgegeben und den Namen Bastian angenommen. Der ›Mythos‹ besagt, dass er nach dem Tod seiner Frau ebenfalls starb, aber in Wirklichkeit legte er nur seinen Namen ab und gab sein altes Leben auf.«

»Er ist also wie du, richtig?«, fragte Daniel. »Unsterblich oder so was?«

Penn nickte. »Richtig. Aber im Gegensatz zu den Sirenen, die ihre Unsterblichkeit einem Fluch verdanken, bekam er seine als Segen. Die Götter liebten ihn und seine Musik so sehr, dass sie ihm ewiges Leben gewährten.«

»Und warum erzählst du mir von dem Typen?«, fragte Daniel. »Was hat das mit mir zu tun?«

»Wahrscheinlich nichts.« Penn verschränkte die Beine. »Bastian und ich waren uns eine Zeit lang sehr nahe. Er gehörte zu den paar Unsterblichen, die gegen das Lied der Sirenen immun waren. Die Götter und Göttinnen waren alle immun, aber viele andere Unsterbliche – Menschen also, die aufgrund eines Fluchs oder eines Segens ewiges Leben erlangten – waren unserem Gesang ausgeliefert. Bis auf Bastian.« Penn starrte ins Leere. Wehmut huschte über ihr Gesicht, aber sie gewann schnell wieder die Herrschaft über ihre Züge. »Na ja. Ich dachte, du seiest möglicherweise mit ihm verwandt.«

»Ich bin mir ziemlich sicher, dass in meinem Stammbaum kein Unsterblicher auftaucht.« Daniel stand auf. »Okay. War nett, mit dir zu plaudern, Penn, aber ich muss zur Arbeit. Ich habe …«

Bevor er seinen Satz beenden konnte, hatte sie sich mit solcher Kraft auf ihn gestürzt, dass sein Rücken schmerzhaft auf das Deck knallte. Dann sprang sie auf ihn und presste ihm mit den Oberschenkeln die Arme an den Körper. Er konnte sich nicht bewegen.

Penn drückte ihm eine Hand auf die Brust und ihre rasiermesserscharfen Fingernägel gruben sich durch sein T-Shirt in sein Fleisch. Ihre andere Hand lag auf seinem Hals, aber hier war ihre Berührung weich, beinahe zärtlich.

Ihr Gesicht schwebte dicht über seinem, ihre Lippen berührten Daniels beinahe und ihre schwarzen Augen starrten ihn unverwandt an. Sie beugte sich vor und drückte ihren Oberkörper an seinen, sodass sein T-Shirt feucht wurde.

»Ich könnte dir jederzeit das Herz herausreißen«, flüsterte Penn aufreizend und streichelte sanft seine Wange. Ihre Finger kratzten durch seine Bartstoppeln.

»Das könntest du«, stimmte Daniel ihr zu und erwiderte ihren Blick. »Aber du wirst es nicht tun.«

»Irgendwann schon.« Sie musterte ihn einen Moment lang. »Irgendwann.«

»Aber nicht heute?«, fragte Daniel.

»Nein. Nicht heute.«

»Gut. Dann muss ich zur Arbeit.« Er legte ihr die Hände um die Taille, und da sie ihn als Reaktion weder kratzte noch anschrie, hob er sie hoch und setzte sie neben sich ab.

Penn schmollte. »Arbeiten ist doch ätzend.«

»Aber nur so bezahlt man Rechnungen«, sagte Daniel achselzuckend.

Er war inzwischen beim Bootsrand angelangt und wollte gerade die Gangway betreten, als Penns Hand sich um sein Handgelenk schloss. Sie bewegte sich mit übernatürlicher Schnelligkeit, und es fiel ihm schwer, sich daran zu gewöhnen.

»Geh nicht«, sagte Penn, und der flehentliche Ton ihrer Stimme ließ ihn innehalten. Sie kniete auf der Bank neben ihm und in ihren Augen stand eine seltsame Verzweiflung. Schnell blinzelte sie ihre Emotionen fort und schenkte ihm ein unsicheres Lächeln, das wahrscheinlich verführerisch wirken sollte.

»Ich muss«, beharrte er.

»Ich kann dich besser bezahlen«, sagte Penn übertrieben nonchalant.

Aber ihr Griff um sein Handgelenk war noch fester geworden. Schmerzhaft fest sogar, doch Daniel widerstand der Versuchung, sich zu befreien. Er wollte sich keine Blöße vor ihr geben.

»Was sollte ich denn für dich arbeiten?«, fragte er.

»Da würde mir schon was einfallen.« Sie zwinkerte ihm zu.

Daniel verdrehte die Augen und riss sich endlich los.

»Ich habe versprochen, die Bühnenbilder für das Theaterstück zu bauen, und ich halte mein Wort. Sie warten schon auf mich.«

»Einen Zaun!«, sagte Penn schnell, als Daniel von Bord ging. Sie blieb an Deck, lehnte sich an die Reling und sah ihn an. »Du könntest einen Zaun um mein Haus herum bauen.«

»Warum brauchst du denn einen Zaun?«, fragte Daniel, der auf dem Dock stand. Es interessierte ihn, ob sie tatsächlich einen Grund hatte.

»Was geht es dich an, wieso ich einen Zaun brauche? Ich brauche eben einen.«

»Ich bin ausgebucht.« Er wandte sich ab.

»Zehn Riesen!«, rief Penn ihm nach. »Ich bezahle dir zehn Riesen dafür, dass du mir einen Zaun baust!«

Daniel schüttelte lachend den Kopf. »Bis die Tage, Penn.«

»Wir sind noch nicht fertig, Daniel!«, brüllte Penn, aber er ging einfach weiter.

DREI

Veränderungen

Hör auf damit«, sagte Marcy, als Harper in der Bibliothek begann, den Einwurfkasten mit den zurückgegebenen Büchern zu leeren.

»Womit?« Harper drehte sich zu ihr um, einen Stapel zerlesener *Harry-Potter*-Romane in den Armen.

»Mit der Arbeit«, erwiderte Marcy knapp.

Harper verdrehte die Augen. »Edie ist schon seit Wochen wieder da. Inzwischen müsstest du dich eigentlich daran gewöhnt haben«, sagte sie. Aber sie schloss den Kasten und ließ die restlichen Bücher unberührt.

Marcy kniete auf dem Stuhl und beugte sich so weit über die Ausleihtheke, dass sie beinahe darauf lag. Ihre dunklen Augen starrten mit manischer Intensität durch ihre Brillengläser auf die Eingangstür der Bibliothek.

»Ich werde mich nie daran gewöhnen«, behauptete sie.

»Ich verstehe überhaupt nicht, wo das Problem liegt.« Harper legte die Bücher auf dem Tisch ab.

»Beweg dich«, zischte Marcy und wedelte mit der Hand, da Harper ihr offenbar die Sicht verstellte.

»Du weißt schon, dass das alles Glas ist, oder?«, fragte Harper und zeigte auf die Glastür, die sich zwischen zwei Panoramafenstern befand. »Du kannst überall durchsehen. Du brauchst deinen Blick nicht wie einen Laserstrahl auf die Tür zu fokussieren.«

»Pfft«, schnaubte Marcy.

Harper ging dennoch zur Seite, denn es war leichter, einfach den Weg zu räumen, als zu versuchen, Marcy mit logischen Argumenten zu überzeugen. »Sie wird erst in zehn Minuten hier sein. Ich verstehe nicht, warum du dich jetzt schon so aufregst.«

»Du verstehst das nicht«, sagte Marcy mit tödlichem Ernst. »Wenn ich nicht die ganze Zeit beschäftigt bin, während sie hier ist, und sie mich nur eine Minute lang hinter dieser Theke sitzen sieht, wird sie mir wieder eine Geschichte aus ihren Flitterwochen auf den Bauch binden. Und nicht mehr aufhören zu reden.«

»Vielleicht macht sie es ja absichtlich«, sagte Harper. »Du arbeitest schon seit fünf Jahren hier, stimmt's? Und in all dieser Zeit hast du insgesamt vielleicht zwei Tage ernsthaft gearbeitet – bis Edie aus den Flitterwochen zurückgekommen ist. Und jetzt bist du ein fleißiges Bienchen. Vielleicht hat sie ja endlich einen Weg gefunden, um dich zu motivieren.«

Marcy warf ihr einen bösen Blick zu. »Ich muss nach ihr Ausschau halten, damit ich mich bei ihrem Erscheinen augenblicklich auf irgendeine Arbeit stürzen kann, die mich nicht in ihre Nähe führt«, erklärte sie. »Ich verstehe ja, dass es eine wundervolle Erfahrung für sie war, die Welt zu bereisen, aber … Es ist mir total egal, was sie erlebt hat. Und ich verstehe nicht, warum sie das nicht kapiert.«

»Menschliche Emotionen vorzutäuschen war noch nie deine Stärke«, brummte Harper und begann, die Bücher einzuscannen.

»Was machst du denn da?«

»Ich buche die hier zurück, damit du sie sofort zurück in die Regale räumen kannst, wenn Edie hier ist.«

»Cool!« Marcy schenkte ihr eins ihrer raren Lächeln und schaute sie an. »Du siehst irgendwie total fertig aus. Konntest du schon wieder nicht schlafen?«

»Danke«, sagte Harper sarkastisch.

»Nein, ich meinte damit, ob gestern Abend irgendwas passiert ist?«, erklärte sich Marcy.

»Nichts Außergewöhnliches.« Harper stieß die Luft aus und pustete sich das dunkle Haar aus dem Gesicht. Sie hörte auf, die Bücher zu scannen und wandte sich Marcy zu. »Gemma geht mit einem Typen aus.«

»Einem Typen?« Marcy zog die Augenbrauen hoch. »Ich dachte, sie sei immer noch in Alex verliebt.«

»Ich weiß auch nicht«, erwiderte Harper achselzuckend. »Wahrscheinlich liebt sie ihn schon noch. Deshalb verstehe ich nicht, wieso sie mit einem anderen rummacht. Ich finde es lächerlich.«

»Hat sie noch Hausarrest?«, fragte Marcy.

»Seit heute offiziell nicht mehr«, sagte Harper. »Sie hat sich mit einem Kerl eingelassen, den sie bei den Theaterproben kennengelernt hat, und jetzt hängt sie jeden Abend mit ihm rum und … macht Gott weiß was. Also habe ich gestern Abend auf sie gewartet.«

»Warum hast du es nicht einfach deinem Dad erzählt?«, fragte Marcy. »Sie hatte doch Hausarrest. Er hätte ihr noch mal Hausarrest aufgebrummt und sie aus dem Stück genommen.«

»Ich will nicht, dass sie das Stück aufgeben muss. Schließlich muss sie ja irgendetwas machen.«

Ehrlich gesagt war es Harper lieber, wenn Gemma weiter Theater spielte. Daniel hatte den Job als Bühnenbildner nicht nur aus finanzieller Notwendigkeit angenommen, sondern auch, um Gemma im Auge behalten zu können. So konnte sich Harper jeden Abend wenigstens ein paar Stunden lang sicher sein, dass es Gemma gut ging. Sie wünschte nur, ihre Schwester würde ein bisschen weniger leichtsinnig handeln, was Jungs anging.

»Ich verstehe, dass sie in einer total irren Situation steckt, aber ich verstehe nicht, was gut daran sein soll, noch jemanden da mit reinzuziehen«, sagte Harper. »Sie hat mit Alex Schluss gemacht, weil sie genau weiß, wie gefährlich die Gegenwart der Sirenen für Jungs ist. Und jetzt schleppt sie dafür einen anderen Jungen an?«

»Ich dachte, die Sirenen interessieren sich nur für Alex, weil er in Gemma verliebt war«, gab Marcy zu bedenken. »Wahrscheinlich ist ihnen Gemmas neuester Flirt total egal. Vorausgesetzt, er verliebt sich nicht auch in sie.«

»Ich weiß es nicht.« Harper ließ die Schultern hängen. »Ich weiß nicht einmal mehr, was die Sirenen eigentlich wollen. Sie sind schon seit Wochen hier und wir sind keinen Schritt weitergekommen. Wir wissen immer noch nicht, wie wir den Fluch brechen sollen. Ich habe nicht die geringste Ahnung, was sie planen oder wie ich Gemma helfen kann. Am liebsten würde ich nur noch schreien und mir die Haare ausreißen«, stöhnte Harper frustriert.

Harpers Vollzeitjob, die Vorbereitungen für ihren Aufenthalt an einem College, an das sie eigentlich gar nicht mehr gehen wollte, die Sorge um ihre Schwester und die verzweifelte Suche nach einem Weg, böse Meerjungfrauen zu bekämpfen, setzten Harper unter immensen Druck. Dass sie seit Kurzem zusätzlich noch eine neue Beziehung hatte, machte das Ganze auch nicht leichter.

Marcy schnippte plötzlich mit den Fingern und Harper zuckte zusammen.

»Natürlich!«, verkündete Marcy. »Du solltest mit Lydia reden.«

»Was sollte ich?«

»Ich wollte dir das schon lange sagen«, erklärte Marcy. »Aber ich vergesse es immer wieder. Die Sache mit Edie bringt mich ganz durcheinander.«

»Hör endlich auf, dich wegen Edie so zu stressen, Marcy«, sagte Harper. »Sie ist deine Chefin und du solltest dich langsam an sie gewöhnen.«

Marcy rümpfte bei dem Gedanken an ihre Vorgesetzte die Nase und fuhr dann mit ihrer Geschichte fort. »Ich war gestern auf Facebook ...«

»Moment. Du hast eine Facebook-Seite?«, unterbrach Harper. »Seit wann denn das? Ich dachte, du seiest aus Überzeugung total dagegen.«

»Nein. Ich habe nur gesagt, Facebook zu nutzen, um Fotos von meiner Katze mit unwitzigen, falsch geschriebenen Kommentaren in Großbuchstaben zu posten, sei gegen meine Überzeugung«, korrigierte Marcy. »Facebook kann auch ganz nett sein. Ich spiele gerne die Spiele, bei denen man Blumen gießen muss, und ich halte den Kontakt zu alten Freunden.«

»Ich weiß wirklich nicht sehr viel über dich«, stellte Harper fest.

»Stimmt.« Marcy nickte. »Aber worauf ich eigentlich hinauswollte, ist, dass ich gestern mit einer alten Freundin gechattet habe. Ich hatte den Kontakt zu ihr jahrelang verloren, aber inzwischen betreibt sie offenbar einen Buchladen in Sundham. Sie hat sicherlich ein paar Bücher, die dir mit den Sirenen weiterhelfen können. Außerdem kennt sie sich auf dem Gebiet ziemlich gut aus.«

»Auf welchem Gebiet?«, fragte Harper vorsichtig.

»Vampire pfählen, Dämonen töten, Tote auferwecken. So was eben«, sagte Marcy achselzuckend.

»Sie kann Tote aufwecken?« Harper war zu müde, um ihre Skepsis zu verbergen.

»Nein, sie nicht«, sagte Marcy trotzig und drehte sich auf ihrem Stuhl herum. »Aber wenn ich so etwas vorhätte, würde ich mich an sie wenden.«

Harper wandte sich wieder ihren Büchern zu und überlegte, wie sie Marcy möglichst taktvoll beibringen konnte, dass sie nicht interessiert war. Denn eigentlich unterstützte Harper es nach Kräften, wenn Marcy alle Jubeljahre mal nicht nur an sich dachte.

»Marcy … Ich finde es toll, dass du versuchst, mir zu helfen. Das ist wirklich lieb von dir. Aber …«

»Aber was? Du hast einen besseren Plan?«, fragte Marcy spitz. »Oder überhaupt irgendeinen Plan? Oder eine Idee? Irgendeine Ahnung?« Harper schürzte die Lippen und schwieg. »Siehst du. Meine Idee ist vielleicht ein bisschen weit hergeholt, aber immer noch besser als gar keine.«

»Du hast recht«, lenkte Harper ein und lächelte Marcy

an. »Hast du am Wochenende schon was vor? Wenn der Buchladen offen hat, könnten wir hinfahren.«

»Ja«, nickte Marcy. »An die Fahrt nach Sundham solltest du dich sowieso gewöhnen, schließlich gehst du ziemlich bald dort aufs College.«

»Falls ich aufs College gehe«, erinnerte Harper sie.

»Oh Mist, da ist sie«, seufzte Marcy.

Sie sprang von ihrem Stuhl auf, packte den Stapel Bücher, den Harper gerade eingescannt hatte, und hechtete zu den Regalen, um sie einzuräumen. All das geschah innerhalb der paar Sekunden, die Edie brauchte, um die Tür zu öffnen und die Bibliothek zu betreten.

»Hallo, Mädels«, sagte sie fröhlich und kam auf die Theke zu.

Edie gehörte zu den Frauen, die es schafften, zugleich schön und schäbig auszusehen. Sie war groß und schlank, hatte blondes Haar, hohe Wangenknochen und volle Lippen, und, wenn man bedachte, dass sie schon über vierzig war, hatte sie sich sehr gut gehalten.

Aber sie versteckte sich unter langen Wallerröcken, Rüschenblusen und tonnenweise Perlenschmuck. Ihre Augen waren von einem hübschen Blau, aber hinter ihrer dicken Hornbrille kaum zu erkennen.

»Hallo, Edie«, rief Marcy. Sie war so klein, dass ihr der Stapel Harry-Potter-Bücher bis ans Kinn reichte und sie beinahe umkippte, als sie sich Edie zuwandte, um sie zu begrüßen. »Leider keine Zeit für ein Schwätzchen. Muss Bücher einordnen und so.«

»Und wie geht es dir an diesem wunderschönen Morgen?«, fragte Edie Harper, als sie hinter die Theke kam. Sie ließ ihre riesige Handtasche fallen, die mit lautem Klimpern auf der Tischplatte landete.

»Gut«, log Harper und wich ihrem Blick aus.

»Bist du krank?«, fragte Edie besorgt und berührte flüchtig Harpers Wange. »Deine Haut ist kühl, also hast du zumindest kein Fieber.«

»Ich hab gestern Nacht nicht gut geschlafen«, sagte Harper und wich von Edie zurück.

Sie wollte ihrem durchdringenden Blick entkommen, aber weil sie nicht unhöflich sein wollte, begann sie hastig, ein paar Formulare auf der Theke durchzusehen.

»Zu Hause alles okay?«, fragte Edie.

»Ja. Ich kann einfach nicht schlafen.«

»Weißt du, was sofort dagegen hilft?«, fragte Edie. »Tee. Ich weiß, das klingt wie ein Ammenmärchen, aber es funktioniert wirklich! Ich hatte nie viel für Tee übrig, aber als wir in England waren, gab es ihn zu jeder Mahlzeit. Und jetzt trinkt Gary jeden Abend eine Tasse. Sonst kann er auch nicht schlafen.«

»Ich werde es mir merken«, sagte Harper.

»Das solltest du wirklich.« Edie lehnte sich gegen die Theke und verschränkte die Arme locker vor der Brust. »Man kann von fremden Kulturen so vieles lernen. Gary und ich sind als viel gesündere, weisere Menschen von unserer Hochzeitsreise zurückgekehrt …« Und Edie begann, aufzuzählen, was sie auf ihren Reisen gelernt hatte.

Marcy schielte hinter einem Bücherregal hervor und warf Harper einen »Ich-hab's-dir-doch-gesagt«-Blick zu. Aber Harper hatte von Anfang an gewusst, was sie erwartete, und sie konnte ihrer Chefin ihr enormes Mitteilungsbedürfnis nicht übel nehmen. Edie hatte auf ihrer Reise großes Glück gefunden und wollte so lange wie möglich daran festhalten. Das konnte Harper ihr nun wirklich nicht vorwerfen.

»Das stimmt«, sagte sie daher, als Edie eine Redepause einlegte. Dann drehte sie sich schnell zu ihr um und lächelte sie strahlend an. »Du, Edie, mein Dad hat schon wieder sein Mittagessen zu Hause vergessen. Könnte ich ein bisschen früher Pause machen und es ihm bringen?«

»Natürlich«, sagte Edie. »Aber wie soll er bloß zurechtkommen, wenn du aufs College gehst? Ich weiß ja nicht einmal, wie wir hier ohne dich zurechtkommen sollen.«

Harper erwiderte nichts. Sie eilte ins Büro und holte die Papiertüte mit dem Essen ihres Vaters aus dem Kühlschrank, bevor Edie ihr noch mehr Anekdoten von ihrer magischen Reise in ferne Länder erzählen konnte.

Dann ging Harper zu ihrem Auto. Auf dem Weg warf sie einen Blick in Richtung Pearl's Bistro gegenüber. Seit die Sirenen im Juli zurück nach Capri gezogen waren, hatte sie sich daran gewöhnt, Penn, Lexi und Thea an einem Fenstertisch sitzen und Milchshakes trinken zu sehen. Penn starrte die Passanten dabei immer mit dem Blick einer hungrigen Löwin an.

Heute war der Tisch unbesetzt. Wenigstens etwas.

Harper gefiel es überhaupt nicht, mit den Sirenen reden oder ihnen irgendwo begegnen zu müssen, auch wenn sie eine vorübergehende Einigung erzielt hatten. Sie waren böse und jagten ihr eiskalte Schauer über den Rücken.

Unglücklicherweise währte ihre Erleichterung nur kurz. Als sie auf ihr Auto zuging, sah sie lange, nackte Beine über die Motorhaube baumeln. Harper verlangsamte ihre Schritte. Kurz überlegte sie, ob sie in die Bibliothek zurückgehen sollte, aber dann entschied sie sich dagegen. Sie würde nie mehr vor den Sirenen davonlaufen.

Lexi fläzte sich bequem auf der Motorhaube von Harpers Ford. Sie hatte den Kopf an die Windschutzscheibe gelehnt und ihr langes, goldenes Haar breitete sich auf dem Glas aus. Ihr kurzer Rock war so weit hochgerutscht, dass das heiße Metall der Motorhaube ihr eigentlich die Haut hätte verbrennen müssen. Aber Lexi schien es gar nicht zu bemerken.

»Kann ich dir helfen?«, fragte Harper und ging zur Fahrertür.

»Nö«, sagte Lexi in ihrem üblichen melodischen Singsang. »Ich tanke nur ein bisschen Sonne.«

Harper schloss die Tür auf und öffnete sie. »Und ganz zufällig bräunst du dich auf meiner Motorhaube?«

»Jepp.«

»Ich fahre jetzt weg, also solltest du dir vielleicht einen anderen Platz suchen«, sagte Harper und stieg ein.

Lexi rührte sich jedoch nicht von der Stelle, nicht einmal, als Harper den Motor anließ. Wenn auf der Straße und in den Läden keine Zuschauer gewesen wären, hätte Harper mit Lexi auf der Motorhaube Vollgas gegeben. Und wenn sich die Sirene dabei verletzt hätte, wäre das der erste Lichtblick des Tages gewesen.

Aber sie waren nicht allein, und wenn sie Lexi von der Motorhaube warf und sie dann überfuhr, würde sie wahrscheinlich verhaftet werden. Also ließ sie nur den Motor aufheulen und kurbelte das Fenster herunter.

»Komm schon, Lexi«, sagte Harper im Befehlston. »Geh runter von meinem Auto. Ich muss los.«

»Reg dich doch nicht so auf«, erwiderte Lexi. »Du hättest bloß fragen müssen.«

Sie setzte sich auf, drehte sich zu Harper um und schaute sie durch die Windschutzscheibe an. Dann hob sie ihre Sonnenbrille an und enthüllte, dass ihre normalerweise türkisblauen Augen jetzt so gelbgrün waren wie die eines Adlers. Ihre Lippen verzogen sich zu ihrem verführerischen Lächeln, aber statt ihrer normalen Zähne entblößten sie Raubtierfänge.

Harper schluckte mühsam und hupte dann laut. Lexi lachte perlend und melodiös, und ihre Gesichtszüge verwandelten sich wieder in die einer makellosen Schönheit zurück. Immer noch lachend glitt sie von der Motorhaube und Harper raste so schnell sie konnte davon.

Seit ein paar Wochen herrschte zwar ein unsicherer Waffenstillstand mit den Sirenen, aber sie hatten Harper, Gemma und auch Daniel nicht gerade in Ruhe gelassen. Besonders Lexi hatte die unangenehme Angewohnheit, aus dem Nichts aufzutauchen und sie daran zu erinnern, was für ein Monster sie wirklich war.

Es war, als wollten die Sirenen sie davor warnen, sich in Sicherheit zu wiegen, weil sie jederzeit ausrasten und sie alle umbringen konnten.

Als Harper zu den Docks fuhr, bemühte sie sich, ihre Begegnung mit Lexi zu vergessen. Inzwischen sollte sie sich eigentlich daran gewöhnt haben, aber diese rasiermesserscharfen Zähne jagten ihr jedes Mal kalte Angst ein.

Sie fuhr so nah wie möglich an die Docks heran, parkte

und stieg aus. Dann holte sie tief Luft und schüttelte das letzte bisschen Gänsehaut ab.

Auf dem Weg zu ihrem Vater kam sie an Daniels ehemaligem Anlegeplatz vorbei. Er vertäute sein Boot nicht mehr hier, weil er inzwischen nicht mehr darauf lebte. Er wohnte auf Bernies Insel, und die *Schmutzige Möwe* ankerte beim Bootshaus. Er brauchte sein Boot, um zwischen Festland und Insel hin und her zu fahren, aber dort wurden die Anlegeplätze stundenweise vermietet und waren viel billiger.

Wenn sie zum Hafen kam, wo ihr Vater Frachtkähne be- und entlud, ging sie normalerweise zum Büro des Vorarbeiters und ließ ihren Dad ausrufen. Doch als sie gerade an die Türklinke fassen wollte, öffnete sich die Tür und Alex kam aus dem Büro.

»Oh, hi! Hallo«, sagte Harper gezwungen fröhlich.

»Hi.« Alex schaute sie nicht einmal an.

Er hatte vor ein paar Wochen angefangen, im Hafen zu arbeiten. Brian hatte Harper zwar davon erzählt, aber sie sah ihn heute zum ersten Mal hier. Im Grunde hatte sie ihn kaum zu Gesicht bekommen, seit er mit Gemma Schluss gemacht hatte. Sein Anblick überraschte sie.

Die harte Arbeit im Hafen hatte ihn körperlich verändert. Er trug einen grauen Arbeitsoverall mit hochgekrempelten Ärmeln, der über seiner Brust spannte.

Seine Schultern wirkten breiter als vorher. Alex hatte schon seit einiger Zeit durchtrainiert gewirkt, aber inzwischen sah er aus wie ein Leistungssportler.

Seine dicken Arbeitshandschuhe steckten in der Gesäßtasche seines Overalls und seine Hände wirkten rau und schwielig. Früher hatte er sich nur beim Videospielen

Hornhaut geholt, aber nach nur wenigen Wochen im Hafen sahen seine Hände schon fast aus wie Brians.

Alex wandte den Blick ab und starrte auf einen Kahn hinter Harper. Sein braunes Haar lockte sich über seinem Kragen und seine dunklen Augen blickten grimmig. Auch sein Gesicht wirkte härter, aber das konnte natürlich daran liegen, dass er den ganzen Tag in der Sonne arbeitete. Auf jeden Fall hatte er sich verändert.

»Wie … wie geht's denn so?«, stammelte Harper. »Arbeitest du gerne hier? Mein Dad sagt, du machst dich sehr gut.«

»Es ist okay.« Er starrte auf seine Stahlkappenstiefel und sagte nichts weiter.

»Gut, gut.« Harper hielt ihm Brians Essenstüte entgegen. »Ich bringe meinem Dad sein Mittagessen.«

»Ich habe schon gegessen.«

»Ja?«, fragte Harper. »Cool.« Sie schaute sich um, in der Hoffnung, ihren Dad oder sonst jemanden zu sehen, der diesem Gespräch Leben einhauchen könnte. »Seit wann arbeitest du hier?«

»Seit drei Wochen.«

»Ja? Toll. Hier kannst du dir eine Menge Geld fürs College verdienen.«

»Ich gehe nicht aufs College«, erwiderte Alex sachlich.

»Was?« Harper beugte sich vor. Hoffentlich hatte sie ihn unter dem Hafenlärm missverstanden. »Du gehst doch auch auf die Sundham University, oder nicht?«

»Nein.«

Harper war verwirrt. Warum hatte er sich plötzlich umentschieden? Alex und Harper planten schon seit Jahren, auf dasselbe College zu gehen. Sie würden zwar unterschiedliche Fächer studieren, aber da sie beide in eine neue Stadt ziehen mussten, stellten sie es sich schön vor, dort jemanden zu kennen.

Außerdem war Sundham nicht allzu weit weg.

»Was ist denn aus deinen Plänen geworden?«, fragte Harper. »Du wolltest doch Meteorologie und Astronomie studieren.«

»Hab einfach keinen Bock mehr drauf.« Alex' Mund zuckte, und er betrachtete einen großen Frachtkahn, der langsam in die Bucht einfuhr. »Ich arbeite jetzt hier.«

»Okay.« Harper lächelte und versuchte, verständnisvoll zu wirken. Aber in Wirklichkeit machte sie sich große Sorgen um ihn. »Hat Dad dir erzählt, dass Gemma jetzt Theater spielt?«

»Gemma ist mir egal, und was sie macht auch«, zischte Alex in so hasserfülltem Tonfall, dass Harper zusammenzuckte.

»Oh. Sorry.«

»Ich muss jetzt wirklich weiterarbeiten.« Alex schaute sie zum ersten Mal direkt an und wandte dann sofort wieder den Blick ab. »Hat mich gefreut, dich zu sehen.«

»Ja, mich auch. Und falls du mal Lust hast, was zu machen …«, sagte Harper, aber er lief bereits weg. »Dann bin ich gleich nebenan. Du kannst mich jederzeit anrufen!« Aber er drehte sich nicht noch einmal zu ihr um.

VIER

Das Paramount

Nach dem Gespräch vom Dienstagabend hatte Gemma Harper gemieden. Das war jetzt anderthalb Tage her, und Gemma wusste, dass sie bald wieder mit ihrer Schwester reden musste. Aber sie wollte noch einen letzten Morgen ohne Gardinenpredigt genießen.

Also schlief sie absichtlich lange und kam erst aus ihrem Zimmer, als Harper schon zur Arbeit gegangen war. Dann erledigte Gemma ein paar Hausarbeiten und bereitete sich darauf vor, zur Probe aufzubrechen, bevor Harper wieder nach Hause kam. Natürlich schaffte sie es trotzdem, zwischendurch eine halbe Stunde lang ihrem neuesten Laster zu frönen: *Judge Judy* zu schauen. Während ihrer depressiven Phase der vergangenen Wochen war Gemma süchtig nach Reality-TV geworden. Inzwischen hatte sie sich das Dauerglotzen zwar wieder abgewöhnt, aber *Judge Judy* war sie treu geblieben.

Nach der Sendung duschte sie und zog sich an, während der Fernseher weiter lief. Als Gemma wieder nach unten kam und ihre Haare zu einem losen Pferdeschwanz band, sah sie, dass das reguläre Programm durch eine Nachrichtensondersendung unterbrochen worden war. Ihr sank das Herz in die Kniekehlen.

Sie rannte den Rest der Treppenstufen hinab, verlangsamte aber ihre Schritte, als sie das Wohnzimmer betrat.

Ein attraktiver junger Millionenerbe war spurlos verschwunden und die Story wurde von allen Medien ausgeschlachtet.

»Und jetzt unsere Top-Story von heute. Am Donnerstag, den 5. August hat die örtliche Küstenwache offenbar Sawyer Thomas' Jacht vor einer Bahamas-Insel entdeckt«, sagte die Nachrichtensprecherin. »Wir haben noch keine offizielle Bestätigung erhalten und schalten live zur Bergungsstelle. Rettungstaucher durchsuchen die Jacht, aber bislang gibt es keine Informationen darüber, ob an Bord Leichen gefunden wurden. Sicher ist, dass sich niemand Lebendes an Bord befindet.«

Auf dem Schirm erschien ein wunderschöner Strand, weißer Sand vor azurblauem Meer. Ein großes Boot war vor der Küste gekentert. Hubschrauber kreisten darüber und von mehreren kleineren Booten um die Jacht herum sprangen Taucher in schwarzen Neoprenanzügen ins Wasser.

Der Lauftext am unteren Bildschirmrand lieferte noch einmal alle Informationen zu dem Fall. *Sawyer Thomas, 25, wird seit Ende Juli vermisst. Für sachdienliche Hinweise hat die Familie Thomas eine Belohnung in Höhe von 2 Millionen Dollar ausgesetzt.*

Während die Taucher das Wrack durchsuchten, erschien in einem Rahmen in der Bildschirmecke ein Foto von Sawyer. Er grinste breit, die obersten Knöpfe seines weißen

Hemdes standen offen und seine blauen Augen strahlten sogar auf dem kleinen Foto.

Gemma schaltete den Fernseher aus. Sie sah sein Gesicht so oft in ihren Albträumen, dass sie nicht auch noch in wachem Zustand an ihn erinnert werden wollte.

Gemma hatte Sawyer nicht getötet – nicht mit ihren eigenen Händen. Aber sie fühlte sich trotzdem für seinen Tod verantwortlich. Er war nett zu ihr gewesen, also hatte sie versucht, ihm dabei zu helfen, den Sirenen zu entkommen. Aber sie hätte sich nicht einmischen dürfen. Wenn sie ihn in Ruhe gelassen hätte, wäre er vielleicht noch am Leben.

Natürlich war Lexi vollkommen wahnsinnig und hatte Sawyer das Herz ohne jeden Anlass aus dem Leib gerissen, also war es sehr wahrscheinlich, dass sie ihn früher oder später ohnehin getötet hätte. Aber das änderte nichts an der Tatsache, dass Gemma ihn nicht gerettet oder mit sich genommen hatte, als sie von den Sirenen geflohen war. Sie hatte gewusst, dass er sich in Gefahr befand, aber sie hatte ihm nicht beigestanden.

Gemma hoffte, die Suche nach Sawyers Leiche würde bald Erfolg haben. Nicht nur, weil sie sein Gesicht dann nicht mehr überall sehen musste, sondern auch, damit seine Familie von ihm Abschied nehmen konnte. Sollte sie die Hotline anrufen? Aber was sollte sie sagen? Dass sie gesehen hatte, wie ihm ein Monster das Herz herausriss, während über ihnen Feuerwerkskörper explodierten? Sie wusste nicht einmal, was aus Sawyers Leiche geworden war. Nachdem Lexi ihn getötet hatte, hatte sie ihn mit einem Tritt in die Bucht befördert. Aber da er weder am Strand noch in einem Fischernetz aufgetaucht war, hatten die Sirenen die Leiche vermutlich beseitigt. Vielleicht hatten sie sie weit aufs offene Meer hinausgebracht und ihn dort an Haie verfüttert. Vielleicht auch an Lexi. Gemma wusste es nicht, und wenn sie ehrlich war, wollte sie es auch gar nicht wissen.

Die Sirenen hatten vermutlich auch das Boot kentern lassen, um den Mord zu vertuschen. Es konnte aber auch sein, dass sie mit dem Boot einen kleinen Ausflug gemacht und dabei einen Unfall gehabt hatten. Lexi war letzte Woche ein paar Tage nicht da gewesen.

Gemma schluckte den Kloß in ihrer Kehle herunter und verdrängte den Gedanken an Sawyer. Wenn sie das Haus verlassen wollte, bevor Harper wiederkam, musste sie sich beeilen. Sie hatte also keine Zeit mehr, um Sawyer zu weinen. Außerdem hatte sie in den letzten Wochen schon viele Tränen um ihn geweint, und es hatte weder ihr noch ihm geholfen.

Das Paramount-Theater befand sich im Stadtzentrum, nur ein paar Straßen von der Stadtbibliothek und Pearl's Bistro entfernt. Zu Fuß war es ein gutes Stück von Gemmas Haus, aber sie war so früh losgegangen, dass sie ganz gemütlich schlendern konnte. Ihr Auto war immer noch kaputt und nach der Probe würde Kirby sie nach Hause fahren.

Das Theater war alt, Anfang des 20. Jahrhunderts erbaut worden. Anfangs war es sehr beliebt gewesen, aber im Laufe der Jahre hatten die Stadtbewohner das Interesse daran verloren. Das Theater wurde geschlossen und verfiel. Vor rund zwanzig Jahren beschloss eine Bürgerinitiative, es wieder zum Leben zu erwecken, und begann mit der Renovierung.

Gemmas Mutter hatte bei der Restaurierung des Theaters mitgeholfen. Nathalie war keine Fachkraft und hatte hauptsächlich gestrichen, geputzt und Spenden gesammelt. Aber sie und alle anderen hatten sehr hart gearbeitet und schließlich erstrahlte das Paramount in neuem Glanz.

Die Anzeigetafel wurde nachts beleuchtet. Im Moment stand in Großbuchstaben DER WIDERSPENSTIGEN ZÄHMUNG, 27. AUGUST darauf. Die Premiere würde in gut drei Wochen stattfinden, und dann würden sie das Stück im Laufe des Wochenendes vier Mal aufführen. Es war nicht gerade der Broadway, aber trotzdem nicht schlecht.

Das Plakat neben dem Eingang war altmodisch gestaltet und zeigte die Namen aller Schauspieler. Thea stand direkt unter Aiden Crawford. Eigentlich hätten sie sich den Spitzenplatz teilen müssen, denn sie spielten die beiden Hauptfiguren Katharina und Petruchio. Aber Aiden war außerdem noch der älteste Sohn von Bürgermeister Crawford, dem wichtigsten Mann von Capri.

Thea hatte als Erste beschlossen, bei dem Stück mitzuwirken, und Gemma war ihrem Beispiel gefolgt. Thea liebte das Theater offenbar schon lange, aber Gemma hatte hauptsächlich für eine Rolle vorgesprochen, um in Theas Nähe zu bleiben. Nicht nur, weil sie hoffte, den Fluch irgendwie aufheben zu können, sondern auch, um die Sirenen im Auge zu behalten. Ganz abgesehen davon brauchte Gemma dringend etwas zu tun.

Sie ging an der Kasse und dem Haupteingang vorbei zu

der Tür an der Gebäudeseite, die zum Backstage-Bereich führte. Sie war so früh aufgebrochen, dass außer ihr noch fast niemand da war, aber das war meistens so.

Tom Wagner, der Regisseur, war bereits eingetroffen, genau wie Daniel. Aber der war wahrscheinlich schon seit Stunden hier. Daniels Aufgabe war es, mit seinen Bühnenbildern die italienische Renaissance wiederauferstehen zu lassen. Gemma wusste, dass er eine Menge zu tun hatte, und seit sie vor einer Woche ihre Rolle bekommen hatte, sah sie ihn immer wieder an neuen, aufwendigen Aufbauten arbeiten.

Als Gemma den Zuschauerraum betrat, saß Tom auf der Bühne und ließ die Beine über den Rand baumeln. Das Skript lag neben ihm. Sein dunkles Haar war unordentlich und die obersten Knöpfe seines Hemds standen offen. Gemma war sich auf abstrakte, desinteressierte Art bewusst, dass er attraktiv war, wozu auch sein britischer Akzent entscheidend beitrug.

»Bianca.« Tom lächelte strahlend, als er Gemma sah. Er bestand darauf, alle mit den Namen ihrer Figuren anzureden, aber das machte Gemma nichts aus. »Du bist immer so pünktlich. Ich hoffe, dass das irgendwann auch auf deine Kollegen abfärbt.«

»Ich fürchte, Pünktlichkeit ist nicht ansteckend«, sagte Gemma.

Er lachte. »Nein, leider nicht.«

Sie schwang sich neben ihn auf die Bühne – vorsichtig, weil sie einen Rock trug und nicht zu viel Haut zeigen wollte. Vor sich sah sie die Reihen samtener Sitze im Saal. Die Mauern waren so verputzt, dass sie wie die alten Ziegelmauern eines Schlosses wirkten. Die Decke über ihnen war so dunkelblau wie der Abendhimmel bemalt und überall funkelten kleine Lämpchen wie Sterne.

»Hast du ein Problem mit deinem Text?«, fragte Tom.

»Bisher nicht. Aber ich kann ihn noch nicht ganz auswendig.«

»Schäm dich.« Er grinste. »Ich hätte schwören können, dass du inzwischen das ganze Stück auswendig kannst, nicht nur deinen Text.«

Hinter ihnen prallte etwas auf die Bühne. Als Gemma den Kopf drehte, sah sie Daniel, der Werkzeug vom Boden aufhob. Sie winkte ihm zu und er nickte lächelnd.

Ein paar Minuten später kamen auch die restlichen Schauspieler und der Regieassistent. Kirby war der erste der Nachzügler.

Er lächelte Gemma zu, hielt aber gewissenhaft Abstand zu ihr.

Gemma hatte ihn gebeten, bei den Proben nicht zu nett zu ihr zu sein, denn sie wollte nicht, dass die anderen Schauspieler über sie redeten und Tom sauer wurde, weil sie sich nicht auf die Arbeit konzentrierten. Zum Teil stimmte das auch, aber es war nicht der einzige Grund.

Nach Sawyers schrecklichem Ende wollte sie nicht, dass die Sirenen mitbekamen, mit welchen Jungs sie ausging. Thea vertraute sie zwar, aber wenn Lexi von Kirby erfuhr, würde sie allein schon aus Prinzip nicht die Finger von ihm lassen.

Gemma glaubte zwar nicht, dass sie ihm etwas antun würde, denn Lexi, Penn und Thea hatten versprochen, in Capri niemandem etwas zuleide zu tun. Aber sie wusste, dass Lexi gerne Spielchen spielte, und das wollte sie Kirby ersparen.

Thea kam ein paar Minuten zu spät, aber der schlimmste Nachzügler war Aiden Crawford. Er spielte Petruchio, den ungestümen Edelmann, der die widerspenstige Katharina zähmen und zu seiner Frau machen wollte. Die Rolle passte gut zu ihm, denn er war so selbstbewusst, dass es schon fast arrogant wirkte. Aber er sah so gut aus, dass die meisten Menschen seine Arroganz einfach übersahen.

Als alle eingetroffen waren, begann Tom mit der Probe. Gemma probte ein paar Szenen mit Kirby, der Biancas eifrigsten Verehrer Lucentio spielte. Aber als sie zu einer Szene kamen, die für Aiden offenbar ein bisschen zu schwierig war, schickte Tom Gemma und Thea von der Bühne und konzentrierte sich darauf, Aiden zu helfen.

Sie saßen mitten im Zuschauerraum auf den weichen Samtsitzen. Eigentlich hätten sie ihren Text durchgehen sollen, aber stattdessen beobachteten sie, wie Aiden, Kirby und ein weiterer Schauspieler auf der Bühne einen Textfehler nach dem anderen machten.

»Ich spiele zum dritten Mal bei diesem Stück mit«, sagte Thea. »Aber sonst bin ich eigentlich immer Bianca. Penn war mal Katharina, aber es hat ihr nicht gefallen. Sie mag es lieber, wenn man sie anbetet und nicht versucht, sie zu zähmen.«

»Kann ich mir vorstellen«, sagte Gemma nickend. »Hast du schon in vielen Stücken mitgespielt?«

»In Hunderten. Wahrscheinlich sogar Tausenden.« Sie lehnte sich weiter in ihrem Sitz zurück. »Das sagt jetzt viel über mein Alter aus, aber Fernsehen und Radio sind so neue Konzepte. In den Jahrtausenden vorher konnten wir uns nur mit Theaterstücken und Geschichtenerzählen die Zeit vertreiben. Ich habe auch schon Opern gesungen, aber das ist ein bisschen heikel.« Thea zeigte auf ihre Kehle. »Der Sirenengesang kann aus zivilisierten Operngängern ganz schnell einen geifernden Mob machen.«

»Das klingt nicht sehr angenehm.«

»Das ist es auch wirklich nicht«, sagte Thea. »Ich bin nur froh, dass hier kein Musical aufgeführt wird. Ich wollte unbedingt mal wieder aus dem Haus, aber ich singe nicht mehr vor Publikum.«

Irgendetwas, das Kirby gesagt hatte, musste Tom aufgeregt haben, denn er fuhr ihn an. Er hob zwar nicht die Stimme, aber seine Zurechtweisung wirkte ein bisschen heftiger, als die Situation es Gemmas Meinung nach erfordert hätte.

»Er nimmt seine Aufgabe wirklich ernst«, bemerkte Thea, als Tom sehr energisch Regieanweisungen bellte. »Das ist außergewöhnlich für eine so kleine Laienproduktion.«

»So klein ist die Produktion gar nicht«, widersprach Gemma. »Und er ist ein richtiger Regisseur. Nicht vom Broadway, aber er hat schon größere Stücke gemacht. Er kommt nicht aus Capri.«

»Das hat mir sein britischer Akzent schon verraten. Und wieso holt ihr für eine solche Produktion einen Profi? Stehen alle Bewohner dieser Stadt so auf Shakespeare?«

»Das Stück gehört zu Capris großem Sommerausklang-Festival«, erklärte Gemma. »Es beginnt am 27. August und geht dann eine gute Woche lang bis zum Labor Day. Es gibt eine Kostümparade, einen Kochwettbewerb und die Wahl zur Miss Capri.«

»Merkwürdig.« Thea rümpfte die Nase. »Ihr habt ganz schön viele Festivals hier.«

»Na ja, es ist Sommer und wir sind eine Touristenstadt. Wir müssen die Saison nutzen, so gut wir können. Wenn die Touristen wieder zu Hause sind, dann klappen alle die Bürgersteige hoch. Dann gibt es keine Festivals mehr.«

»Das darfst du Lexi auf keinen Fall erzählen«, sagte Thea grinsend. »Sie würde ausrasten.«

Gemma kaute auf ihrer Lippe herum und wandte sich Thea zu. »Wie lange werdet ihr noch hierbleiben?«

»Schwer zu sagen.« Thea senkte den Blick.

»Ihr werdet alle unruhig, das spüre ich«, sagte Gemma. Sie legte eine Pause ein, aber Thea machte sich nicht die Mühe, ihr zu widersprechen. »Du hast noch nichts Hilfreiches über Alex oder Daniel herausgefunden, stimmt's?«

»Ich glaube eigentlich nicht, dass Alex' Liebe zu dir irgendwie übernatürlich beeinflusst war«, sagte Thea, und ihre Worte rissen die kaum verheilte Wunde in Gemmas Herz auf. Sie versuchte, sich nichts anmerken zu lassen, und Thea fuhr fort: »Meine Theorie ist, dass Alex bereits in dich verliebt war, als du noch keine Sirene warst. So konnte er den Fluch umgehen.«

»Hast du das Penn schon gesagt?«, fragte Gemma.

»Nein. Ich war sehr dafür, den Fluch noch einmal neu zu interpretieren, weil wir womöglich Dinge leugnen, die durchaus wahr sein können. Ich wollte Penn davon überzeugen, hierzubleiben, damit wir Klarheit erlangen.«

»Und was habt ihr herausgefunden?«, fragte Gemma,

aber sie glaubte, die Antwort bereits zu kennen. Hätten die Sirenen entscheidende neue Informationen bekommen, würde Thea wohl kaum im Theater sitzen und Shakespeare proben.

»Nichts.« Theas rauchige Stimme war leise und traurig. »Ich weiß nicht, wo ich noch suchen soll. Und Penn hat das Interesse verloren.« Sie unterbrach sich. »Zumindest das Interesse an Alex.«

Gemma war erleichtert, aber nicht wirklich überrascht, das zu hören.

Sie hatte seit ihrer Trennung nicht mehr mit Alex gesprochen, aber Thea hatte ihr erzählt, dass die Sirenen ein paarmal mit ihm geredet hatten. Es war allerdings jedes Mal glimpflich ausgegangen, vor allem, weil Penn Alex dumm und langweilig fand.

Penn hatte eine ganz andere Beute im Visier, und der wandte Gemma jetzt ihre Aufmerksamkeit zu. Hinter Tom, Aiden und Kirby kniete Daniel lautlos vor seinen Entwürfen und versuchte zu arbeiten, ohne die anderen zu stören.

Die Ärmel seines Flanellhemds waren so weit hochgekrempelt, dass die schwarzen Ranken seines Tattoos darunter hervorlugten. Abwesend fuhr er sich mit der Hand durch sein aschblondes Haar. Nachdenklich spannte er die Kiefermuskeln an und seine dunklen Bartstoppeln lagen wie ein Schatten auf seinem Gesicht.

Obwohl Penns Interesse an Daniel immer offensichtlicher wurde, hatten weder Gemma noch Daniel Harper bislang davon erzählt. Harper wusste, dass die Sirenen herausfinden wollten, warum Daniel immun gegen sie war, aber das war auch schon alles. Gemma hielt es für besser, Harper nicht noch zusätzlich zu belasten.

»Vielleicht …« Thea seufzte und warf ihr langes rotes Haar zurück. »Vielleicht solltest du dir ein bisschen mehr Mühe geben, Gemma.«

»Wie bitte?« Gemma drehte sich zu ihr um.

»Penn und Lexi werden nicht ewig hierbleiben.« Theas grüne Augen waren sehr ernst. »Und ich fände es gut, wenn du mit uns von hier fortgingest. Du musst dich also bemühen, besser mit ihnen auszukommen.«

»Danke, aber …« Gemma schüttelte den Kopf. »Ich will nicht mit euch gehen.«

»Ich weiß, dass du den Fluch brechen willst, und wenn du das schaffen würdest, fände ich das toll«, sagte Thea. »Das meine ich vollkommen ehrlich. Und wenn du es schaffst, den Fluch zu brechen, ohne dass ich dabei draufgehe, dann wäre ich vollauf begeistert. Aber falls du es nicht schaffst, solltest du versuchen, das Beste aus der Situation zu machen.«

»Thea, das kann ich nicht.« Gemma schluckte mühsam. »Ich kann keine Sirene sein.«

»Du bist bereits eine«, sagte Thea nachdrücklich. »Und wenn du die Wahl hast, zu sterben oder als Sirene zu leben, dann solltest du dich für die Sirene entscheiden. Dieses Leben ist nicht so schlimm, wie es aussieht.«

»Falls es je so weit kommt, denke ich drüber nach«, sagte Gemma schließlich, obwohl sie nicht davon überzeugt war. »Du weißt also wirklich nicht, wie man den Fluch löst?«

»Nicht, ohne uns alle zu töten. Dich eingeschlossen.«

Thea schüttelte den Kopf. »Und ich versichere dir, eine Sirene zu sein ist besser als diese Alternative.«

»Okay, ich werde versuchen, besser mit Penn und Lexi auszukommen«, willigte Gemma schließlich ein. »Und falls du etwas Neues über den Fluch herausfindest, sagst du es mir bitte, ja?«

»Wenn es mich und meine Schwestern nicht umbringt, dann mache ich das.« Thea drehte sich zur Bühne, und ihre Stimme klang heller als noch vor wenigen Sekunden, als sie hinzufügte: »Wir gehen ja noch nicht gleich. Ich will auf jeden Fall dieses Stück noch fertig proben.«

»Du schauspielerst wirklich gern, stimmt's?«, fragte Gemma, froh über den Themenwechsel.

Thea lachte. »Dieser ganze Fluch begann, weil wir so davon besessen waren, vor Publikum aufzutreten, dass wir unsere Arbeit nicht richtig machten. Ich schauspielere nicht nur gern, sondern wahnsinnig gern.«

»Kate?«, rief Tom von der Bühne. »Kate? Katherina?«

»Oh, das bin ja ich«, sagte Thea.

»Würdest du bitte auf die Bühne kommen?«, fragte Tom.

Thea stand augenblicklich auf. »Aber natürlich.« Als sie an Gemma vorbei in Richtung Gang glitt, flüsterte sie: »Wie gesagt: Bisher war ich immer Bianca.«

Thea ging auf die Bühne und entschuldigte sich für die Verzögerung, und in diesem Augenblick wurde Gemma klar, dass ihr wirklich eine Menge an diesem Part lag. Gemma hatte Thea noch nie zuvor so glücklich gesehen wie auf der Bühne. Und sie hatte eine tolle Ausstrahlung. Obwohl sie nur mit Aiden ihren Text durchging und er meistens sein Stichwort verpasste und seinen Text malträtierte, fiel es Gemma schwer, den Blick von Thea abzuwenden. Sie war so sehr von ihrer Darstellung gebannt, dass sie nicht einmal merkte, dass sich Penn direkt hinter sie gesetzt hatte. Bis Penn sich auf die Rückenlehne des Sitzes neben Gemma stützte und mit ihr sprach.

»Warum versteckt sich Daniel dahinten und lässt Thea die Bühne dominieren?«, fragte Penn, und Gemma zuckte zusammen. Penn lachte so laut, dass alle sie ansahen. »Hab ich dich erschreckt?«

»Dafür braucht es schon mehr als nur den Klang deiner Stimme«, sagte Gemma und lächelte dünn.

»Das behauptest du zwar, aber wir kennen beide die Wahrheit, oder?«, fragte Penn und zwinkerte ihr zu. »Außerdem hast du meine Frage noch nicht beantwortet.«

»Daniel baut die Bühnenbilder.« Gemma lehnte sich zurück. Sie hatte sich vorgebeugt, um Theas Darstellung besser zu sehen, aber sie wusste, dass Penn nicht zulassen würde, dass Gemma ihre Aufmerksamkeit auf irgendetwas anderes als auf sie richtete.

»Wie bescheuert.« Penn wirkte aufrichtig entsetzt und beobachtete, wie Daniel nach rechts über die Bühne abging und zwischen den Vorhängen verschwand. »Er sollte der Star sein. Er sieht viel besser aus als dieser Loser da oben.«

Sie zeigte auf Aiden, der vielleicht kein besonders guter Schauspieler, aber auf jeden Fall extrem gut aussehend war. Er hatte hellblondes Haar, blaue Augen und ein strahlendes Lächeln. Aber offenbar gefielen Penn Daniels Dreitagebart und seine braunen Augen besser.

Gemma wusste, dass das nicht ganz stimmte – es ging nicht um Daniels Äußeres. Er war zwar durchaus attraktiv, aber Penns Interesse an ihm rührte hauptsächlich daher, dass er gegen ihren Sirenengesang immun war. Er widersetzte sich ihr, er forderte sie heraus und hatte auch in ihrer Gegenwart eine eigene Meinung.

Da Penn seit Jahrhunderten kein normales Gespräch mit einem Mann mehr geführt hatte, war es kein Wunder, dass sie Daniel unglaublich faszinierend fand.

»Ich glaube, Daniel ist es egal, wie gut er aussieht«, sagte Gemma. »Er spielt nicht gern und wollte lieber das Bühnenbild machen.«

Penn schnaubte. »Das ist doch lächerlich. Ich dachte, er spielt wenigstens die Hauptrolle in diesem verdammten Ding. Ich hatte keine Ahnung, dass er nur die blöden Kulissen baut. Langsam glaube ich, er ist doch bloß ein Idiot.«

»Weil er ein guter Schreiner ist?«, fragte Gemma.

»Nein, weil ich ihm gestern zehntausend Dollar dafür geboten habe, einen Zaun um mein Haus zu bauen. Und er hat abgelehnt, weil er hier arbeitet. Wenn er Schauspieler wäre, würde ich es ja einsehen. Aber ich kann mir nicht vorstellen, dass er hier annähernd so viel bekommt.«

»Woher hast du zehntausend Dollar?«, fragte Gemma und blickte zu Penn zurück. »Du arbeitest doch nicht.« Penn zuckte die Achseln und schwieg. »Und das ist auch nicht dein Haus. Es gehört den armen Leuten, die ihr daraus vertrieben habt.«

»Ich wohne dort, also gehört es jetzt mir«, sagte Penn schlicht.

»Ich weiß gar nicht, warum du überhaupt Zeit mit Daniel verbringen willst.« Gemma verschränkte die Arme vor der Brust. »So toll ist er nicht.«

»Ich will keine Zeit mit ihm verbringen, sondern herausfinden, was mit ihm los ist. Das ist alles.«

»Du bist zwar eine Sirene, aber eine lausige Lügnerin«, stellte Gemma fest. »Du verlässt dich ganz auf deine Stimme und deinen Gesang und versuchst nicht einmal mehr, überzeugend zu wirken.«

Penn drehte sich zu ihr um und starrte sie mit ihren dunklen Augen an. »Halt die Klappe. Du nervst.« Sie schwieg einen Moment, dann beugte sie sich vor und flüsterte Gemma ins Ohr: »Ich suche schon nach einem Ersatz für dich. Es ist nur eine Frage der Zeit, bis ich dich töte.«

Gemmas Herz klopfte schmerzhaft gegen ihre Rippen, als Penn ihre schlimmsten Befürchtungen bestätigte. Vor ein paar Minuten hatte sie Thea versprochen, Penn noch eine Chance zu geben, aber insgeheim hatte sie bereits gewusst, dass es vergebens war. Sie konnte Penn so viel Honig um den Bart schmieren, wie sie wollte, es änderte nichts an der Tatsache, dass Penn sie loswerden wollte.

»Warum bist du eigentlich hier?«, fragte Gemma und ignorierte Penns Drohung.

»Ich will Thea abholen. Ich habe sie vorhin hergebracht und soll sie wieder nach Hause bringen.«

»Die Probe endet erst in einer halben Stunde. Frühestens.«

Penn stöhnte genervt auf. »Von mir aus. Ich warte draußen auf Thea.« Sie stand auf. »Weil du grässlich bist und ich dich hasse.«

»Ich weiß. Geht mir genauso.«

Als Penn gegangen war, ließ sich Gemma in den Sitz sinken und rieb sich die Stirn. Sich mit Penn anzulegen war nicht besonders schlau, aber es fiel ihr schwer, sich in ihrer Gegenwart zusammenzureißen. Außerdem schien sie im Moment zu sehr mit etwas anderem beschäftigt zu sein, um sich darüber aufzuregen, abgesehen davon, dass Penn sie wahrscheinlich sowieso töten würde.

Dass Penn abgelenkt war, wäre gut gewesen, wenn Gemma nicht gewusst hätte, was Penn so beschäftigte: Harpers Freund.

FÜNF

Ablenkungen

Penn saß in dem kirschroten 67er-Cadillac-Cabrio, das sie gegenüber des Paramount-Theaters geparkt hatte, und wartete auf ihre Schwester.

Sie hatte das Verdeck geöffnet, weil sie gehofft hatte, die Brise werde die Hitze vertreiben, aber es funktionierte nicht besonders gut. Allerdings würde die Sonne bald untergehen und es wurde ganz allmählich etwas kühler.

Es wäre nicht so schlimm gewesen, dass sie warten musste, wenn sie wenigstens gewusst hätte, wie man ein iPhone bedient. Auf dem Handy war angeblich ein Spiel mit wütenden Vögeln gespeichert, das hohes Suchtpotential besaß, aber sie schaffte es gerade einmal, das Ding anzuschalten, alles andere lag außerhalb ihrer Fähigkeiten.

Sie konnte sich Fremdsprachen, Slang, Modetrends und sogar die sich stetig verändernde Rolle von Frauen in der Gesellschaft problemlos aneignen. Aber mit Technik wusste sie einfach nichts anzufangen. Auto zu fahren und sich durch Fernsehsender zu zappen waren für sie das höchste der Gefühle.

Zum Teil lag das daran, dass Technik sich so rasend schnell veränderte. Es war noch nicht so lange her, dass ein Computer ein ganzes Zimmer ausgefüllt hatte, und jetzt fanden die Dinger in einer Handfläche Platz. Aus ihrer Sicht war seither nur ein Augenblick vergangen. Und außerdem hatte sie schlichtweg keine Lust, solche Dinge zu lernen. Seit sie eine Sirene geworden war, die Menschen verzaubern und dazu bringen konnte, all ihren Befehlen zu gehorchen, hatte sie sich immer mit einer Schar von Dienstboten umgeben. Als Sterbliche war sie selbst Dienerin gewesen, eine Magd der verwöhnten Göttin Persephone. Und sie hatte sich geschworen, dass sie nie wieder für andere arbeiten würde.

Also hatte sie Zeit ihres endlos langen Lebens andere für sich arbeiten lassen, wenn sie etwas nicht selbst tun wollte. Früher hatte sie sich nicht einmal selbst anziehen und waschen müssen, aber irgendwann hatten sich die Aufgaben von Dienstboten geändert und bestanden nur noch aus Putzen und An-die-Tür-gehen. Im Grunde war Penn immer noch der Ansicht, dass eine Dame nicht selbst ans Telefon geht.

Aber inzwischen war alles so einfach geworden, dass es unnötig geworden war, sich das Bad bereiten zu lassen. Man musste dafür schließlich nur einen Hahn aufdrehen, und das ging schneller, wenn man es selbst machte.

Wenn nur diese verdammten Telefone, Computer und Automaten nicht gewesen wären. Diese neuen »Tablets« verwirrten und ärgerten sie am meisten. Die Menschheit hatte so hart dafür gearbeitet, nicht mehr auf unhandliche Tafeln schreiben zu müssen, dass sie nicht verstand, warum alle jetzt doch wieder darauf zurückgriffen. Stifte und Papier waren ja nicht gerade Mangelware.

Glücklicherweise war Lexi technisch sehr begabt, was ehrlich gesagt ihre beste Eigenschaft war. Sie wirkte wie eine Vollidiotin und meist war sie das auch, aber sie konnte ein ganzes Haus neu verkabeln, wenn es nötig war.

Lexi hatte Penn auch ihr iPhone gekauft – obwohl »besorgt« wahrscheinlich der bessere Ausdruck war. Im Laufe ihres übernatürlichen Lebens waren die Sirenen keinen einzigen Tag lang ehrlicher Arbeit nachgegangen. Sie bezauberten, sie manipulierten und nahmen sich, was sie wollten.

Bislang war Penn noch der Meinung, dass es mehr Spaß machen würde, das Handy an die Wand zu werfen, als noch eine einzige Sekunde mehr darauf zu verschwenden, dieses dämliche Spiel zu suchen. Sie hatte schon ausgeholt, als sie von gegenüber Lachen hörte. Sie spähte über den oberen Rand ihrer Sonnenbrille und sah, dass aus dem Theater Leute kamen.

Gemma kam mit einem Jungen aus dem Stück heraus. Er war auf gewöhnliche Art gut aussehend, aber Gemma fand ihn wahrscheinlich supersüß. Penn hätte sich am liebsten übergeben.

Der einzige Mann in der gesamten Produktion, mit dem Penn vielleicht ins Bett gegangen wäre, war der Regisseur, aber sie hatte schon immer eine Schwäche für Männer in Machtpositionen gehabt, seien sie auch noch so unbedeutend.

Der Regisseur kam als Letzter aus dem Theater und sprach noch einen Moment lang mit Thea, bevor er sich verabschiedete. Dann überquerte Thea die Straße und kam auf sie zu. Penn hatte den Regisseur beobachtet und abgelenkt auf die Grübchen gestarrt, die sich in seinen Wangen bildeten, wenn er lachte. Jetzt schaute sie sich hastig um. Inzwischen waren alle gegangen, sogar Gemma, aber Penn interessierte sich nicht besonders dafür, wo sie abgeblieben war. Wahrscheinlich war sie auf dem Weg in ihr schäbiges kleines Haus, wo ihre langweilige Schwester auf sie wartete.

Sie hatte sich gerade mit dem Gedanken abgefunden, dass sie Daniel verpasst hatte, da sah sie ihn aus der Seitentür des Theaters kommen.

»Suchst du jemanden?«, fragte Thea und stieg ins Auto.

»Nein«, log Penn. »Was habt ihr denn so lange da drin gemacht? Die Probe hat ja ewig gedauert.«

»Wir haben pünktlich Schluss gemacht«, stellte Thea klar. »Ich sagte doch, die Probe geht bis acht.«

»Ich kann mir nicht jedes Wort merken, das du vor dich hin plapperst.« Penn warf ihr Handy auf den Rücksitz und ließ ihr Auto an.

Daniel schaute nach beiden Seiten, bevor er ein paar Meter von Penns Auto entfernt die Straße überquerte. Als er sich ihrer Straßenseite näherte, rief sie: »He, Daniel!«

»Penn.« Er lächelte verkniffen und schien aufrichtig überrascht, sie zu sehen. Er änderte seine Richtung, kam zu ihrem Auto und blieb dicht daneben stehen. »Coole Karre.«

»Danke.« Penn schob sich die Sonnenbrille ins Haar, damit er ihre schönen dunklen Augen sehen konnte. »Willst du mitfahren?«

»Ich glaube nicht, dass ich da reinpasse«, sagte er mit einem Blick auf die winzige Rückbank.

Er stützte die Hände auf die Autotür und beugte sich vor, hielt aber einen Sicherheitsabstand. Sein Hemd stand offen und Penn sah seine spärliche Brustbehaarung. Irgendetwas an diesem Anblick entzückte sie mehr als alle nackte Haut, die sie in ihrem Leben gesehen hatte.

»Du könntest auf meinem Schoß sitzen«, bot sie an.

»Das soll wahrscheinlich sexy sein, aber ich glaube, es wäre weder besonders sexy noch besonders verkehrssicher«, erwiderte Daniel. »Ich muss also ablehnen.«

»Ich könnte auch auf deinem Schoß sitzen«, sagte Penn mit ihrem verführerischsten Lächeln.

Er senkte den Kopf, wandte den Blick ab und lachte grimmig. Einen Augenblick lang dachte sie, er werde tatsächlich einwilligen und ihr endlich einmal nachgeben, aber als er den Kopf wieder hob, sah sie die Ablehnung in seinem Blick.

»Ich laufe lieber«, verkündete er dann schlicht und richtete sich auf.

»Wir sehen uns«, sagte Penn, als er vom Auto zurückwich.

»Das fürchte ich auch.« Daniel drehte sich um und ging.

»Du könntest ihm wenigstens ein bisschen diskreter hinterherlaufen«, bemerkte Thea, als Penn ihm nachstarrte. Penn warf ihr einen wütenden Blick zu.

»Ich laufe niemandem hinterher, also halt die Klappe«, sagte Penn und legte den Gang ein.

Sie fuhr durch Capri, ohne auf Ampeln und Verkehrszeichen zu achten. Ihrer Überzeugung nach würden die anderen schon den Weg frei machen, und meistens stimmte das auch. Manchmal wurde sie angehupt oder angebrüllt, aber dann lächelte sie nur strahlend und die Sache hatte sich erledigt. So löste sie eigentlich fast alle Probleme.

»Komm schon, Penn«, sagte Thea und schaute sie an. »Das machst du nur wegen Daniel.«

»Was?« Penn lachte gezwungen. »Das ist Blödsinn.«

»Penn, mir kannst du nichts vormachen. Ich kenne dich.« Theas rotes Haar flatterte im Wind. »Ich bin wahrscheinlich das einzige Wesen auf der Welt, das dich wirklich kennt. Und du bist besessen von diesem Typ.«

»Bin ich nicht!«, widersprach Penn hitzig. Dann stöhnte sie und schüttelte den Kopf. »Es ist keine Besessenheit. Ich kann nur ... ich weiß einfach nicht, woran es liegt.«

»Vielleicht gibt es gar nichts herauszufinden.«

Penn hielt an einem Stoppschild am Stadtrand und dachte einen Moment lang über Theas Worte nach. Das Auto hinter ihnen hupte, aber Penn beachtete es nicht.

»Nein, da ist irgendetwas«, sagte sie schließlich, bog ab und fuhr die Straße hinauf, die auf die Klippen führte. »Glaubst du, er könnte mit Bastian verwandt sein?«

»Bastian?«, fragte Thea seltsam atemlos.

»Ja, Bastian. Oder Orpheus, wenn du willst. Keine Ahnung, wie er sich gerade nennt. Als ich ihn das letzte Mal gesehen habe, war er Bastian.«

»Das war ...« Thea schluckte. »Das war vor dreihundert Jahren.«

»Genau«, sagte Penn. »Vielleicht hat er ja irgendwann Kinder bekommen. Ich sollte versuchen, ihn zu finden.« Sie senkte die Stimme und murmelte halblaut: »Obwohl ich in letzter Zeit nicht mehr besonders gut darin bin, Leute zu finden.«

Thea schüttelte den Kopf. »Du hast Bastian schon seit Jahrhunderten nicht mehr gesehen und auch nichts von ihm gehört. Und eure letzte Begegnung ist nicht gerade angenehm verlaufen.«

»Das ist richtig.« Penn dachte einen Moment lang nach. »Wahrscheinlich ist er längst gestorben.«

»Wahrscheinlich«, sagte Thea. »Und ich bin sicher, dass Daniel nicht mit ihm verwandt ist.«

»Aber er hat irgendetwas an sich.« Penn fuhr langsam die engen Kurven der steilen Straße hinauf. »Er ist … faszinierend.«

»Ich finde ihn nicht besonders faszinierend.«

»Das liegt daran, dass du lesbisch bist«, sagte Penn.

»Was?« Thea starrte sie mit offenem Mund an. »Ich bin nicht lesbisch. Wie kommst du denn darauf? Und selbst wenn es so wäre, was würde das ändern?«

»Gar nichts«, sagte Penn achselzuckend. »Aber die einzige Person, mit der du überhaupt Zeit verbringst, ist Gemma. Ich meine, wann hast du denn zum letzten Mal einen Typen geküsst?«

»Ich habe keine Lust darauf, fremde Männer aufzureißen.«

»Das solltest du aber. Das ist die Grundlage unseres Wesens. Du verleugnest deine innerste Natur.«

»Ich lasse dich und Lexi doch auch machen, was ihr wollt, ohne euch Vorwürfe zu machen.«

Penn schnaubte verächtlich. »Na klar! Während du in deinem Elfenbeinturm sitzt und uns dafür verachtest.

Sorry, dass wir nicht so perfekt sind wie deine neue Busenfreundin.«

»Du hast sie ausgewählt, Penn, vergiss das nicht. Gemma war deine Wahl. Und wenn du sie nicht magst, kannst du das nur dir selbst vorwerfen.«

»Ich weiß.« Penn nickte. »Aber ich habe gute Neuigkeiten. Ich glaube, ich habe die Lösung gefunden.«

»Die Lösung?«, fragte Thea vorsichtig.

»Ja. Du weißt doch, dass ich nach einem Ersatz für Gemma suche, und ich glaube, ich habe die Richtige gefunden«, sagte Penn. »Sie lebt in einem Kaff namens Sundham oder so. Keine Ahnung. Aber du solltest sie mal kennenlernen. Ich glaube, sie würde dir gefallen.«

»Du hast dich ihr schon vorgestellt?«, fragte Thea.

»Ja. Ich wollte sichergehen, dass wir diesmal die Richtige finden«, erklärte Penn. »Sie weiß noch nicht, dass ich eine Sirene bin, aber sie passt gut zu uns. Besser als Gemma jedenfalls.«

»Das hast du auch über Aggie gesagt!«, rief Thea aufgebracht. »Du hast gesagt, Gemma würde besser zu uns passen als Aggie, und jetzt willst du sie umbringen, ohne ihr eine Chance zu geben!«

Penn verzog das Gesicht. »Ich habe ihr eine Menge Chancen gegeben! Sie ist undankbar, gemein und einfach … ätzend, seit sie eine Sirene ist.«

»Sie ist erst sechzehn und das alles ist neu für sie«, gab Thea zu bedenken. »Du musst ihr eine Chance geben. Sie ist wie ein Welpe, der einfach ein bisschen Zeit braucht, um stubenrein zu werden.«

»Ich habe dir gesagt, dass ich Gemma loswerden will, sobald ich ein neues Mädchen gefunden habe«, sagte Penn. »Warum streitest du jetzt mit mir?«

»Ich dachte, es würde länger dauern und Gemma hätte etwas Zeit, sich besser an uns anzupassen«, gestand Thea.

Sie waren umgeben von Weihrauchkiefern und es duftete nach den Bäumen und der See. Thea starrte resigniert die vorbeihuschenden Stämme an.

Als sie wieder sprach, klang ihre raue Stimme sanft. »So schlimm ist Gemma nun auch wieder nicht.«

»Das soll wohl ein Witz sein!« Penn lachte. »Wegen ihr sitzen wir in diesem miesen Kaff fest.«

»Ehrlich?« Thea hob die Augenbrauen. »Du willst mir allen Ernstes erzählen, dass du dich von der Neuen herumkommandieren lässt? Das ist deine Ausrede dafür, dass wir immer noch hier sind?«

»Nein. Das habe ich nicht gemeint. Ich bleibe hier, weil ich beschlossen habe, dass es so einfacher ist, bis wir einen Ersatz für Gemma gefunden haben.«

Thea wartete einen Moment und fragte dann: »Und was ist mit Daniel?«

»Was soll mit ihm sein?«

»Willst du wirklich von hier abhauen, sobald wir einen Ersatz gefunden haben und Gemma nicht mehr im Spiel ist?«

Sie waren bei ihrem Haus angekommen, das über den Klippen thronte. Es war ein bisschen rustikaler als Penns übliche Domizile, aber ein schöneres Haus hatte sie in ganz Capri nicht gefunden. Es war ein Chalet, hatte aber hohe Decken, Kronleuchter und eine Granitküche.

Penn fuhr in die Einfahrt, stellte den Motor ab und blieb im Auto sitzen. Auch Thea blieb sitzen, denn sie wusste, dass es keine gute Idee war, sich zu entfernen, solange Penn nicht ausgeredet hatte.

»Natürlich«, sagte Penn mit fester Stimme. »Daniel hat keinerlei Einfluss auf meine Entscheidungen. Er ist nur eine Laune der Natur, ein Kuriosum, ein Spielzeug, mit dem ich mich beschäftigen kann, bis wir endlich hier rauskommen.«

»Wie du meinst, Penn. Aber vergiss nicht, dass ich dich schon mal verliebt gesehen habe.«

»Verliebt? In diesen dreckigen Menschen? Pfui.« Penn zog eine Grimasse. »Allein schon um dir zu beweisen, dass du dich irrst, werde ich Daniel umbringen, sobald wir Gemma losgeworden sind.«

»Du willst ihn umbringen?«

»Ich werde ihm das Herz herausreißen und es vor deinen Augen verspeisen. Das könnte ich jemandem, in den ich verliebt bin, niemals antun.«

»Wegen mir musst du das nicht machen.« Thea hatte sich wieder von Penn abgewandt und starrte mit leerem Blick auf die Bäume, die das Chalet umstanden. »Und es würde dich überraschen, was man jemandem antun kann, den man liebt.«

SECHS

Feenstaub

Als sie sich Bernies Insel näherten, stieg eine Woge der Nostalgie in Harper auf. Sie hatte befürchtet, dass sie die Begeisterung für ihren Lieblingsort verloren haben könnte, aber nun kam alles wieder.

Dass Daniel auf die Insel gezogen war, hatte ihr dabei geholfen, den Abend zu vergessen, an dem sie Bernie McAllister hier ausgeweidet zwischen den Bäumen gefunden hatten. Harper hatte das grässliche Bild tief in sich vergraben, unter all den glücklichen Erinnerungen aus ihrer Kindheit an all die Zeit, die sie hier mit Bernie und ihrer Schwester verbracht hatte.

Als sie die Anlegestelle ansteuerten, welche versteckt zwischen den Bäumen lag, die bis ins Wasser wuchsen, atmete Harper tief ein. Die Insel war beinahe überwuchert von Sumpfzypressen und Kiefern, die hoch über ihnen aufragten.

Statt das Boot ins Boothaus zu fahren, vertäute Daniel es am Anlegesteg. Er musste Harper in ein paar Stunden wieder nach Hause bringen und das würde die Sache vereinfachen.

Dann ging er von Bord, reichte Harper die Hand und half ihr, herunterzuklettern.

»Hast du das gesehen?« Daniel ließ ihre Hand los und zeigte auf den Steg.

»Was?« Harper betrachtete die krummen, grauen Bretter unter ihren Füßen. »Muss man den reparieren?«

»Nein. Na ja, wahrscheinlich schon, aber das habe ich nicht gemeint«, sagte Daniel. »Siehst du, wo deine Füße stehen? Du bist jetzt auf der Insel.«

»Genau genommen bin ich auf dem Steg, und der gehört nicht zur Insel«, neckte ihn Harper.

Er seufzte. »Aber fast. Erinnerst du dich an unsere Abmachung?«

»Ja.« Sie lächelte ihm zu. »Wenn wir auf der Insel sind, reden wir nicht mehr über die Sirenen oder Gemma. Der heutige Abend gehört nur uns beiden, ohne jede Ablenkung.«

Seit Daniel auf die Insel gezogen war, arbeitete er mehr, weil er die Miete bezahlen musste, und Harper hatte sich Extraschichten in der Bibliothek geben lassen, weil sie fürs College sparen musste. Und wenn sie beide mal zufällig gleichzeitig frei hatten, kamen immer irgendwie Gemma, Brian oder die Sirenen dazwischen. Im vergangenen Monat hatten sie kaum Zeit allein miteinander verbracht.

Also hatte Daniel einen Plan geschmiedet. Sie beide wollten den Rest der Welt heute Abend hinter sich lassen – zumindest so gut wie Harper das möglich war. Solange ihre Schwester in diesem Schlamassel steckte, würde sie nie ganz loslassen können.

»Ich erbitte mir aber das Recht, mein Handy anzulassen

und Anrufe anzunehmen, wenn ich es für nötig halte«, wandte Harper ein.

»Genehmigt. Aber nur, wenn es sich um einen Notfall handelt.«

»Klingt fair.«

»Also los.« Daniel ging rückwärts in Richtung Land und streckte ihr die Hand hin. »Es ist Freitagabend und wir werden uns heute amüsieren.«

Harper lachte und gab ihm die Hand. Seine raue Haut fühlte sich genau richtig an ihrer an. Sie liefen den schmalen Pfad zur Hütte entlang, der beinahe von Gundermannreben überwuchert war.

Die Bäume waren so hoch und so dick, dass das Sonnenlicht in dünnen Streifen auf sie fiel. Wenn eine Ozeanbrise durch die Bäume wehte, schien das Licht auf dem Boden zu tanzen. Dieser Frieden, die seltsame Stille und Abgeschiedenheit der Insel verliehen ihr eine wundervoll magische Aura.

Es war ganz leicht, sich vorzustellen, dass Feen oder Waldelfen zwischen den Bäumen umherhuschten, und als Kind hatte Harper das gerne getan. Bernie hatte diese Fantasien immer unterstützt und ihr und Gemma früher oft Geschichten erzählt, in denen Magie und Fabelwesen eine große Rolle spielten.

Einmal hatte Gemma hier einen blauen Schmetterlingsflügel gefunden. Was aus dem Rest des Insekts geworden war, wusste Harper nicht, aber sie war sich sicher, dass Gemma dem Tier nichts zuleide getan hatte. Sie hatte den Flügel Bernie gezeigt, und er hatte sich zu Boden gekauert und ihn mit großer Sorgfalt studiert.

»Du weißt, was das ist, oder?«, hatte er dann in seinem warmen Cockney-Englisch gefragt und sich den Hut aus der Stirn geschoben.

»Nein. Was ist das?«, fragte Gemma. Sie konnte damals höchstens sechs gewesen sein, also war es ein Tag vor dem Unfall ihrer Mutter gewesen, an dem Bernie auf sie aufgepasst hatte.

Harper hatte ihrer Schwester über die Schulter geblickt, als Bernie seine Geschichte erzählte. Sie standen hinter der Hütte, neben den Rosen, die Bernies Frau dort gepflanzt hatte. Er weigerte sich, den Busch zurückzuschneiden, und so war er zum größten Rosendickicht herangewachsen, das Harper je gesehen hatte.

Die Blüten selbst waren riesengroß und leuchtend violett. Jede einzelne war beinahe doppelt so groß wie Harpers Faust und sie dufteten intensiv. Wenn im Sommer der Wind durch das Gebüsch wehte, überlagerte der süße Duft der Rosen alle anderen Gerüche – den Duft der Kiefern, der See und sogar den des Gundermanns.

»Das ist ein Feenflügel«, antwortete Bernie schließlich und hielt ihn sich dicht vors Gesicht. Dann drehte er ihn hin und her. »Und so wie er aussieht, würde ich sagen, dass ihn eine Glockenblumenfee verloren hat. Sie fliegen über Knospen, die bald aufgehen werden, und bestäuben sie. So erblühen die Blumen.«

»Feen gibt es nicht«, sagte Harper. Sogar damals war sie schon zu alt gewesen, um seine Geschichten zu glauben.

»Aber natürlich gibt es sie«, erwiderte Bernie gespielt beleidigt. »Als meine liebe Frau noch lebte, hat sie sehr oft Feen entdeckt. Deshalb wachsen an ihrem Rosenbusch auch die schönsten Blumen des Landes. Die Feen kümmern sich für sie um ihn.«

Harper wollte ihm nicht weiter widersprechen, vor allem, weil sie wusste, dass er Gemma mit der Geschichte eine Freude machen wollte. Aber auch, weil sie ihm wider besseres Wissen irgendwie glaubte – oder ihm zumindest gerne geglaubt hätte.

»Gemma weiß, dass ich die Wahrheit sage«, beharrte Bernie und reichte ihr den Flügel. »Sie hat wahrscheinlich auch schon mal eine Fee gesehen, stimmt's?«

»Ich glaube schon.« Sie hielt den zarten Flügel ganz vorsichtig in der Hand und starrte ihn an. »Sie haben auch andere Farben als blau, stimmt's?«

»Oh, es gibt sie in allen Farben, die man sich vorstellen kann«, sagte Bernie.

»Dann habe ich schon mal eine gesehen«, hatte Gemma im Brustton der Überzeugung gesagt und energisch genickt.

»Nächstes Mal musst du sie auch deiner Schwester zeigen, okay?« Er hatte Harper angeschaut und ihr zugezwinkert.

»Hey, wo warst du denn?«, fragte Daniel und holte Harper in die Gegenwart zurück.

Sie waren bei der Hütte angelangt, die genauso aussah wie bei ihrem letzten Besuch hier. Das Gebäude war mehr als fünfzig Jahre alt, und obwohl Bernie sich nach Kräften darum gekümmert hatte, sah man der Hütte seit ein paar Jahren ihr Alter auch an.

Daniel hatte offensichtlich aufgeräumt, die zerbrochenen Vorderfenster und einen verrotteten Balken ersetzt. Den blühenden Efeu, der die Seite der Hütte überwuchs, hatte er stehen lassen und nur die Fenster und das Dach von den üppigen Ranken befreit.

»Sorry.« Sie lächelte Daniel an. »Ich habe nur nachgedacht.«

»Worüber?«

»Bernie hat früher immer gesagt, hier gäbe es Feen«, erzählte Harper, drehte sich um und spürte den Wind, der durch die Bäume blies. Im Spiel von Schatten und Licht und dem Tanz der Vögel und Schmetterlinge, die zwischen den Bäumen flogen, war es auch jetzt noch ganz leicht, sich das vorzustellen.

»Hast du ihm geglaubt?«, fragte Daniel und betrachtete sie.

»Damals nicht. « Harper starrte in die Bäume und schüttelte den Kopf. »Zuerst natürlich schon, aber dann wurde ich größer und kam in der Realität an.« Harper schaute Daniel an. »Aber jetzt frage ich mich, ob es sie vielleicht nicht doch gibt.«

»Warum glaubst du jetzt an sie? Hast du eine herumfliegen sehen?« Er sah auf und suchte den Himmel nach einer Feenspur ab.

»Nein.« Harper lächelte, aber es war ein trauriges Lächeln und verschwand schnell wieder.

»Aber alles, was wir in den vergangenen Wochen erlebt haben, hat mich realisieren lassen, dass es dort draußen mehr geben muss, als wir wissen. Es muss viele Wesen geben, von deren Existenz wir bislang nichts ahnen.«

»Ich weiß«, sagte er nickend und trat näher an sie heran. »Ist das nicht wunderbar?«

»Wieso ist das wunderbar? Ich finde es eher beängstigend.«

»Dann siehst du die Schönheit darin nicht«, sagte Daniel. »Es gibt so viel Magie in der Welt, mehr als ich jemals vermutet hätte. Wir haben bisher nur die Spitze des Eisbergs gesehen. Elfen, Gnome, vielleicht sogar Einhörner und Drachen. Wer weiß, was es da draußen noch alles gibt?«

»Du hast nur die freundlichen Fabelwesen aufgelistet«, sagte Harper und schaute zu ihm auf. Er war ihr so nahe, dass sie sich beinahe berührten. Wenn sie tief einatmete, würde ihre Brust gegen die seine drücken. »Was ist mit den Monstern?«

»Drachen sind nun wirklich keine freundlichen Fabelwesen«, entgegnete Daniel und Harper lächelte schief. »Aber du musst dir wegen der Monster keine Sorgen machen. Ich werde dich beschützen.«

Eine Brise kam auf und brachte den süßen Duft der Rosen mit. Eine Strähne von Harpers Haar löste sich und fiel ihr ins Gesicht. Daniel strich sie zurück und ließ seine Hand an ihrer Wange ruhen. Sie starrte in seine haselnussbraunen Augen. Die Art, wie er ihren Blick erwiderte, ließ Hitze in ihrem Bauch aufsteigen.

Harper hoffte, er werde sie küssen, aber stattdessen ließ er die Hand sinken und wich einen Schritt zurück.

»Bist du bereit, einzutreten und dir anzuschauen, was ich aus dem Schuppen gemacht habe?«, fragte Daniel und ging rückwärts zur Eingangstür.

»Was hast du denn damit gemacht?«, fragte Harper.

Er lächelte. »Komm rein und sieh selbst.«

SIEBEN

Jubiläum

Als Daniel vor zwei Wochen hierhergezogen war, hatte Harper ihm beim Unzug geholfen, aber seither keine Zeit mehr gehabt, ihn zu besuchen. Damals war das Haus ein einziges Durcheinander gewesen, weil er gleichzeitig ausgepackt und versucht hatte, den Schaden zu reparieren, den die Sirenen angerichtet hatten.

Jetzt lehnte er sich mit dem Rücken gegen die Tür und griff hinter sich nach der Türklinke. Er öffnete die Tür und ging rückwärts ins Innere. Harper folgte ihm vorsichtig, denn sie hatte keine Ahnung, was sie erwartete.

Sie hatte damit gerechnet, dass er aufräumen und putzen würde. Aber er hatte die Hütte komplett umgestaltet. Die Wände hatten ihren natürlichen Holzton behalten, aber Daniel hatte sie neu lackiert, sodass sie jetzt heller, sauberer und moderner wirkten.

Die alten, rissigen Arbeitsflächen in der Küche hatte er durch dunkle Steinplatten ersetzt, und Bernies alte Möbel waren einer weichen Couch gewichen, vor der als Couchtisch eine alte Schiffstruhe stand.

Irgendwie hatte er es geschafft, dass der Raum frischer und zeitgemäßer wirkte, seinen rustikal-maritimen Charme dabei aber nicht verloren hatte.

»Hier sieht es ja toll aus«, sagte Harper und drehte sich einmal um die eigene Achse. »Wie hast du das geschafft? Wie konntest du dir das alles leisten?«

»Ich habe meine Mittel und Wege«, erwiderte Daniel. »Ich habe ein paar Extraaufträge angenommen und die Möbel sind ausrangierte Stücke oder stammen aus dem Trödelladen.«

»Das ist unglaublich.« Harper schaute sich noch einmal in der Hütte um. »Du hast wirklich ein Händchen dafür. Die Kulissen für Gemmas Stück werden bestimmt auch grandios.«

»Ich weiß«, sagte Daniel lächelnd. »Okay. Willst du hören, was ich für unser Jubiläumsdinner geplant habe?«

»Es ist ja nicht wirklich ein Jubiläum«, wehrte Harper ab, weil es ihr ein bisschen lächerlich vorkam, einen Monat Beziehung zu feiern. »Das war eigentlich gestern. Glaube ich. Wir hatten ausgemacht, dass unsere Beziehung am vierten Juli offiziell begonnen hat, oder?«

»Genau. So klingt es romantischer.« Daniel grinste. »Wir haben uns geküsst und es gab ein Feuerwerk der Leidenschaft. Und seitdem sind wir unzertrennlich.«

Harper lachte. »Ein Feuerwerk gab es tatsächlich.«

»So soll es sein«, sagte er. »Und jetzt setz dich. Ich koche dir Abendessen.«

»Du kochst mir ein Abendessen?« Harper versuchte, nicht allzu skeptisch dreinzublicken. »Du hast doch gesagt, du könntest nicht kochen.«

»Das kann ich auch nicht. Und jetzt nimm Platz.«

Er legte ihr die Hand auf den unteren Rücken und schob sie sanft zu einem kleinen Tisch, der die Küche vom Wohnbereich abgrenzte. Er war mit einem Tischtuch bedeckt, auf dem zwei weiße Kerzen standen.

»Wie soll das denn funktionieren?«, fragte Harper, nachdem sie sich gesetzt hatte. »Du machst Abendessen, obwohl du nicht kochen kannst?«

»Ich habe einen einfachen, aber genialen Plan«, erklärte Daniel und ging zur Küchenzeile.

»Du musst das nicht machen, das weißt du doch, oder?« Harper stützte die Ellbogen auf den Tisch und beobachtete, wie er den Kühlschrank öffnete.

»Ich weiß. Ich will aber. Der heutige Abend soll einfach nur schön und normal werden.«

»Normal?«

Daniel holte eine große Tupperschüssel aus dem Kühlschrank. Harper erkannte grüne Salatblätter und rote Kirschtomaten. Offenbar hatte er alles geputzt und vorbereitet. Er stellte die Schüssel auf den Tresen und ging zum Schrank.

»Ja«, sagte er, während er Teller herausholte. »Ich habe dich noch nie richtig ausgeführt. Unser einziges Date endete in einem Kampf mit den Sirenen.«

»Darüber dürfen wir nicht sprechen«, erinnerte Harper ihn.

Daniel lächelte. »Richtig. Du weißt ja auch so, was passiert ist.«

»Und … warum bedeutet das, dass du für mich kochen musst?« Sie stützte das Kinn auf ihre Hand und widerstand dem Drang, aufzustehen und ihm zu helfen, auch wenn es sich irgendwie falsch anfühlte, sich von jemandem bedienen zu lassen.

»Ich muss nicht, ich habe einfach Lust dazu. So etwas machen Jungs nun mal«, erklärte Daniel.

»Ich kann für dich kochen.«

»Das weiß ich. Das hast du schon gemacht und es hat sehr gut geschmeckt. Danke.« Er lächelte ihr zu und verteilte den Salat auf den Tellern.

»Lass mich dir wenigstens helfen«, bat Harper.

Daniel hörte mit dem Verteilen auf und drehte sich zu Harper um. »Harper, ich möchte etwas für dich tun. Erlaubst du mir das bitte?«

»Ja. Sorry.« Sie lächelte verlegen und strich sich das Haar hinter die Ohren. »Ich finde es toll, dass du für mich kochst.«

»Danke.«

»Was gibt es denn überhaupt?«, fragte sie.

Daniel brachte die beiden Teller zum Tisch und stellte einen vor Harper und den anderen vor den leeren Stuhl. Auf dem Teller lagen bislang nur Rauke, Babyspinat, Kirschtomaten und Gurken.

»Na ja, ich dachte, wir beginnen mit einem Salat mit selbst gemachter Vinaigrette«, sagte Daniel. »Nach dem wunderbaren Rezept meiner Großmutter.«

»Oooh. Das klingt gut.«

»Ist es auch.« Er ging in den Küchenbereich und holte eine Karaffe Vinaigrette aus dem Kühlschrank. »Als nächsten Gang gibt es Pearls wunderbare Muschelsuppe.«

»Pearl hat dich also wieder mal mit einem Eimer Suppe bezahlt, stimmt's?«, fragte Harper, als er ihr gegenüber Platz nahm.

»Genau. Und die ist großartig«, gestand Daniel. »Und als Nachtisch habe ich nicht nur eine, sondern gleich zwei Sorten Eiscreme für uns. Was sagst du jetzt?«

»Ich bin platt«, lächelte Harper.

»Das ist mein Abendessen für dich.« Daniel schaute sie erwartungsvoll an. »Und?«

»Das klingt alles sehr verlockend, und ich finde es toll, wie viel Mühe du dir für mich gegeben hast. Das ist sehr süß.«

»Süß genug, um mir eine Knutschorgie einzubringen?«, fragte Daniel und zog eine Augenbraue hoch.

Harper tat so, als denke sie nach. »Kommt drauf an, wie voll ich nachher bin.«

»Vielleicht lassen wir die Suppe lieber aus, der Salat macht sicher auch satt«, sagte Daniel mit einem Augenzwinkern, und Harper musste lachen.

Harper aß eine Gabel voll Salat und nickte. »Sehr lecker.«

»Danke«, sagte Daniel erleichtert. »Das Gemüse ist aus dem Garten hinterm Haus. Er war ein bisschen verwildert, als ich hier eingezogen bin, aber ich glaube, ich habe ihn jetzt im Griff. Das Dressing ist ganz einfach und gehört zu den drei Dingen, die ich tatsächlich hinkriege.«

»Hat dir das deine Großmutter beigebracht?«, fragte Harper zwischen zwei Bissen.

»Ja. Sie ist aber schon eine Weile tot. Ich stand meinen Großeltern sehr nahe, denn sie haben mich und meinen Bruder quasi großgezogen.«

»Was ist mit deinen Eltern?« Harper beobachtete Daniels Gesicht.

»Was soll mit denen sein?«, fragte Daniel und schaute in seinen Teller.

»Du sprichst nie von ihnen.«

»Oh.« Er stocherte in seinem Teller herum und sprach dann weiter. »Da gibt es nicht viel zu erzählen. Mein Dad war ein Säufer und nicht besonders nett. Er hat meine Mom geschlagen und so. Als ich zehn war, ist er endlich abgehauen. Ich dachte, das würde alles besser machen, aber so war es leider nicht.«

Harper senkte ihre Gabel. Daniel redete kaum über seine Familie oder seine Kindheit. Sie hatte keine Ahnung davon gehabt, dass er aus so zerrütteten Verhältnissen stammte.

»Warum nicht?«, fragte sie schließlich.

Daniel schüttelte den Kopf. »Ich weiß es nicht. Es war komisch. Meine Mom war so unglücklich, als er bei uns gewohnt hat, aber als er dann weg war, fehlte ihr offenbar jemand, der ihr sagte, was sie zu tun hatte, und sie herumschubste.«

»Das tut mir leid«, sagte Harper und aß einen Bissen, hauptsächlich, weil sie Daniel nicht kränken wollte.

»Ist schon okay. Irgendwann fand sie jemanden, der den Platz meines Dads ausfüllen konnte, und heiratete ihn. Dann starb mein Bruder, und kurz darauf meine Großeltern. Sie hinterließen ihr etwas Geld, und weil sie keinen Grund mehr hatte, hierzubleiben, zog sie mit ihrem neuen Mann nach Vegas.«

»Und du bist hiergeblieben?«, fragte Harper.

»Na ja, sie hatten mich nicht gerade darum gebeten, mitzukommen, aber das hätte ich sowieso nicht gewollt. Mein Boot ist hier, und das ist mein einziger Besitz auf Erden. Außerdem bin ich hier aufgewachsen, also …« Er verstummte.

»Ich bin froh, dass du geblieben bist.«

Endlich sah Daniel zu ihr auf. Er lächelte. »Ich auch.«

Sie aßen ihren Salat, dann die Suppe und den Nachtisch. Harper wollte das Geschirr abwaschen, aber Daniel verscheuchte sie. Er bestand darauf, dass der Abend der Romantik gehörte und der Abwasch bis morgen warten konnte.

Dann ließ er sie einen Film aus seiner mageren Sammlung aussuchen. Harper entschied sich für *Edward mit den Scherenhänden*. Es war nicht ihr Lieblingsfilm, aber immerhin romantischer als *Der weiße Hai*, *Mad Max* oder *Der Pate*.

Anfangs saßen sie noch nebeneinander auf der Couch, aber bald legte sich Daniel auf den Rücken und Harper kuschelte sich an ihn. Ihr Kopf lag auf seiner Brust und er hatte den Arm um sie geschlungen.

Normalerweise lag Harper abends immer stundenlang wach, bevor sie endlich einschlief. Ihre Gedanken kreisten unaufhaltsam um ihre Sorgen, um Gemma, die Sirenen oder das College, und wenn sie Pech hatte, blieb sie die ganze Nacht wach und sorgte sich obendrein noch um ihre Eltern, Alex, Marcy und die ganze Welt.

Aber Daniels Gegenwart, das Gefühl von Sicherheit und Frieden, das sie in seinen Armen spürte, und das stete Klopfen seines Herzens unter ihrem Ohr ließen sie ungeheuer schläfrig werden.

Und Daniel hatte in den vergangenen Wochen sehr hart gearbeitet. Wenn er gerade nicht im Theater Bühnenbilder baute oder in der Stadt Aufträge erledigte, hatte er das Haus wieder in Schuss gebracht.

Und so dauerte es nur wenige Minuten, bis beide tief und fest schliefen.

Harper wachte zuerst auf, und sie wusste, dass sie eigentlich in Panik geraten müsste, weil sie ihre Umgebung nicht erkannte. Aber irgendwie war sie viel zu entspannt dafür. Hier neben Daniel zu liegen fühlte sich einfach zu gut für Panik an. Außerdem zeigte die Uhr an der Wand erst viertel nach elf, also war Gemma wahrscheinlich noch gar nicht zu Hause.

Daniel schlief immer noch, musste aber zwischendurch wach gewesen sein, denn der Fernseher war ausgeschaltet. Nur Mondlicht fiel durch die offenen Fenster ins Zimmer. Der Mond war zwar noch nicht voll, schien aber so hell, dass Harper beschloss, Daniel noch einen Moment im Schlaf zu betrachten.

Wenn er jetzt aufwachte und sie dabei erwischte, würde sie vor Scham im Erdboden versinken, aber er sah so friedlich und attraktiv aus im Schlaf. Sein Dreitagebart machte ihn auf raue Art sexy, und sie hatte den Verdacht, dass er ohne Bart fast zu hübsch aussehen würde. Seine Haut war glatt und seine Augen wirkten auch geschlossen sehr anziehend.

Der Drang, ihn zu küssen, überwältigte Harper, aber sie beschloss, ihn vorher lieber aufzuwecken. Sie hatten ihre geplante Knutschorgie noch nicht gefeiert, und um die Stimmung nicht zu verderben, wollte sie ihn auf die richtige Weise wecken.

»Daniel?«, flüsterte Harper ihm ins Ohr und versuchte, verführerisch zu klingen. »Daniel?«

Er rührte sich nicht. Kein bisschen, obwohl sie ihm direkt ins Ohr sprach. Sofort stieg Panik in Harper auf, und sie fragte sich plötzlich, ob er überhaupt noch atmete. Als sie eingeschlafen war, hatte sie seinen Herzschlag gehört, aber war das beim Aufwachen auch so gewesen?

»Daniel?«, fragte Harper noch einmal. Jetzt war sie sich fast sicher, dass er im Schlaf gestorben war. »Daniel?«

Er bewegte den Kopf. »Hmmm?« Langsam öffnete er die Augen und schaute sie an. Sie stieß den Atem aus, den sie angehalten hatte. »Was ist denn?«

»Hast du mich nicht gehört?«, fragte Harper atemlos. Sie setzte sich auf und er legte ihr die Hand auf den Rücken.

Daniel wirkte immer noch groggy und schien nicht ganz zu verstehen, was sie meinte. Aber er sah ihr offenbar an, dass sie verstört war, denn er begann, ihr beruhigend den Rücken zu reiben.

»Was meinst du?«, fragte er schon viel wacher.

»Ich habe deinen Namen gesagt. Ihn direkt in dein Ohr geflüstert.«

Er runzelte die Stirn. »Warum hast du mir ins Ohr geflüstert?«

»Ich wollte dich auf romantische Art wecken.«

»Oh.« Daniel lächelte. »Das ist aber süß von dir.«

Er wollte sie wieder zu sich herunterziehen, aber Harper bewegte sich nicht. Sie war immer noch verwirrt und ängstlich.

»Ja, schon, aber wieso konntest du mich nicht hören?«

»Der Unfall.« Daniel setzte sich ebenfalls auf, weil er merkte, dass Harper nicht lockerlassen würde.

»Der Bootsunfall, den du mit deinem Bruder hattest?«

»Ja. Ich habe mir dabei ziemlich schlimm den Rücken verletzt. Diese Schulter kann ich immer noch nicht richtig bewegen, abgesehen von dieser tollen Narben-Kollektion.« Daniel ließ seine rechte Schulter kreisen, um ihr zu zeigen, dass sie ziemlich steif war. »Aber ich habe mir auch die Ohren verletzt. Nicht den äußeren Teil, sondern das Innenohr. Bestimmte Tonhöhen höre ich nicht. Ich bin also sozusagen schwerhörig.«

»Auf beiden Ohren?«, fragte Harper.

»Ja, aber das rechte ist schlechter.« Daniel deutete auf das Ohr, in das sie geflüstert hatte. »Ich hatte mein Gehör auf dem Ohr fast ganz verloren, aber ich wurde operiert und jetzt ist es wieder fast in Ordnung. Im anderen Ohr war es nie so schlimm. Dafür habe ich eine fiese Narbe am Hinterkopf. Falls ich mal eine Glatze kriege, wird das ziemlich gruselig aussehen.«

»Warum hast du mir das bisher nicht erzählt?«, fragte Harper. Ihr Tonfall war spitzer, als sie eigentlich wollte, aber sie konnte ihn nicht steuern.

»Ich habe dir meine Narben doch gezeigt«, erinnerte er sie.

»Ja, aber du hast mir nichts von deinen Ohren gesagt.« Sie setzte sich jetzt richtig auf und zog sich von ihm zurück. Das machte seine Verwirrung nur noch größer.

»Nicht absichtlich«, sagte er achselzuckend. »Ich habe einfach nicht daran gedacht. Warum ist das wichtig?«

»Das muss der Grund sein. Die Sirenen, Daniel. Wahrscheinlich bist du deshalb immun gegen sie.«

Harper beugte sich vor und küsste ihn auf den Mund, und er schlang die Arme um sie und zog sie an sich. Dann drehte er sich so, dass sie auf dem Rücken lag, und küsste sie leidenschaftlicher. Harper spürte seinen Bart auf ihrer Haut. Er fühlte sich einfach richtig an. Wie Daniel sie küsste, entsprach seinem Wesen – ein bisschen ungeschliffen, aber unglaublich süß und sexy.

Plötzlich löste sich Daniel von ihr und setzte sich auf. Er schaute sich um. »Was war das?«

»Was?« Harper lächelte, weil sie dachte, er spiele auf ihr Flüstern von vorher an.

Ihre Hand lag auf seiner Brust, und sie ließ sie zu seinem Nacken gleiten, um ihn wieder zu sich herunterzuziehen, aber dann hörte sie es auch. Ein paar Minuten lang hatte sie in seinen Armen alles um sich herum vergessen. Aber nun hörte sie das nasse Klatschen, mit dem etwas gegen die Haustür prallte.

»Bleib hier.« Daniel stand auf und schaffte es, sich schnell und doch ruhig zu bewegen, während in Harper wieder neue Panik aufstieg.

Sie stand auf und sah sich um, in der Hoffnung, durch die offenen Fenster etwas erkennen zu können, aber da war nichts.

»Hast du was gesehen?«, fragte sie.

»Ich weiß es nicht. Bleib einfach hier«, wiederholte er und ging zur Tür.

»Mach die Tür lieber nicht auf«, bat Harper. »Oder zumindest erst, wenn wir wissen, was es war.«

»Sicherlich war es ganz harmlos.«

Harper ging zum Kamin und griff nach dem Schürhaken.

Daniel mochte ja zuversichtlich sein, aber sie wollte die Tür nicht unvorbereitet öffnen. Dazu wusste sie zu gut, welche Monster da draußen sein konnten.

»Du bist allein auf einer Insel«, sagte Harper. »Entweder ist es ein wildes Tier oder es sind die Sirenen. So oder so ist es auf keinen Fall harmlos.«

»Mir passiert schon nichts«, beharrte Daniel. Er lächelte sie beruhigend an und öffnete dann die Tür.

Harper packte das kalte Metall fester und bereitete sich darauf vor, Penn oder Lexi eins überzuziehen, falls sie draußen standen. Aber als die Tür aufging, sah Harper nichts.

»Oh, gut«, sagte Daniel und schaute zu Boden. »Es sind nur Fische.«

»Fische?« Harper stellte sich neben ihn und schaute ebenfalls nach unten.

Zwei riesige Blaubarsche lagen auf Daniels Türschwelle. Zumindest glaubte Harper, dass es Blaufische waren. Es war schwer zu sagen, denn sie waren mit solcher Wucht gegen die Tür geworfen worden, dass ihre Eingeweide geplatzt waren. Die Wand der Hütte war mit Blutstropfen und Gedärm verschmiert.

Harper wollte gerade fragen, was das sollte, als sie eine riesige schwarze Feder herabschweben sah. Passenderweise landete sie in einer kleinen Blutpfütze und schimmerte dort im Mondlicht.

»Penn«, stellte Harper fest. Ihr lief es eiskalt über den Rücken. »Glaubst du, sie hat uns beobachtet?«

»Schwer zu sagen.« Daniel rieb sich die Stirn. »Ich glaube, ich sollte dich jetzt nach Hause bringen.«

»Eine Sirene bewirft dein Haus mit toten Fischen, und

dein einziger Kommentar ist, dass du mich nach Hause bringen willst?« Harper starrte ihn fassungslos an.

»Es ist spät.« Daniel wandte sich ihr zu, schaute sie aber nicht an.

»Daniel, ich lasse dich so bestimmt nicht hier allein«, sagte Harper entschlossen.

»Harper, es ist alles okay«, versuchte Daniel sie zu beruhigen. »Penn wollte uns nur ärgern.«

»Nur ärgern?«, schnaubte Harper. »Das war ganz offensichtlich eine Drohung. Vielleicht ist sie immer noch da draußen.«

»Nein, das ist sie nicht.« Er schüttelte den Kopf. »Wenn sie mir oder dir etwas tun wollte, hätte sie es schon längst getan. Das war nur ein dummer Streich. Sirenen werfen eben mit Fischen und nicht mit faulen Eiern.«

»Daniel, ich glaube, da steckt mehr dahinter.« Harper starrte eine Weile zu ihm auf, dann seufzte sie und ließ ihre Arme sinken. »Na gut. Bring mich nach Hause. Aber nur, wenn du wirklich glaubst, dass du hier sicher bist.«

»Das weiß ich.« Er lächelte und küsste sie sanft auf den Mund. »Ich kann gut auf mich aufpassen.«

Daniel nahm Harpers Hand und führte sie den Pfad entlang zum Anlegesteg. Die Magie der Nacht war verschwunden. Die Bäume um sie herum waren plötzlich unheimlich geworden, und im Mondlicht wirkten die Äste wie Arme, die nach Harper greifen wollten.

ACHT

Klippensprung

Nachdem Gemmas Auto wochenlang unbeweglich in der Einfahrt versauert war, hatte Brian es endlich geschafft, den uralten Chevy zu reparieren. Während Gemmas Hausarrest hatte er sich geweigert, daran zu arbeiten, weil er sie nicht unnötig in Versuchung führen wollte.

Das Auto war gerade rechtzeitig für Gemmas samstäglichen Ausflug zu ihrer Mutter fertig geworden. So kurz vor Beginn des Semesters nahm Harper jede Schicht an, die sie kriegen konnte. Normalerweise hatte sie samstags frei, aber seit Edie wieder da war, überließ Marcy Harper nur zu gerne ihre Arbeitstage.

Trotzdem redete Harper seit Neuestem davon, doch nicht aufs College zu gehen, weil es zu gefährlich sei, Gemma jetzt allein zu lassen. Aber davon wollte Gemma nichts hören. So lange sie denken konnte, träumte Harper davon, Medizin zu studieren und Ärztin zu werden.

Na ja, vielleicht nicht ganz so lange, aber auf jeden Fall seit dem Unfall ihrer Mutter. Harper hatte während Nathalies Krankenhausaufenthalt oft mit dem Neurochirurgen gesprochen, und seither faszinierte sie diese Arbeit ungeheuer.

Alle hatten ihr klargemacht, wie viel Arbeit und Hingabe es erforderte, Ärztin zu werden, und dass auch Fleiß und eine gute Ausbildung noch keine Garantie dafür waren, dass sie es schaffen würde. Aber das hatte Harper nicht abgeschreckt, sondern sie nur noch eifriger lernen lassen.

Gemma erinnerte sich an viele Nächte, in denen sie aufgestanden war, um aufs Klo zu gehen, und Harper wach in ihrem Zimmer vorgefunden hatte, wo sie für eine Prüfung lernte oder ihre Hausaufgaben machte. Seit ihrem fünfzehnten Lebensjahr war sie Klassenbeste, arbeitete außerdem in Teilzeit und schmiss obendrein noch den Haushalt.

Gemma wusste, wie sehr ihre Schwester sich auf ihr Studium gefreut hatte, und das wollte sie ihr auf keinen Fall verderben. Wenn Harper dieses Jahr nicht aufs College ging, dann verlor sie ihr Stipendium und ihren Studienplatz an der medizinischen Fakultät. Es würde ihre gesamte Zukunft aus der Bahn werfen und alles ruinieren.

Aber das würde Gemma nicht zulassen. Harper hatte schon genug für ihre Familie geopfert.

Auf der zwanzigminütigen Fahrt nach Briar Ridge überlegte Gemma, mit welchen Argumenten sie Harper davon überzeugen konnte, aufs College zu gehen. Alle logischen würden vermutlich nicht greifen, weil die Situation, in der sie sich befanden, nun mal völlig unlogisch war.

Es wäre schön gewesen, wenn sie Nathalie um ihren mütterlichen Rat hätte bitten können, aber das ging leider nicht. Ihre Mutter war bester Laune und plauderte über alles Mögliche, sodass Gemma fast gar nicht zu Wort kam.

Sie hatte versucht, Nathalie von dem Stück zu erzählen, in dem sie mitspielte, denn früher war auch Nathalie eine begeisterte Schauspielerin gewesen. Deshalb hatte sie auch bei der Restaurierung des Paramount-Theaters mitgeholfen: Sie wünschte sich einen Ort, an dem sie auftreten konnte. Aber heute konnte sie sich nicht lange konzentrieren. Wenn Gemma sie etwas fragte oder etwas zu ihr sagte, nahm das Gespräch sofort eine bizarre Richtung. Nathalies neuestes Spielzeug war eine Heißklebepistole für Modeschmuck, aber ihre schlechte Handkoordination stellte ein echtes Problem für sie dar.

Irgendwie schaffte es Gemma, den Besuch ohne neue Schmucksteine auf ihrer Kleidung zu überstehen. Ihre Mutter zu sehen laugte sie emotional immer aus und das machte die Wassermelodie nur noch lauter.

Wenn sie eine Zeit lang nicht geschwommen war oder sich zu weit von den Sirenen oder vom Meer entfernte, rief der Ozean nach ihr. Die Melodie war nur in ihrem Kopf, aber je stärker sie wurde, desto nerviger wurde sie, und irgendwann schmerzte sie richtig. Die Wassermelodie hatte Gemma kurz nach ihrer Verwandlung schreckliche Migräneanfälle beschert, als sie sich geweigert hatte, zu schwimmen.

Ihre Klimaanlage war kaputt und durch die Fenster drang heiße Augustluft ins Auto. Die Wassermelodie war inzwischen irritierend laut. Außerdem begann ihr Hunger wieder an ihr zu nagen. Sie musste bald mit einem Jungen ausgehen. Der körperliche Kontakt linderte den Hunger und verhinderte, dass sie die Kontrolle verlor und irgendjemanden verletzte, so wie es ihr schon einmal passiert war. Sirenen brauchten vier Dinge – Gesang, den Ozean, Nahrung und körperlichen Kontakt zu Männern. Knutschen half Gemma, ihren Appetit zu zügeln – solange sie es schaffte, rechtzeitig die Notbremse zu ziehen, bevor die Sirenenlust sie überwältigte.

Aber da sie heute nichts mit Kirby ausgemacht hatte, musste sie sich wohl mit einem Schwimmausflug begnügen. Das würde ihr helfen, Dampf abzulassen, die Wassermelodie zum Verstummen bringen und sogar ihren Hunger ein bisschen lindern.

Bevor sie Capri erreichte, bog sie von der Hauptstraße auf die kurvige Strecke ab, die zu der Klippe führte, auf der das Haus der Sirenen stand. Gemma verbrachte zwar nicht besonders gerne Zeit mit ihnen, aber gelegentlich musste sie das tun. Nicht nur, um die Wassermelodie zu dämpfen, sondern auch um des lieben Friedens willen.

Sie musste sich wie ein pflichtbewusstes Mitglied von Penns kleiner Clique verhalten, zumindest hin und wieder. Ansonsten hätte sie riskiert, dass Penn ihre Abmachung brach, die besagte, dass die Sirenen in Capri niemanden töten würden. Nicht einmal Gemma.

Außerdem wollte sie wissen, was die Sirenen so trieben. Gemma wusste, dass sie versuchten, herauszufinden, ob in Capri außer ihnen noch etwas Übernatürliches am Werk war, aber sie hatte keine Ahnung, ob Penn sie einweihen würde, falls sie etwas fand.

Als sie vor dem Haus der Sirenen hielt, war Penns Auto

nirgends zu sehen. Das bedeutete nur, dass Penn wahrscheinlich nicht hier war, aber das war ihr nur recht. Gemma stieg aus und klingelte.

Sie wollte gerade wieder gehen, weil sie dachte, es sei niemand zu Hause, da öffnete Thea die Tür. Ihr rotes Haar war zurückgebunden, so sah sie Gemma zum ersten Mal.

»Hi, Gemma.« Thea lehnte sich gegen den Türrahmen. »Was führt dich zu uns?« Sie nickte in Richtung von Gemmas Auto. »Mal abgesehen von diesem Schrotthaufen. Wie bist du denn damit den Berg hochgekommen?«

»Mein Dad hat es gerade repariert und es läuft ziemlich gut«, stellte Gemma klar, die sehr stolz auf ihr geliebtes Auto war. »Ich dachte, ich frage mal, ob du mit mir schwimmen gehen willst.«

»Okay«, sagte Thea achselzuckend. »Ich bin allein hier und übe schon seit Ewigkeiten meinen Text für das Stück. Eine Pause könnte ich gut gebrauchen.«

Thea wich von der Tür zurück und Gemma folgte ihr ins Haus. Penn hatte sich zwar darüber beschwert, dass ihr die Häuser in Capri zu schäbig seien, aber Gemma fand die Bude ziemlich edel. Das Erdgeschoss war offen gestaltet und darüber befand sich ein großes Loft. Die einzigen Wände umschlossen das Bad, die Speisekammer und den Kamin, der im Zentrum des Hauses stand.

Das Chalet stand fast am Rand der Klippe, nicht weit von der Stelle, an der Gemma und Alex früher gern gesessen, gequatscht und geknutscht hatten. Als sie noch zusammen waren. Aus dem Wohnzimmerfenster sah sie beinahe die gesamte Bucht, Bernies Insel und einen Großteil von Capri. Das Haus war nach Süden ausgerichtet, aber von der Klippe aus sah man fast bis zum Acheloos-Fluss, der ein paar Meilen nördlich der Bucht verlief.

»Die Aussicht ist wirklich toll«, seufzte Thea und stellte sich neben Gemma, die durchs Haus gewandert war, um sich alles anzusehen. »Sie wird mir fehlen, wenn wir fortgehen.«

»Ehrlich?«, fragte Gemma und schaute sie an. Thea wirkte einen Moment lang seltsam wehmütig, aber sie verbarg es schnell.

»Vermissen ist vielleicht zu viel gesagt«, wiegelte sie ab und ging ein Stück zur Seite. »Ich geh hoch und ziehe meinen Bikini an.«

»Wirst du Capri wirklich vermissen?« Gemma beobachtete, wie Thea die Treppe zum Loft, in dem sich die Schlafräume befanden, hinaufging. »Dieses langweilige Kaff?«

»Ich dachte, dir gefällt es hier«, rief Thea. Ihre Stimme hallte von der hohen Decke wieder. Sie war außer Sichtweite und zog vermutlich ihren Bikini an. »Du bist doch diejenige, die am liebsten für immer hierbleiben würde.«

»Das ist etwas anderes. Meine Familie und meine Freunde sind hier«, erklärte Gemma. »Aber du warst schon überall und hast alle möglichen exotischen Orte gesehen. Ich kann mir nicht vorstellen, dass Capri unter den schönsten zehn oder auch nur fünfzig ist.«

»Ich war gar nicht überall«, widersprach Thea. »Wir müssen immer in der Nähe des Meeres bleiben, also haben wir nur in Küstenstädten gelebt. Ich habe schon unzählige Strände gesehen. Für mich wäre die weite Prärie exotisch, Land, das endlos weitergeht, ohne dass man das Meer sehen kann.«

Gemma setzte sich auf das Sofa, während sie wartete. Sie starrte immer noch an die Loftdecke, obwohl es dort nichts zu sehen gab.

»Aber ich glaube trotzdem nicht, dass dies der schönste Ort ist, den du kennst«, sagte sie schließlich.

»Natürlich nicht.« Theas Stimme klang einen Moment gedämpft, dann aber wieder klar. »Die Küste Australiens ist der schönste Ort, den ich kenne. Dort gibt es wunderbare Korallenriffe. Ich bin dort schon tausendmal geschwommen, und jedes Mal ist es wieder neu und auf andere Art wunderschön.«

»Das würde ich gerne sehen«, sagte Gemma.

»Vielleicht wirst du das ja.« Thea erschien an der Treppe. Sie trug jetzt einen dunkelbraunen Bikini. »Aber das Meer bleibt das Meer, egal, wo du bist. Das Wasser ist hier genauso nass wie anderswo.«

»Warum würdest du dann diesen Ort vermissen?«, beharrte Gemma. »Was ist so Besonderes an Capri?«

Thea atmete tief aus und kam langsam die Stufen herunter. Als sie am Fuß der Treppe angelangt war, antwortete sie endlich.

»Capri ist weder der schönste noch der interessanteste Ort, an dem wir je gewesen sind, so viel ist sicher. Penn glaubt, dass uns etwas Übernatürliches hierherzieht, aber ich weiß nicht, ob ich das auch glaube.«

»Warum seid ihr denn überhaupt hierhergekommen?«, fragte Gemma, als ihr klar wurde, dass die Sirenen ihr das nie erzählt hatten.

Thea schüttelte den Kopf und wich ihrem Blick aus. Sie zögerte, bevor sie sprach, als verberge sie etwas. »Es war nur eine Station an der Küste. Wir hatten nie vor, so lange hier zu bleiben.«

»Aber ihr seid geblieben«, stellte Gemma fest. »Und du würdest gern noch länger bleiben, stimmt's?«

»Ach, ich weiß nicht.« Thea ging zur Hintertür und Gemma folgte ihr.

Draußen stellte sich Thea an den äußersten Rand der Klippe, ihre Zehen hingen in der Luft. Unter ihnen breitete sich die Anthemusa-Bucht aus. Die Boote auf dem Wasser wirkten von hier oben aus winzig klein.

»Irgendwann verschwimmen alle Orte zu einem Brei«, sagte Thea schließlich. »Sogar die Schönheit des Meeres wird irgendwann ... langweilig. Es ist nicht das Hier, in dem ich bleiben möchte, sondern mehr das Jetzt.«

»Was ist so toll am Jetzt?«, fragte Gemma.

»Dir kommt im Moment wahrscheinlich alles schrecklich vor. Dein ganzes Leben ist durcheinandergeraten. Aber für mich ist das nach langer Zeit wieder einmal eine Periode der Ruhe. Penn ist nicht so unzufrieden wie sonst. Lexi ist zwar unglücklich, aber das ist halb so wild. Gegen Penn ist selbst ihr schlimmstes Gezicke völlig harmlos.«

Gemma nickte verständnisvoll. »Wenn Penn unglücklich ist, macht sie alle anderen auch unglücklich.«

»Das ist untertrieben. Sie macht allen anderen das Leben zur Hölle.«

»Sie ist also glücklich hier?«, fragte Gemma.

»Sie ist beschäftigt, und in ihrem Fall kommt das Glück am nächsten«, sagte Thea achselzuckend.

»Redest du von Daniel?« Gemma überlegte, ob sie weitersprechen sollte, aber sie beschloss, dass Thea es wissen musste. Das bedeutete nicht, dass sie es vor Penn geheim halten würde, aber irgendwie vertraute Gemma Theas Urteil. »Ich habe heute Morgen mit Harper gesprochen. Sie glaubt, dass sie herausgefunden hat, warum er gegen euch immun ist.«

Thea drehte sich abrupt zu ihr um. »Wirklich?«

»Ja. Harper war gestern Abend bei Daniel und er konnte ihr Flüstern nicht hören oder so«, erzählte Gemma beinahe gegen ihren Willen. »Er hatte vor fünf Jahren einen Unfall, der sein Gehör beeinträchtigt hat. Er ist nicht taub, aber er kann nicht alle Tonhöhen oder Schwingungen hören.«

»Dann ist er also taub für den Zauber des Sirenengesangs.« Thea seufzte, löste ihr Haarband und schüttelte ihre roten Locken aus.

»Wirst du Penn davon erzählen?«, fragte Gemma.

Thea schaute sie lange an. »Das sollte ich ... aber ich werde es nicht tun. Und ich rate dir ebenfalls, es ihr zu verschweigen. Solange sie dieses Rätsel nicht gelöst hat, ist sie vielleicht weiter interessiert daran, in dieser Stadt zu bleiben.« Sie warf Gemma einen wissenden Blick zu. »So bleibst du möglicherweise länger am Leben.«

»Sie hat mir gesagt, dass sie nach einem Ersatz für mich sucht.« Gemma sprach es zum ersten Mal laut aus und die Worte trafen sie mit unerwarteter Wucht.

Sie hatte Harper nichts davon erzählt und das hatte sie auch nicht vor. Ihre Schwester wusste bereits viel zu viel und war schon zu sehr in das Drama verstrickt, das Gemmas Leben geworden war. Ihrer Meinung nach konnte sie Harper am besten beschützen, wenn sie ihr möglichst wenig erzählte. Je weniger sie wusste, desto besser.

Das änderte allerdings nichts an der Tatsache, dass die Morddrohung wie ein Damoklesschwert über Gemmas Haupt schwebte, und sie hätte sich am liebsten übergeben, wann immer sie daran dachte.

»Ich versuche, sie aufzuhalten, Gemma«, sagte Thea. »Penn glaubt zwar, dass sie die Richtige gefunden hat, aber sie ist vorsichtig geworden. Du hast noch Zeit, aber nicht mehr sehr viel.«

»Kannst du mir nicht sagen, wie man den Fluch bricht?«, fragte Gemma beinahe flehentlich.

»Gemma, glaubst du wirklich, ich stünde noch unter dem Fluch, wenn ich wüsste, wie man ihn brechen kann?«, fragte Thea. »Ich wünschte, es gäbe eine bessere Lösung. Ich wüsste gerne ein Zauberwort, mit dem ich alles leicht und wunderbar machen könnte, aber ich weiß keins. Ich bin in demselben Schlamassel gefangen wie du.«

»Ich weiß, aber …« Gemma verstummte und fuhr sich durchs Haar. »Ich weiß einfach nicht mehr, was ich tun soll.«

»Genieß dieses Leben, solange du es noch hast«, sagte Thea schlicht.

Sie schlüpfte aus ihrer Bikinihose und warf sie hinter sich auf die Klippe. Dann sprang sie in den Abgrund und stürzte, die Arme nach vorne gestreckt, auf die Wellen zu, die sich unter ihr brachen.

Offenbar war das Gespräch beendet, also folgte Gemma ihrem Beispiel. Sie schlüpfte aus ihren Sandalen und ihrer Unterhose, sodass sie nur noch ihr Kleid trug. Im Gegensatz zu Thea schwamm Gemma lieber im Kleid als im Bikini. So war wenigstens ihr Schoß bedeckt, wenn sie aus dem

Wasser kam, denn wenn sich ihre Beine in einen Fischschwanz verwandelten, zerriss das Bikinihöschen oder die Unterhose. Thea war vom Rand abgesprungen, aber Gemma nahm gerne Anlauf. Sie ging zum Chalet zurück, raste dann zum Klippenrand und sprang ab.

Der Sturz in den Ozean war rauschhaft. Der Wind pfiff so laut in ihren Ohren, dass sie nichts anderes mehr hörte. Ihr Kleid peitschte um ihre Beine und ihr Magen machte mehrere Purzelbäume, bevor sie endlich ins Wasser stürzte.

Die ersten Augenblicke nach dem Aufprall waren schmerzhaft. Thea hatte es schlimmer erwischt, denn sie war auf den Felsen gelandet, die direkt am Fuß der Klippe unter der Wasseroberfläche lagen. Aber als Gemma das offene Meer erreichte, wirkte Thea wieder völlig unverletzt. Sie war nur eine schöne Meerjungfrau, die durchs Wasser tollte.

Nur Sekunden, nachdem sie ins Wasser gestürzt war, spürte Gemma, wie sie sich verwandelte. Ihre Haut kribbelte, bevor sich ihre Beine in einen mit schillernden Schuppen bedeckten Schwanz verwandelten. Das Wasser streichelte sie mit winzigen Stromstößen. Sie spürte jede Welle, jeden Spritzer und jede Bewegung in ihrem ganzen Körper.

Thea, die auf Gemma gewartet hatte, drehte sich um und schwamm hinaus. Gemma raste hinterher. Sie verließen die Bucht, in der es zu viele Menschen gab, die sie hätten sehen können, und dann begannen sie ihr Spiel.

Sie schwammen in solcher Harmonie umeinander herum, als tanzten sie. Tief tauchten sie hinab und rasten dann so schnell sie konnten wieder an die Oberfläche. Sie hechteten aus dem Wasser, flogen durch die Luft und klatschten dann wieder in den Ozean.

In diesen Momenten, in denen ihr ganzer Körper kribbelte und reine Freude Gemma wie eine Flutwelle überrollte, spürte sie keine Angst und keine Sorgen. Sie war gar nicht dazu fähig. Das Einzige, was sie spürte – das Einzige, was zählte –, war der Ozean.

NEUN

Sundham

Auf der Grasfläche im Zentrum des Campus standen Ahornbäume, und das recht beeindruckende Ziegelgebäude, in dem sich ein Teil der Uni befand, war teilweise hinter ihren Blättern verborgen.

Das Herbstsemester hatte noch nicht begonnen, also war alles ruhig. Über dem Tor stand eine lateinische Inschrift, aber Harper, Marcy und Gemma waren zu weit weg, um sie lesen zu können.

»Das sieht nicht aus wie ein Buchladen«, stellte Harper fest, nachdem Marcy ihren AMC Gremlin direkt vor der Sundham University am Straßenrand geparkt hatte.

»Es liegt aber auf dem Weg«, sagte Marcy und stellte das Achtspurband mit Carly-Simon-Songs leiser, das der Soundtrack ihrer dreiviertelstündigen Fahrt von Capri hierher gewesen war. Seit einer Viertelstunde hatten sie die Lautstärke voll aufgedreht, weil Gemma darum gebeten hatte. Die Musik übertönte die Wassermelodie.

Harper wusste nicht genau, was die Wassermelodie war, und Gemma hatte es ihr auch nicht erklärt. Sie wusste nur, dass die Melodie lauter und nerviger wurde, wenn Gemma sich zu weit vom Meer entfernte. Offenbar war sie nach ihrer Verwandlung in eine Sirene noch nie so weit im Landesinneren gewesen wie heute.

»Hübsch hier«, sagte Gemma und lehnte sich nach vorne.

»Ja, es sieht genauso aus wie in den Broschüren und sogar genauso wie letztes Jahr, als ich hier war, um mich für dieses College zu bewerben«, sagte Harper und schaute Marcy und Gemma wütend an. »Ich weiß, wie die Uni aussieht.«

»Wir dachten, es würde nicht schaden, dich noch mal daran zu erinnern«, sagte Marcy, schaute Gemma an und zuckte mit den Schultern.

»Netter Versuch, Marcy.« Gemma lehnte sich wieder zurück.

»Ihr steckt also unter einer Decke?«, fragte Harper und schaute beide nacheinander an.

Sie bekam keine Antwort und Marcy legte den Gang ein. Das Auto röchelte ärgerlich, machte einen Satz rückwärts und fuhr dann los.

»Das soll jetzt hoffentlich keine Rundfahrt durch Sundham, Delaware werden, oder?«, fragte Harper. »Wollt ihr mir alle Sehenswürdigkeiten zeigen und mich so davon überzeugen, doch hier zu studieren?«

Marcy schaute in den Rückspiegel und tauschte einen Blick mit Gemma. Als Harper sich umdrehte, starrte ihre Schwester seufzend aus dem Fenster.

»Fahr einfach zum Buchladen«, sagte Gemma zu Marcy.

»Ehrlich?«, stöhnte Harper und lehnte ihren Kopf an die Kopfstütze. »Ihr wisst doch, dass mein Problem mit dem

College nichts mit der Stadt oder der Uni zu tun hat. Ich mag Sundham und die Uni ist sehr gut. Deshalb wollte ich ja auch hierher.«

»Wir wollten dich nur daran erinnern, dass du eine gute Wahl getroffen hast.« Gemma schaute sie an. »Wir dachten, wenn wir dir noch mal zeigen, wie toll es hier ist, würde dich das wieder motivieren.«

»Wieso machst du eigentlich bei dieser Scharade mit?«, fragte Harper Marcy. »Du willst doch gar nicht, dass ich gehe, weil du dann alleine mit Edie klarkommen musst.«

»Es ist wahr, dass es mir nützen würde, wenn du für immer in Capri bleibst und die ganze Arbeit machst, auf die ich keine Lust habe«, gestand Marcy. »Aber auch wenn es dich überraschen wird, bin ich nicht die selbstsüchtigste Person auf diesem Planeten. Gemma hat mich gebeten, ihr dabei zu helfen, dich zu überzeugen, und da ich weiß, dass es das Beste für dich ist, habe ich eingewilligt.«

Natürlich wollte Harper hier ans College. Sie hatte ihr ganzes Leben lang auf dieses Ziel hingearbeitet. Aber sie wollte aus genau denselben Gründen nicht hierherziehen, aus denen ihre Schwester so verzweifelt versuchte, sie dazu zu überreden. Sie liebte ihre Schwester zu sehr, um einfach zuzusehen, wie sie ihr Leben zerstörte.

»Die Fahrt ging wirklich schnell, oder?«, fragte Gemma, nachdem Harper ein paar Minuten geschwiegen hatte. »Wenn du ordentlich Gas gibst, brauchst du mit Sicherheit keine halbe Stunde nach Capri. Das ist wirklich nicht sehr lange. Wenn irgendetwas passiert, könntest du in Nullkommanichts bei uns sein.«

»Lass uns zum Buchladen gehen«, brummte Harper.

»Vielleicht finden wir ja einen Weg, den Fluch zu brechen, dann müssen wir dieses Thema nie wieder anschneiden.«

Marcy gehorchte und fuhr durch die Stadt. Wenn Harper aus dem Fenster geschaut hätte, wäre ihr aufgefallen, wie idyllisch es hier war – die breiten Straßen wurden von mit Blumen geschmückten Lampen gesäumt.

Aber sie schaute nicht nach draußen. Sie saß zusammengesunken in ihrem Sitz, während Marcy abwesend bei *Take Me as I Am* mitsang.

Plötzlich blieb das Auto abrupt stehen, und Harper musste sich mit den Händen am Armaturenbrett abstützen, um nicht dagegenzuknallen.

»Was ist los?«, fragte Harper, als der Gremlin verstummte. »Ist dein Auto gerade verreckt?«

»Nein, das ist sie nicht. Das würde sie mir niemals antun.« Marcy blickte Harper empört an. »Mein Dad hat sie gebraucht gekauft, als er sechzehn war, und an meinem sechzehnten Geburtstag hat er sie mir geschenkt. Und in den vergangenen neunundzwanzig Jahren ist sie noch kein einziges Mal abgesoffen.«

»Neunundzwanzig Jahre?«, fragte Gemma. »Wie ist das überhaupt möglich? Mein Auto ist höchstens fünfzehn Jahre alt und geht ständig kaputt.«

»Das Geheimnis ist eine Mischung aus Scheckheftpflege und Liebe«, erklärte Marcy. »Ich liebe Lucinda und Lucinda liebt mich.«

»Dein Auto heißt Lucinda?«, fragte Harper.

»Mein Dad hat sie damals so getauft. Jetzt steigt aus. Wir sind da.« Marcy öffnete die Fahrertür und stieg aus.

Harper sah aus dem Fenster. Sie parkten vor einem netten kleinen Laden, der zwischen einem Blumengeschäft und einem Geschäft für Bastelbedarf lag.

Auf dem Schild über der Tür stand in riesigen Lettern CHERRY LANE BOOKSTORE, und es ächzte und knarrte, obwohl kein Wind wehte. Das Holz der Tür war dunkelgrau, beinahe schwarz, und die Fenster so dunkel getönt, dass sie nicht ins Innere sehen konnten.

Harper stieg aus und klappte ihren Sitz um, damit auch Gemma aussteigen konnte. Sie schaute sich um und bewunderte die Straße. Die meisten Läden hatten bunte Markisen und Blumenkästen vor den Schaufenstern, an denen Poster für das nächste Spiel der Uni-Footballmannschaft hingen.

»Hey, Marcy, warum heißt der Laden Cherry Lane?«, fragte Harper und zeigte auf das Straßenschild an der Ecke. »Wir sind in der Main Street.«

»Es ist ein Verweis auf *Puff the Magic Dragon*«, erklärte Marcy. »Das war Lydias Lieblingslied, als sie noch klein war.«

»Bist du sicher, dass geöffnet ist?«, fragte Harper auf dem Weg zur Tür.

Auf einem Schild an der Tür stand SONNTAGS GESCHLOSSEN. Marcy und Harper hatten nur sonntags gemeinsam frei und auch Gemma hatte heute keine Probe.

»Ich habe sie angerufen. Sie hat gesagt, sie macht extra für mich auf.«

Marcy drückte die Tür auf, und ein altmodisches Glöckchen klingelte, als sie den Laden betrat. Der Duft von alten Büchern und Räucherstäbchen begrüßte Harper, die ihr folgte.

Auf den ersten Blick wirkte das Geschäft wie ein ganz

normaler Buchladen, auf den Displaytischen lagen bunte Danielle-Steel-Romane und Buch-zum-Film-Reihen. Aber sogar von ihrem Standpunkt bei der Eingangstür konnte Harper erkennen, dass der hintere Teil schwerer Kost vorbehalten war.

»Lydia?«, rief Marcy und ging in den schwach beleuchteten hinteren Ladenbereich. »Lydia?«

»Sollen wir ihr folgen?«, fragte Harper leise. Ihre Schwester zuckte wortlos mit den Achseln und ging Marcy nach.

Harper hatte Spinnweben in den Ecken erwartet, aber da waren keine. Die Wände waren von Büchern gesäumt, die mindestens tausend Jahre alt wirkten, bis auf ein Regal, in dem Tarotkarten, getrocknete Blumen und merkwürdige Steine lagen. Natürlich blieb Marcy vor genau diesem Regal stehen.

»Ich weiß nicht, wo Lydia ist, aber das Zeug, das wir brauchen, ist in diesem Bereich.« Marcy deutete auf die Regale um sich herum, die vor uralten Wälzern beinahe überquollen.

Da Harper nicht genau wusste, wonach sie suchten, begann sie, die Regale zu scannen. Gemma kauerte sich zu Boden und nahm ein fleischfarbenes Buch in die Hand, das unter den komischen Steinen stand. Harper fuhr mit den Fingerspitzen über die Buchrücken, die sich unter ihrer Haut alt und weich anfühlten.

Sie entdeckte ein Buch ohne Titel, auf dem nur ein merkwürdiges Symbol abgebildet war. Es kam ihr bekannt vor, also nahm sie das Buch aus dem Regal und klappte es auf. Die Seiten waren so dünn, dass sie Angst hatte, sie würden sich in Staub auflösen, und es roch eindeutig nach Erde.

»Mein Gott, wo bekommt Lydia nur diese Bücher her?«, fragte Harper, die aufrichtig beeindruckt war. »Ich glaube, das hier ist auf Sumerisch.«

»Was ist das?« Gemma kam interessiert zu ihr. Da sie kleiner war als Harper, musste sie den Hals recken, um über die Schulter ihrer Schwester zu sehen. »Das ist keine Schrift. Das sind nur Formen und Symbole.«

»So wird Sumerisch geschrieben«, erklärte Harper. »Es ist eine tote Sprache.«

»Und woher kennst du sie?«, fragte Gemma.

»Ich kenne sie nicht. Ich habe keine Ahnung, was hier drinsteht. Ich erkenne nur ein paar Symbole.« Harper strich über die Seite. »Ich hatte letztes Jahr als Wahlfach Weltsprachen belegt. Ich dachte, Latein könnte mir bei den medizinischen Fachausdrücken helfen.«

»Das heißt also … hier drin steht nichts über Sirenen?«, fragte Marcy.

»Wahrscheinlich nicht. Aber das Ding ist wirklich alt«, erwiderte Harper und stellte das Buch sorgfältig ins Regal zurück. »So etwas findet man nicht auf einem Flohmarkt oder im Großhandel.«

»Ich hab dir doch gesagt, dass das ein besonderer Buchladen ist«, sagte Marcy.

»Viele meiner Bücher stammen von privaten Sammlern, die anonym bleiben möchten«, ertönte eine Stimme hinter ihnen. Harper wirbelte herum und sah eine zierliche Frau auf sie zukommen.

Sie war ungefähr Mitte zwanzig und trug ihr schwarzes Haar in einem Pagenschnitt, der ihr sehr gut stand. Ihre dunklen braunen Augen wirkten beinahe zu groß für ihr zartes Gesicht. Sie trug pastellfarbenen Chiffon und wirkte viel weniger düster, als Harper sich die Besitzerin dieses Geschäftes vorgestellt hatte.

»Hi, Lydia.« Marcys Stimme klang so monoton wie immer, also konnte Harper nicht sagen, ob sie sich freute, ihre Freundin zu sehen. »Das sind die Mädels, von denen ich dir erzählt habe. Harper und Gemma.«

»Du musst die Sirene sein«, sagte Lydia und richtete ihre Aufmerksamkeit sofort auf Gemma.

ZEHN

Cherry Lane

Äh …« Gemma wusste nicht, was sie darauf antworten sollte, und sagte schließlich verlegen: »Ja, das bin ich wohl.«

»Cool.« Lydia lächelte strahlend. »Ich habe noch nie eine Sirene kennengelernt.«

»Tja, hier bin ich«, sagte Gemma achselzuckend.

Lydia biss sich auf die Lippe und ihre Augen funkelten. »Würdest du eventuell für mich singen?«

»Oh nein, das ist keine gute Idee«, sagte Harper schnell.

»Es ist ziemlich gefährlich«, bestätigte Gemma. »Es kann schnell außer Kontrolle geraten.«

»Das verstehe ich. Ich weiß, dass Sirenengesang sehr gefährlich ist.« Lydia winkte ab. »Ich hätte nicht fragen sollen. Eigentlich sollte ich nach der Sache mit dem Werwolf meine Lektion gelernt haben.«

Sie zog ihre Bluse zur Seite und enthüllte ihre schmale Schulter, über die sich eine rote Narbe in Form eines großen Hundebisses wand. Harper war vollauf zufrieden damit, sie aus der Ferne zu betrachten, aber sowohl Gemma als auch Marcy beugten sich interessiert vor.

»Cool«, sagte Marcy.

»Bedeutet das, du bist jetzt auch ein Werwolf?«, fragte Gemma, als Lydia ihre Bluse wieder zurechtgezogen hatte.

»Ja, nimm dich bloß in acht!« Lydia formte ihre Hände zu Klauen und versuchte zu knurren, aber sie musste beinahe sofort lachen. Ein klimperndes Lachen, das Harper an ein Windspiel erinnerte. »Nein, nein. So funktioniert das nicht. Das ist ein ganz anderer Vorgang.«

»Ehrlich?«, fragte Gemma. »Wie wird man denn zum Werwolf?«

»Nun, es ist …«, begann Lydia zu erklären, hielt aber inne, als sie Harpers ungeduldige Miene sah. »Sorry. Ihr seid sicher nicht hier, um über Werwölfe zu reden, richtig?«

»Deshalb bin ich nicht hier, aber jetzt interessiere ich mich brennend dafür«, sagte Gemma schmollend, weil sie genau wusste, dass Harper absolut keine Lust auf dieses Thema hatte.

»Ach, du verpasst nichts«, sagte Marcy. »Werwölfe sind langweilig.«

Lydia beugte sich vor, senkte ihre Stimme zu einem Flüstern und sagte mit geheimnisvoller Miene: »Das sind sie wirklich.«

»Siehst du?«, sagte Marcy.

»Okay. Du willst also keine Sirene mehr sein und suchst nach einer Möglichkeit, den Fluch zu brechen. Richtig?«, fragte Lydia. »Oder will eine von euch zur Sirene werden?«

»Nein, nein, nein«, sagte Harper und hob entsetzt die Hände. »Nicht noch mehr Sirenen. Bloß nicht.«

»Ja, wir wollen den Fluch brechen, nicht noch mehr Sirenen schaffen«, sagte Gemma. »Und falls es einen Weg gibt, die bereits existierenden Sirenen zu töten, wäre das auch nicht schlecht.«

»Ihr wisst also nicht, wie ihr die Sirenen töten könnt?« Lydia hob eine Augenbraue. »Das heißt also, auch du weißt nicht, was für dich tödlich sein könnte?«

»Das weiß ich schon«, sagte Gemma. »Aber nicht, wie man mich gezielt umbringen könnte.«

Lydia verschränkte die Arme vor der Brust, lehnte sich zurück und musterte Gemma. Das tat sie so ausgiebig, dass es Gemma unangenehm wurde und sie sich verlegen unter ihrem Blick wand.

»Das macht dich ziemlich verwundbar, oder?«, fragte Lydia.

»Ja, das stimmt.«

»Daran hatten wir bisher gar nicht gedacht, aber danke, dass du mir den Floh ins Ohr gesetzt hast«, murmelte Harper.

»Weißt du, wie man Sirenen tötet?«, fragte Gemma.

»Leider nicht.« Lydia schüttelte bedauernd den Kopf. »Um ehrlich zu sein, weiß ich eigentlich nur sehr wenig über Sirenen.«

»Was weißt du denn?«, fragte Gemma.

»Dass ihr unwiderstehliche Lieder singt und Seeleute verzaubert, aber ich nehme an, das gilt für alle Menschen, nicht nur für Bootsbetreiber«, sagte Lydia.

»Das stimmt«, sagte Harper. Sie lehnte an einem Bücherregal und beobachtete Lydia.

»Und dass Sirenen sich in Meerjungfrauen oder Vögel verwandeln können. Da sind sich die Quellen nicht einig.«

»In beides, um ehrlich zu sein«, seufzte Gemma.

Lydia riss die Augen auf. »In beides? Wow!« Sie lachte wieder und klatschte in die Hände. »Das ist ja irre. Ist bestimmt sehr aufregend.«

»Es hat leider auch Nachteile«, sagte Gemma, die sich von Lydias Begeisterung nicht anstecken lassen wollte.

»Oh, du meinst den Kannibalismus?« Lydia rümpfte die Nase. »Ja, das stelle ich mir auch ekelhaft vor.«

Harper schaute ihre Schwester an, und Gemma schluckte mühsam und senkte den Blick. Da die Sirenen Bernie McAllister und Alex' Freund Luke ausgeweidet hatten, war Harper klar gewesen, dass die Sirenen sie zumindest teilweise verspeist haben mussten. Außerdem hatte sie in einem Buch über griechische Mythologie von dem Kannibalismus gelesen.

Aber Gemma sprach nie davon, also mied Harper das Thema ebenfalls. Sie glaubte nicht, dass Gemma jemanden ermordet haben könnte. Gemma würde tun, was sie musste, um zu überleben, aber nicht auf Kosten eines Unschuldigen.

»Ja, diesen Teil würde ich gerne vermeiden«, sagte Gemma leise.

»Ich will nicht unhöflich sein, aber wie willst du uns denn helfen, wenn du kaum etwas über Sirenen weißt?«, fragte Harper.

»Ich weiß nicht, wie weit ich persönlich euch weiterhelfen kann, aber ich kann euch bestimmt dabei helfen, diese Informationen zu bekommen«, erklärte Lydia.

»Wo?«, fragte Harper.

»Okay.« Lydia hob die Hände. »Zuerst muss ich euch etwas erklären. Früher gab es auf der Erde eine Menge mächtiger, magischer Wesen. Normale Sterbliche wie du und ich …« – Lydia deutete auf sich und Harper –, »breiteten sich allerdings viel schneller aus als die magischen Wesen. Wahrscheinlich aus denselben Gründen, aus denen sich Ameisen schneller vermehren als Blauwale. Wir waren klein, leicht zu ersetzen und am unteren Ende der Nahrungskette. Wir starben ständig weg. Viele der magischen Wesen waren unsterblich – oder wirkten zumindest auf Menschen so. Die Normalsterblichen begannen, diesen mächtigen Wesen Namen zu geben, und oft war in diesen Namen der Begriff ›Gott‹ oder ›Göttin‹ enthalten.« Lydia hob die Hände. »Und die Menschen hatten ein besonderes Talent dafür, diesen sogenannten Göttern auf die Nerven zu gehen. Also spielten die Götter den Menschen manchmal übel mit oder verfluchten sie. Aber damit ein Fluch real wird und wirkt, müssen seine Bedingungen aufgeschrieben werden.«

»Welche Bedingungen?«, fragte Gemma.

»Nun, so was wie Geschäftsbedingungen, wie beim Autoleasing oder bei iTunes«, erklärte Lydia. »Damit der Fluch gültig wird, muss es einen Vertrag geben.«

»Willst du damit sagen, dass die genauen Details des Fluchs irgendwo aufgeschrieben sind?«, fragte Gemma gespannt.

»Genau. Bis ins kleinste Detail«, bestätigte Lydia. »Was eine Sirene darf oder nicht darf, wie man eine Sirene tötet und wie man den Fluch bricht. Wisst ihr was? Ich zeige euch mal so einen Vertrag.«

Lydia glitt zwischen Gemma und Harper durch und ging weiter in den Gang hinein. Statt eine Leiter zu benutzen, kletterte sie offenbar lieber an den Regalen hinauf und benutzte die Bretter als Trittstufen.

»Brauchst du Hilfe?«, fragte Harper, die fast einen Kopf größer war als Lydia.

»Nein, danke«, erwiderte Lydia fröhlich. »Hab ihn schon.«

Sie holte etwas vom obersten Regalbrett und sprang dann zu Boden. In der Hand hielt sie ein dünnes, abgegriffenes Buch. Das Deckblatt hatte sich gelöst und die Blätter wurden durch ein Gummiband zusammengehalten.

»Das ist das Schriftstück, in dem die Bedingungen für den Vampirfluch für Dracul dargelegt werden«, sagte Lydia, löste das Gummiband und schlug das Buch auf.

Harper beugte sich vor. Die Seiten fielen auseinander und die Buchstaben waren so verblasst, dass die Schrift beinahe unlesbar war. Es war in einer Sprache verfasst, die Harper nicht kannte, aber es gab auch ein paar Bilder, unter anderem eins von einem Herzen, in dem ein Pflock steckte.

»Das kann ich nicht lesen«, sagte Gemma.

»Das hätte mich auch gewundert. Das ist Rumänisch«, sagte Lydia. »Aber dein Problem sind ja auch nicht Vampire, oder?«

»Nein«, sagte Gemma niedergeschlagen.

»Gut. Dann brauchst du es auch nicht zu lesen«, sagte Lydia und blätterte weiter.

»Wer hat das geschrieben?«, fragte Harper und zeigte auf die verblassten Seiten.

»Dieses hier? Das weiß ich nicht«, sagte Lydia und schüttelte den Kopf. »Aber der Originalfluch wurde von Horaz verfasst, glaube ich, weil ihm dieser Vlad offenbar *extrem* auf die Nerven gegangen ist.«

»Und hier steht also, wie man den Fluch brechen kann?«, fragte Harper.

»Nein.« Lydia drehte sich um und schaute Harper, Gemma und Marcy an. »Es gibt keine Möglichkeit, den Vampirfluch zu brechen. Man kann die Vampire nur töten.«

»Moment mal. Aber du hast doch gesagt, damit der Fluch funktioniert, muss er irgendwo niedergeschrieben sein«, sagte Harper.

Lydia nickte. »Richtig.«

»Warum zerstören die Vampire dann nicht einfach dieses Buch?«, fragte Harper. »Dann gäbe es doch keinen Fluch mehr.«

»Na ja, erstens, weil alle Vampire, die mehr als hundert Jahre alt sind, sofort zu Staub zerfallen würden, wenn der Fluch aufgehoben wird«, erklärte Lydia. »Der Fluch hat ihr natürliches Leben verlängert, und ohne ihn wären sie schon seit vielen Jahren tot. Und zweitens würde es nicht helfen, dieses Buch zu zerstören, weil es noch mindestens ein Dutzend von den Dingern gibt.«

Harper dachte nach. »Und was ist, wenn man alle zerstört?«

»Das geht nicht«, sagte Lydia. »Man könnte zwar die meisten vernichten, aber das Original, in dem Horaz selbst den Fluch aufgeschrieben hat, ist bestimmt aus unzerstörbarem Material. Er wollte ja schließlich, dass sein Fluch Bestand hat.«

»Unzerstörbares Material?«, wiederholte Gemma. »Was zum Beispiel? Eine Steintafel?«

»Nein. Stein kann brechen und zu Staub zermahlen werden«, sagte Lydia. »Es kann jedes Material sein, das durch einen Zauber unzerstörbar gemacht wurde.«

»Also … magisches Papier?«, fragte Harper.

Lydia warf ihr einen Blick zu. »Wenn du es ganz simpel ausdrücken willst, dann ja. Magisches Papier.«

»Und warum ist das hier nicht auf magischem Papier geschrieben?« Gemma zeigte auf das Vampirbuch in Lydias Hand.

»Das ist unnötig, weil das Original sich an einem sicheren Ort befindet«, erklärte Lydia. »Wenn es um gewöhnliche Flüche geht, zum Beispiel um Vampire oder Zombies, oder um noch gewöhnlichere Zaubersprüche, wie zum Beispiel Menschen in Kröten zu verwandeln …«

»Na klar, ganz gewöhnliches Zeug eben«, murmelte Harper sarkastisch.

»Dann steht das in tausend Zauberbüchern«, fuhr Lydia fort. »Irgendwo gibt es das Original-Zauberbuch, in dem alle Flüche und Zaubersprüche auf magischem Papier niedergeschrieben sind. Aber je spezifischer der Fluch ist, desto weniger Kopien des Originals gibt es.«

»Und wie viele Kopien gibt es deiner Meinung nach bei den Sirenen?«

»Wenn man bedenkt, dass es nie mehr als vier Sirenen auf einmal geben kann?«, fragte Lydia. »Dann gibt es meiner Meinung nach nur das Original.«

»Aber das hast du nicht zufällig hier, oder?«, fragte Gemma seufzend.

»Nein, leider nicht. Aber ich glaube, ich weiß, wer es hat.« Lydia lächelte strahlend. »Sie.«

»Die Sirenen?«, fragte Harper.

»Natürlich. Wie ihr wisst, sind Sirenen relativ schwierig zu töten, und ich glaube nicht, dass es ihnen recht wäre, wenn die Anleitung dazu irgendwo in der Weltgeschichte herumflattert. Ich bin mir sicher, dass die mächtigste Sirene das Ding hat.«

»Aber sie sind auch Wasserlebewesen«, wandte Gemma ein. »Sie bewegen sich im Wasser fort. Wie können sie Papier mit sich herumtragen, ohne dass es zerstört wird?«

»Es ist magisches Papier, schon vergessen?«, sagte Lydia. »Es hat Eigenschaften, die es unzerstörbar machen – weder Wasser, noch Feuer oder ein nuklearer Holocaust können ihm etwas anhaben.«

»Hast du Penn mal mit irgendeinem Buch gesehen?«, fragte Harper Gemma.

»Nein, ich glaube nicht.« Gemma runzelte die Stirn. »Als ich mit ihnen gereist bin, hatte Lexi eine große Tasche dabei, aber ich habe nicht gesehen, was sie darin hatte.«

»Ich glaube nicht, dass es ein Buch ist«, sagte Lydia. »Die Sirenen sind doch aus Griechenland, oder? Zweites oder drittes Jahrhundert? Wahrscheinlich ist es eine Schriftrolle aus Papyrus.«

»Du meinst also, wir müssen eine Schriftrolle aus Papyrus mit altgriechischer Inschrift finden, die möglicherweise im Besitz einer blutrünstigen Sirene ist, die auf keinen Fall will, dass wir das Ding in die Finger bekommen.«

»Blutrünstig habe ich nicht gesagt. Sind sie blutrünstig?« Das schien Lydia aus irgendwelchen Gründen zu freuen.

»Wow. Das ist irre. Ich habe immer geglaubt, Sirenen seien ganz nett.«

»Das sind sie nicht«, sagte Harper.

»Selbst wenn wir das Ding finden, ist noch lange nicht gesagt, dass drinsteht, wie wir den Fluch brechen können«, sagte Gemma. »Es könnte doch sein, dass es wie bei den Vampiren keinen Ausweg außer dem Tod gibt, stimmt's?«

»Das ist durchaus möglich«, bestätigte Lydia.

»Was würde passieren, wenn wir die Schriftrolle zerstören?«, fragte Harper. »Das würde den Fluch doch nichtig machen.«

»Theoretisch schon«, sagte Lydia vorsichtig. »Aber das werdet ihr nicht schaffen.«

»Ich werde es versuchen«, sagte Harper entschlossen.

»Das kannst du tun«, räumte Lydia widerstrebend ein, »aber so etwas haben in den letzten … na ja, unzähligen Jahren schon eine Menge Leute versucht. Und kaum einer hat es je geschafft.«

»Kaum einer«, wiederholte Harper. »Es ist also möglich.«

»Es gibt immer Ausnahmen, die die Regel bestätigen«, sagte Lydia. »Aber ich habe keine Ahnung, wie sie es gemacht haben, oder wie man diese Schriftrolle zerstören kann.«

»Kannst du uns noch etwas über die Sirenen sagen?«, fragte Gemma.

»Nicht aus dem hohlen Bauch, nein. Aber ich halte die Augen offen, das verspreche ich.«

»Danke, Lydia«, sagte Marcy. Du warst uns eine große Hilfe.«

»Ja, vielen Dank.« Harper lächelte sie dankbar an. »Wir wissen deine Hilfe wirklich zu schätzen.«

»Gern geschehen«, sagte Lydia lächelnd. »Ihr könnt gerne wiederkommen. Ihr alle.«

»Danke«, erwiderte Gemma, aber sie klang noch niedergeschlagener als zuvor.

»Oh, und Marcy?«, sagte Lydia, als sie sie zur Tür brachte. »Falls dein Onkel noch mehr Bilder vom Loch-Ness-Monster bekommt, schick sie mir bitte.«

»Mach ich«, versprach Marcy, und sie verließen den Laden.

Nach der Dunkelheit des Buchgeschäfts war das Sonnenlicht draußen beinahe zu grell und auch die Hitze traf sie wie ein Schlag. Harper war gar nicht bewusst gewesen, wie kühl es in dem Buchladen war, bis sie wieder draußen in der Wärme stand.

»Woher kennst du Lydia eigentlich?«, fragte Harper Marcy.

»Ich kenne einfach eine Menge Leute«, sagte Marcy achselzuckend.

Als sie im Auto saßen, atmete Harper tief aus. Sie wusste noch nicht genau, wie sie das, was sie erfahren hatte, einordnen sollte, aber wenigstens wussten sie jetzt, was zu tun war. Sie suchten nach etwas Bestimmtem. Sie konnten es finden und den Fluch brechen. Zum ersten Mal seit langer Zeit fühlte es sich wieder wie eine reelle Möglichkeit an, diesem ganzen Sirenen-Schlamassel ein Ende zu bereiten.

»Das lief doch ganz gut, finde ich«, sagte Harper.

»Wenn du meinst«, sagte Gemma vom Rücksitz, aber sie klang furchtbar grimmig.

»Ist irgendwas?«, fragte Harper verwundert und drehte sich nach ihr um.

»Nein, alles okay. Ich glaube, die Wassermelodie macht mir zu schaffen«, sagte Gemma und starrte mit leerem Blick aus dem Autofenster.

ELF

Marseilles, 1741

In dem Herrenhaus in Südfrankreich lag Thea noch lange, nachdem ihre Mägde die Vorhänge geöffnet hatten, im Bett. Sonnenlicht fiel durch die hohen Fenster ihres Schlafzimmers, aber sie verkroch sich unter der Decke.

»Thea?«, fragte Aggie, und ohne auf eine Antwort zu warten, drückte sie die Flügeltüren des Zimmers so schwungvoll auf, dass sie gegen die Wand knallten.

Thea ignorierte ihre Schwester und zog sich die Decke über den Kopf.

»Thea, du liegst schon den ganzen Tag im Bett, genau wie gestern und vorgestern«, sagte Aggie.

Das Bett bewegte sich, als Aggie hineinkletterte und zu Thea kroch, die ganz in der Mitte lag. Sie zog die Decke zurück und schaute auf Thea herab, die warmen, kastanienbraunen Augen voller Sorge. Thea seufzte laut.

Aggie trug ein prächtiges rosarotes, mit Spitze und Stoffblumen verziertes Gewand. Aber trotz ihrer formellen Kleidung hatte sie keine Perücke aufgesetzt, sodass ihre langen, braunen Locken ihr über den Rücken hingen.

»Bist du krank?«, fragte Aggie.

»Natürlich nicht«, sagte Thea mit seidenweicher Stimme. Sie rollte sich auf den Rücken, sodass sie die Decke und nicht ihre Schwester anschaute. »Wir können nicht krank werden.«

»Warum liegst du dann den ganzen Tag im Bett?«, fragte Aggie. »Irgendetwas muss doch mit dir los sein.«

Darauf hatte Thea keine Antwort. Sie wohnten schon seit fünf Wochen bei einem Herzog in Südfrankreich. Alle nahmen an, dass Thea und die anderen drei Sirenen Kurtisanen waren, und das war ihnen ganz recht. Das war einfacher, als zu erklären, wer sie wirklich waren.

Seit sie hier waren, hatte Thea allmählich das Interesse an all den Dingen verloren, die sie früher geliebt hatte. Sogar mit ihren Schwestern zu schwimmen machte ihr keinen rechten Spaß mehr. Sie wäre am liebsten nur noch im Bett geblieben.

»Ach, es ist auch nicht so wichtig, was wirklich mit dir los ist«, entschied Aggie und rutschte vom Bett. »Penn und Gia waren in der Stadt und haben einen Gast mitgebracht. Du musst dich anziehen und mit uns zu Abend essen.«

»Ich habe keinen Hunger«, sagte Thea.

»Das ist völlig egal.« Aggie ging zu Theas Schrank und schaute hinein. »Penn hat mir klipp und klar gesagt, dass sie keine Absage dulden wird. Sie will ihn beeindrucken.«

»Seit wann versucht sie denn, Männer zu beeindrucken?«, fragte Thea und setzte sich widerwillig auf. »Haben wir hier nicht genug Männer, um sie zu beschäftigen?«

Der Herzog teilte sein Haus mit seinen zwei Brüdern, und das hätte Penn eigentlich genügen müssen. Außerdem waren da noch die Dienstboten und die Freunde des Herzogs, die oft und gerne in seinem Haus an der Küste des Mittelmeers zu Gast waren.

»Nein, es ist kein Sterblicher«, sagte Aggie und zog ein Kleid aus dem Schrank. »Er nennt sich jetzt Bastian, glaube ich, aber früher hieß er Orpheus.«

Thea zog eine Grimasse. »Orpheus? Der Musiker? Ist er nicht unsere Nemesis? Zumindest hat Homer ihn so genannt.«

»Kann sein. Homer hat eine Menge Lügen verbreitet.« Aggie brachte das Kleid zum Bett und legte es darauf ab. »Komm jetzt, du musst dich beeilen. Penn wird wütend, wenn du sie warten lässt.«

»Was will sie denn von diesem Mann?«, fragte Thea mürrisch, aber sie gehorchte und kroch langsam aus dem Bett.

»Sie dachte, er könnte vielleicht wissen, wo Vater ist«, erklärte Aggie.

»Niemand wird uns jemals sagen können, wo Vater ist«, murmelte Thea und zog sich das Nachthemd über den Kopf. »Und woher weiß sie überhaupt, dass dieser Mann Orpheus ist, wenn er sich Bastian nennt?«

Aggie hielt Thea das Kleid hin, und sie schlüpfte hinein, zog es hoch und steckte die Arme in die Ärmel. Als sie darin steckte, hielt sie ihr rotes Haar hoch, damit Aggie es zuschnüren konnte.

»Sie hat ihn erkannt«, antwortete Aggie. »Wir haben ihn schon einmal getroffen, damals in Griechenland.«

»Es ist also schon viele, viele Jahre her«, stellte Thea fest.

Es musste schon mindestens tausend Jahre her sein, seit sie das letzte Mal in Griechenland gelebt hatten. Unsterbliche wie sie selbst hatten eine Zeit lang dort recht unbehelligt gelebt, aber irgendwann hatte sich das geändert, und nun waren sie über die ganze Welt verteilt.

»Du musst dich doch an ihn erinnern.« Aggie schnürte die Taille des Kleides und Thea atmete heftig aus. »Wir waren bei einem Konzert, wo er Harfe gespielt und ein wunderschönes Lied gesungen hat.«

Thea schüttelte den Kopf. »Das weiß ich nicht mehr. Durch unser Leben ziehen sich so viele Männer, dass ich mich an kein einzelnes Gesicht mehr erinnere.«

Aggie war fertig, fasste Theas Schultern und drehte sie zu sich um.

»Was ist los mit dir?«, fragte sie.

»Nichts.« Thea lächelte gezwungen. »Alles ist wunderbar.«

»Du lügst. Und wir reden noch darüber, aber jetzt musst du so tun, als sei wirklich alles wunderbar«, sagte Aggie. »Aus unerfindlichen Gründen will Penn diesen Bastian beeindrucken, also musst du dich von deiner besten Seite zeigen.«

»Ich tue mein Bestes«, versicherte Thea ihr.

Aggie ging vor ihr her in Richtung Salon. Als sie durch die Flure gingen, stoben die Dienstboten auseinander. Sie alle lebten in Furcht vor den Sirenen und so sollte es auch sein. Nur der Herzog und seine Freunde schienen ihre wahre Natur nicht zu bemerken. Penn wollte es so. Sie konzentrierte ihren Sirenengesang auf sie, damit sie ihr gegenüber großzügig blieben.

Bevor sie im Salon ankamen, hörte Thea Penn bereits lachen. Es war jedoch nicht das verführerische Lachen, mit dem sie erreichen konnte, was sie wollte. Ein anderes Lachen hatte sie Theas Wissen nach noch nie einem Mann geschenkt, aber dies war ihr echtes Lachen.

Gia, die blonde Ligeia, saß auf einem Sessel und beobachtete Penn und Bastian mit amüsiertem Interesse. Penn stand ganz in der Nähe, eine Hand an die Brust gelegt, und starrte lächelnd zu einem Mann auf. Ihre Augen funkelten, und sie strahlte eine Leichtigkeit aus, die Thea noch nie bei ihr erlebt hatte.

Als Thea ins Zimmer kam, drehte Bastian ihr den Rücken zu. Überrascht stellte sie fest, dass auch er keine Perücke trug. Die Sirenen trugen die gepuderten Ungetüme nur selten, weil sie juckten und sie sie unnötig fanden, aber die meisten anderen Personen von Adel gingen nicht ohne sie aus dem Haus.

»Und der Bauer bestand darauf, dass ich das Huhn bezahle«, erzählte Bastian und Penn lachte perlend. »Aber nach dem ganzen Hin und Her war ich natürlich nicht bereit, auch nur einen Denier dafür auszugeben.«

Gia kicherte, allerdings nicht so eifrig wie Penn, die offenbar so von Bastians Geschichte fasziniert war, dass sie gar nicht bemerkte, wie ihre Schwestern ins Zimmer kamen. Sie sah sie erst, als sie bei ihnen angekommen waren und direkt hinter Bastian standen.

»Oh, Verzeihung, Bastian, meine Schwestern sind hier«, sagte Penn, riss ihren Blick von ihm los und winkte Aggie und Thea, näher zu kommen.

»Du erinnerst dich doch sicher an Aggie und Thea, oder? Damals hießen sie allerdings Aglaope und Thelxiepeia.«

Er drehte sich um und sah sie endlich an. Und als Thea ihn erblickte, fiel ihr mit einem Schlag alles wieder ein.

Vor Hunderten von Jahren hatte sie ihn spielen hören. Es war in einem großen Stadion gewesen und Thea hatte mit ihren Schwestern weit hinten gesessen. Penn hatte sich gelangweilt und lieber mit dem Mann neben ihr geflirtet, als dem Künstler auf der Bühne ihre Aufmerksamkeit zu schenken.

Aber Thea konnte den Blick nicht von ihm abwenden. Die Lieder, die er spielte und sang, waren schöner als alles, was sie bisher gehört hatte. Und das wollte etwas heißen, denn sie hörte fast jeden Tag Gia singen – Gia, deren Stimme und Lieder so schön und machtvoll waren, dass sie alle lebenden Wesen verzaubern und in ihren Bann schlagen konnte.

Nach dem Konzert hatte Thea darauf bestanden, mit ihm zu sprechen. Sie schleppte ihre Schwestern durch die Menge, bis sie ihn endlich gefunden hatte. Allerdings wechselte sie nur ein paar Worte mit ihm – hauptsächlich, weil sie zu schüchtern war, um viel zu sagen –, und dann war er mit seiner Frau fortgegangen.

Die Erinnerung war beinahe verloren gewesen, bis sie in seine blauen Augen sah und alles wieder zurückkam. Irgendwie wirkte er heute noch attraktiver als in ihrer Erinnerung. Schwarzes Haar, breite Schultern und ein so schönes Lächeln, dass es Thea den Atem raubte.

Während Bastian Aggie begrüßte, versuchte Thea verzweifelt, sich zusammenzureißen. Sie lächelte höflich, um nicht mit offenem Mund dazustehen.

»Thea«, sagte Bastian, als er sich ihr zuwandte. Er nahm

ihre Hand, und sie hoffte inständig, dass er nicht merkte, wie sie zitterte. Er beugte sich vor und küsste ihre Hand. Sie machte einen kleinen Knicks und musste sich daran erinnern, weiterzuatmen.

»Ich glaube, ich erinnere mich an dich«, bemerkte Bastian, als er ihre Hand losgelassen und sich wieder aufgerichtet hatte. Er lächelte schief und in seiner glatten Haut erschien ein Grübchen. »Dir haben meine Lieder gefallen.«

»Bastian, deine Lieder haben allen gefallen«, sagte Penn mit einem kleinen Lachen.

»Das ist wahr«, gestand er und wandte sich wieder ihr zu.

»Das Essen ist inzwischen sicher fertig«, sagte Penn. »Sollen wir nach unten gehen?« Sie hakte sich bei ihm unter und ließ sich von ihm in Richtung Speisesaal führen.

Thea blieb noch ein paar Sekunden stehen und folgte dann mit Aggie und Gia. Sie wusste nicht genau, was da gerade passiert war, aber eines war sicher. Sie hatte ein sehr großes Problem.

ZWÖLF

Familienbande

Nach der Probe hatten sie ihre erste Kostümanprobe. Das Stück spielte in der italienischen Renaissance, also waren die Kostüme elegant und aufwendig, vor allem weil Tom, der Regisseur, großen Wert auf Perfektion und Authentizität legte.

Gemma war in die Garderobe gegangen, wo die Schneiderin sie ein Musselinkleid anprobieren ließ, um zu sehen, ob es passte und der Schnitt stimmte. Nachdem ihre Maße noch einmal überprüft worden waren, durfte sie ihre normale Kleidung wieder anziehen und nach Hause gehen. Aber sie trödelte noch ein bisschen.

Die Garderoben des Theaters waren von der Restaurierung weitgehend unberührt geblieben. Es waren kleine Ziegelzellen im Keller. Man hatte sie weiß gestrichen, um sie ein bisschen freundlicher zu gestalten, aber die Farbe war alt und blätterte bereits ab.

Der Flur vor den Garderoben war auch nicht viel schöner. Hier waren die Wände roh geblieben und unter der Decke verliefen Wasser- und Lüftungsrohre. Alle vier Garderobentüren waren mit Sternen und den Namen berühmter Stars dekoriert, um das richtige Ambiente zu schaffen.

Aber Gemma wanderte nicht deshalb durch den Flur. Ihre Anprobe war die letzte gewesen, also war sie alleine im Keller. Sie bewunderte die Fotos, die an den Wänden hingen. Es waren große Schwarz-Weiß-Aufnahmen, die entweder aus der ersten Blütezeit des Paramount oder der Zeit direkt nach der Wiedereröffnung stammten.

Das Foto, vor dem Gemma schließlich stehen blieb, zeigte ihre Mutter. Es war vor vielen Jahren entstanden, lange vor Gemmas und Harpers Geburt. Vielleicht sogar vor Nathalies Heirat.

Nathalie stand am Bühnenrand und trug einen Strauß Rosen in der Hand. Sie schaute nicht in die Kamera, sondern auf etwas zu ihrer Rechten. Ihr langes Haar war zur Seite geschoben und sie lächelte ihr schiefes Lächeln, das irgendwie wunderschön war.

Ihrem Kostüm nach zu urteilen, hatte Nathalie die Blanche in *Endstation Sehnsucht* gespielt. Es war ein schlichtes, blaues Kleid, das am Ende des Stücks zerrissen war, aber Nathalie hatte ihre Rolle so sehr geliebt, dass sie das Kleid noch jahrelang aufbewahrt hatte.

»Da bist du ja«, sagte Kirby, und Gemma drehte sich um und sah ihn auf sich zukommen. »Ich habe oben auf dich gewartet, aber du bist einfach nicht gekommen.«

»Ich habe getrödelt«, gab Gemma zu und zeigte auf das Foto vor sich. »Das ist meine Mom.«

Es dauerte ein paar Sekunden, bis Kirby den Blick von Gemma losreißen und ihn auf das Foto richten konnte. Dann nickte er anerkennend.

»Sie ist hübsch«, sagte er, aber Gemma hatte auch nichts anderes erwartet. Ihre Mutter war groß und elegant, hatte schöne Augen und ein warmes Lächeln.

»Sie war auch eine sehr begabte Schauspielerin«, sagte Gemma.

»Professionell?«, fragte Kirby. »Hat sie im Fernsehen oder in Kinofilmen mitgespielt?«

»Nein, sie war Buchhalterin.« Gemma lachte, weil das so absurd klang. »Aber sie hätte auch Model oder Schauspielerin sein können. Stattdessen hat sie sich dafür entschieden, zu heiraten und Kinder zu bekommen.«

»Schade«, sagte Kirby, und Gemma warf ihm einen bösen Blick zu. Sofort senkte er schuldbewusst den Blick.

»Das ist überhaupt nicht schade«, korrigierte Gemma und wandte sich dann wieder dem Bild zu. »Sie hat meinen Dad geliebt, und mich und meine Schwester auch. Sie hat sich für uns entschieden, weil wir sie glücklich gemacht haben.«

»Oh.« Er fuhr sich mit der Hand durchs Haar und wagte es wieder, sie anzusehen. »Ist sie gestorben oder so?«

»Oder so«, sagte Gemma leise. »Sie hatte vor neun Jahren einen Unfall. Sie lebt zwar noch, ist aber nicht mehr dieselbe.«

»Das tut mir leid«, sagte Kirby, und es klang aufrichtig.

Er legte seine Hand auf Gemmas Schulter und sie ließ es geschehen.

»Ich habe sie vorgestern besucht und versucht, ihr zu sagen, dass ich in einem Stück mitspiele«, erzählte Gemma. »Das letzte Mal habe ich geschauspielert, als meine Kindergartengruppe für die Eltern *Max und Moritz* aufführte. Meine Mom fand das damals unheimlich toll.«

Überrascht stellte sie fest, dass ihr Tränen in den Augen standen, und sie drängte sie zurück. Kirby hatte seine Hand sinken lassen, blieb aber dicht neben ihr stehen, um sie zu trösten, falls sie das wollte. Aber ihr war kaum noch bewusst, dass er da war.

»Ich dachte, sie freut sich vielleicht wieder für mich«, fuhr Gemma fort. »Moms Augen leuchteten immer, wenn sie über die Stücke sprach, in denen sie mitgespielt hat. Aber als ich es ihr erzählt habe, wusste sie gar nicht, wovon ich spreche.« Gemma atmete zitternd aus und schüttelte den Kopf. »Früher ist sie immer durchs Haus gelaufen und hat Shakespeare, Tennessee Williams und Arthur Miller rezitiert. Aber jetzt wusste sie nicht mal, wovon ich rede, und es war ihr auch völlig egal.« Und leise flüsternd fügte sie hinzu: »Sie erinnert sich ja kaum noch daran, wer ich bin.«

»Komm her.« Kirby versuchte, den Arm um Gemma zu legen, aber sie wich zurück.

»Sorry.« Sie wischte sich über die Augen und zwang sich zu einem Lächeln. »Du solltest mich nicht so sehen.«

»Es macht mir nichts aus.« Kirby lächelte sie an. »Lass uns aus diesem muffigen Keller gehen, okay? Ich fahre dich nach Hause.«

»Nein, das ist schon okay, Kirby.« Gemma schüttelte den Kopf. »Das musst du nicht.«

Während sie gestern mit ihrer Schwester und Marcy im Buchladen gewesen war und versucht hatte, herauszufinden, wie sie den Fluch brechen konnte, hatte Kirby sie ständig angerufen und ihr SMS geschickt. Sie hatte ihr Handy ausgeschaltet, um sich besser konzentrieren zu können, und als sie es wieder anschaltete, hatte sie sechs neue Nachrichten und zwei verpasste Anrufe.

In diesem Moment hatte Gemma beschlossen, dass es so nicht weitergehen konnte. Es war eine Sache, mit Kirby rumzuhängen und ein bisschen Spaß mit ihm zu haben, aber sie konnte sich auf keinen Fall richtig mit ihm einlassen. Penn und Lexi würden irgendwann auf ihn aufmerksam werden und das würde ihn in große Gefahr bringen.

Außerdem war sie immer noch in Alex verliebt und Kirby würde sie niemals lieben. Und Kirby sie auch nicht. Was er für sie empfand, war sicherlich nur Sirenen-Verehrung, und sie wollte nicht, dass er wegen dieser Pseudo-Gefühle verletzt wurde.

Also hatte sie beschlossen, die Sache mit ihm zu beenden.

Leider war sie so vollauf damit beschäftigt gewesen, darüber nachzugrübeln, wo Penn wohl die geheime Schriftrolle aufbewahrte, dass sie sich noch gar nicht überlegt hatte, wie genau sie mit Kirby Schluss machen würde.

Das wäre nicht so schlimm gewesen, wenn sie dafür wenigstens herausgefunden hätte, wo die Schriftrolle war. Aber ihre einzigen beiden Ideen waren, mit Thea darüber zu reden oder das Haus der Sirenen zu durchsuchen. Penn und Lexi waren jedoch den ganzen Tag zu Hause geblieben, und bei der Probe hatte sie Thea nie unter vier Augen erwischt, weil sie ständig von anderen Schauspielern umgeben gewesen war.

Und deshalb stand Gemma jetzt unvorbereitet vor den Garderoben und versuchte, Kirby so sanft wie möglich die Wahrheit zu sagen.

»Ich fahre dich gern nach Hause«, beharrte Kirby. »Du wohnst ohnehin auf meinem Heimweg.«

»Ich weiß, aber ich wollte heute Abend eigentlich zu Fuß gehen«, sagte Gemma. »Es ist so schön draußen.«

»Ich könnte dich ja begleiten«, schlug Kirby vor.

»Kirby, die Sache ist die … Du bist ein netter Junge, aber …« Sie holte tief Luft, als sie sah, wie seine Miene sich verdüsterte. »Ich habe gerade erst eine schwierige Trennung hinter mir, und ich muss mich auf das Stück konzentrieren, und auch sonst ist bei mir gerade ziemlich viel los. Es wäre nicht fair dir gegenüber, wenn wir weiterhin Zeit zusammen verbringen.«

»Es ist fair«, sagte er schnell. »Es ist total fair. Ich finde es gut. Und wenn du viel zu tun hast, dann kann ich dir Freiraum geben.«

»Okay, ich brauche aber eine Menge Freiraum«, sagte Gemma. »So viel Freiraum, dass wir außerhalb der Proben nicht mehr miteinander reden und uns nicht mehr treffen. Überhaupt nicht. So viel Freiraum brauche ich.«

Er hatte verstanden. Kirby schluckte mühsam. »Habe ich etwas falsch gemacht?«

»Nein.« Gemma lächelte traurig und schüttelte den Kopf. »Du warst toll.«

»Kann ich … kann ich dich wenigstens heute Abend noch nach Hause begleiten?«, fragte Kirby. »Als eine Art Abschied?«

»Gemma?«, rief Daniel. Er stand am Fuß der Treppe, die nach oben führte. »Ist alles okay da unten?«

»Ja, alles okay«, versicherte Gemma ihm.

»Gut«, sagte er, blieb aber stehen. »Alle anderen sind

schon nach Hause gegangen. Willst du nicht auch gehen, Kirby?«

»Ich wollte Gemma nach Hause begleiten«, erklärte Kirby.

»Nimm dir doch den Abend frei, Kirby. Ich sorge dafür, dass sie sicher nach Hause kommt«, sagte Daniel. »Ich muss sowieso dahin, weil ich ihre Schwester besuchen will.«

Kirby schaute Gemma an, in der Hoffnung, sie werde Partei für ihn ergreifen, aber sie schüttelte nur achselzuckend den Kopf. Ehrlich gesagt, war sie froh, dass es so gelaufen war. Kirby war zwar harmlos, aber das bedeutete nicht, dass sie die nächste halbe Stunde damit verbringen wollte, ihn wieder und wieder abzuweisen.

Kirby senkte den Blick und nickte. »Okay. Bis dann, Gemma.« Er drehte sich um und ging den Flur hinunter.

Gemma wartete, bis er weg war, bevor sie Daniel dankbar anlächelte und zu ihm ging.

»Danke«, sagte sie. »Du hast mich vor einem sehr unangenehmen Heimweg gerettet.«

»Das sagst du nur, weil du noch nicht weißt, worüber ich mit dir reden will«, erwiderte Daniel grinsend. »Ich habe eine Menge unangenehmer Themen in petto.«

»Du bringst mich wirklich nach Hause?«, fragte Gemma, als sie gemeinsam die Treppe hinaufgingen.

»Aber sicher«, sagte Daniel. »Hast du eine Ahnung, was deine Schwester mit mir machen würde, wenn ich dich mitten in der Nacht alleine nach Hause laufen lasse?«

»Es ist erst neun«, bemerkte Gemma.

»Glaubst du, das kümmert Harper?«, fragte Daniel. »Es ist dunkel und für sie ist das ›mitten in der Nacht‹.«

Als sie oben an der Treppe ankamen, gingen sie nicht zurück zur Bühne und zum Zuschauersaal, sondern zur Hintertür. Daniel hielt sie für Gemma auf und sie trat in die warme Nachtluft hinaus.

Sobald Gemma draußen stand, spürte sie es. Sie konnte es nicht erklären, aber es war, als sei ihr Blut magnetisch aufgeladen. Der volle Mond zog sie an, wie er auch die Gezeiten zu sich zog, und der Ozean rief sie noch lauter als sonst.

»Ich sollte heute Nacht schwimmen gehen«, sagte Gemma und atmete tief ein.

»Geh doch zuerst nach Hause«, schlug Daniel vor. »Sicher würde Harper sich besser fühlen, wenn sie bei deinem nächtlichen Schwimmausflug dabei wäre.«

»Okay«, stimmte Gemma widerstrebend zu. Sie schwamm zwar gerne mit Harper, aber so musste sie länger warten.

Wenn sie in den vergangenen Wochen schwimmen gegangen war, hatte sie Harper manchmal mitgenommen. Meist ging sie aber mit Thea schwimmen und ganz selten auch mit allen drei Sirenen. Harper hatte Gemma das Versprechen abgenommen, dass sie nicht mehr allein schwimmen gehen würde. Sie mochte die Sirenen zwar nicht, aber wie Gemma hatte sie Vertrauen zu Thea gefasst. Ihrer Meinung nach war Gemma in Theas Gegenwart sicherer als allein.

»Wenn ich dir eine Frage stelle, würdest du mir eine ehrliche Antwort darauf geben?«, fragte Gemma, als sie mit Daniel den Gehweg entlangging.

»Ich würde es versuchen«, sagte Daniel unsicher. »Aber

ich lüge eigentlich nie, also stehen deine Chancen recht gut.«

»Arbeitest du wegen mir bei dem Stück?«, fragte Gemma und schaute zu ihm auf, um seine Reaktion zu beobachten. »Hat Harper dich dazu angestiftet?«

»Du fragst mich, ob Harper mich als deinen Babysitter engagiert hat?«, formulierte Daniel die Frage geschickt um. »Diese Worte hat sie nie gebraucht.«

»Aber hat sie dich darum gebeten?«, drängte Gemma.

»Ehrlich gesagt, nein«, sagte er. »Aber ich wusste, dass es ihr besser gehen würde, wenn sie wüsste, dass du in Sicherheit bist. Und ich wäre auch nicht gerade glücklich, wenn dir etwas Schlimmes passieren würde.«

»Nicht gerade glücklich?« Gemma lachte. »Deine Besorgnis rührt mich.«

Daniel grinste und fuhr sich durch sein wirres Haar. »Du weißt genau, was ich meine. Du bist ein nettes Mädchen. Ich will nicht, dass dir etwas passiert, aber ich will auch nicht einen falschen Eindruck erwecken.«

»Das tust du nicht und das ist sehr schön. Du gehörst zu den zwei männlichen Wesen auf dieser Welt, in deren Gegenwart ich ich selbst sein kann.« Sie seufzte. »Ehrlich gesagt starren mich alle außer dir und meinem Dad nur lüstern an.«

»Als Freund deiner Schwester kann ich doch auch die Rolle deines Schwager… Schwieger-Freunds annehmen?« Er legte den Kopf schief und suchte nach dem passenden Begriff, aber dann gab er achselzuckend auf und sprach weiter. »Falls es jemanden gibt, den ich für dich verprügeln soll, sag es mir nur.«

»Danke.« Gemma lächelte. »Ich weiß das zu schätzen.«

»Ich sehe nicht sehr kräftig aus, aber wenigstens bin ich groß«, sagte Daniel, und sie lachte.

Dann schaute sie zu ihm auf. Er war viel zu streng zu sich. Daniel war nicht nur recht groß, er wirkte auch kräftig. Er trug meistens Flanellhemden oder alte T-Shirts – das Standard-Outfit aller Hipster und Handwerker –, aber sie konnte seine starken Oberarmmuskeln und breiten Schultern sehen. Außerdem hatte sie ihn schon oben ohne gesehen und wusste, dass er ziemlich durchtrainiert war.

»Penn hat gesagt, sie habe dir zehntausend Dollar für einen Zaun geboten«, sagte Gemma.

»Das stimmt.« Er kratzte sich den Bart unter seinem Kinn. »Ich habe natürlich abgelehnt.«

»Natürlich?« Sie schaute ihn an. »Das ist eine Menge Geld.«

»Klar, aber ich bin sicher, es ist Blutgeld«, sagte Daniel, ohne Gemma anzusehen. »Außerdem sollte ich lieber nicht so viel Zeit in Penns Nähe verbringen. Alle Männer in ihrem Leben sterben viel zu früh.«

»Und kriegst du das hin?«, fragte Gemma.

»Penns ziemlich obsessivem Interesse an mir auszuweichen?«, fragte Daniel und seufzte. »Ich versuche, sie weder durch eine zu deutliche Abfuhr zu verärgern noch ihr Interesse an mir zu schüren. Ein echter Balanceakt.«

»Und du stehst wirklich nicht auf sie?«, fragte Gemma. »Kein bisschen?«

»Nein.« Er lachte und wirkte gleichzeitig entsetzt. »Überhaupt nicht. Stehst du denn auf sie?«

»Nein. Warum sollte ich denn auf sie stehen?«

»Eben. Du hast angedeutet, dass sie so schön ist, dass ihre Erscheinung alle Logik, allen Verstand und alle echten Gefühle, die ich möglicherweise für jemand anderen hege, überwältigen könnte«, erklärte Daniel. »Aber da wir beide gegen ihren Gesang oder ihre sonstigen Zauberkräfte immun sind, würde das doch auch für dich gelten, oder?«

»Das ergibt Sinn«, sagte Gemma nachdenklich. »Hast du Harper erzählt, dass Penn in dich verknallt ist?«

»Ich habe es so weit wie möglich heruntergespielt«, gestand Daniel. »Sie weiß ein bisschen, aber nicht alles. Ich will nicht, dass sie sich deswegen Sorgen macht.«

»Das verstehe ich. Ich erzähle ihr auch nur sehr wenig«, seufzte Gemma. »Manchmal ist es besser so.«

Sie gingen um eine Ecke und ließen die Geschäfte im Stadtzentrum hinter sich. Jetzt befanden sie sich in den Wohnvierteln, die daran anschlossen. Eine kleine Ziegelmauer lief neben dem Gehweg her, und Gemma kletterte darauf, breitete die Arme aus und spielte Seiltänzerin.

»Wo wir gerade so offen reden: Kann ich dich auch etwas fragen?«, fragte Daniel.

»Natürlich«, sagte Gemma, verlangsamte ihre Schritte und schaute ihn an.

»Es ist eine komische Frage, und ich weiß gar nicht, ob du sie überhaupt beantworten kannst.« Er steckte die Hände in die Taschen und starrte nachdenklich auf den Gehweg. »Aber als wir dich nach deiner Flucht mit den Sirenen gefunden haben, wusste Harper, wo du warst. Warum?«

Gemma runzelte verwirrt die Stirn. »Wegen der Zeitung. Warst du nicht derjenige, der ihr den Artikel gezeigt hat?«

»Ich weiß, wie wir die Stadt gefunden haben«, erklärte

Daniel. »Das ist klar. Aber als wir das Haus sahen, wusste sie, dass du da drin bist.«

»Was hat sie dir denn darüber gesagt?«, fragte Gemma.

»Nicht sehr viel. Ich habe sie ein paarmal danach gefragt und sie ist mir immer ausgewichen. Sie hat nur gesagt, dass sie es eben wusste.«

»So ist es dann wohl auch«, sagte Gemma achselzuckend. Sie war am Ende der Mauer angelangt und sprang auf den Gehweg neben Daniel.

»Bis jetzt habe ich es nicht verstanden, aber dank deiner detaillierten Erklärung …«, sagte Daniel trocken.

Er war stehen geblieben, also blieb auch Gemma stehen und sah ihn an.

»Harper hat dir doch sicher von dem Unfall erzählt, richtig?«, begann sie. »Der in ihrer Kindheit passiert ist? Der Moms Gehirn verletzt hat?«

»Sie hat ihn erwähnt, aber nicht viel darüber erzählt.«

»Ehrlich gesagt gibt es auch nicht viel zu erzählen. Mom hat Harper zu einer Pizza-Party gefahren und ein Betrunkener hat ihr Auto gerammt. Sein Wagen knallte gegen die Fahrerseite, also erwischte es Mom am schlimmsten, aber Harper war auch verletzt«, erklärte Gemma.

»Sie hatte eine tiefe Schnittwunde am Bein.« Gemma fuhr mit der Hand ihren Oberschenkel entlang, um zu zeigen, wo die Wunde gewesen war. »Sie hat jetzt eine dicke Narbe dort, deshalb trägt sie nie Shorts und nur sehr ungern Badeanzüge.«

»Okay«, sagte Daniel, als versuche er, Gemma zu folgen, verstehe aber nur Bahnhof.

»Als der Unfall passierte, saß ich mit meinem Dad im

Wohnzimmer und malte in einem Malbuch«, sagte Gemma. »Und ich erinnere mich, dass mich ganz plötzlich diese ungeheure Panik überfiel. Ich weiß nicht, wie ich das sonst erklären soll. Auf einmal war ich völlig verängstigt.«

»Wie bei einer Panikattacke?«, fragte Daniel.

»So ähnlich.« Gemma nickte. »Aber dann bekam ich einen heftigen Krampf im Bein.« Sie zeigte auf dieselbe Stelle an ihrem Bein, an der sie auch Harpers Wunde gezeigt hatte.

»Willst du damit sagen, du hast gespürt, dass Harper verletzt war?«, fragte Daniel.

»Ich weiß, das klingt verrückt. Andererseits haben wir in letzter Zeit so viel Verrücktes erlebt …« Sie verstummte. »Ich weiß nicht, warum es passiert, und kann es auch nicht erklären. Aber seit ich eine Sirene bin, ist es noch stärker geworden.«

»Inwiefern?«, fragte Daniel.

»Vorher konnte ich nur spüren, wenn etwas wirklich Schlimmes passierte, wie zum Beispiel der Unfall. Aber am vierten Juli, als Penn euch gefunden hat, wusste ich, dass sie in Schwierigkeiten steckt.« Sie zeigte auf Daniel. »Und sie hat das Haus gefunden, in dem ich war.«

»Hm«, machte Daniel nach einer Weile, aber mehr fiel ihm dazu nicht ein.

Sie liefen wieder los, aber auf dem restlichen Weg redeten sie nur noch über Belanglosigkeiten, zum Beispiel darüber, dass sie Tom beide ein bisschen verrückt fanden. Ein paar Häuser vor Gemmas Zuhause blieb sie plötzlich stehen.

»Was ist?«, fragte Daniel und schaute auf sie herunter.

»Kann ich dir etwas anvertrauen, ohne dass du es Harper erzählst?«, fragte Gemma.

»Was denn?«, fragte Daniel besorgt.

»Du musst es zuerst versprechen. Vorher sage ich nichts.«

»Okay.« Er schaute zu ihrem Haus, als erwarte er, Harper im Garten stehen zu sehen. Dann wandte er sich Gemma zu und nickte. »Ich verspreche es.«

»Ich … erzähle Harper nicht alles.« Sie wählte ihre Worte sehr sorgfältig. »Und das solltest du auch nicht tun.«

»Wie meinst du das?«

»Harper hat ihr ganzes Leben noch vor sich«, fuhr Gemma fort. »Sie hat all diese großen Pläne für ihre Zukunft, und sie hat dich, und sie hat … ein Leben. Und es ist sehr gut möglich, dass es nicht in ihrer Macht steht, mir zu helfen. Es kann sein, dass ich keine Zukunft habe. Zumindest keine, in der ich ein Mensch bin.«

»Harper sagte doch, ihr macht Fortschritte«, wandte Daniel ein. »Ich dachte, ihr hättet einen wichtigen Hinweis darauf bekommen, wie ihr den Fluch brechen könnt.«

»Ich weiß nicht, ob es wirklich ein Hinweis ist, aber ich weiß, dass mir nur noch wenig Zeit bleibt.« Sie holte tief Luft. »Der Punkt ist, dass ich will, dass Harper ihre Zukunft bekommt. Sie muss aufs College gehen, und das wird sie nicht, wenn sie sich um mich Sorgen macht. Also muss ich so tun, als sei alles in Ordnung, und ich will, dass du mir dabei hilfst.«

»Du willst, dass ich meine Freundin anlüge und dich in Gefahr bringe, damit sie von hier fortgeht?«, fasste Daniel ihre Rede zusammen.

Gemma nickte. »Es ist das Beste für sie. In Sundham ist

sie sicherer als hier und dort hat sie die Chance auf ein glückliches Leben.«

Daniel überlegte und sah Gemma dann scharf an. »Ich schlage dir einen Deal vor. Ich mache mit und versuche, Harper vor dem Schlimmsten abzuschirmen, aber unter einer Bedingung. *Mir* erzählst du *alles*.«

»Warum?«, fragte Gemma.

»Jemand muss dir den Rücken freihalten können. Ich verstehe, warum du Harper schützen willst, aber ich brauche diesen Schutz nicht«, sagte Daniel. »Abgemacht?«

»Okay. Abgemacht.«

»Gut«, lächelte Daniel. »Und jetzt sag mir, was du damit gemeint hast, dass dir nicht mehr viel Zeit bleibt.«

»Es ist …« Gemma wandte den Blick ab und spürte, wie ihr Tränen in die Augen stiegen. »Penn glaubt, sie hat einen Ersatz für mich gefunden.«

»Einen Ersatz?«, fragte Daniel, und Gemma wischte sich die Augen und nickte. »Was heißt das?«

»Das heißt, dass sie mich töten und mit meinem Blut den Trank brauen will, mit dem ein Mädchen zur Sirene wird und meinen Platz einnehmen kann.« Sie lächelte unter Tränen. »Wenn ich den Fluch nicht bald breche, dann bin ich tot.«

»Hey, nicht weinen.«

Daniel legte ihr zuerst nur die Hand auf die Schulter, aber als Gemma zu schluchzen begann, legte er ihr den Arm um die Schulter und drückte sie fest an sich. Sie weinte leise an seiner Brust und gab sich ein paar Minuten lang ihrer Trauer hin. Dann wurde sie verlegen.

»Ich will nicht sterben«, sagte sie in Daniels T-Shirt.

»Gut«, sagte Daniel. »Das ist ein guter Anfang. Und was brauchst du, um weiterzuleben?«

»Penns Freundschaft und die Schriftrolle.« Gemma hörte auf zu weinen, richtete sich auf und wischte sich die Tränen aus den Augen. »Sorry. Ich wollte dich nicht vollheulen.«

»Kein Grund, dich zu entschuldigen. Geheult hat hier niemand«, beruhigte er sie lächelnd. »Ich kann dir dabei helfen, Penn zu besänftigen, zumindest eine Zeit lang. Die Schriftrolle ist das Ding, von dem Lydia euch gestern erzählt hat, stimmt's?«

Gemma nickte.

»Harper hat gesagt, dass ihr noch nicht wisst, wo sie ist.«

»Richtig«, gab Gemma zu. »Aber ich will das Sirenenhaus durchsuchen und Thea fragen, was sie darüber weiß.«

»Okay. Mach das«, sagte Daniel. »Und zwar sofort.«

»Jetzt sind sie alle zu Hause«, wandte Gemma ein. »Es wäre besser, wenn sie nicht da wären, wenn ich ihr Haus durchsuche, und das will ich machen, bevor ich mit Thea spreche. Sie hat gesagt, sie würde mir helfen, solange es sie nicht umbringt, aber wenn ich die Schriftrolle finde und den Fluch breche, könnte das durchaus passieren. Das bedeutet, dass sie die Schriftrolle vor mir verstecken würde.«

Als Gemma merkte, was sie da gerade gesagt hatte, schluckte sie. Im Lauf der letzten Wochen war sie Thea nähergekommen und betrachtete sie inzwischen als Freundin. Aber um sich selbst zu retten – und diesen Fluch zu brechen –, musste sie Thea möglicherweise töten, oder zumindest in Kauf nehmen, dass Thea sterben würde.

»Glaubst du, du kannst morgen in das Haus fahren?«, fragte Daniel.

»Vielleicht. Thea hat Probe, und wenn ich die schwänze, könnte ich das Haus durchsuchen. Falls Penn und Lexi nicht da sind.«

»Okay, hör zu: Du durchsuchst das Haus. Falls Penn und Lexi zu Hause sind, lenke ich sie irgendwie ab«, schlug Daniel vor. »Ich weiß zwar noch nicht wie, aber ich schaffe es bestimmt, Penn aus dem Haus zu locken, und Lexi folgt ihr ja meistens wie ein Hündchen. Dann kannst du dich reinschleichen und suchen.«

»Ein guter Plan.« Gemma lächelte ihn an. »Danke.«

Daniel erwiderte ihr Lächeln. »Kein Problem.«

Gemma setzte sich wieder in Bewegung, aber als sie merkte, dass er ihr nicht folgte, blieb sie stehen. »Kommst du nicht mehr mit?«

»Nein, besser nicht«, sagte Daniel. »Geh du mit Harper schwimmen. Wenn ich mitkomme, will sie sicher Zeit mit mir verbringen.«

»Bist du sicher? Ich könnte auch ein anderes Mal schwimmen gehen.«

Gemma hoffte, dass er sie nicht beim Wort nehmen würde.

»Nein, geht nur. Viel Spaß. Verbring ein bisschen Zeit mit deiner Schwester, ich rufe sie nachher noch an«, sagte Daniel und wich einen Schritt zurück. »Aber richte ihr bitte einen Gruß aus. Und ruft mich an, wenn ihr mich braucht, okay?«

Gemma wusste, dass sie ihn eigentlich aufhalten sollte – er hatte sie schließlich nach Hause begleitet –, aber sie tat es nicht. Sobald sie ihn nicht mehr sah, drehte sie sich um, rannte auf ihr Haus zu und überlegte dabei, wie sie Harper dazu überreden konnte, mit ihr schwimmen zu gehen.

DREIZEHN

Hin und her gerissen

Nachdem Gemma vom Theater nach Hause gekommen war, hatte sie Harper regelrecht dazu gezwungen, mit ihr schwimmen zu gehen. Zunächst hatte Harper sich geweigert, bis ihr klar wurde, dass Gemma notfalls auch ohne sie gehen würde. Weil Gemma sich jedes Mal in eine Meerjungfrau verwandelte, wenn sie mit Salzwasser in Berührung kam, konnte Harper durchaus verstehen, warum sie lieber nachts schwimmen wollte, wenn weniger potenzielle Augenzeugen unterwegs waren. Also zog sie murrend ihren Badeanzug an und fuhr mit Gemma zur Bucht hinaus.

Sie fuhren am Strand vorbei bis zu dem Küstenstreifen, an dem der weiche Sand zerklüfteten Felsen wich. Statt asphaltierter Parkplätze für Badegäste säumten hier Sumpfzypressenwälder das Ufer. Harper fuhr einen Trampelpfad entlang und parkte so nah am Wasser wie möglich.

Gemma ging voran und hüpfte anmutig von Felsbrocken zu Felsbrocken, und Harper kopierte den Weg ihrer Schwester genau, weil sie nicht stolpern oder sich den Fuß an einer scharfen Felskante aufreißen wollte. Als sie am Wasser ankamen, watete Gemma hinein, und wenige Sekunden später sah Harper ihren Fischschwanz im Mondlicht glitzern.

Gemma war viel schneller als Harper, aber sie wartete auf sie und schwamm in konzentrischen Kreisen um sie herum. Harper fühlte sich unglaublich plump, wenn sie mit Gemma schwamm. Ihre eigentlich eleganten Schwimmzüge wirkten wie ungeschickte Hundepaddler, verglichen mit der Grazie, mit der ihre Schwester durchs Wasser glitt.

Harper musste sich widerwillig eingestehen, dass es atemberaubend war, mit einer Meerjungfrau zu schwimmen, denn die Schönheit und Eleganz ihrer Schwester im Wasser war wirklich umwerfend.

Gemma tauchte vor Harper auf. »Halt dich an mir fest«, befahl sie.

»Wie bitte?« Harper trat neben ihr Wasser.

»Halt dich an meinen Schultern fest«, wiederholte Gemma, und als Harper zögerte, drängte sie: »Komm schon. Vertrau mir. Halt dich einfach fest.«

Harper griff nach den nassen Schultern ihrer Schwester.

»Und jetzt?«, fragte sie.

»Jetzt halt die Luft an«, rief Gemma lachend, und dann tauchte sie in den Ozean und zog ihre Schwester mit sich in die Tiefe.

Als Harper schon Angst bekam, sie werde gleich ertrinken, schoss Gemma wieder mit ihr nach oben, schnellte aus dem Wasser, glitt durch die Luft und tauchte dann wieder in die Wellen.

Mit Gemma im Ozean zu schwimmen und ihre Schwester in ihrem wahren Element zu erleben, brach Harper beinahe das Herz. Es war schrecklich, zu realisieren, dass ihre

Schwester an dem einzigen Ort, an den sie voll und ganz gehörte, nicht wirklich bleiben konnte.

Es war ein magischer Abend, aber Harper wusste nur zu gut, dass der Fluch auch dunklere Seiten hatte. Wenn das hier alles gewesen wäre, hätte sie Gemma aus vollem Herzen gegönnt, dieses Leben bis ans Ende ihrer Tage zu genießen. Aber so war es leider nicht.

Am nächsten Morgen hatten sowohl Harper als auch Gemma neue Kräfte für die Suche nach der Schriftrolle gesammelt. Gestern hatte Gemma es nicht geschafft, das Haus der Sirenen zu durchsuchen oder Thea unter vier Augen zu erwischen, aber sie war finster entschlossen, heute mit der Suche zu beginnen. Sie klärte Harper zwar nicht über die Details ihres Plans auf, verkündete aber, sie sei sicher, dass er Erfolg haben werde.

Harper verbrachte den größten Teil ihres Arbeitstags damit, in der Bücherei nach Informationen über Flüche, Sirenen und uralte Schriftrollen zu suchen. Die Stadtbücherei von Capri hatte allerdings deutlich weniger Bücher über das Okkulte auf Lager als Cherry Lane Books, also verlief ihre Suche mehr oder weniger ergebnislos.

Aber Harper war sicher, dass sie bald einen Hinweis finden würden. Sie mussten einfach. Bis es so weit war, konnte sie allerdings nicht aufs College gehen. Sie musste diese Sache erst zu Ende bringen. Und leider bedeutete das auch, dass sie ihren Vater über ihre Entscheidung informieren musste.

Als sie von der Arbeit nach Hause kam, begann sie zu putzen. Während sie das Geschirr abwusch, starrte sie abwesend aus dem Fenster auf Alex' Haus, aber sie sah es gar nicht. Dann hörte sie, wie sich die Haustür öffnete und schloss, und gleich darauf die schweren Schritte ihres Vaters, der noch seine Arbeitsstiefel trug. Einen Augenblick später erschien er in der Küche.

»Hallo, mein Schatz«, sagte Brian und nahm den Stapel Briefe in die Hand, den Harper auf den Küchentisch gelegt hatte.

»Hallo, Dad.« Harper spülte den letzten Teller ab, drehte dann das Wasser ab und wandte sich ihrem Vater zu. »Wie war's bei der Arbeit?«

»Wie immer«, antwortete Brian achselzuckend und öffnete eine Rechnung. »Wie war dein Tag?«

»Ganz in Ordnung.« Harper lehnte sich gegen den Tresen und beobachtete, wie er die Rechnung studierte. Er fluchte leise und schüttelte den Kopf. »Ist es schlimm?«

»Nein, das geht schon.« Brian legte den Brief auf den Tisch und schaute seine Tochter lächelnd an. »Was hast du gerade gesagt?«

»Ach, nichts Wichtiges.« Harper strich ihren Pferdeschwanz glatt und lächelte ihn an. »Hast du Hunger? Willst du etwas essen?«

»Ich bin kein Grundschüler, Harper«, sagte Brian amüsiert. »Du muss mir keine Snacks anbieten.«

Sie lachte, aber es klang gezwungen. »Ich weiß.«

»Ist irgendetwas?«, fragte Brian und kniff die Augen zusammen. »Brauchst du etwas?«

»Nein.« Harper schüttelte heftig den Kopf. »Äh, nein. Ich wollte nur … ich wollte dich fragen, wie es mit Alex läuft.«

Ihr Vater öffnete den Kühlschrank und holte sich ein Bier, bevor er sagte: »Bei der Arbeit, meinst du?«

Harper nickte. »Ja. Ich habe mich gefragt, wie er sich so macht.« Hoffentlich merkte ihr Dad nicht, dass sie nur versuchte, Small Talk zu machen, um ihr Geständnis hinauszuzögern. Sie konnte ihn schließlich nicht direkt nach der Arbeit mit der Tatsache konfrontieren, dass sie ihre gesamte Zukunft umgeplant hatte.

»Er macht sich gut.« Brian öffnete sein Bier und nahm einen tiefen Schluck. »Er redet nicht viel mit mir. Alex war noch nie sehr geschwätzig, aber inzwischen sagt er kaum noch was. Er war schon immer still und ein bisschen seltsam, und jetzt ist er noch ruhiger und seltsamer als früher.«

»Er ist nicht seltsam«, widersprach Harper. »Nur … zurückhaltend.«

Brian lehnte sich gegen den Küchentisch. »Weißt du, warum Gemma und Alex sich getrennt haben?«

Harper senkte den Blick und schüttelte so heftig den Kopf, dass ihr Pferdeschwanz ihr ins Gesicht peitschte. »Nö.«

»Ich vermute, dass irgendetwas Schlimmes zwischen den beiden passiert ist«, sagte Brian.

»Vielleicht waren sie nur … ach, keine Ahnung.« Harper schüttelte noch einmal den Kopf.

Brian musterte sie kurz und sagte dann: »Ich dachte, sie hätte es dir vielleicht erzählt.«

»Nein, aber sie ist eben ein Teenager«, erwiderte Harper achselzuckend. »Du weißt doch, wie geheimnisvoll sie immer tut.«

»Ja.« Er trank noch einen Schluck Bier. »Hat sie es ihrer Mom erzählt?«

»Wie bitte?« Harper blickte überrascht auf. Brian erwähnte Nathalie fast nie.

»Ach, ich weiß auch nicht.« Er schaute zu Boden, aber Harper hatte den Schmerz in seinen blauen Augen gesehen. »Sie hat früher immer gern mit ihrer Mutter gesprochen, deshalb habe ich mich gefragt, ob sie ihr immer noch Dinge erzählt.«

»Äh, ja«, sagte Harper schließlich. »Manchmal macht sie das auch heute noch, glaube ich. Sie weiß, dass Mom ihre Geheimnisse für sich behalten wird.«

»Ja, das stimmt. Ob Nathalie nun will oder nicht.« Brian holte tief Luft und löste sich von dem Tisch. »Ich will etwas mit dir besprechen. Setz dich bitte.« Er zeigte auf einen Stuhl.

»Ein Setz-dich-bitte-Gespräch?«, fragte Harper, die bereits anfing, in Panik zu geraten.

»Setz dich einfach«, sagte Brian und zog auch sich einen Stuhl heran. »Ich wollte mit dir reden, bevor ich es deiner Schwester sage. Sie hat heute Abend Probe, richtig?«

»Ja, bis ungefähr acht.« Harper setzte sich auf den Stuhl, hibbelte aber unruhig hin und her. »Dad, du jagst mir Angst ein. Kannst du es einfach ausspucken? Verlieren wir das Haus?«

»Was?« Brian war zuerst verwirrt, dann entsetzt. »Nein, wir verlieren das Haus nicht. Wie kommst du denn auf den Gedanken?«

»Keine Ahnung! Es klingt, als sei was Schlimmes passiert!«

»Es ist nichts Schlimmes passiert! Du machst dir viel zu viele Sorgen. Ehrlich, du machst dir mit achtzehn viel mehr Sorgen als ich mit einundvierzig. Wenn du nicht aufpasst, bekommst du bald einen Herzinfarkt oder ein Magengeschwür.«

»Dad!«, flehte Harper, die ihre Panik beinahe nicht mehr unter Kontrolle hatte.

»Okay, okay!« Brian hob beschwichtigend die Hand und holte tief Luft. »Äh … ich glaube, ich muss deine Mutter besuchen.«

Harper wartete einen Augenblick und starrte ihren Vater mit leerem Blick an. »Du willst Mom besuchen? Das ist deine schlechte Neuigkeit?«

»Ich habe nie gesagt, dass es eine schlechte Nachricht ist, aber …« Brian wich ihrem Blick aus, und das machte Harpers Furcht nur noch größer. »Ich denke seit einiger Zeit über ein paar Dinge nach, und ich muss sie noch einmal sehen, bevor ich eine Entscheidung treffe.«

»Welche Entscheidung? Wovon sprichst du?«, fragte Harper.

»Harper, ich habe dir gesagt, dass du dir keine Sorgen machen musst. Ich will Nathalie besuchen, und zwar mit dir und deiner Schwester. Fahrt ihr beide am Samstag hin?«

»Äh …« Harper dachte kurz nach. »Ja, ich glaube schon.«

»Okay. Kann ich mitkommen?«, fragte Brian und schaute sie endlich an.

»Ja, natürlich kannst du. Du kannst sie jederzeit besuchen. Sie ist deine Frau.«

»Das weiß ich.« Er zupfte an dem Etikett seiner Bierflasche herum und wiederholte noch einmal halblaut: »Ich weiß.«

»Und das ist schon alles?«, fragte Harper verwirrt. Sie verstand nicht, warum ihr Dad ihr diese in ihren Augen gute Neuigkeit so schwermütig verkündet hatte.

»Ja.« Brian nickte und hob dann den Kopf. »Es sei denn, du hast noch etwas auf dem Herzen.«

»Ehrlich gesagt habe ich das.« Harper holte zitternd Atem und begann: »Ich wollte dir schon länger etwas sagen …«

»Bist du schwanger?«, unterbrach Brian sie.

»Dad! Was? Nein. Natürlich nicht!« Sie riss die Augen auf. »Oh mein Gott, Dad. Daniel und ich sind erst seit … Nein. Wir haben noch nicht einmal … Dad! Nein!« Gegen ihren Willen wurde sie puterrot.

»Gut. Babys sind wundervoll, aber erst, wenn man für sie bereit ist«, sagte Brian erleichtert. »Sie machen eine Menge Arbeit und du musst dich um dein Studium kümmern.«

Harper erblickte ihre Chance und sagte schnell: »Genau darüber wollte ich mit dir reden.«

»Übers College?«

»Ja. Ich hatte überlegt, vielleicht doch erst nächstes Jahr zu studieren.«

»Harper Lynn Fisher, du gehst aufs College«, sagte Brian streng.

»Ja, natürlich, Dad. Ich finde nur den Zeitpunkt nicht sehr günstig.«

»Ist es wegen Daniel?« Er kniff die Augen zusammen und seine Miene verdüsterte sich. »Wenn er dich davon abhält, deinen Traum zu verwirklichen, dann schaffe ich ihn aus dem Weg.«

»Dad, hör auf! Du schaffst ihn aus dem Weg? Bist du seit Neuestem bei der Mafia?«, fragte Harper fassungslos. »Und mit Daniel hat das nichts zu tun. Ich habe noch nie meine Zukunftspläne von einem Jungen abhängig gemacht. Warum sollte ich jetzt damit anfangen?«

»Was ist dann der Grund?«, fragte Brian mit einer Mischung aus Verwirrung und Ärger.

»Der Zeitpunkt ist einfach ungünstig«, wiederholte Harper schlicht.

Den wahren Grund – dass Gemma eine Sirene war –, konnte sie ihrem Dad nicht nennen. Er würde sie niemals verstehen oder ihr glauben. Und selbst wenn, was würde es nützen? Harper war ständig halb verrückt vor Sorge, und sie wollte nicht, dass Brian dasselbe durchmachen musste. Vor allem, weil er nichts dagegen tun konnte.

»Wenn es um Geld geht, Harper, dann machst du dir unnötig Sorgen.« Er beugte sich über den Tisch. »Du wirst dein Stipendium verlieren, wenn du erst nächstes Jahr anfängst. Ich habe ein bisschen Geld zur Seite gelegt und außerdem kannst du Studienkredite aufnehmen. Wir schaffen das schon.«

»Ums Geld geht es nicht.«

»Dann nenn mir einen triftigen Grund dafür, nicht zu studieren«, forderte Brian.

»Gemma«, sagte Harper so ehrlich wie möglich. »Mit ihr stimmt etwas nicht.«

»Es freut mich, dass du deine Schwester so sehr liebst, aber sie ist nicht dein Kind. Nicht du bist für sie verantwortlich, sondern ich. Und ich kümmere mich um sie. Das Einzige, worum du dich kümmern musst, ist, fürs College zu packen. Wir anderen kommen schon klar.«

Harper seufzte. »Es gibt da einiges, was du nicht verstehst.«

»Hauptsache, du verstehst eins: Ich habe in den vergangenen neunzehn Jahren nicht jede Woche mehr als fünfundvierzig Stunden geschuftet, damit du deine Zukunft wegwirfst. Ich habe das alles getan, weil ich will, dass Gemma und du ein besseres Leben haben könnt als deine Mom und ich damals. Wir beide wollten das für dich und du willst es auch für dich. Es ist mir egal, aus welchen Gründen du nicht studieren willst. Es gibt nämlich keinen, der gut genug wäre.«

»Aber Dad …«, sagte Harper, doch sie wusste schon, dass er nicht von seiner Meinung abrücken würde.

»Kein Aber, Harper. Du gehst aufs College und damit basta.«

VIERZEHN

Minotaurus

»Wo würde ich mich verstecken, wenn ich eine magische Schriftrolle wäre?«, fragte Gemma sich, als sie im Foyer des Hauses der Sirenen stand. Ausnahmsweise hatte sie heute einmal Glück gehabt. Ihr Chevy war zwar schon wieder kaputt, aber Harper hatte ihr ihren Wagen geliehen – was sie nur höchst selten tat –, und als Gemma beim Haus der Sirenen ankam, waren alle drei nicht zu Hause. Thea war bei der Probe, aber da sie keine Ahnung hatte, wo Penn und Lexi waren, musste sie so schnell wie möglich mit ihrer Suche beginnen.

Das Chalet war schön, aber nicht sehr groß, was die Sache einfacher machte. So musste sie nicht so viele Zimmer durchsuchen.

Gemma durchstöberte eilig die Küche und öffnete alle Schubladen und Schränke, aber abgesehen von einer merkwürdigen Schublade voller Spitzenunterhöschen neben dem Kühlschrank fand sie nichts Außergewöhnliches. Keine Spur von einer Schriftrolle oder anderen wichtigen Dokumenten. Die Speisekammer war mit Konservendosen und einem Besen bestückt, enthielt aber sonst nichts Aufregendes.

Das restliche Erdgeschoss brachte dasselbe Ergebnis. Die wenigen Regale und Schrankfächer im Wohnbereich waren mit DVDs und noch mehr Unterwäsche gefüllt. Die Sirenen mussten eine Lagerhalle von Victoria's Secret ausgeraubt haben.

Gemma hatte gerade die zwei ersten Stufen der Treppe erklommen, als sie draußen ein seltsames Rauschen hörte. Ihr rutschte das Herz in die Hose. Langsam drehte sie sich zum Fenster und sah Thea in der Auffahrt landen. Ihre riesigen Schwingen breiteten sich über ihr aus.

Thea hatte sich nicht vollständig in ihre Vogelform verwandelt. Ihre Gestalt war noch menschlich, abgesehen von den riesigen Flügeln, die aus ihrem Rücken wuchsen. Sie waren von einem wunderschönen Scharlachrot, glänzten in der Sonne und schlugen so heftig, dass Theas Rock hochwehte. Während Thea auf das Haus zuging, falteten sich die Flügel hinter ihr zusammen, und als sie die Tür erreichte, waren sie wieder in ihrem Rücken verschwunden.

Gemma überlegte, ob sie sich verstecken oder aus der Hintertür davonschleichen sollte, bevor Thea sie entdeckte, aber sie entschied sich in letzter Sekunde dagegen. Während ihrer Suche hatte sie Schubladen offen gelassen und überall Unterwäsche verstreut. Ihr blieb auf keinen Fall genug Zeit, um ihre Spuren zu verwischen, und Thea würde ohnehin erraten, dass sie es war, die ihr Haus verwüstet hatte.

Als Thea die Tür öffnete, wirkte sie nicht überrascht, Gemma zu sehen. Wahrscheinlich hatte sie Harpers Auto erkannt.

»Suchst du was?«, fragte Thea und musterte das Durcheinander.

»Warum bist du denn schon hier?«, fragte Gemma zurück. Sie wollte Zeit schinden, um sich eine gute Ausrede zu überlegen. »Solltest du nicht bei der Probe sein?«

»Als ich gesehen habe, dass du nicht da bist, war mir gleich klar, dass du etwas im Schilde führst.« Thea setzte sich in einen Sessel im Wohnzimmer, lehnte sich zurück und legte die Beine auf den Couchtisch. »Also bin ich früher gegangen, um nach dir zu suchen.«

»Woher wusstest du, dass ich hier sein würde?«

»Gewusst habe ich es nicht«, sagte Thea achselzuckend. »Aber ich habe es vermutet. Und da Penn und Lexi heute Abend nicht in der Stadt sind, dachte ich, ich sehe besser mal nach.«

»Wo sind Penn und Lexi?«, fragte Gemma.

»Weg.« Thea richtete ihre grünen Augen streng auf Gemma. »Und jetzt erzähl mir mal, was genau du eigentlich suchst.«

Gemma überlegte lange, was sie antworten sollte, und entschied sich schließlich für die Wahrheit. »Die Schriftrolle«, sagte sie und ging die Treppe wieder hinunter.

»Die Schriftrolle?« Thea zog eine Augenbraue hoch, wirkte aber ansonsten völlig ungerührt. »Müsste ich wissen, was für eine du meinst?«

»Diejenige mit dem Fluch.« Gemma setzte sich Thea gegenüber und versuchte, ebenfalls cool zu bleiben. »Diejenige, auf der alle Details des Fluchs stehen, alle Regeln und vielleicht sogar, wie man den Fluch brechen kann.«

Theas Mundwinkel kräuselten sich amüsiert. »Ich kann

dir versichern, dass nicht darauf steht, wie man den Fluch brechen kann. Aber es steht trotzdem so einiges drauf, was dich interessieren dürfte. Vor allem, wie man eine Sirene tötet.«

»Du …« Gemma befeuchtete ihre Lippen. »Du weißt also, wovon ich spreche?«

»Natürlich.« Thea lachte. »Dachtest du wirklich, das sei mir neu?«

»Nein«, gestand Gemma. »Aber ich habe nicht geglaubt, dass du es zugeben würdest.«

»Ich habe keinen Grund, zu lügen. Du weißt ja schon davon, was würde es also nützen?«

Thea legte den Kopf schief. »Aber eines interessiert mich doch: Wie hast du davon erfahren?«

»Ich habe meine Quellen«, antwortete Gemma schnell.

Thea war inzwischen zwar Gemmas engste Freundin, aber das änderte nichts daran, dass sie immer noch eine Sirene war. Und Gemma hatte nicht vor, Lydia oder Marcy zu erwähnen. Es war nicht auszuschließen, dass Penn oder sogar Thea irgendwann beschließen würde, es den beiden heimzuzahlen.

»Nun ja. Wer sie auch sein mögen, wenn deine geheimnisvollen Quellen dir gesagt haben, die Schriftrolle sei entscheidend, um den Fluch zu brechen, haben sie dich in die Irre geführt«, erklärte Thea.

»Kann sein«, sagte Gemma. »Aber warum lässt du mich das nicht selbst herausfinden?«

Thea warf den Kopf in den Nacken und lachte laut. »Oh bitte, Gemma!«

»Was?«, fragte Gemma. »Warum ist das so witzig?«

»Die Arroganz der Jugend.« Thea hörte auf zu lachen, grinste aber breit. »Du glaubst allen Ernstes, dass du ein Rätsel lösen kannst, über das wir schon seit Jahrhunderten nachgrübeln? Hältst du mich und meine Schwestern wirklich für so dumm?«

»Natürlich nicht«, sagte Gemma entsetzt. »Penn mag vieles sein, aber dumm ist sie nicht.«

»Warum glaubst du dann, du könntest etwas entdecken, was wir bislang nicht gesehen haben?«

»Keine Ahnung. Wahrscheinlich entdecke ich gar nichts«, gab Gemma zu. »Aber ich muss es versuchen. Die Alternative wäre, aufzugeben, und das habe ich nicht vor. Nicht, solange ich nicht alle anderen Möglichkeiten ausgeschöpft habe. Bis ich die Schriftrolle mit eigenen Augen gesehen habe, muss ich daran glauben, dass sie mir helfen kann.«

Thea schüttelte den Kopf. »Das ist nicht deine einzige Option. Du kannst dieses Leben als Sirene annehmen. Vieles daran ist wirklich wundervoll.«

»Versuch nicht, es mir schmackhaft zu machen, Thea«, schnitt Gemma ihr das Wort ab. »Ich will nur wissen, wo die Schriftrolle ist.«

»Warum sollte ich dir das sagen?«

»Weil du es versprochen hast. Du hast gesagt, du würdest alles tun, um mir zu helfen.«

»Solange es weder mich noch meine Schwestern umbringt«, korrigierte Thea.

»Du glaubst, es wird dich umbringen, wenn ich die Schriftrolle finde?«, fragte Gemma.

»Nicht ganz.« Thea stand auf und ging in Richtung Küche. »Möchtest du was trinken?«

»Nein, danke.« Gemma drehte sich in ihrem Sessel um und beobachtete Thea.

»Was meinst du mit ›nicht ganz‹?«

»Ich weiß nicht, wie viel du bereits über die Schriftrolle weißt.« Thea öffnete den Weinkühlschrank in der Kochinsel. Sie überlegte ein paar Sekunden und zog dann eine Flasche heraus. »Angeblich ist sie unzerstörbar.«

»Das habe ich auch gehört«, sagte Gemma.

»Und soweit ich weiß, stimmt das auch.« Thea griff nach einem Korkenzieher und schloss dann ein paar Schubladen, die Gemma offen gelassen hatte. »Im Lauf der Jahrhunderte haben immer wieder Sterbliche versucht, unsere Schriftrolle zu zerstören, und sogar Aggie hatte eine Phase, in der sie versucht hat, das Ding zu verbrennen.«

»Aber es hat nicht funktioniert«, schloss Gemma.

»Nö.« Thea entkorkte den Wein und nahm sich ein Glas. »Willst du wirklich nichts trinken?«

»Nein. Ich nehme grundsätzlich keine Getränke von einer Sirene an«, sagte Gemma trocken, und Thea lächelte.

»Ein guter Grundsatz.« Thea schenkte sich ihr Glas voll und nahm einen tiefen Schluck, bevor sie fortfuhr. »Wir sind nicht die einzigen Wesen auf der Welt, die mit einem Fluch belegt sind. Das hast du dir sicher schon gedacht. Und beinahe alle haben schon mal versucht, den Fluch dadurch zu brechen, dass sie ihre Schriftrollen zerstören.«

»Und niemand hatte Erfolg?«, fragte Gemma.

»Kommt darauf an, wie man Erfolg definiert.« Thea kam wieder zurück in den Wohnbereich. »Aber es ist nur sehr, sehr wenigen gelungen, eine Schriftrolle zu zerstören.«

»Das heißt, es ist möglich«, sagte Gemma.

Thea setzte sich wieder in den Sessel Gemma gegenüber, schlug die Beine übereinander und stellte ihr Glas auf den Tisch. »Hast du schon mal vom Minotaurus gehört?«

»Ich glaube schon. Das ist ein Mischwesen, halb Mensch, halb Bulle, richtig?«, fragte Gemma.

»So ähnlich«, sagte Thea. »Der ursprüngliche Minotaurus war Asterios. Ich habe ihn nie persönlich kennengelernt, aber er soll ein unglaublich gut aussehender junger Mann gewesen sein, und Pasiphaë verliebte sich in ihn. Sie war allerdings bereits mit König Minos verheiratet, obwohl sie selbst auch eine ziemlich mächtige Göttin war. Der König erfuhr vom Ehebruch seiner Frau und drohte, ihren Liebhaber köpfen zu lassen, also beendete Asterios die Affäre. Pasiphaë war darüber so wütend, dass sie ihn dazu verfluchte, fortan mit einem Stierkopf leben zu müssen.«

»Warum ausgerechnet ein Stierkopf?«, fragte Gemma.

»Ich bin mir nicht ganz sicher, aber ich habe gehört, dass das zu seinen anderen … Körperteilen passte«, sagte Thea vorsichtig, und Gemma rümpfte die Nase. »Pasiphaë nahm sich noch viele weitere Liebhaber, und wenn sie die Affäre beenden wollten, verwandelte sie auch sie in stierköpfige Mischwesen und sperrte sie in einem Labyrinth ein, aus dem sie nicht entkommen konnten.«

»Das klingt schrecklich«, sagte Gemma. »Aber was hat das mit unserer Schriftrolle zu tun?«

»Es war schrecklich und ich komme gleich auf den Punkt«, erwiderte Thea. »Irgendwann starb Pasiphaë und irgendjemand befreite die Mischwesen. Aber der Fluch verdammte sie zu einem erbärmlichen Leben. Ich habe mal einen gesehen, sie waren wirklich scheußlich. Monströse

Stiermenschen mit riesigen Hörnern und wütenden Augen. Außerdem waren sie alle ein bisschen verrückt, weil sie so lange in dem Labyrinth gelebt hatten. Natürlich wollten sie so nicht weiterleben. Pasiphaë hatte sie zwar unsterblich gemacht, aber Asterios war entschlossen, seinem Schicksal zu entfliehen. Er fand einen Weg, die Schriftrolle zu zerstören. Wenn ich mich richtig erinnere, musste er das Ding fressen, während die Sonne auf ihn schien.« Thea legte den Kopf schief und dachte nach. »Ich erinnere mich nicht mehr an die Details, aber ich weiß, dass die Anweisungen seltsam waren und sehr genau befolgt werden mussten.«

»Kann man so auch eure Schriftrolle zerstören?«, fragte Gemma.

»Nein, für jeden Papyrus gibt es besondere Regeln, und die werden dem Träger der Rolle nie mitgeteilt«, erklärte Thea. »Das heißt, wir wissen nicht, wie man unsere zerstören kann. Ich weiß nicht einmal genau, wer es weiß, und wahrscheinlich ist die Person schon seit Ewigkeiten tot.«

»Wie hat Asterios es herausgefunden?«, fragte Gemma.

»Eine Muse hat es ihm gesagt.« Thea winkte ab. »Ist auch egal. Ich habe dir diese Geschichte aus einem anderen Grund erzählt.«

»Aus welchem?«

»Asterios und die anderen hatten schon viele Hundert Jahre als Minotaurus gelebt, bevor er den Fluch brach. Viel länger, als sie als Menschen gelebt hätten«, erklärte Thea. »Also zerfielen sie in dem Augenblick, in dem die Schriftrolle zerstört wurde, zu Staub.«

»Warum?«

»Wenn die Schriftrolle zerstört wird, dann ist es, als ob

es den Fluch nie gegeben hätte. Und wenn es den Fluch nie gegeben hätte, dann wären all diese Stierwesen schon lange, lange tot und verwest gewesen. Also hörten sie auf zu existieren.«

Gemma wurde klar, dass Thea ihr gerade Lydias Ausführungen bestätigt hatte, und seufzte tief. »Und das würde auch dir, Penn und Lexi widerfahren, wenn jemand den Papyrus zerstört.«

»Genau.« Thea nahm ihr Glas und lehnte sich bequem zurück. »Du siehst also, dass ich dir mit dieser Sache nicht helfen kann, so gerne ich das auch würde. Ich werde nichts tun, was mich und meine Schwestern töten könnte.«

Gemma blieb ein paar Minuten reglos sitzen und verdaute alles, was sie gehört hatte. Selbst wenn sie die Schriftrolle fand, bedeutete das noch lange nicht, dass sie herausfinden würde, wie man sie zerstörte. Sie müsste zuerst die Person finden, die wusste, was man dafür tun musste, und wenn ihr das gelang, würden alle Sirenen zu Staub zerfallen.

»Danke für deine Hilfe«, sagte Gemma schließlich und stand auf. »Sorry, dass ich euer Haus verwüstet habe.«

»Ach, vergiss es. Ich lasse Lexi alles aufräumen, wenn sie wieder zurück ist.« Thea lächelte ihr zu, aber Gemma konnte sich nicht dazu aufraffen, ihr Lächeln zu erwidern. Sie senkte den Blick und war schon auf dem Weg zur Tür, als Thea noch etwas sagte: »Sie ist nicht hier, Gemma.«

»Was?« Gemma drehte sich zu ihr um.

»Die Schriftrolle. Ich werde dir nicht sagen, wo sie ist, aber sie ist nicht hier«, sagte Thea beinahe gegen ihren Willen.

»Warum verrätst du mir das? Und woher weiß ich, dass ich dir trauen kann?«

»Das weißt du nicht«, erwiderte Thea achselzuckend. »Ich sage es dir, weil ...« Sie seufzte und schüttelte den Kopf. »Keine Ahnung, warum. Ich weiß nur, dass dir nicht viel Zeit bleibt, bis Penn dich ersetzt, und ... ich will nicht, dass du diese Zeit damit verschwendest, nach etwas zu suchen, das du niemals finden wirst.«

FÜNFZEHN

Ersatz

Oh mein Gott, an dieser Stadt ist einfach alles beschissen«, stöhnte Lexi, als sie in Penns Cabrio nach einem Sender suchte. »Warum musstest du dir auch einen Oldtimer zulegen? In einem neuen Auto gäbe es wenigstens einen CD-Player.«

»Du kennst mich doch«, erwiderte Penn. »Ich liebe Klassiker.«

Sie hatten Capri inzwischen so weit hinter sich gelassen, dass sie gar keinen Sender mehr empfingen. Das Radio rauschte nur noch. Lexi schaltete es aus und lehnte sich schmollend in ihrem Sitz zurück.

»Immerhin machen wir heute einen Ausflug«, sagte Penn. »Das sollte deine Laune doch bessern.«

»Nein, es macht sie nur noch schlechter, weil es mich daran erinnert, wie toll der Rest der Welt im Vergleich zu diesem blöden kleinen Fischkaff ist«, wütete Lexi. Sie verschränkte die Arme vor der Brust und starrte stur auf die Autobahn vor ihnen.

»Fischkaff?«, fragte Penn. »Was soll das denn bedeuten?«

»Es bedeutet, dass diese Stadt scheiße ist, und das weißt du auch.« Sie wandte sich mit flehender Miene Penn zu. »Als wir nach Capri kamen, hast du gesagt, es sei bloß für ein paar Tage. Wir wollten nur kurz suchen und dann weiterziehen. Eigentlich sollten wir schon längst in Buenos Aires sein …«

»Ich sagte, wir ziehen weiter, falls wir nichts finden«, korrigierte Penn sie.

»Von mir aus. Aber wir haben rein gar nichts gefunden«, sagte Lexi, verbesserte sich dann aber: »Zumindest nicht das, wonach wir gesucht haben. Wir sollten weiterziehen.«

»Lexi, ich tue hier mein Bestes«, sagte Penn und versuchte, ruhig zu bleiben. »Wir sind auf dem Weg zu Gemmas möglicher Nachfolgerin. Was erwartest du denn noch von mir?«

»Warum müssen wir überhaupt warten?«, winselte Lexi. »Warum kannst du Gemma nicht einfach töten und dir dann die Neue schnappen?«

»Weil ich mir nicht schon wieder eine Gemma einhandeln will«, erklärte Penn, als spreche sie mit einem Kleinkind. »Ich will sichergehen, dass Liv auch wirklich perfekt zu uns passt.«

»Ich dachte, das hättest du schon längst entschieden«, sagte Lexi. »Deshalb hast du dich doch alleine auf die Suche nach Ersatzmöglichkeiten gemacht. Du müsstest dir doch eigentlich sicher sein.«

»Sie wirkt perfekt, aber ich will, dass wir alle der Entscheidung zustimmen.«

»Wenn sie mir gefällt, können wir sie dann heute Abend verwandeln?«, fragte Lexi.

»Nein. Thea muss sie noch kennenlernen.«

»Oh Mann«, stöhnte Lexi und lehnte sich wieder zurück. »Thea wird ihr nie zustimmen. Sie ist so dumm.«

»Du bist wütend und das verstehe ich, aber du solltest wirklich deine Zunge im Zaum halten«, sagte Penn mit einem wütenden Blick.

»Warum töten wir Gemma nicht einfach heute Abend?«, fragte Lexi. »Es war gerade erst Vollmond, also haben wir noch fast einen Monat Zeit, um einen Ersatz für sie zu finden.«

»Nein. Diesen Fehler habe ich schon bei Aggie gemacht und ich werde ihn bestimmt nicht wiederholen«, erklärte Penn. »Damals hatte ich keine Wahl. Ich habe Aggie nur so plötzlich getötet, weil sie sonst uns getötet hätte.«

»Aber wenn wir Gemma töten, können wir aus dieser Stadt verschwinden. Ich bin überzeugt davon, dass es da draußen eine Million Mädchen gibt, die besser sind als sie«, jammerte Lexi.

»Lexi, wir werden Gemma bald töten«, versicherte Penn. »Schon sehr bald. Ich muss nur erst sicher sein, dass ich den perfekten Ersatz für sie gefunden habe.«

»Wenn wir sie töten, kann ich dann ihr Herz fressen?«, fragte Lexi.

»Nein.«

»Nie kriege ich ein richtig cooles Herz«, schmollte Lexi. »Jedes Mal, wenn wir eine Sirene oder einen anderen Unsterblichen getötet haben, darfst du ihr Herz essen und es macht dich noch schöner und mächtiger. Das ist nicht fair. Ich darf nie was machen.«

»Jepp, ich hab's kapiert«, herrschte Penn sie an. »Ich

weiß, wie du dich fühlst. Und allmählich gehst du mir auf die Nerven.«

Lexi versuchte, den Mund zu halten, schaffte es aber nur kurz. Dann wandte sie sich Penn zu und fragte: »Kann ich dann wenigstens Daniels Herz essen?«

Penn hätte beinah den Fuß auf die Bremse gerammt und fragte: »Was?«

»Na ja, du hast gesagt, er könnte mit diesem Bastian verwandt sein«, sagte Lexi. »Dem Unsterblichen, mit dem du vor meiner Zeit zusammen warst. Wenn Daniel mit ihm verwandt ist, dann hat er wahrscheinlich auch ein besseres Herz.«

»Nein, du darfst Daniels Herz nicht fressen«, erwiderte Penn eisig.

»Und warum nicht?«, fragte Lexi trotzig. »Okay, er ist süß, aber wen kümmert's? Du darfst schon Gemmas Herz essen, also lass mir wenigstens ihn übrig.«

»Nein.« Penn packte das Lenkrad mit eisernem Griff und presste ihre nächsten Worte durch zusammengebissene Zähne heraus, die sich allmählich in Reißzähne verwandelten. »Er gehört mir.«

»Er gehört dir?«, schnaubte Lexi. »Du benimmst dich lächerlich. So ein sentimentales Gewäsch hätte ich vielleicht von Aggie oder Thea erwartet, aber niemals von dir.«

»Lexi«, knurrte Penn, »du gehst mir auf die Nerven! Wenn du nicht sofort die Klappe hältst, fahre ich rechts ran!«

»Ich will aber nicht die Klappe halten!«, brüllte Lexi sie an. »*Du* gehst *mir* auf die Nerven mit deiner blöden

Schwärmerei für diesen idiotischen Menschen. Du benimmst dich wie eine …«

Penn trat auf die Bremse und fuhr das Auto rechts ran. Lexi hielt endlich den Mund und klammerte sich an der Tür fest. Ohne ein weiteres Wort drehte sich Penn um und griff Lexi an.

Sie stieg auf sie, packte Lexis seidiges Haar, um sie festzuhalten, und schlug sie wieder und wieder ins Gesicht. Lexi quiekte und riss an Penns Hand, aber sie wehrte sich nicht wirklich.

Als Penn fertig war, setzte sie sich wieder hinters Lenkrad. Während sie Lexi verprügelt hatte, waren ihre Augen vogelgelb geworden, aber sie beruhigte sich schnell, und ihre Augen nahmen wieder ihre normale Farbe an. Besonders gut half ihr dabei, dass sie sich Lexis Blut von den Händen leckte. Sirenenblut schmeckte süßer und war weit mächtiger als sterbliche Herzen. In ein paar Minuten würde Penns Stimme noch verführerischer klingen und sie selbst noch strahlender aussehen als sonst.

Lexi setzte sich langsam auf, und aus dem Augenwinkel sah Penn, dass ihr Gesicht komplett entstellt war. In einer Stunde würde Lexi wieder so schön sein wie vorher, aber bis dahin würde sie Schmerzen leiden, und das ließ Penn zufrieden lächeln.

»Also gut«, sagte sie und fuhr wieder auf die Straße. »Ich denke, wir sind uns darin einig, dass ich töten werde, wen ich will und vor allem wann ich will.«

»Ja«, murmelte Lexi undeutlich, da ihre Lippen aufgeplatzt waren.

»Und jetzt mach dich sauber«, sagte Penn in einem fröhlichen Tonfall. »Du willst ja schließlich einen guten Eindruck auf die Neue machen, oder?«

»Ja«, wiederholte Lexi, die wahrscheinlich fürchtete, dass Penn sie wieder schlagen würde, wenn sie nichts sagte. Und da lag sie nicht falsch, denn Penn hatte Sirenenblut geleckt und hätte gern noch mehr davon genossen.

Als sie Sundham erreichten, war Lexis Gesicht zwar wieder verheilt, aber ganz sauber war sie noch nicht. Sie wischte an dem getrockneten Blut in ihrem Gesicht herum, während Penn mit dem Radiosender mitsang, den sie endlich gefunden hatte.

»Da ist sie.« Penn hielt am Straßenrand unter einem Ahornbaum.

»Wo?«, fragte Lexi, und Penn zeigte auf ein Mädchen, das in einem Straßencafé saß.

Penn hatte sie hierherbestellt und das Mädchen sah sich ständig suchend um. Ihr welliges, blondes Haar war schulterlang und sie kaute nervös auf ihrer Unterlippe herum. Sie war höchstens achtzehn Jahre alt und wirkte naiv und unschuldig.

»Sollen wir?«, fragte Penn, und ohne auf eine Antwort von Lexi zu warten, stieg sie aus dem Auto.

»Warte.« Lexi eilte um das Auto und schloss zu Penn auf. »Warum sie? Warum gefällt sie dir?«

»Ich habe Gemma ausgewählt, weil ich dachte, sie hätte die perfekten Eigenschaften, um eine Sirene zu werden – Schönheit, Liebe zum Wasser, Stärke –, und weil ich geglaubt habe, ihre Sturheit würde ich schon in den Griff kriegen«, erklärte Penn. »Gemma mochte uns von Anfang an nicht, aber ich dachte, sie würde das überwinden und schätzen lernen, welch ein Geschenk wir ihr gemacht haben.«

Sie waren noch nicht ganz beim Café angelangt, aber das Mädchen hatte sie bereits entdeckt. Sie stand auf und winkte wild mit den Armen. Penn winkte höflich zurück.

»Aber jetzt weiß ich, dass ich einen Fehler gemacht habe«, fuhr Penn mit gesenkter Stimme fort. »Ich weiß jetzt, dass eine gute Sirene vor allem gehorsam sein muss. Dieses Mädchen ist unscheinbar, aber sie wird schön werden. Sie kann nicht schwimmen, aber das lernt sie schon. Auf jeden Fall ist sie die Sorte Mädchen, die unbedingt dazugehören will.« Penn lächelte Lexi an. »Sie wird mir aufs Wort gehorchen.«

Das Mädchen stand auf und ging ihnen ein Stück entgegen. Dabei warf sie beinahe einen Tisch um und ihre Wangen röteten sich verlegen.

»Sorry.« Das Mädchen lächelte sie strahlend an. »Ich wusste nicht mehr genau, ob ich im richtigen Café sitze, und hatte Riesenangst, ich warte im falschen. Ich bin seit einer halben Stunde hier, aber jetzt seid ihr ja auch da, also war es wohl das richtige. Und jetzt plappere ich schon wieder. Sorry.« Das Mädchen holte zum ersten Mal Atem und wandte sich dann an Lexi. »Oh mein Gott, bist du hübsch! Unglaublich, wie schön ihr beide seid. Sorry. Das hört sich vermutlich komisch an und sicher sagt man euch das ständig, aber ehrlich, ihr seid so wahnsinnig hübsch.«

»Danke«, sagte Lexi, beugte sich dann zu Penn und flüsterte: »Ich glaube, du hast den Sirenengesang bei ihr ein bisschen übertrieben. Sie ist ja noch unterwürfiger als Sawyer.«

»Ich habe nicht für sie gesungen«, widersprach Penn. »Sie ist auch so total verschossen in uns.«

»Wow.« Lexi starrte das Mädchen an. »Sie ist perfekt.«

»Ich weiß«, gurrte Penn. »Lexi, dies ist Olivia Olsen.«

»Liv«, sagte das Mädchen und streckte die Hand aus. »Meine Freunde nennen mich Liv, und ich hoffe, dass wir alle gute Freunde werden.«

»Oh, da bin ich mir ganz sicher«, sagte Lexi mit einem breiten Grinsen.

SECHZEHN

Herzensbrecher

Gemma hatte sich hinter die dunklen Samtvorhänge geschlichen, um im Backstagebereich Daniels Bühnenbilder zu bewundern. Damit wollte sie sich von ihrem nagenden Hunger ablenken.

Überall standen Bretter herum, und ein Holzgerüst war der einzige Teil der Aufbauten, der bereits fertig war. Offensichtlich versuchte Daniel, seinen Arbeitsplatz so ordentlich wie möglich zu halten, aber nicht alle seine Werkzeuge passten in seinen riesigen Werkzeugkasten, also lagen ein paar Sachen herum.

Seine Entwürfe lagen gestapelt auf einem Tisch. Gemma beugte sich darüber und versuchte, sich einen Eindruck davon zu verschaffen, wie die fertigen Aufbauten aussehen würden. Sie mussten sich leicht umbauen lassen, da sie in zwei Bühnenbildern eingesetzt werden würden. Daniel hatte auch verschiebbare Wände geplant, um die Illusion von privaten Gemächern, zum Beispiel Schlafzimmern, zu schaffen.

»Beiseite setzend alles dies Geschwätz Sag ich Euch rundhe-

raus: Eu'r Vater gibt Euch mir zur Frau«, übte Aiden mit leiser Stimme seinen Text. »*Und wollt Ihr's oder nicht Ihr …*« Er verstummte und murmelte den Anfang seiner Rede noch einmal.

Die Probe war seit zehn Minuten beendet und alle hatten sich zerstreut. Nur Aiden war noch geblieben, um seinen Text zu üben. Er war mit angestrengt gerunzelter Stirn auf die Hinterbühne gewandert und sprach halblaut mit sich selbst.

Hier war es recht dämmrig, also hatte er Gemma offenbar noch nicht entdeckt. Sie blieb, wo sie war, lehnte sich an den Tisch und beobachtete, wie er sich abmühte. In seinen braunen Augen stand Sorge, als habe er Angst, er werde seinen Part nie lernen. Und das machte ihn Gemma gleich sympathischer. Bisher hatte sie Aiden nur selbstbewusst erlebt, zum Beispiel wenn er mal wieder – vergeblich – mit Thea zu flirten versuchte, und seinen Text hatte er oft komplett vergessen. Gemma war nie auf die Idee gekommen, dass ihm das Stück und seine Rolle wirklich etwas bedeuteten und er sich offenbar wirklich Mühe gab.

Sie war davon ausgegangen, dass er bisher ein einfaches Leben gehabt hatte, dank seines guten Aussehens und des Namens seines Vaters. Er hatte letztes Jahr sein Studium beendet und war nach Capri zurückgekehrt, und die Stadt hatte quasi den roten Teppich ausgerollt und ihn zum Ehrenbürger gemacht.

Aber jetzt, da er sich müde die Schläfe rieb und sein abgegriffenes Skript in der Hand hielt, wirkte er gleich viel menschlicher, und zum ersten Mal auch attraktiv. Gemmas

Magen knurrte zustimmend und sie drängte ihren Hunger zurück.

»Brauchst du Hilfe?«, fragte Gemma, und er zuckte zusammen, da er nicht mit ihr gerechnet hatte. »Tut mir leid. Ich wollte dich nicht erschrecken.«

»Du hast mich nicht erschreckt«, versicherte er ihr mit einem Grinsen. Er kam zu ihr, aber der Tisch befand sich noch zwischen ihnen. »Ich dachte, ich wäre alleine hier. Was führt dich hierher?«

Achselzuckend schaute Gemma auf die Entwürfe. »Ich hatte nichts Besseres vor, also bin ich noch hiergeblieben.«

Aber die Wahrheit war, dass Gemma nicht wusste, wie lange sie ihren Appetit noch zügeln konnte, und Aiden im Moment sehr verlockend wirkte.

Angst machte ihren Hunger nur noch schlimmer, und seit ihrem gestrigen Gespräch mit Thea war sie ziemlich niedergeschlagen. Sie wusste nicht, wo sie die Schriftrolle noch suchen sollte und ob es ihr überhaupt etwas nützen würde, wenn sie sie fand.

Außerdem war sie heute Alex über den Weg gelaufen. Da ihr Auto schon wieder nicht funktionierte, hatte sie in der Einfahrt unter die Motorhaube geschaut und versucht, aus dem, was sie da sah, schlau zu werden. In diesem Moment kam Alex nach Hause. Sie hatte gerade rechtzeitig den Kopf gehoben, um ihn in seinen schmutzigen Arbeitsklamotten aus dem Auto steigen zu sehen.

Sein Anblick reichte aus, um ihre Eingeweide in Eis zu verwandeln. Obwohl er sich in den vergangenen Wochen sehr verändert hatte, erkannte sie in ihm noch immer den

Jungen, in den sie sich verliebt hatte. Nur in weit verführerischerer Verpackung. Seine Ärmel spannten sich über seinen Oberarmen, und sich musste daran denken, wie er sie in den Armen gehalten und ihr versprochen hatte, sie ewig zu lieben.

Auf seinem Weg ins Haus hatte er zu ihr hinübergeblickt. Sie hob die Hand, um ihm zu winken, aber er starrte sie so hasserfüllt an, dass sie sich fühlte, als zerspringe ihr Herz in tausend Stücke. Sie musste all ihre Kräfte aufbieten, um nicht auf der Stelle in Tränen auszubrechen.

Sie rief sich in Erinnerung, dass sie genau das gewollt hatte, weil Alex so in Sicherheit war. Den Sirenen war er völlig egal, seit er sie verabscheute.

Es gab keine andere Möglichkeit, ihn zu schützen, und Gemma wusste, dass sie die richtige Entscheidung getroffen hatte. Selbst wenn das bedeutete, dass er sie nie wieder lieben konnte. Was auch immer zwischen ihnen passieren würde, wenigstens konnte sie sich an ihre gemeinsame Zeit erinnern, und das musste ihr genügen.

»Das glaube ich keine Sekunde lang«, sagte Aiden, und Gemma blickte zu ihm auf. »Ich bin sicher, dass du eine Menge coolerer Orte kennst, um den Mittwochabend zu verbringen.«

»Leider nicht.« Gemma lächelte gezwungen. »Jedenfalls keinen, der mir im Moment besser gefällt als diese staubige Hinterbühne.«

»Du liebst das Theater sehr, richtig?«

»Ich liebe es, ein paar Stunden lang so zu tun, als sei ich jemand anders«, gestand Gemma.

»Hm. Hättest du vielleicht Lust, mir dabei zu helfen, so

zu tun, als wäre ich jemand anders?«, fragte Aiden mit verführerischem Lächeln.

»Ich helfe dir gerne beim Textlernen, falls du das meinst«, sagte Gemma und sah ihn gespielt schüchtern an.

Er lachte und hob das Skript in seiner Hand. »Im Moment würde ich mich damit zufriedengeben.«

»Du hast offenbar immer mit derselben Stelle Probleme. Willst du es noch mal probieren, und falls du stecken bleibst, helfe ich dir weiter?«, schlug Gemma vor.

»Okay.« Aiden reichte ihr das Skript. »Die Seite ist gekennzeichnet. An dieser Stelle bleibe ich ständig hängen.«

Gemma hüpfte auf den Tisch und verschränkte die Beine, damit er ihr nicht unter den Rock schauen konnte. Sie schlug die umgeknickte Seite auf. Aidens Passagen waren angestrichen, und als sie die Stelle gefunden hatte, nickte sie ihm zu.

»Okay.« Aiden schlenkerte mit den Armen und bereitete sich mental auf die Szene vor. »Okay.« Er räusperte sich und begann: *»Beiseite setzend alles dies Geschwätz Sag ich Euch rundheraus: Eu'r Vater gibt Euch mir zur Frau. Die Mitgift ward bestimmt. Ob ich will …«* Er stockte wieder. *»Ob ich will …«*

»Es heißt nicht *ob ich will*«, sagte Gemma. »Es heißt *ob Ihr wollt*, falls dir das weiterhilft.«

»Die Mitgift ward bestimmt. Ob Ihr wollt …«, versuchte es Aiden noch einmal, schüttelte dann aber den Kopf. »Ich habe keine Ahnung, was du wollen könntest.«

Sie lachte auf. »Ob Ihr wollt oder nicht, Ihr werdet mein.«

»Wow, Gemma, du bist aber ganz schön forsch«, sagte Aiden grinsend. »Wir kennen uns doch kaum. Vielleicht sollten wir erst mal miteinander ausgehen, bevor du mir einen Heiratsantrag machst.«

Gemma lachte, aber bevor ihr eine ebenso neckische Antwort eingefallen war, hörte sie die Hintertür des Theaters ins Schloss fallen. Aiden und sie drehten sich um, um nachzusehen, wer es war. Sie hörten das Klappern von Absätzen auf der Treppe und dann erschien Lexi.

»Das sollen Theaterproben sein?«, fragte Lexi mit einem abfälligen Blick auf die Bühne. »Erinnert mich eher an einen schäbigen Hobbykeller, in den sich zwei notgeile Teenager verkrochen haben.«

»Ich bin kein Teenager«, sagte Aiden tapfer, aber Gemma erkannte nicht, ob er sauer war, weil Lexi sie unterbrochen hatte, oder sich über das Erscheinen der langbeinigen Blondine freute.

»Das ist nicht die Probe«, erklärte Gemma. »Die ist schon vorbei.«

»Machst du Witze?«, stöhnte Lexi. »Wo zum Teufel ist dann Thea?«

Gemma schüttelte den Kopf. »Keine Ahnung. Ich dachte, Penn hätte sie abgeholt.«

»Nein. Penn musste …« Lexi brach ab und überlegte sich ihre nächsten Worte sorgfältig. »Sie musste alles für unseren Gast vorbereiten. Also sollte ich Thea abholen.«

»Wahrscheinlich ist sie zu Fuß losgegangen«, sagte Gemma und legte Aidens Skript beiseite.

»Na super. Jetzt muss ich sie auch noch suchen«, jammerte Lexi.

Gemma hüpfte vom Tisch und stieß beinahe mit Aiden zusammen, der ihr beim Proben näher gekommen war.

»Ich kann dich begleiten«, bot sie Lexi an und drängte sich an Aiden vorbei. »Und dir beim Suchen helfen.« Wenn sie die Schriftrolle schon nicht finden konnte, würde sie wenigstens versuchen, sich bei den Sirenen einzuschmeicheln und sich so ein bisschen mehr Zeit zum Suchen zu erkaufen.

»Ich schaffe das schon, aber vielen Dank für das Angebot«, sagte Lexi mit seidenweicher, vor Gift triefender Stimme. »Spiel ruhig weiter Ringelpiez mit Anfassen.« Sie wandte sich Aiden zu. »Pass auf mit der da. Sie ist ein männermordender Vamp.«

Lexi zwinkerte Gemma zu und drehte sich dann um. Gemma eilte ihr nach und holte sie ein, bevor sie die Treppe erreichte.

»Wir üben den Text«, erklärte sie schnell. »Aber lass mich doch mit dir gehen. Ich war schon ein paar Tage lang nicht mehr schwimmen. Vielleicht könnten wir alle zusammen zur Bucht raus.«

»Was ist denn mit dir los?« Lexi wirbelte herum und starrte sie an. »Seit wann willst du denn mit mir oder Penn Zeit verbringen?«

»D… das will ich gar nicht …«, stammelte Gemma. »Ich dachte … ich dachte nur … wir haben in letzter Zeit kaum geredet.«

»Es gibt auch nichts zu reden«, zischte Lexi. Dann sah sie sich um. »Moment mal. Wo ist denn der verlauste Klempner, auf den Penn so steht?«

»Daniel?«, fragte Gemma. »Er ist kein Klempner. Er ist Handwerker.«

Lexi warf ihr einen wütenden Blick zu. »Ist mir doch

egal, was er macht. Ich habe mich nur gefragt, wo er ist.«

»Er ist in Pearl's Bistro und hilft Pearl, einen Ventilator zu reparieren«, sagte Gemma.

Lexi gab ein würgendes Geräusch von sich. »Er ist so widerlich. Ich habe keine Ahnung, was Penn für ein Problem hat. Sie ist …« Sie verstummte und schüttelte den Kopf. »Egal. Ich muss jetzt Thea finden.«

»Soll ich wirklich nicht mitkommen?«, fragte Gemma wieder und versuchte, sich ihre Verzweiflung nicht anmerken zu lassen. »Ich könnte dir sicher helfen.«

»Ganz ehrlich, ich würde es liebend gerne dir überlassen, durch dieses Scheißkaff zu wandern und Thea zu suchen, aber das würde zu lange dauern«, sagte Lexi. »Ich muss sie finden und dann sofort mit ihr zurückfahren.«

»Weil Penn einen Gast hat?«, fragte Gemma, die sich daran erinnerte, dass Lexi das erwähnt hatte. Sie nahm an, dass es sich um einen Typen handelte, auf den Penn scharf war.

Lexi legte den Kopf schief. »Darum geht es also. Du willst herausfinden, wer unser Gast ist.«

»Ich bin nur neugierig, das ist alles«, wiegelte Gemma ab.

»Du machst dir Sorgen, stimmt's?« Lexi machte einen Schritt auf Gemma zu und stand jetzt direkt vor ihr. Sie war ohnehin schon größer als Gemma, aber mit ihren Absätzen ragte sie turmhoch über ihr auf. »Du hast Angst, dass wir mögliche Nachfolgerinnen für dich interviewen könnten. Oder davor, dass wir schon eine gefunden haben könnten!«

Gemma schluckte mühsam. »Daran hatte ich ehrlich gesagt gar nicht gedacht.«

»Tja, Pech. Wir haben nämlich eine gefunden. Und sie ist toll. Thea wird sie heute Abend kennenlernen, und wenn alles gut geht, ist für dich bald Feierabend.«

Gemma wusste nicht, was sie darauf erwidern sollte, und Lexi lachte. Dann drehte sie sich um und ging in Richtung Tür.

»Dann ist es ja gut, dass ich die Schriftrolle gefunden habe«, stieß Gemma schließlich hervor, um sie aufzuhalten.

Lexi blieb stehen und kniff die Augen zusammen. »Was?«

Gemma schluckte und beschloss, einfach draufloszulügen. Da nicht einmal Thea ihr verraten wollte, wo die Papyrusrolle sich befand, bestand nicht der Hauch einer Chance darauf, dass Lexi es tun würde. Jedenfalls nicht, wenn Gemma sie direkt danach fragte.

»Die Schriftrolle, auf der euer Fluch aufgezeichnet ist«, sagte Gemma. »Wenn ich sie zerstöre, zerstöre ich euch gleich mit.«

»Du hast sie auf keinen Fall gefunden.« Lexi vergaß die Tür und kam drohend auf Gemma zu, aber Gemma rührte sich nicht von der Stelle und schaute sie unverwandt an.

»Doch, das habe ich«, behauptete sie. »Am zweiten Platz, an dem ich gesucht habe, und wenn du mir nicht hilfst, den Fluch zu brechen, werde ich einen Weg finden, sie zu zerstören.«

»Pfff«, machte Lexi und verdrehte die Augen. »Ich habe Penn gesagt, dass wir das Ding woanders verstecken sollen. Nachdem du erfahren hast, wer ihr Vater ist, war das Versteck viel zu offensichtlich.«

»Tja …« Gemma leckte sich die Lippen. »Ich habe mich mit ihrem Vater getroffen und jetzt habe ich das Ding.«

»Du hast ihren Vater getroffen?« Lexi grinste. »Du kleine Schwindlerin. Du hast gar nichts gefunden. Ihr Vater ist nämlich tot.«

»Ich bin nah dran, Lexi«, behauptete Gemma, während Lexi wieder zur Tür ging. »Ich werde sie finden, und wenn ich sie habe, zerstöre ich das Ding, und euch gleich mit. Wenn du mir hilfst, den Fluch zu brechen, können wir alle am Leben bleiben.«

»Netter Versuch. Du wirst sie nicht finden und du wirst uns nicht aufhalten. Jedenfalls nicht, bevor wir dich ersetzt haben. Deine Zeit ist um, Gemma.« Lexi verließ lachend das Theater und knallte die Tür hinter sich ins Schloss.

Aiden begann, auf Gemma einzureden und sie zu fragen, was da eben passiert war, aber sie ignorierte ihn. Er war auf der Hinterbühne geblieben, hatte also nicht alles gehört. Doch das, was er gehört hatte, schien ihn zu beunruhigen.

Die Sirenen würden Gemma ersetzen, wahrscheinlich schon sehr bald. Wenn sie es bis dahin nicht geschafft hatte, den Fluch zu brechen, war sie so gut wie tot. Und der einzige Hinweis, den Lexi ihr gegeben hatte, war, dass das Versteck etwas mit Penns totem Vater zu tun hatte.

SIEBZEHN

Bistro-Date

Pearl's?«, fragte Harper skeptisch, als sie sich Daniel gegenüber an den Tisch setzte. »Das nennst du ein richtiges Date?«

»Ich habe nie gesagt, dass das ein richtiges Date sein soll«, stellte Daniel klar und hob entschuldigend die Hände. »Ich habe nur gesagt, dass wir mal aus dem Haus gehen sollten.«

Im Gegensatz zu den meisten Touristenfallen von Capri hatte Pearl's Bistro kein maritimes Dekor, abgesehen von einem Bild hinter der Bar. Es zeigte eine Meerjungfrau, die in einer offenen Muschel saß und eine Perle in den Händen hielt. Harper hatte bewusst daran vorbeigeblickt, als sie zu ihrem Tisch gegangen war.

Als Daniel ihr gesagt hatte, er wolle sie heute Abend ausführen, hatte sie an etwas Edleres gedacht und sich extra schick gemacht, obwohl erst Donnerstag war. Sie trug ein leichtes Sommerkleid, das sie immer wieder herunterzog, um sicherzustellen, dass der Saum die Narbe an ihrem Oberschenkel verbarg.

Pearl, die Besitzerin und Namenspatronin des Bistros, machte sich auf den Weg zu ihrem Tisch. Im Bistro gab es mehrere Kellnerinnen, aber jedes Mal, wenn Harper mit Daniel hier war, kümmerte sich Pearl höchstpersönlich um ihren Tisch. Wahrscheinlich, weil Daniel ihr häufig zur Hand ging und sie dafür sorgen wollte, dass er den bestmöglichen Service bekam.

Pearl war Anfang fünfzig, eine vollschlanke Frau, die immer ein bisschen mürrisch wirkte. Aber Harper wusste, dass sie in Wahrheit so süß war wie ihr Blaubeerkuchen – der zufälligerweise dieselbe Farbe hatte wie ihre Haare. Harper nahm an, dass Pearl ihre grauen Locken zu Hause selbst färbte. Das bläulich schimmernde Ergebnis trug sie meist zu einem strengen Knoten zusammengefasst.

»Ihr zwei seht aber gut aus«, bemerkte Pearl, als sie bei ihrem Tisch ankam. Sie schaute von Harper zu Daniel. »Feiert ihr was Bestimmtes?«

Obwohl Daniel es irgendwie immer schaffte, attraktiv auszusehen, hätte Harper sein heutiges Outfit nicht als besonders fein eingestuft. Er trug sein Led-Zeppelin-T-Shirt mit Ikarus-Motiv und war wie immer unrasiert.

Aber das gefiel Harper inzwischen besser als sein glatt rasierter Look. Als er sich vor ein paar Wochen mal rasiert hatte, waren ihr seine Küsse anders und fast ein bisschen fremd vorgekommen.

»Nein, wir wollten nur mal die Stadt unsicher machen«, sagte Daniel und grinste zu Pearl hoch. »Was gibt es denn heute Schönes?«

»Ich habe Hackbraten mit selbst gemachter Sauce und ein Sandwich mit Hühnersalat im Angebot«, sagte Pearl.

»Zum Sandwich gehören noch Pommes. Aber falls ihr irgendwas Bestimmtes wollt, mache ich es euch gern. Und außerdem geht heute Abend alles aufs Haus.«

Bei Pearl's gab es keine Speisekarten. Die Tagesessen standen auf einer Schiefertafel über der Bar, aber sonst wurde von den Kunden erwartet, dass sie wussten, was es hier gab.

»Danke, Pearl«, sagte Daniel. »Lass uns kurz überlegen, bitte.«

»Keine Eile«, erwiderte Pearl mit einem Augenzwinkern. »Ich bin gleich wieder bei euch.«

»Danke, Pearl«, sagte Harper und richtete ihre Aufmerksamkeit wieder auf Daniel.

»Was?«, fragte Daniel, als Pearl außer Hörweite war.

»Sie hat dich wieder in Naturalien bezahlt, stimmt's?«, fragte Harper.

Er beugte sich über den Tisch und lächelte sie verlegen an. »Ich habe ihren Ventilator repariert und sie hat mir Essen angeboten. Das ist richtig.«

»Daniel …« Harper schüttelte lächelnd den Kopf. »Du musst damit aufhören, dich mit Nahrungsmitteln bezahlen zu lassen.«

»So oft kommt das nicht vor«, entgegnete er achselzuckend. »Ich habe eine Menge Jobs, bei denen ich Bargeld verdiene.«

»Ehrlich?« Harper war nicht überzeugt und verschränkte die Arme vor der Brust. »Mir kommt es nämlich so vor, als würdest du hauptsächlich mit Essen oder kaum gebrauchten Sofas oder bespielten VHS-Kassetten bezahlt.«

»Das ist nur ein einziges Mal passiert.« Daniel streckte

den Zeigefinger hoch. »Und es war eine ganze Staffel der Original-Batman-Serie mit Adam West.«

»Du hast nicht mal einen Videorekorder!«, konterte Harper.

»Ich besorge mir einen.«

»Wenn du lange genug wartest, wirst du wahrscheinlich mal mit einem bezahlt.«

»Haha«, sagte Daniel trocken, aber er lächelte.

Harper lenkte ein, löste ihre Arme und beugte sich vor. »Ich meine ja nur. Du musst deine Rechnungen bezahlen, und ich glaube nicht, dass mein Dad sich die Miete für die Insel in Essen oder Videokassetten zahlen lassen wird.«

»Keine Angst, für die Miete reicht's«, winkte er ab. »Der Job im Paramount wird ziemlich gut bezahlt.«

»Wie läuft's denn damit eigentlich?«

»Gut. Allmählich nimmt das Ganze Gestalt an.«

»Gut. Freut mich.« Harper rieb an einem Fleck auf dem Tisch und fuhr so nonchalant wie möglich fort: »Ich dachte, es sei vielleicht etwas passiert. Gemma hat sich nach der Probe abends ziemlich seltsam benommen, und als ich nachgefragt habe, hat sie behauptet, es sei alles in Ordnung. Aber dann war sie die ganze Nacht wach und hat in den Mythologiebüchern gelesen, die ich aus der Bücherei mitgebracht habe.«

Daniel schüttelte den Kopf. »Ich musste früher gehen, weil ich Pearl geholfen habe, aber solange ich dort war, ist mir nichts aufgefallen.«

»Gut.« Harper lächelte ihn an.

Pearl kam zurück, um ihre Bestellung aufzunehmen. Harper hatte nicht wirklich darüber nachgedacht, was sie essen wollte, also bestellte sie einfach den Hackbraten und eine Kirschlimo. Daniel schien das zu gefallen, denn er bestellte kurzerhand dasselbe.

Als Pearl wieder zum Tresen gegangen war, lehnte er sich in seinem Sitz zurück, starrte Harper an und seufzte.

»Ich werde jetzt meine eigene Regel brechen und Gemma verpetzen«, sagte er schließlich.

»Du verpetzt gar niemanden«, entgegnete Harper. »Wir sind erwachsen. Erwachsene petzen nicht.«

»Genau das meine ich eigentlich.« Er kratzte sich den Hinterkopf und sah sich im Bistro um. »Als ich angefangen habe, im Paramount zu arbeiten, habe ich eingewilligt, Gemma im Auge zu behalten. Aber ich hatte nie vor, jedes Mal zu dir zu rennen, wenn sie irgendeine Kleinigkeit falsch macht.«

»Ich weiß. Und das will ich auch gar nicht«, sagte Harper. »Ich muss nicht alles wissen, was sie so macht. Ich will nur wissen, dass sie in Sicherheit ist. Ich vertraue deinem Urteil da voll und ganz.«

»Okay. Also …« Er seufzte wieder. »Ich habe gestern Abend nichts mitbekommen, weil ich früher gehen musste, aber heute Abend schien es Gemma richtig gut zu gehen. Sie hat ein bisschen mit Aiden Crawford geflirtet.«

»Mit Aiden? Dem Sohn des Bürgermeisters?«, fragte Harper mit großen Augen. »Ich dachte, sie hätte was mit Kirby Logan.«

»Ich glaube, sie haben am Montag Schluss gemacht.«

Harper schnaubte und ließ die Schultern hängen. »Gott, sie sagt mir nie irgendwas.«

»Sie will dich nicht beunruhigen. Und du tendierst dazu,

genauso zu reagieren wie gerade eben, wenn sie dir etwas erzählt«, sagte Daniel amüsiert.

»Ich reagiere gar nicht«, sagte Harper schnell, aber sie setzte sich auf und versuchte, nicht mehr verletzt zu wirken. »Aber du hast von Aiden gesprochen. Bist du sicher, dass nicht nur er mit ihr geflirtet hat?«

»Nein. Alle Typen flirten mit ihr und sie ignoriert das meistens. Aber diesmal hat sie definitiv zurückgeflirtet.«

»Ist das schlimm?«, fragte Harper. »Ich meine, schlimmer, als es ohnehin schon ist, dass Gemma sich überhaupt mit irgendwelchen Typen einlässt?«

»Nein.« Daniel starrte auf den Tisch und schürzte die Lippen. »Ach, keine Ahnung.«

»Was meinst du damit?«

»Ich weiß nichts Genaues.« Er verstummte und schaute sich noch einmal im Bistro um, bevor er fortfuhr: »Aber Aiden war sehr gut mit meinem Bruder befreundet.«

»Deinem älteren Bruder? Heißt das, dieser Aiden ist älter als du und ich und viel, viel älter als Gemma?« In Harpers Kopf schrillten Alarmglocken los, aber sie zwang sich, ihren Tonfall gelassen zu halten, damit Daniel ihr nicht wieder vorwerfen konnte, sie reagiere über.

»Ja. Aber …« Daniel kratzte sich den Bart und zögerte. »Nach Johns Tod hatte ich keinen Grund mehr, mit Aiden zu reden, also haben wir uns schon seit gut fünf Jahren nicht mehr unterhalten.«

»Aber?«

»Aber als er mit John herumhing, war Aiden kein besonders netter Kerl, und seine Frauengeschichten nahmen oft kein besonders gutes Ende.«

»Wie schlimm war es?«, hakte Harper nach.

»Keine Ahnung.« Daniel hob eine Schulter, ließ sie wieder sinken und schaute Harper an. »Ich weiß es nur von John, also kann ich dir nicht sagen, ob es wahr ist oder nicht. Aber ich habe eine von Aidens damaligen Freundinnen gesehen und sie hatte ein ziemlich übles blaues Auge.«

»Und das hat Aiden ihr verpasst?«

Daniel nickte. »Das hat John jedenfalls behauptet.«

»Und jetzt will Aiden mit Gemma ausgehen?«, fragte Harper entsetzt. Inzwischen war es ihr völlig egal, was Daniel oder Gemma von ihrer Reaktion halten würden.

»Ich glaube nicht, dass sie miteinander ausgehen, jedenfalls noch nicht. Und vergiss eins nicht: Gemma ist, na ja, du weißt schon …« Er schaute sie vielsagend an, um sie daran zu erinnern, dass Gemma ein Fabelwesen war, das Männer zu Sklaven machte. »Sie kann sich wehren.«

Harper schüttelte den Kopf. »Ich will aber nicht, dass sie sich wehren muss.«

»Das weiß ich. Aber …« Daniel verstummte, als er sah, dass Harper in ihrer Tasche wühlte, die neben ihr auf der Sitzbank stand. »Was machst du denn da?« Statt zu antworten, holte sie ihr Handy aus der Tasche. »Nein. Harper, bitte ruf sie nicht an.«

»Wieso nicht?«, fragte Harper, aber sie hatte schon die Schnellwahltaste gedrückt und hielt sich das Telefon ans Ohr.

»Weil sie dann weiß, dass ich es dir gesagt habe und sie dann sauer auf mich sein wird.«

»Das ist mir egal.« Harper lauschte dem Signalton und hoffte, Gemma werde bald drangehen.

»Siehst du? Genau deshalb erzählt sie dir nichts«, sagte Daniel. »Weil du dich benimmst, als wärst du ihre Mutter.«

Harper erstarrte. Etwas Schlimmeres hätte Daniel nicht zu ihr sagen können. Sie bemühte sich nämlich sehr, sich Gemma gegenüber mehr wie eine Schwester und Freundin und weniger wie ein Elternteil zu verhalten. Es war für sie beide nicht gut, wenn Harper Gemma weiterhin mit Fürsorge erstickte.

Sie wollte gerade auflegen, da ging Gemma endlich dran.

»Gemma?«, fragte Harper. »Hosentaschenanruf, sorry.« Sie lauschte Gemmas Erwiderung. »Jepp. Bis nachher zu Hause.« Sie legte auf, schob das Handy zurück in ihre Tasche und schaute Daniel an. »Bitte sehr. War das besser?«

Er lächelte. »Ja, ein bisschen.«

»Warum hast du mir überhaupt davon erzählt?«, fragte Harper. »Du wusstest doch genau, wie ich reagieren würde.«

»Ich dachte, du solltest über die Situation informiert werden, damit du weißt, worauf du achten musst«, erklärte Daniel. »Aber du musst Gemma ihr eigenes Leben leben und sie ihre eigenen Fehler machen lassen. Und bisher hat sie nur mit einem Typen geflirtet. Es ist der falsche Zeitpunkt für Alarmglocken.«

Harper schluckte. »Ich weiß nicht mehr, wie ich mich verhalten oder was ich tun soll. Soll ich einfach tatenlos zusehen, wenn sie sich in Gefahr begibt?«

»Wenn Gemma vor einen Bus gestürzt wäre, würde ich von dir erwarten, dass du auf die Straße rennst und sie rettest«, sagte Daniel. »Aber sie liegt nicht vor einem Bus. Und wir sind auf einem Date.«

»Ich weiß.« Harper holte tief Luft. »Ich gebe mir Mühe.«

»Das weiß ich.« Daniel griff über den Tisch und nahm ihre Hand in seine. »Und ich finde es sehr süß, dass du dir solche Mühe geben musst, dich weniger um andere zu sorgen. Du bist das genaue Gegenteil vom Grinch. Dein Herz ist mindestens drei Größen zu groß.«

Harper lächelte und wurde rot. »Das war extrem kitschig. Aber auch sehr lieb.«

»Genau meine Absicht«, grinste Daniel. »Ich wandere gerne auf dem schmalen Grat zwischen kitschig und lieb, und ich falle immer auf die richtige Seite.«

»Meistens ja.«

Kurz danach brachte Pearl ihnen ihr Essen und beide aßen mit Appetit. Sie vermieden es ganz bewusst, über Gemma, die Sirenen oder das College zu reden – Harpers drei große Probleme, die ihr Leben auffraßen.

Als sie aus dem Bistro kamen, stand die Sonne tief über dem Horizont. Der Tag war beinahe zu heiß gewesen, aber jetzt am frühen Abend war die Temperatur absolut perfekt.

Harper hatte ein paar Straßen weiter geparkt, weil sie keinen Parkplatz näher bei Pearl's gefunden hatte. Sie ging mit Daniel zu ihrem Auto. Sie sprachen nicht viel, sondern genossen nur die Gegenwart des anderen und den schönen Abend.

»Was würdest du jetzt gerne unternehmen?«, fragte Daniel, als sie Harpers alten Ford erreichten.

»Keine Ahnung.« Sie lehnte sich an die Beifahrertür und schaute zu ihm hoch. »Hattest du an irgendetwas Bestimmtes gedacht?«

»Ich dachte, wir könnten vielleicht zusammen zur Insel fahren.« Er beugte sich zu ihr und stützte sich mit einer Hand am Auto ab.

»Ja? Und was sollen wir dort machen?«

Daniel tat so, als denke er angestrengt nach, und machte dabei ein so komisches Gesicht, dass Harper kichern musste. Als er sie wieder ansah, lächelte er, aber dann wurde sein Gesicht ernst.

»Ich hätte da so ein paar Ideen«, sagte er leise und beugte sich zu ihr herunter.

Seine Lippen hatten ihre kaum berührt, als ein plötzlicher Aufruhr ein paar Häuser weiter Harpers Aufmerksamkeit von ihm ablenkte.

ACHTZEHN

Verplappert

Penn lag ausgestreckt auf dem Sofa in ihrem Wohnzimmer und blätterte gelangweilt in einem Klatschblatt, während Lexi vor ihr auf und ab tigerte.

»Sollte Thea nicht schon längst zu Hause sein?«, fragte Lexi.

Penn hob den Kopf und schaute über den Rand ihrer Zeitschrift hinweg auf die Uhr an der Wand. »Die Probe ist noch längst nicht vorbei.«

»Aber das ist doch lächerlich. Es ist doch super gelaufen gestern Abend mit Liv!«, seufzte Lexi. »Warum braucht sie denn vierundzwanzig Stunden Zeit, bevor sie überhaupt mit uns darüber reden will?«

»Sie sagte, sie brauche Zeit, um ›ihre Gedanken zu ordnen‹.« Penn ließ die Zeitschrift los und machte mit den Fingern Anführungszeichen. Lexi blieb vor dem Kamin stehen und drehte sich zu Penn um. »Du solltest sie einfach abholen.«

»Ich habe ihr das Auto gegeben, schon vergessen?«, erwiderte Penn.

»Und warum?«, jammerte Lexi in dem weinerlichen Tonfall, bei dem Penn sich immer sehr zusammenreißen musste, um sie nicht zu ohrfeigen. »Du fährst sie doch sonst auch immer.«

»Ich hatte heute aber keine Lust dazu«, sagte Penn so ruhig sie konnte. »Und jetzt schlage ich vor, du schaltest mal einen Gang runter, bevor ich dich dazu zwinge.«

»Von mir aus«, murmelte Lexi und stürmte nach oben.

Ein paar Sekunden später dröhnte Musik aus der oberen Anlage und Lexi sang lauthals mit. Penn überlegte kurz, ob sie sie anschreien sollte, aber Lexis Singen war wesentlich einfacher zu ertragen als ihr Gemecker.

Thea schien eine Ewigkeit für den Heimweg zu brauchen, aber dieser Eindruck war hauptsächlich Lexis Musikauswahl geschuldet. Sie hatte Katy Perry auf Repeat gestellt, und der Song hatte Penn anfangs zwar gefallen, aber nach dem fünfzehnten Mal ging er ihr gehörig auf den Geist.

Glücklicherweise schaltete Lexi die Musik sofort aus, als Thea durch die Tür kam.

»Hast du dich entschieden?« Lexi beugte sich über das Geländer des Lofts und schrie zu Thea hinunter. »Du findest sie super, stimmt's?«

»Kann ich erst mal reinkommen, bevor du anfängst, mich zu verhören?«, fragte Thea und schob ihre riesige Sonnenbrille auf ihr Haar.

»Entspann dich, Lexi«, sagte Penn beinahe bittend. Sie setzte sich auf und warf ihre Zeitschrift beiseite. »Wir müssen uns ja nicht augenblicklich entscheiden.«

»Aber schaden würde es nicht.« Lexi joggte die Treppe

hinunter, bemühte sich aber, gleichmütig zu wirken. »Also? Wie findest du sie?«

»Die Probe lief gut, danke der Nachfrage«, murmelte Thea und setzte sich in einen Sessel.

»Du weißt doch, dass dein Stück hier keinen interessiert«, sagte Penn sachlich, und Thea seufzte.

Lexi setzte sich ihr gegenüber, hampelte aufgeregt herum und starrte Thea erwartungsvoll an.

»Ich weiß noch nicht, was ich von ihr halten soll«, gab Thea schließlich zu. Sie zog die Beine an und schlang die Arme um die Knie. »Ich kann noch nichts dazu sagen.«

»Ach, komm schon!«, stöhnte Lexi und ließ sich in den Sessel sinken. »Du hast gesagt, bis heute Abend wüsstest du es! Wir haben gestern den ganzen Abend mit Liv verbracht. Sie war perfekt und das weißt du auch!«

»Sie war überhaupt nicht perfekt!«, schoss Thea zurück. »Sie ist eine Schleimerin, und als du ihr gesagt hast, dass wir Sirenen sind, war sie völlig ungerührt. Wahrscheinlich ist sie geisteskrank.« Thea richtete ihre Aufmerksamkeit auf Penn und warf ihr einen bösen Blick zu. »Das war übrigens ziemlich leichtsinnig.«

»Ich habe für sie gesungen«, winkte Penn ab. »Liv könnte niemandem von uns erzählen, selbst, wenn sie wollte. Aber ich glaube, sie hätte uns auch so nicht verraten. Sie würde niemals ein Versprechen brechen, das sie mir gegeben hat.«

»Das weißt du nicht, Penn«, sagte Thea beharrlich. »Du kennst sie nämlich nicht. Und ich finde immer noch, du solltest Gemma noch eine Chance geben.«

»Wir haben ihr tausend Chancen gegeben!«, brüllte

Lexi. »Du benimmst dich total bescheuert. Das ist alles so lächerlich. Liv ist perfekt und du bist eine Idiotin, und wir müssen raus aus dieser verdammten Stadt.« Sie stand auf und verschränkte die Arme vor der Brust. »Penn und mir ist es egal, was du über sie denkst. Wir werden einfach tun, was wir wollen.«

Penn warf ihr einen eisigen Blick zu. »*Wir* entscheiden gar nichts. *Ich* treffe die Entscheidung. Geh doch bitte nach oben und lass mich und Thea in Ruhe reden. Du kannst wiederkommen, wenn dein Tobsuchtsanfall vorbei ist.«

»Das ist kein Tobsuchtsanfall«, zischte Lexi, aber Penn starrte sie so lange an, bis sie schnaubte, sich auf dem Absatz umdrehte und nach oben zu den Schlafräumen stapfte.

Penn beugte sich vor, legte die Arme auf die Knie und richtete ihre Aufmerksamkeit auf Thea. »Vergiss Gemma. Sie ist aus dem Spiel, und wir werden sie ersetzen, egal, was du sagst oder was sie tut. Okay?«

»Ich finde das ein bisschen voreilig, aber es ist deine Entscheidung«, sagte Thea achselzuckend und starrte zu Boden.

»Wenn es Gemma nicht gäbe, wie würde dir Liv dann gefallen?«, fragte Penn.

»Irgendwie traue ich ihr nicht über den Weg«, sagte Thea. »Liv war mir nicht besonders sympathisch.«

»Aber du musst zugeben, dass sie viel besser gehorchen wird, als Gemma es tut«, gab Penn zu bedenken. »Als ich ihr sagte, dass wir Sirenen sind, war sie entzückt von der Vorstellung, bald zu uns zu gehören.«

»Das ist es ja gerade, Penn!« Thea schaute auf und sah

ihre Schwester direkt an. »Es ist ein Fluch. Sie sollte sich nicht darauf freuen.«

»Es ist ein Superfluch«, konterte Penn, aber Thea schüttelte den Kopf.

»Du hast Lexi ausgewählt, weil sie so unterwürfig war«, erinnerte Thea Penn. »Ich wollte ein anderes Mädchen nehmen, aber du hast nicht aufgehört, von der Magd zu erzählen, die deine Schönheit so verehrt. Und Aggie hat sich um des lieben Friedens willen auf deine Seite geschlagen.«

»Ja, und?«, fragte Penn. »Ist doch wunderbar gelaufen.«

»Ach, ehrlich?«, fragte Thea skeptisch. »Dann geht dir Lexi also nicht ständig auf die Nerven?«

»Ich kann euch übrigens hören!«, brüllte Lexi von oben.

»Was auch immer du von Lexi hältst, du musst zugeben, dass sie eine bessere Wahl war als Gemma«, beharrte Penn und ignorierte Lexi völlig. »Sie ist schon seit beinahe dreihundert Jahren bei uns, und sie nervt zwar, aber ich habe sie noch nicht umgebracht. Das ist doch schon was.«

Thea beugte sich zu Penn vor und senkte ihre Stimme zu einem Flüstern. »Ich weiß, dass du noch nicht von hier fortwillst. Was auch immer zwischen dir und diesem Daniel vorgeht, du willst es bestimmt noch nicht aufgeben.«

Penn dachte schweigend über Theas Worte nach.

»Und ich will das Stück beenden, in dem ich mitspiele«, sagte Thea. »Ich weiß, dass dir das egal ist, aber vielleicht kannst du so ja noch ein bisschen Zeit mit Daniel verbringen. Und wir alle können uns Zeit nehmen, um genau zu prüfen, ob Liv die richtige Wahl ist. Es ist nicht nötig, schon wieder eine übereilte Entscheidung zu treffen.«

»Du schlägst also vor, wir sollen Gemma erst töten, wenn das Stück vorbei ist?«

»Ja.« Thea nickte. »Es dauert nur noch ein paar Wochen.«

»So viel Zeit haben wir nicht«, rief Lexi und beugte sich so weit über das Geländer des Lofts, dass sie Penn und Thea sehen konnte.

»Wir haben so viel Zeit, wie ich will«, zischte Penn.

»Nein, haben wir nicht.« Lexi schüttelte den Kopf. »Ich hab was Blödes gemacht. Versehentlich.«

»Was hast du angestellt?«, knurrte Thea leise. »Hast du irgendjemanden umgebracht?«

»Nein, ich …« Lexi seufzte. »Ich habe möglicherweise ausgeplaudert, wo die Schriftrolle ist.«

»Welche Schriftrolle?«, fragte Penn und kräuselte verwirrt die Nase. Aber dann begriff sie und sprang auf. »Die Schriftrolle? Wem hast du von der Schriftrolle erzählt?«

»Gemma«, gestand Lexi schuldbewusst. »Sie hat mich gestern Abend reingelegt. Sie hat behauptet, sie hätte sie bereits gefunden, und da habe ich etwas von Acheloos gesagt. Ich fürchte, sie weiß jetzt Bescheid. Und falls nicht, wird es nicht mehr lange dauern, bis sie es kapiert.«

»Du dämliche Kuh!«, brüllte Penn, und Lexi duckte sich. »Thea hat recht! Du bist der größte Fehler, den ich je gemacht habe! Du bist so dumm und nutzlos!«

Thea stand auf und stellte sich vor die Treppe, als wolle sie verhindern, dass Penn nach oben rannte und sich auf Lexi stürzte. Penn hätte genau das am liebsten getan, aber sie blieb vor Wut kochend an ihrem Platz stehen.

Sie hatte ihren Zorn beinahe nicht mehr unter Kontrolle

und spürte, wie ihre Finger sich verlängerten. Ihr Gaumen juckte, als sich ihre Zähne in Reißzähne verwandelten, und an ihrer scharfen Sicht merkte sie, dass ihre Augen zu Vogelaugen geworden waren.

»Hat sie die Schriftrolle schon?«, fragte Thea Lexi mit ruhiger Stimme.

»Das weiß ich nicht.« Lexi schüttelte den Kopf, und Penn sah, dass sie Tränen in den Augen hatte. Das machte sie nur noch wütender, und sie musste all ihre Kraft aufbieten, um sich davon abzuhalten, zu ihr zu fliegen und ihr den Kopf abzureißen.

»Du hast uns alle dem Tod geweiht!«, donnerte sie. Das Monster hatte von Penns Stimmbändern Besitz ergriffen, und ihre Stimme klang nicht mehr seidenweich, sondern dämonisch.

»Noch sind wir alle am Leben!« Thea hob beschwichtigend die Hände und versuchte, ihre Schwester zu beruhigen. »Gemma hat den Papyrus wahrscheinlich noch nicht gefunden. Lexi wird ihn suchen, und wenn er noch da ist, bringt sie ihn mit, damit wir ihn persönlich bewachen können. Wenn er nicht mehr dort ist, dann töten wir Gemma noch heute Nacht.«

»Können wir sie nicht schon jetzt töten?«, schlug Lexi vor. »Dann wäre es egal, ob sie die Schriftrolle hat.«

»Hast du das etwa mit Absicht gemacht?«, fragte Penn und starrte sie mit zusammengekniffenen Augen an. »Weil du unbedingt von hier fortwillst und uns so zum Aufbruch zwingen wolltest?«

»Nein, Penn. Ich schwöre dir, es war ein Versehen«, beteuerte Lexi.

»Hör auf, Penn«, sagte Thea so süß und melodisch sie konnte. »Denk nach. Du willst Lexi jetzt nicht töten. Es ist schon schwer genug, den Ersatz für *eine* Sirene zu finden.«

Penn wusste, dass Thea recht hatte, also holte sie tief Luft und drängte das Monster wieder zurück. Langsam schrumpften ihre Zähne, aber ihre Augen blieben gelb. Sie konnte ihre Wut nicht ganz verschwinden lassen und das wollte sie auch gar nicht.

Sie verteidigte ihre Vormachtstellung unter den Sirenen dadurch, dass sie ihnen deutlich machte, dass sie alles tun würde, was nötig war, um ihre Macht zu halten. Sie hatte bisher kein Problem damit gehabt, alle zu vernichten, die ihr im Weg standen oder sich ihr widersetzten, und daran würde sich auch in Zukunft nichts ändern.

»Such die Schriftrolle, Lexi«, befahl Penn, und ihre Stimme war wieder so zuckersüß wie sonst. »Wenn sie da ist, bring sie mir. Ich werde sie bewachen.«

»Und wenn sie nicht mehr dort ist?«, fragte Lexi.

»Du solltest darum beten, dass alles in Ordnung ist. Wenn Gemma den Papyrus findet, wirst du als Erste sterben«, warnte Penn sie. »Hast du verstanden?«

Lexi nickte. »Verstanden.«

Sie rannte die Treppe hinunter und mit so viel Abstand wie möglich an Penn vorbei. Penn hätte sie liebend gern verfolgt und windelweich geprügelt, aber es war besser, wenn Lexi die Schriftrolle möglichst schnell zu ihnen brachte.

Thea schwieg, bis Lexi aus der Hintertür geschossen war. Sie beobachteten durch die Fenster, wie Lexi sich von der Klippe hinterm Haus stürzte, wo sie im Wasser landen würde, das gegen die Felsen donnerte.

»Wie lautet dein Plan, wenn Gemma den Papyrus nicht hat?«, fragte Thea.

»Dann bleiben wir vorerst«, sagte Penn und starrte aus dem Fenster auf die untergehende Sonne, die sich in der Bucht spiegelte. »Ich will nicht noch einmal eine Gemma oder eine Lexi zu verantworten haben. Du hast recht, je länger ich mir Zeit lasse, um herauszufinden, ob Liv die richtige Wahl ist, desto besser für uns alle.« Sie wandte sich Thea zu. »Aber lange können wir nicht mehr bleiben. Es ist nur eine Frage der Zeit, bis deine geliebte Gemma den Papyrus finden wird. Also müssen wir sie vorher töten.«

NEUNZEHN

Teufel Alkohol

Zwei Häuser neben Pearl's Bistro gab es eine Bar, die bei den Hafenarbeitern beliebt war. Harper war noch nie drin gewesen, da sie unter 21 war und noch keinen Alkohol trinken durfte, aber dem Äußeren nach zu urteilen, war es eine üble Spelunke. Ihr Dad war schon ein paarmal dort gewesen, und was er darüber erzählt hatte, hatte ihren Verdacht bestätigt.

Als drei Männer aus der schäbigen Eingangstür schreiend und fluchend auf die Straße taumelten, schockierte das Harper also nicht besonders. Der Lärm, den sie veranstalteten, hatte ausgereicht, um ihren Kuss mit Daniel zu unterbrechen, aber das war auch schon alles.

So wäre es zumindest gewesen, wenn Harper die Ursache des Ärgers nicht gesehen hätte. Zwei der Männer waren nur aus der Bar gegangen, um den dritten hinauszuzerren. Sie schleuderten ihn auf den Gehweg, wo er mit dem Kopf auf den Asphalt prallte. In diesem Moment erkannte Harper ihn.

»Alex?«, fragte sie. Sie legte Daniel die Hände auf die

Brust, um ihn ein bisschen von sich wegzuschieben, aber er war bereits von selbst zurückgewichen.

»Mir geht's gut!«, schrie Alex, der wieder auf den Beinen war. »Der andere Typ war der Arsch, nicht ich!«

Harper eilte zu ihm, und kam gerade rechtzeitig bei ihm an, um ihn davor zu bewahren, wieder umzukippen. Leider war er viel zu schwer für sie und warf sie beinahe mit um, aber Daniel packte seinen Arm und hievte ihn wieder hoch.

»Ist das ein Freund von euch?«, fragte einer der Männer aus der Bar.

»Ich habe keine Freunde.« Alex versuchte, Daniels Arm abzuschütteln, aber Daniel ließ ihn nicht los. »Ich brauche keine Freunde.«

»Ja, wir sind seine Freunde«, antwortete Harper und ignorierte Alex' Proteste. »Und es tut uns leid, dass er Ärger gemacht hat. Er macht gerade eine Menge durch.«

»Okay. Sag deinem Freund, dass er nicht mehr wiederzukommen braucht, wenn er nur Ärger sucht«, sagte der Typ.

»Mach ich«, versprach Harper mit einem Lächeln, und die beiden Männer gingen in die Bar zurück und überließen Alex ihr und Daniel.

»Ich brauche keine Hilfe«, murmelte Alex und schaute dann Harper an.

Er roch leicht nach Alkohol, seine Jeans hatte Löcher und sein dunkler Pony fiel ihm in die Augen. Außerdem war er mit dem Kopf ziemlich heftig auf den Asphalt geknallt, und Harper konnte Blut in seinem dunklen Haar sehen.

»Alex, du blutest«, sagte sie. »Wir bringen dich ins Krankenhaus.«

»Mir geht's gut«, protestierte Alex und schaffte es, Daniel abzuschütteln.

»Lass es mich wenigstens mal ansehen«, drängte Harper. Es sah aus, als wolle Alex sich wehren, also fügte sie hinzu: »Wenn du mich deine Wunde nicht untersuchen lässt, rufe ich die Bullen, damit sie dich untersuchen. Und ich bin mir sicher, dass sie nicht gerade begeistert davon sein werden, dass du getrunken hast.«

Alex stöhnte und ging zu der Bank, die gleich neben ihnen an der Straße stand. Er ließ sich schwer darauf fallen und wiederholte: »Mir geht es gut. Ich brauche deine Hilfe nicht.«

»Es geht dir ganz offensichtlich nicht gut, Alex«, widersprach Harper und setzte sich neben ihn. »Du prügelst dich und ich habe dich noch nie trinken sehen. Wie bist du überhaupt in die Bar gekommen? Du bist doch erst achtzehn.«

Er winkte ab. »Wenn man am Hafen arbeitet, darf man dort trinken. Alles andere interessiert niemanden.«

Harper scheitelte Alex' Haar, um sich seine Wunde anzusehen. Glücklicherweise war es nur eine kleine Platzwunde, die zwar heftig blutete, aber nicht genäht werden musste.

»Alex.« Harper legte die Hände in den Schoß und sah ihn an. »Du solltest wirklich zum Arzt gehen. Vielleicht hast du eine Gehirnerschütterung.«

»Seit wann interessiert dich das?«, sagte Alex höhnisch. »Das Einzige, was dich interessiert, ist deine Schwester, dieses verdammte Miststück!«

Ein Paar mit einem kleinen Kind und einem Hund ging

genau in dem Augenblick vorbei, in dem Alex fluchte. Die Familie machte einen großen Bogen um sie und Daniel entschuldigte sich mit einem höflichen Lächeln.

»Alex!«, blaffte Harper. Sie lehnte sich zurück. »Ich weiß, dass du nichts dafür kannst und es nicht so gemeint hast, aber du darfst nicht so über Gemma reden. Nicht mit mir.«

»Harper, vielleicht sollten wir woanders weiterreden«, sagte Daniel und zeigte auf die Passanten, die auf der gegenüberliegenden Straßenseite vorbeiliefen. Es war noch nicht sehr spät und an diesem schönen Abend waren noch eine Menge Leute unterwegs.

Harper rieb sich die Schläfe und sah Alex an. Er hatte sich vorgebeugt und die Hände in seinem dichten Haar vergraben. Er versuchte zwar, es zu überspielen, aber Harper sah genau, dass er entsetzlich litt. Was auch immer in ihm vorging, es quälte ihn fürchterlich.

»Wir können ihn nicht allein lassen«, sagte Harper schließlich und schaute Daniel an. »Er könnte eine Gehirnerschütterung haben und wir müssen ihn im Auge behalten. Aber ich kann ihn auf keinen Fall mit zu mir nach Hause nehmen.«

»Dann gehen wir eben zu mir«, beschloss Daniel.

»Warum sollte ich mit zu dir gehen?«, fragte Alex.

»Weil du gerade aus der einzigen Bar in Capri geworfen worden bist, in der du Alkohol bekommen könntest. Und ich Bier habe«, sagte Daniel.

Das wirkte. Alex stand auf und sagte: »Worauf warten wir dann noch?«

»Mein Auto steht da drüben.« Harper zeigte darauf,

blieb aber zurück und flüsterte Daniel zu: »Er sollte wirklich nichts mehr trinken.«

»Dann ist es ja gut, dass ich gar kein Bier habe.« Daniel grinste. »Aber wenn er erst auf der Insel ist, kann er nicht viel dagegen tun.«

»Danke.« Sie lächelte erleichtert. »Es tut mir wirklich leid. Ich weiß, dass du für heute Abend etwas anderes geplant hattest.«

»Geplant hatte ich eigentlich nichts«, sagte Daniel. »Und dein Freund braucht dich. Du solltest dich um ihn kümmern.«

»Danke für dein Verständnis«, sagte Harper und küsste ihn auf die Wange.

»Geht's jetzt mal los?«, schrie Alex, der neben dem Auto wartete.

Alex war nicht sehr betrunken gewesen und die Bootsfahrt schien ihn wieder halbwegs nüchtern zu machen. Während Daniel die *Schmutzige Möwe* über die Bucht steuerte, saßen Harper und Alex auf den Sitzbänken auf dem Achterdeck. Er lehnte sich an die Reling und ließ sich den kühlen Meereswind und die Gischt ins Gesicht wehen.

»Entschuldige, dass ich mich heute Abend so beschissen benommen habe«, sagte Alex endlich. Er wandte sich zu ihr und sogar im schwindenden Licht sah sie den Schmerz in seinem Gesicht.

»So beschissen war es gar nicht«, sagte Harper.

»Doch. Ich bin besoffen und ein Idiot bin ich auch.« Er zog eine Grimasse. »Entschuldige, dass ich dich vorher Miststück genannt habe.«

»Du hast nicht mich ein Miststück genannt, sondern Gemma«, korrigierte Harper ihn.

»Es tut mir so leid.« Alex rieb sich die Stirn. »Ich weiß nicht mehr, was ich so daherrede. Ich weiß nicht mal mehr, wer ich bin.«

»Was ist denn eigentlich los mit dir?«, fragte Harper, die eine Gelegenheit witterte, der Sache endlich auf den Grund zu gehen.

»Ich weiß es nicht.« Seine Stimme brach. »Ich wüsste wirklich gerne, was mit mir los ist, das schwöre ich dir. Aber ich weiß es nicht. Es ist alles so kaputt.«

Harper hatte ihm gegenüber gesessen, aber da sie wegen des Motorgeräuschs sehr laut reden mussten, stand sie auf und setzte sich neben ihn. Alex kämpfte darum, nicht die Fassung zu verlieren, und sie rieb ihm den Rücken in dem vergeblichen Versuch, ihn zu trösten.

»Es ist etwas passiert, das weiß ich genau.« Alex schüttelte wieder den Kopf. »Aber ich weiß nicht, was es war. Ich habe das Gefühl, dass ich etwas sehr Wichtiges vergessen habe.«

»Was meinst du damit?«, fragte Harper. »An was erinnerst du dich denn?«

»Ich weiß Bescheid über die Sirenen, falls du das wissen willst.« Alex starrte auf seine Hände und zupfte abwesend an einer Schwiele in seiner Handfläche. »Ich erinnere mich an sie und an alles, was mit ihnen passiert ist.«

»An alles?« Harper hörte auf, ihm den Rücken zu reiben und faltete die Hände in ihrem Schoß.

»Ja. Sie haben Gemma in eine Sirene verwandelt und wir haben sie gefunden und hierher zurückgebracht«, sagte Alex. »Ich erinnere mich auch an den Kampf am Hafen. Sie haben einen Typen getötet und Gemma und ich haben gegen sie gekämpft. Aber dann haben sie beschlossen, sie leben und hierbleiben zu lassen.«

»Weißt du, warum sie hierbleiben durfte?«, fragte Harper.

Sie selbst wusste es natürlich, aber sie wollte herausfinden, an wie viel Alex sich erinnerte. Gemma hatte Harper gesagt, dass sie Alex mit dem Sirenengesang dazu gebracht hatte, mit ihr Schluss zu machen und sie nicht mehr zu lieben. Aber da er seitdem kaum noch mit jemandem geredet hatte, wusste Harper nichts davon, was Alex noch wusste oder fühlte.

»Nein.« Er runzelte frustriert die Stirn. »Nein, das weiß ich nicht. Ich erinnere mich daran, dass … ich sie geliebt habe.«

»Ja, das stimmt«, gestand Harper leise.

»Aber ich weiß nicht, warum.« Alex schaute zum Himmel hinauf, als hoffe er, dort eine Antwort zu finden. »Sogar der Gedanke daran, etwas für Gemma zu empfinden, ist ekelhaft für mich. Wenn ich daran denke, wie ich sie geküsst habe, würde ich mich am liebsten übergeben.«

Harper schwieg, denn sie wusste nicht, was sie darauf antworten sollte.

Auch Alex schwieg eine Zeit lang. Er senkte den Blick, spannte die Kiefermuskeln an und dachte nach.

»Ich habe sie geliebt und jetzt verabscheue ich sie zutiefst«, sagte Alex. »Und ich weiß nicht, wieso. Ich weiß nicht, was sich geändert hat. Man wacht doch nicht eines Tages auf und hasst plötzlich den Menschen, den man gerade noch geliebt hat. Aber mir ist das passiert.«

»Menschen ändern sich …«, sagte Harper in dem halbherzigen Versuch, die Sirenengesang-Lüge ihrer Schwester zu unterstützen.

Sie wusste nicht, ob sie wirklich gutheißen konnte, was Gemma getan hatte, aber sie konnte im Moment nichts daran ändern. Gemma hatte getan, was sie für nötig hielt, um Alex zu schützen, und das konnte Harper verstehen.

Sie konnte sich kaum vorstellen, wie schmerzhaft und verwirrend es für sie wäre, wenn sie morgen aufwachen und Daniel hassen würde. Am liebsten hätte sie geglaubt, dass das unmöglich passieren konnte. Dass sie so viel für ihn empfand, dass kein Zauberspruch oder Sirenengesang dieser Welt etwas daran ändern würde.

Aber da Harper sehen konnte, wie sehr Alex litt, und wusste, wie sehr er Gemma geliebt hatte, musste sie wohl oder übel akzeptieren, dass alles möglich war. Wenn der Sirenengesang Alex dazu bringen konnte, Gemma zu verabscheuen, dann konnte sie damit wahrscheinlich alles erreichen.

»Es fühlt sich an, als fehle ein Teil von mir.« Alex zeigte auf seine Brust. »Als sei etwas in mir ausgelöscht worden. Ganze Brocken von mir sind einfach … weg.«

»Wie meinst du das?« Harper kniff die Augen zusammen.

Gemma hatte ihr sehr genau erklärt, dass ihr Sirenengesang Alex nur dazu bringen sollte, sie nicht mehr zu lieben, denn sie liebte ihn und wollte nichts an ihm verändern. Sie wollte nur, dass er in Sicherheit war.

»Alles, was mir früher wichtig war, ist … mir egal geworden«, sagte Alex mit einem hilflosen Achselzucken.

»Sogar Videospiele?«, fragte Harper. »Und Stürme jagen? Und deine Comics?«

»Mir ist nichts mehr wichtig.« Er schüttelte den Kopf. »Ich hasse diese Dinge nicht, aber ich habe auch keinen Drang mehr dazu, mich mit ihnen zu beschäftigen. Ich … empfinde einfach nichts mehr dafür. Es ist, als sei alles, was ich geliebt habe, verschwunden.« Er schluckte. »Ich habe das Gefühl, dass ich nichts mehr lieben kann.«

»Ich glaube nicht, dass das stimmt«, sagte Harper, aber sie klang nicht überzeugt. »Du hast nur eine schlimme Trennung hinter dir. Es dauert, bis diese Wunden heilen und ein Herz wieder Liebe fühlen kann.«

»Ich hoffe, du hast recht. Ich weiß nicht, wie lange ich noch so weitermachen kann.«

Als sie in der Hütte ankamen, gab Harper Alex ein großes Glas Wasser und setzte ihn vor den Fernseher. Er schien wieder ganz fit zu sein, also schlug Daniel ihr vor, sie nach Hause zu fahren.

»Bist du sicher?«, fragte Harper. Sie stand im Türrahmen, redete leise mit Daniel und schaute zu Alex auf der Couch hinüber. »Du musst dich nicht um meine Freunde kümmern.«

»Ach, kein Problem«, winkte Daniel ab. »Außerdem glaube ich, er braucht eine Dosis Männerfreundschaft.«

»Okay«, gab Harper nach. Sie lächelte Alex zu. »Bis bald, Alex. Pass auf dich auf, okay?«

»Ich versuch's.« Er zwang sich, sie anzulächeln. »Danke, Harper.«

»Ich bin gleich wieder da. Schlaf nicht gleich ein«, sagte Daniel und ging mit Harper nach draußen.

»Keine Sorge«, erwiderte Alex.

Harper und Daniel gingen im Mondlicht durch den Wald zum Bootshaus. Daniel schüttelte den Kopf und pfiff leise durch die Zähne.

»Was ist?«, fragte Harper.

»Deine Schwester hat den armen Kerl wirklich fertiggemacht«, stellte Daniel fest.

»Das stimmt.« Harper nickte. »Aber Gemma hatte keine Ahnung, dass ihr Gesang so wirken würde. Sie konnte nicht wissen, dass sie Alex damit so unglücklich machen würde.«

»Man darf einfach nicht mit den Herzen anderer Leute herumspielen«, sagte Daniel schlicht. »Das endet niemals gut, egal, wie gut deine Absichten auch sein mögen.«

Sie erreichten das Bootshaus und Daniel blieb stehen. Harper lief noch ein paar Schritte in Richtung Anlegesteg, wo Daniels Boot vertäut war, bis sie merkte, dass er nicht mehr an ihrer Seite war. Sie drehte sich um und blickte zu ihm zurück.

»Was ist denn?«, fragte sie.

»Du kannst doch kleine Motorboote fahren, richtig?«, fragte Daniel.

»Ja«, sagte Harper vorsichtig und ging zu ihm zurück. »Warum fragst du?«

»Na ja, ich dachte, du könntest vielleicht Bernies Boot nehmen«, schlug er vor. »Eigentlich gehört es sowieso dir, weil Bernie es dir vererbt hat. Und zwei Boote brauche ich wirklich nicht.«

»Was sollte ich denn mit Bernies Boot machen?«

»Du könntest hier rausfahren, wann immer du willst«,

sagte Daniel achselzuckend und versuchte, nonchalant zu wirken. »Du könntest mich also jederzeit besuchen.«

»Du … gibst mir also quasi den Schlüssel zu deiner Wohnung?«, fragte Harper.

»Ich glaube, den hat dein Dad schon«, erinnerte Daniel sie. »Er ist ja schließlich mein Vermieter.«

»Du weißt, was ich meine«, sagte Harper. »Das ist ein Schritt vorwärts. Ein neues Stadium unserer Beziehung.«

»Ja.« Daniel lächelte sie an. »Und ich bin bereit dafür.«

Harper schaute zurück zur Hütte, in der Alex wartete. Er war ein Wrack, weil er mit den Sirenen in Berührung gekommen war, und es war nur eine Frage der Zeit, bis auch Daniel etwas Schreckliches widerfahren würde.

Außerdem hatte sich ihr Date genau so entwickelt, wie ihre Dates offenbar immer verliefen. Sie hatten kaum Zeit miteinander verbracht, seit sie zusammen waren, und da Harper bald aufs College gehen würde, blieb ihnen wahrscheinlich auch nicht mehr viel gemeinsame Zeit.

Aus all diesen Gründen wusste Harper, dass sie eigentlich ablehnen und mit Daniel Schluss machen sollte, bevor alles zu kompliziert wurde.

Aber aus unerfindlichen Gründen konnte sie ihn nur anlächeln und sagen: »Okay. Ich bin auch bereit.«

Jetzt und hier, im Mondlicht, konnte sie ihn einfach nicht aufgeben. Noch nicht.

ZWANZIG

Acheloos

Gemma saß zwischen den Bücherstapeln in ihrem Zimmer und hätte am liebsten laut geschrien. Vor lauter Frust war ihr Hunger noch größer geworden. Gestern Abend bei der Probe hatte sie sich in Aidens Gegenwart kaum noch beherrschen können, aber sie hatte ihn weder getötet noch mit ihm herumgeknutscht, und das verbuchte sie als persönlichen Erfolg.

Sie hatte ein schlechtes Gewissen, weil ihr Flirt mit Aiden direkt vor Kirbys Augen stattfand, mit dem sie gerade erst Schluss gemacht hatte. Aber ehrlich gesagt war das ihr geringstes Problem.

Lexi hatte ihr gesagt, dass die Sirenen kurz davorstanden, Gemma zu töten und dann zu ersetzen, und ihr einziger Hinweis auf das Versteck der Schriftrolle war Lexis Ausrutscher gewesen: *Nachdem du erfahren hast, wer ihr Vater ist, war das Versteck viel zu offensichtlich.*

Seit Gemma diese Worte gehört hatte, durchsuchte sie in jeder freien Minute Bücher über griechische Mythologie und das Internet nach allem, was sie über Penns Vater Acheloos finden konnte. Gemma hatte geglaubt, sie habe in den vergangenen Monaten bereits alles über ihn erfahren, was es zu erfahren gab, und wie sich herausstellte, stimmte das wohl.

Die Bücher beschrieben ihn als älteren Mann mit buschigem, grauem Bart, der gelegentlich in gehörnter Form auftrat. Außer der Tatsache, dass er der Vater der Sirenen war, wusste man nicht viel über ihn. Angeblich hatte Herkules ihn im Kampf um die Liebe einer Frau besiegt, aber Gemma konnte nicht sicher sagen, ob das zu Acheloos' Tod geführt hatte oder nicht.

Sie war also keinen Schritt weitergekommen. Deshalb war sie auch gestern zur Theaterprobe gegangen. Ihr Gehirn verwandelte sich allmählich in Brei, sie litt unter schweren Migräneanfällen und ihr Hunger wurde immer schlimmer. Sie hatte eine Pause gebraucht, um wieder einen klaren Kopf zu bekommen.

Als sie von der Probe nach Hause gekommen war, hatte sie sich natürlich sofort wieder auf die Bücher gestürzt. Und dennoch war sie heute keinen Deut schlauer als gestern. Sie wusste immer noch nicht, wo die Schriftrolle versteckt war.

Unruhig ging sie in ihrem Zimmer auf und ab und überlegte, was sie tun sollte. Unten fiel die Haustür ins Schloss und sie hörte Harper und Marcy miteinander reden.

»Mist«, flüsterte Gemma halblaut.

Sie hatte völlig vergessen, dass sie sich mit Harper und Marcy verabredet hatte, um nach dem Ende ihrer Schicht mit ihnen gemeinsam nach Lösungen zu suchen. Sie konnte ihnen jetzt nicht absagen, ohne Harper merken zu lassen, wie ernst die Lage inzwischen wirklich war.

Gemma hatte Harper nicht erzählt, was Lexi über die Schriftrolle gesagt hatte. Das gehörte zu ihrem Plan, Harper von jetzt an möglichst wenig zu erzählen. So würde ihre Schwester sich keine unnötigen Sorgen machen oder total ausrasten. Und da sie ohnehin nichts tun konnte, um Gemmas Tod zu verhindern, war das besser so.

Wenn Gemma schon sterben musste, dann sollte Harper wenigstens nicht zusätzlich zu ihrer Schwester auch die Zukunft, für die sie so hart gearbeitet hatte, verlieren. Wenn Gemma Harper verlassen musste, wollte sie wenigstens sicher sein, dass ihre Schwester auch ohne sie ihren Weg im Leben gehen würde.

Aber jetzt musste sie zu Harper und Marcy gehen, damit Harper sich nützlich fühlen konnte und nicht merkte, dass Gemma ihr etwas verheimlichte. Gemma musste so tun, als sei alles in Ordnung.

»Gemma?«, rief Harper von unten. »Bist du da?«

»Ja! In meinem Zimmer!«

Schnell klappte sie alle Bücher zu und legte sie beiseite. Harper wusste zwar, dass sie darin las, aber Gemma wollte nicht, dass sie merkte, wie verzweifelt ihre Suche geworden war.

»Nein, Marcy. Ich finde nicht, dass Freitag der 13. zum Feiertag deklariert werden sollte«, sagte Harper. Die Treppenstufen knarrten unter ihren Füßen, als sie hinaufstiegen.

Marcy schnaubte. »Aber Ostern ist doch auch ein Feiertag!«

»Ostern ist einmal pro Jahr im Frühling«, erwiderte Harper. Sie hatte den ersten Stock erreicht und warf Gemma einen entnervten Blick zu, um ihr zu zeigen, was sie von

Marcys neuester Theorie hielt. »Und außerdem feiern viele Menschen Ostern.«

»Ich feiere Freitag den 13.«, konterte Marcy.

Harper hatte ein paar gekühlte Dosen Cherry Coke mit nach oben gebracht und ging in ihr Schlafzimmer, das Gemmas gegenüberlag. Marcy folgte ihr. Sie kaute auf einem der Kekse herum, die Harper letzte Woche gebacken hatte.

»Okay, dann schreib deinem Kongressabgeordneten einen Brief«, seufzte Harper und stellte die Dosen auf ihren Schreibtisch.

»Das werde ich tun«, verkündete Marcy mit vollem Mund und ließ sich auf Harpers Bett fallen.

Gemma ging ins Zimmer ihrer Schwester, das größer war als ihres und über mehr Sitzgelegenheiten verfügte. Harper hatte ihr Bett, ihren Schreibtischstuhl und einen alten Polsterschaukelstuhl, in dem Nathalie die Mädchen früher gestillt hatte.

»Wie war die Arbeit?«, fragte Gemma und setzte sich in den Schaukelstuhl, der am Fenster stand.

»Super«, antwortete Harper abwesend. »Ich habe dir eine Dose Cherry Coke mitgebracht, falls du Durst hast.«

»Danke«, sagte Gemma, und Harper kam zu ihr und reichte ihr eine.

»Es war überhaupt nicht super«, sagte Marcy, »sondern das Allerletzte. Wir mussten an einem Feiertag arbeiten.«

»Zum letzten Mal, es ist kein Feiertag«, stöhnte Harper. Sie setzte sich kopfschüttelnd auf ihren Schreibtischstuhl. »Zumindest nicht, solange du deinem Abgeordneten nicht geschrieben hast.«

»Klingt, als hättet ihr Spaß gehabt.« Gemma grinste und nahm einen Schluck Cola. »Aber ich glaube …« Sie hatte aus Harpers Fenster geblickt und verstummte, als sie Alex in die Einfahrt fahren sah. Normalerweise arbeitete er bis nach vier Uhr, genau wie ihr Dad.

Als er aus dem Auto stieg, sah Gemma, dass er zerrissene Jeans und ein T-Shirt statt seines Arbeitsoveralls trug. Er ging steifbeinig zum Haus und sah schrecklich aus.

»Hast du in letzter Zeit mal mit Alex gesprochen?«, fragte Gemma, während ihr Blick immer noch an Alex' Eingangstür klebte, obwohl er schon längst im Inneren verschwunden war.

»Was?«, fragte Harper. »Wieso?«

»Er ist gerade nach Hause gekommen«, erklärte Gemma. »Und er sieht ziemlich schlecht aus.«

»Ja, äh …« Harper seufzte. »Ich glaube, er hat bei Daniel übernachtet.«

»Wieso das denn?« Gemma schaute endlich vom Haus weg und stattdessen ihre Schwester an. »Sind die beiden jetzt befreundet oder so?«

»Na ja …« Harper senkte den Blick. »Eigentlich nicht. Alex … Wir sind ihm gestern Abend über den Weg gelaufen, als er gerade aus einer Bar geworfen wurde.«

»Alex?«, fragte Marcy aufrichtig überrascht. »Der Nerd von nebenan?«

Gemma schüttelte den Kopf. »Alex trinkt nicht.«

»Gestern Abend schon«, widersprach Harper.

»Hast du mit ihm gesprochen?«, fragte Gemma. »Was hat er gesagt? Geht es ihm gut?«

»Leider nicht, Gemma«, gestand Harper. »Ich wollte es

dir eigentlich nicht erzählen, aber … was du mit ihm gemacht hast, um ihn zu schützen, hat wirklich eine Menge Schaden angerichtet. Er weiß, dass er dich eigentlich lieben sollte, und fühlt sich, als habe man ihm einen Teil seines Wesens amputiert.«

Gemma drehte sich wortlos um und starrte wieder aus dem Fenster. Alex' Schlafzimmerfenster lag Harpers direkt gegenüber, aber seine Jalousie war heruntergelassen, sodass Gemma nicht erkennen konnte, was er gerade tat.

»Vielleicht solltest du mal mit ihm reden«, schlug Harper leise vor.

»Das geht nicht«, sagte Gemma sofort.

»Es geht ihm wirklich schlecht. Vielleicht solltest du darüber nachdenken, das Ganze rückgängig zu machen.«

»Das kann ich nicht, Harper«, erklärte Gemma bedauernd. »Ich glaube nicht, dass es möglich wäre, selbst wenn ich es wollte, aber ich will es auch nicht. Es ist zu gefährlich für ihn, mit mir zusammen zu sein.«

»Ich verstehe dich ja«, räumte Harper ein. »Aber er kennt die Risiken. Solltest du ihn nicht selbst wählen lassen, was er tun will?«

»Harper, lass es, bitte.« Gemma schüttelte den Kopf und starrte auf die Getränkedose in ihrer Hand. »Ich kann darüber jetzt nicht reden.«

»Habt ihr euch schon Kontingenzpläne überlegt?«, fragte Marcy, um das Thema zu wechseln. Sie setzte sich auf dem Bett in den Schneidersitz.

»Was meinst du damit?« Harper wandte sich ihr zu.

»Ich sehe die Sache so: Es gibt drei mögliche Szenarien.« Marcy hielt drei Finger hoch und zählte dann die Möglichkeiten auf. »Erstens: Gemma findet die Schriftrolle. Zweitens: Die Sirenen haben das Ding so gut versteckt, dass es unauffindbar ist. Drittens: Sie haben die Schriftrolle gar nicht.«

»Gemma hatte noch gar nicht die Chance, nach dem Papyrus zu suchen«, sagte Harper schnell. »Wir können diese Möglichkeit also nicht ausschließen.«

Marcy schüttelte den Kopf. »Das hatte ich auch gar nicht vor. Ich habe nur vorgeschlagen, auch in andere Richtungen zu denken.«

»Das ist wahrscheinlich keine schlechte Idee«, stimmte Gemma zu. »Aber Lydia schien davon überzeugt zu sein, dass sie den Papyrus besitzen. Er ist für sie existenziell wichtig.«

»Aber vielleicht haben sie das Ding jemandem gegeben, dem sie mehr vertrauen als sich selbst«, gab Marcy zu bedenken.

»Wem denn?«, fragte Harper.

»Als ich meine Wohnung gemietet habe, wollte der Vermieter, dass außer mir noch jemand den Vertrag unterschreibt, der für mich bürgen kann.« Marcy legte eine Pause ein und sagte dann dramatisch: »Meine Eltern.«

»Glaubst du, die Eltern der Sirenen leben noch?«, fragte Harper.

»Ich weiß nicht.« Gemma schüttelte den Kopf und dachte daran, was Lexi gesagt hatte. »Ich glaube nicht, dass sie noch leben.«

»Sind ihre Eltern nicht unsterblich?«, fragte Marcy.

»Ihr Vater ja, aber über ihre Mutter weiß ich nicht viel«, antwortete Harper. »Die Quellen waren widersprüchlich.«

»Wer ist denn ihre Mutter?«, fragte Marcy.

»Äh, eine Muse«, sagte Gemma nachdenklich. »Besser gesagt, zwei Musen. Thea und Penn haben nicht dieselbe Mutter. Aber ich bin mir ziemlich sicher, dass Musen auch unsterblich sind. Sie sind nur keine Göttinnen. Also müssen Thea und Penn vor ihrer Verwandlung in Sirenen sterblich gewesen sein.«

»Obwohl ihre Eltern unsterblich waren?«, fragte Marcy. »Müssten ihre Nachkommen dann nicht auch unsterblich sein?«

»Nein. Ich glaube, um als Unsterblicher geboren zu werden, müssen beide Eltern göttlich sein«, erklärte Gemma. »Herkules war schließlich auch sterblich. Und die Musen erhielten ihre Unsterblichkeit als Geschenk von Zeus, also konnten sie sie nicht vererben.«

»Aber ihr Vater war ein Gott?«, fragte Marcy, und Gemma nickte. »Er muss also noch am Leben sein.«

»Nicht unbedingt, aber möglich ist es schon«, stimmte Harper zu.

»Ich glaube nicht, dass er noch lebt.« Gemma schüttelte den Kopf.

»Warum nicht?«, fragte Harper. »Ich weiß, dass in einigen Büchern angedeutet wurde, dass Herkules ihn getötet hat, aber da stand auch, die Sirenen seien tot, also würde ich nicht allzu viel darauf geben.«

»Ich weiß. Es ist nur ...« Gemma verstummte. Als sie Lexi gesagt hatte, sie habe Penns Dad getroffen, hatte diese gelacht und gesagt, er sei tot. Aber das wollte sie Harper nicht erklären. »Es ist nur so ein Gefühl. Aber selbst wenn er noch lebt: Penn hasst ihn wirklich. Und über ihre Mutter hat sie auch kein nettes Wort verloren. Thea hat die Musen sogar als Prostituierte bezeichnet.«

»Sie würden sich also wohl kaum auf sie verlassen«, sagte Harper und vollendete damit Gemmas Gedankengang.

»Und falls doch, ist ihr Vater wahrscheinlich noch viel mächtiger als die Sirenen«, fügte Gemma hinzu. »Deshalb wurde er auch als Gott bezeichnet. Ich bezweifle sehr, dass er uns dabei helfen würde, seine Töchter zu töten.«

»Man kann nie wissen«, bemerkte Marcy.

Die drei saßen eine Zeit lang schweigend da und dachten über das bisher Gesagte nach. Gemma drehte an dem Verschluss ihrer Getränkedose und fragte sich, ob Marcy auf der richtigen Spur war. Sie hatte noch nicht ausgiebig nach dem Papyrus gesucht, aber selbst wenn sie die Chance bekam, konnte es nicht schaden, noch einen Notfallplan in petto zu haben.

»Es gibt auf jeden Fall eine Person, die sehr interessiert daran sein dürfte, die Sirenen zu zerstören«, sagte Harper schließlich nachdenklich, und Gemma hob den Kopf, um sie anzusehen. »Demeter.«

»Die Tussi, die sie mit dem Fluch belegt hat?«, fragte Marcy.

»Sie ist keine Tussi«, korrigierte Harper. »Sie ist eine Göttin, und sie hasst die Sirenen.«

»Warum denn eigentlich?«

»Penn, Thea und die beiden anderen ursprünglichen Sirenen waren die Kammerzofen von Demeters Tochter Persephone«, erklärte Gemma. »Sie sollten eigentlich auf sie aufpassen, aber stattdessen machten sie Blödsinn, schwammen, sangen und flirteten.«

»Die Sirenen waren also eine Art Bodyguards?«, fragte Marcy.

»Wahrscheinlich.« Gemma zuckte die Achseln. »Ich glaube, sie sagten, ihr Vater habe ihnen den Job besorgt. Soviel ich weiß, wohnten ihre Mütter immer bei den Männern, die sie gerade ›inspirierten‹, also waren die Sirenen schon ziemlich jung auf sich allein gestellt.«

»Sie bekommen also die Aufgabe, auf Persephone aufzupassen, und drücken sich«, fasste Marcy zusammen und brachte die Geschichte wieder auf den Punkt.

»Genau.« Gemma nickte. »Und dann wurde Persephone von Hades entführt und in die Unterwelt gebracht, um seine Braut zu werden.«

»Aber wenn Lydia recht hat und diese Leute nur mächtige Menschen und keine Götter waren, dann wäre Hades niemals Herrscher der Unterwelt gewesen«, wandte Marcy ein. »Ein Mensch – egal, wie mächtig er auch sein mag – würde niemals das gesamte Jenseits kontrollieren. Wo hat er sie also hingebracht?«

Harper senkte den Blick, als es ihr klar wurde. »Er hat sie nirgendwo hingebracht. Er hat sie vergewaltigt und dann ermordet.«

»Ja, an Demeters Stelle wäre ich auch wütend gewesen«, sagte Gemma.

»Warum hat sie die Sirenen dann unsterblich gemacht?«, fragte Marcy. »Wenn sie sie so gehasst hat, warum hat sie ihnen dann magische Superkräfte verliehen?«

»Die Hölle ist die ewige Wiederholung«, erklärte Harper. »Sie wollte sie dazu zwingen, die Dinge, die sie liebten, so oft zu wiederholen, bis sie ihnen schließlich verhasst wurden.«

»Glaubst du, sie wäre bereit, den Fluch zu lösen?«, fragte Gemma.

»Vielleicht. Wenn wir sie finden«, sagte Harper. »Vielleicht ist sie der Meinung, dass ihre Strafe jetzt lange genug gedauert hat.«

»Und wie sollen wir sie finden?«, fragte Marcy. »Oder ihren Vater? Oder eine der Musen?«

»Ich kann noch mal nachforschen, aber ich glaube, ich habe alles, was über Sirenen bekannt ist, schon mindestens hundert Mal gelesen«, sagte Harper.

»Ich könnte Thea fragen, aber ich bezweifle, dass sie viel darüber sagen wird«, sagte Gemma. »Sie redet nicht gerne über ihre Vergangenheit und sie hasst ihre Eltern aus tiefstem Herzen.«

»Ich könnte …« Marcy verstummte. »Ich weiß nicht. Was soll ich machen?«

»Du könntest noch mal mit Lydia reden«, schlug Harper vor. »Sie scheint ja Verbindungen zum übernatürlichen Untergrund zu haben. Wahrscheinlich weiß sie, wie wir eine Muse oder einen Gott finden könnten.«

»Und ich suche weiter nach der Schriftrolle«, sagte Gemma mit einem tiefen Seufzer.

»Hast du heute Abend Probe?«, fragte Harper. »Da könntest du doch mit Thea reden.«

»Ja.« Gemma schaute auf Harpers Wecker. Es war erst viertel nach drei. »Die Probe fängt ungefähr in einer Stunde an. Ich werde versuchen, Thea auszuquetschen.«

»Gut.« Harper nickte, als sei damit alles geklärt. »Wir haben also eine Art Aktionsplan. Das ist doch gut.«

»Okay, also auf wen soll ich Lydia ansetzen?« Marcy griff

sich Block und Stift von Harpers Schreibtisch. »Ich muss mir das alles aufschreiben. Diese griechischen Namen sind einfach lächerlich schwierig.«

»Demeter«, sagte Harper und buchstabierte es für sie. »Und irgendeine Muse. Ich kenne nicht alle namentlich, aber Penn und Theas Mütter waren Terpsichore und Melpomene.«

»Okay, das musst du mir noch einmal buchstabieren. Aber ganz langsam«, sagte Marcy, und Harper tat es.

»Und dann noch ihren Vater«, fügte sie hinzu.

»Wer ist das?«, fragte Marcy.

»Acheloos«, antwortete Harper.

»Wie der Fluss?«, fragte Marcy.

Harper nickte. »Ja, ich glaube, er war ein Flussgott.«

»Wenigstens weiß ich, wie man den schreibt.«

Gemma fiel es plötzlich wie Schuppen von den Augen. Der Acheloos-Fluss mündete ungefähr fünf Meilen nördlich von Capri ins Meer. Benannt hatte den Fluss der Mann aus Griechenland, der auch Capri gegründet hatte, also war Gemma der Name bislang nicht aufgefallen.

Aber Lexi hatte gesagt: *Nachdem du erfahren hast, wer ihr Vater ist, war das Versteck viel zu offensichtlich*. Und der Fluss war nach Penns Vater benannt.

Falls Lydia recht hatte und die Sirenen die Schriftrolle mit sich herumschleppten, dann wäre es naheliegend, sie auch in der Nähe zu verstecken. Und ein Fluss, der nach ihrem eigenen Vater benannt war? Penn war viel zu narzisstisch, um sich diese Gelegenheit entgehen zu lassen.

»Ich muss los«, sagte Gemma und stand abrupt auf.

»Was?«, fragte Harper. »Wieso? Wo gehst du hin?«

»Ich habe vergessen, dass die Probe heute früher beginnt«, log Gemma. »Aber das ist gut. So habe ich länger Zeit, mit Thea zu reden.«

»Okay«, sagte Harper, aber sie wirkte verwirrt. »Soll ich dich hinfahren?«

»Nein, das geht schon. Aber danke.« Gemma lächelte sie an. »Bis später.«

Sie rannte beinahe nach unten und schnappte sich ihr Fahrrad. Bevor sie losfuhr, holte sie ihr Handy aus der Tasche und schrieb Daniel eilig eine SMS, sodass er sie decken konnte, falls Harper sich nach der Probe erkundigte.

Gemma hatte Daniel bei den abendlichen Proben und per SMS über die neuesten Entwicklungen auf dem Laufenden gehalten, so wie sie es abgemacht hatten. Er hatte Harper mit Informationsbröckchen gefüttert, damit sie nicht misstrauisch wurde. Dazu hatte auch gehört, dass er Harper erzählte, dass Gemma mit Kirby Schluss gemacht hatte und jetzt mit Aiden flirtete.

Aber alle wichtigen Details verschwieg er – zum Beispiel, dass Thea ihr nicht helfen wollte, oder dass die Sirenen bereits einen Ersatz für sie gefunden hatten. Daniel hatte ihr zwar geraten, Harper davon zu erzählen, aber das konnte Gemma nicht. Zur Abwechslung war sie jetzt an der Reihe, ihre Schwester zu beschützen.

Und vielleicht musste sie ihr ja gar nichts davon erzählen. Wenn es ihr gelang, den Fluch zu brechen.

Gemma trat kräftig in die Pedale und schaffte es in Rekordzeit zur Anthemusa-Bucht. Sie ließ ihr Fahrrad zwischen den Sumpfzypressen liegen, genau wie ihr Handy, ihre Schuhe und ihre Shorts. Ausnahmsweise trug sie heute keinen Bikini unter ihrer Kleidung, also würde sie in ihrem BH schwimmen müssen, aber das war ihr egal.

Gemma schwamm zwar, so schnell sie konnte, aber es schien dennoch eine Ewigkeit zu dauern, bis sie die Flussmündung erreichte. Nicht einmal das Gefühl des Wassers auf ihrer Haut und das Reißen der Strömung an ihrem Fischschwanz konnte sie genießen. Sie dachte nur daran, dass sie die Schriftrolle finden musste.

Lydia hatte gesagt, das Papier könne durch Wasser nicht beschädigt werden, also hatten die Sirenen es wahrscheinlich im Flussboden versteckt. Möglicherweise unter einem Felsbrocken oder in einer Kiste, die im Schlick vergraben war.

Sie folgte ihrer Vermutung und schwamm den Acheloos-Fluss hinauf, drehte Steine um und untersuchte alles im Flussbett, was irgendwie außergewöhnlich wirkte. Aber sie war noch nicht weit gekommen, als etwas Seltsames mit ihr vorging.

Es fiel ihr schwerer, zu atmen, und die Schuppen an ihrem Schwanz wurden an einigen Stellen wieder zu Menschenhaut. Zuerst geriet Gemma in Panik und glaubte, sie werde gleich sterben. Schnell schwamm sie zurück ins Meer, und sofort hörte die merkwürdige Verwandlung auf und sie war wieder eine vollständige Meerjungfrau.

Da wurde ihr klar, dass der Fluss ja aus Süßwasser bestand – was keine Wirkung auf sie hatte. Aus diesem Grund verwandelte sie sich im Schwimmbad und unter der Dusche nicht in eine Meerjungfrau. Nur Meerwasser bewirkte die Transformation.

Das bedeutete, dass die Sirenen wahrscheinlich nicht

sehr weit in den Fluss hineingeschwommen waren. Also konzentrierte sich Gemma auf den Bereich, in dem sie noch gut schwimmen konnte. Zuerst suchte sie nur das Gebiet an der Flussmündung ab, aber je später es wurde, desto weiter dehnte sie ihre Suche aus.

Als der Mond hoch am Himmel stand, zog Gemma sich auf ein sandiges Stück Böschung hoch. Nur ihr Oberkörper ragte aus dem Wasser, ihr Schwanz blieb unter der Oberfläche und die Wellen plätscherten um ihre Taille.

Über ihr glitzerten die Sterne und sie lehnte sich zurück und blickte zu ihnen hinauf. Ihre Hände waren aufgerissen, weil sie so lange im Flussbett und auch im Meeresboden gegraben hatte. Ihr Schwanz schmerzte vom Schwimmen und ihr Magen knurrte vor Hunger.

Gemma hatte überall gesucht. Die Schriftrolle war nicht hier. Entweder war sie es nie gewesen oder die Sirenen hatten sie weggebracht. Aber das war eigentlich egal. Wichtig war nur, dass Gemma sich eine neue Strategie überlegen musste, denn diese war nun endgültig gescheitert.

EINUNDZWANZIG

Verflucht

Ich liebe ihn«, hauchte Penn und warf sich rücklings aufs Bett. In den drei Monaten, die Bastian jetzt bei ihnen wohnte, hatte Thea Penn diese Worte schon hundert Mal sagen hören.

»Übertreibst du nicht ein bisschen?«, fragte Aggie. Sie saß auf dem Bettrand und beobachtete, wie Penn verzückt säuselnd von ihrer brandneuen Romanze mit Bastian schwärmte.

»Nein, ich liebe ihn.« Penn lächelte so breit, dass es Theas Meinung nach schmerzhaft sein musste. Sie bevorzugte es, sich Penns tägliche Liebesschwüre an Bastian von der Zimmerecke aus anzuhören.

»Aber er liebt dich nicht«, sagte sie plötzlich, und sofort drehten Aggie und Gia ihr geschockt die Köpfe zu.

Thea war sicher, dass ihr eigenes Gesicht ebenso geschockt und entsetzt war. Sie hatte die Worte zwar schon unzählige Male gedacht, aber sie zum ersten Mal tatsächlich ausgesprochen. Penn war ihr so unsäglich auf die Nerven gegangen, dass sie die Beherrschung verloren hatte.

»Er liebt mich nicht«, sagte Penn tonlos, und dann setzte sie sich abrupt auf. »Dieser verdammte Fluch. Er kann mich nicht lieben. Wir müssen ihn brechen.«

»Ihn brechen?«, fragte Gia. Sie saß auf der anderen Seite von Penns Bett, und ihre helle Haut wurde bei dem Gedanken, den Fluch zu lösen, noch eine Spur blasser.

»Das dürfen wir nicht. Wir wissen nicht, welche Konsequenzen das hätte.«

»Aber ich bin verliebt, Gia«, sagte Penn, um Verständnis heischend. »Ich kann nicht zulassen, dass meiner Liebe etwas im Wege steht.«

»Gia hat recht«, schaltete sich Aggie ein. »Wenn wir versuchen, den Fluch zu lösen, vernichten wir uns damit vielleicht selbst. Weißt du nicht mehr, was dem Minotaurus widerfahren ist? Als Asterios den Fluch brach, starben er und all seine Brüder.«

»Sei nicht albern«, knurrte Penn und stand auf. »Wir müssen unseren Vater oder Demeter finden. Die werden schon wissen, wie man den Fluch bricht, ohne dass wir sterben müssen.«

»Und wie sollen wir Acheloos und Demeter finden?«, fragte Gia. »Sie sind schon seit Jahren untergetaucht.«

»Dann gib dir mehr Mühe bei der Suche!«, herrschte Penn sie an. »Ich liebe Bastian und werde den Rest meines Lebens mit ihm verbringen!«

»Wenn du den Fluch brichst, wird das aber nicht sehr lange sein«, sagte Thea leise. »Die Musen können ihren Platz im Pantheon für die Liebe aufgeben, aber das bedeutet auch, dass sie ihre Unsterblichkeit aufgeben müssen.«

»Das wird mir nicht passieren«, sagte Penn, als sei die

Vorstellung völlig absurd. »Bastian ist unsterblich und das werde ich auch bleiben.«

»Und wenn du wählen müsstest?«, fragte Thea. »Zwischen ewigem Leben und wahrer Liebe?«

»Ich muss mich aber nicht entscheiden.« Penn sah ihre Schwester an, als sei Thea dumm oder wahnsinnig. »Ich kann beides haben.«

»Liebe Schwester, du wirst dich entscheiden müssen«, beharrte Thea. »Der einzige mir bekannte Weg, den Fluch zu lösen, ist, die Schriftrolle zu zerstören. Und das würde uns das Leben kosten.«

»Wir werden den Papyrus nicht zerstören«, sagte Penn. »Ich bin sicher, es gibt noch einen anderen Weg. Vielleicht können die Götter mich genauso mit Unsterblichkeit segnen wie Bastian.«

»Es gibt kaum noch Götter«, erinnerte Thea sie. »Und kein Gott wird einen Fluch lösen, um dich danach zu segnen.«

»Ich bin verliebt, liebste Schwester.« Penn warf Thea einen wütenden Blick zu. »Die Götter sind der Liebe stets geneigt. Wir werden einen Gott finden und dieser Gott wird Demeters Fehler korrigieren.«

»Der Gott würde aber eine Gegenleistung verlangen«, gab Thea zu bedenken. »Wärst du bereit, ein Opfer für die Liebe zu bringen?«

»Ich bin bereit, alle anderen Männer dieser Welt zu opfern, und ich glaube, das ist mehr als genug«, sagte Penn mit einem boshaften Lächeln. »Jetzt muss ich mich für mein Frühstück mit Bastian schön machen. Geht jetzt. Findet einen Weg, uns von diesem Fluch zu erlösen.«

Mit diesen Worten entließ Penn ihre Schwestern, und Gia, die pflichtbewusste Dienerin, setzte sich sofort in Bewegung, um ihren Befehl zu erfüllen. Thea hingegen entfernte sich nur langsam, und Aggie blieb an ihrer Seite, um sie zu trösten.

»Oh liebe Schwester, was liegt dir auf dem Herzen?«, fragte Aggie. Sie hakte sich bei Thea unter, und gemeinsam gingen sie den Flur entlang, der zu Theas Zimmer führte.

Früher hatte das Haus vor Dienern und Kammerzofen nur so gewimmelt, aber nun waren nur noch sehr wenige übrig. Penn hatte gleich zu Beginn ihrer Affäre mit Bastian den Herzog weggeschickt und seine Brüder getötet. Genauso war sie mit allen Dienstboten verfahren, die getratscht hatten oder ihre Beziehung gestört hatten.

Wenn es ihr möglich gewesen wäre, hätte sie auch ihre Schwestern weggeschickt. Sie wollte mit Bastian allein sein und mit ihm ein neues Leben beginnen. Da sie aber dazu verflucht war, bis in alle Ewigkeit an die anderen Sirenen gebunden zu sein, behandelte sie ihre Schwestern seit Neuestem wie Dienstboten, oder genauer gesagt, wie Sklavinnen.

»Sie liebt ihn nicht«, flüsterte Thea. Ihre Stimme war süß, aber ihr Tonfall verächtlich. »Sie hat nicht die geringste Ahnung, was Liebe ist.«

»Ach, lass ihr doch ihre Schwärmerei«, sagte Aggie. »Sie ist viel besserer Laune als sonst. Zählt das denn gar nicht?«

»Nein, das tut es nicht«, zischte Thea. »Ich habe genug davon, mich ihren Launen zu beugen. Ich will nicht mehr vor ihren Forderungen und ihrer Eitelkeit kuschen.«

»Du weißt, dass sie schon immer einen starken Willen hatte«, sagte Aggie. »Und dass es am besten ist, ihr nachzugeben.«

»Und warum?« Thea schaute sie an. »Warum muss ich mich immer meiner kleinen Schwester beugen?«

»Weil sie deine Schwester ist«, sagte Aggie schlicht. »Du hast nur zwei Optionen: Entweder du gehorchst ihr oder du widersetzt dich ihr. Und falls du dich ihr widersetzt, solltest du auch bereit sein, sie zu töten. Willst du lieber das Blut deiner Schwester an deinen Händen kleben sehen, als weiterhin ihre Spielchen mitzuspielen?«

»Ausnahmsweise wäre mir das Blut heute lieber«, gestand Thea.

Aggies Gesicht verzog sich schmerzlich. »Sag so etwas nicht. Du hast ihr, uns beiden, versprochen, dass du für uns sorgen und dich um uns kümmern wirst. Ich weiß, dass dieses Versprechen vor vielen Hundert Jahren gegeben wurde, aber es bindet dich noch heute.«

»Wirklich?«, fragte Thea. »Habe ich meine Pflicht nicht erfüllt? Euch beiden gegenüber?«

»Wir sind Schwestern und das werden wir immer sein«, sagte Aggie. »Ich mag vielleicht nicht verstehen, was dich gerade kränkt, aber ich weiß, dass es vorbeigehen wird. Alles geht vorbei. Wir sind das Einzige, was bleibt. Vergiss das nicht.«

Thea hätte gerne noch länger mit ihrer Schwester geredet, aber Aggie hatte genug. Sie drehte sich um und ging. Ihre Schritte hallten von der Decke wieder und Thea blieb allein zurück.

Sie ging in ihr Zimmer, schloss die schwere Tür hinter

sich und lehnte sich dagegen. Bittere Tränen standen ihr in den Augen.

Da schlenderte Bastian aus ihrem Badezimmer. Er trug kein Hemd und seine Hosenträger hingen locker herunter. Sein strahlendes Lächeln zauberte Grübchen in seine Wangen, aber Thea konnte nur die Stirn runzeln, als sie ihn sah.

»Oje«, sagte Bastian und versuchte, besorgt zu wirken, als er zu ihr ging. »Was ist dir widerfahren?« Sie schüttelte den Kopf und wischte sich die Tränen ab. »Warum sind deine Wangen salzig?«

Er wollte ihr Gesicht berühren, aber sie wich ihm aus.

»Sorge dich nicht. Ich habe nur mit meiner Schwester gestritten.«

»Aber warum denn?« Bastian folgte ihr und stellte sich direkt hinter sie. »Nicht meinetwegen, hoffe ich.«

»Nein, nicht wegen dir.« Thea drehte sich zu ihm um. »Aber wie lange können wir noch so weitermachen? Irgendwann erwischt sie uns und dann werden wir diese Affäre teuer bezahlen.«

»Sie wird mich nicht erwischen«, versprach Bastian grinsend. »Das werde ich nicht zulassen.«

»Bastian. Sei bitte ernst.«

»Ich bin immer ernst.« Er versuchte, feierlich dreinzublicken, und schloss Thea in die Arme. Sie legte ihre Hand auf seine nackte Brust und spürte seine warmen Muskeln unter ihren Fingern. Bittend sah sie zu ihm auf.

»Und was ist, wenn ich diese Heimlichkeiten nicht mehr ertrage? Was ist, wenn ich dich für mich allein haben will?«

»Dann würde ich dir sagen, dass es nicht die richtige Zeit

dafür ist«, erwiderte Bastian. »Deine Schwester herrscht über diesen Ort und ihrer Rache will ich nicht zum Opfer fallen. Nicht jetzt.«

»Wann denn dann?«, fragte Thea.

»Wenn der Zeitpunkt gekommen ist.«

»Deine Zunge hat genauso viel Talent dafür, Ausflüchte zu finden wie dafür, zu singen«, stellte Thea fest.

Er lachte warm. »Meine Zunge hat auch noch ganz andere Talente.«

Er versuchte, sie zu küssen, aber sie schob ihn zurück, befreite sich aus seinen Armen und wich ein paar Schritte von ihm zurück.

»Sie will den Fluch brechen«, sagte Thea.

»Aber wie kommt sie denn auf die Idee?« Bastian stemmte die Hände in die Hüften und wirkte fassungslos. »Ich dachte, sie liebt die Macht, die Magie und die Möglichkeit, Sterbliche zu foltern.«

»Das tut sie«, erwiderte Thea. »Aber sie behauptet, dich zu lieben, und ist überzeugt davon, dass nur der Fluch dich daran hindert, ihre Gefühle zu erwidern.«

Bastian schüttelte den Kopf. »Nicht der Fluch hindert mich daran.«

»Was dann?«, fragte Thea. Sie machte einen Schritt auf ihn zu und konnte die Hoffnung in ihrem Gesicht nicht verbergen.

»Die Tatsache, dass sie grässlich ist. Sie ist ein Monster, eine Mörderin, und hasst alles und jeden.«

»Warum bist du ihr dann weiterhin zu Gefallen?«, fragte Thea. »Wenn du weißt, welch ein Monster sie in Wirklichkeit ist.«

»Ich brauche eine Bleibe«, antwortete er schlicht. »Ich hatte nicht beabsichtigt, so lange hierzubleiben. Oder mich mit dir einzulassen. Ich wollte nur ein paar Nächte lang in einem warmen Bett schlafen.«

»Du bleibst also wegen mir?«, fragte Thea. Er näherte sich ihr.

»Du bist einer der Gründe, aus denen ich bleibe«, gab er lächelnd zu.

Er schlang ihr die Arme um die Taille und hob sie mühelos vom Boden auf. Mit einer einzigen, anmutigen Bewegung warf er sie sanft aufs Bett. Dann kletterte er ebenfalls hinein. Er stützte beide Arme neben ihrem Kopf auf und beugte sich dann herunter, um sie leidenschaftlich auf den Mund zu küssen.

Thea gab sich dem Kuss einen Moment lang hin und Hitze flammte in ihr auf. Dann legte sie ihm die Hand auf die Brust und schob ihn zurück.

»Liebst du mich?«

Sein Lächeln erstarb. »Liebe ist ein Wort, das ich nicht leichtfertig verwende.«

»Bastian. Bitte.« Sie schaute forschend in seine blauen Augen. »Jedes Mal, wenn ich bei dir liege, riskiere ich mein Leben. Sie wird uns zweifellos beide töten, wenn sie uns zusammen erwischt.«

»Also riskiere auch ich mein Leben, genau wie du. Ist das nicht genug Beweis meiner Zuneigung?«

»Willst du es nicht aussprechen? Willst du mir nicht sagen, dass du mich liebst?«

»Nein.« Bastians Stimme war voller Bedauern. »Ich kann es nicht.«

»Warum nicht?« Thea drängte ihre Tränen zurück, denn sie wollte nicht, dass er sah, wie tief er sie verletzt hatte. »Du sagtest, du könnest Liebe empfinden.«

»Du bist süßer, schöner und in jeder Hinsicht liebenswerter als deine Schwester.« Er strich ihr das rote Haar aus der Stirn. »Aber auch du teilst ihren Durst nach Blut.«

»Deshalb kannst du mich nicht lieben? Weil ich ein Monster bin und fressen muss?«

»Komm, Thea. Uns bleibt nur noch wenig Zeit, bis die Pflichten des Tages uns erwarten. Können wir nicht ein anderes Mal weiterreden?«

Thea hätte gerne weitergeredet und vielleicht hätte sie darauf bestehen sollen. Aber in Bastians Gegenwart war sie willensschwach. Sekunden später küsste er sie wieder und all ihre Sorgen verloren sich in seiner Umarmung.

ZWEIUNDZWANZIG

Besuch

Die Fahrt nach Briar Ridge hatte noch nie so lange gedauert. Die Klimaanlage in Brians Auto funktionierte nicht, und die Fenster standen zwar offen, ließen aber nur heiße Luft in den Truck strömen. Gemma saß in der Mitte, eingequetscht zwischen ihrem Dad und Harper, und sie alle schwiegen.

Das Radio war auf den Classic-Rock-Sender eingestellt und Brian sang völlig unironisch *I'm on Fire* von Springsteen mit. Aber das war alles.

Harper hatte Gemma vor ein paar Tagen erzählt, dass Brian sie bei ihrem üblichen Samstagsbesuch bei ihrer Mutter begleiten wollte. Beide Mädchen konnten sich nicht erklären, warum. Gemma wusste, dass sie sich eigentlich freuen sollte. Sie bat ihren Dad schon seit vorletzte Weihnachten, Nathalie endlich wieder einmal zu besuchen. Da hatte Brian zum letzten Mal Kontakt zu ihrer Mom gehabt. Was nicht hieß, dass er sie vorher regelmäßig besucht hätte.

Als Harper den Führerschein gemacht hatte und Nathalie alleine besuchen konnte, hatte Brian offiziell beschlossen, nicht mehr mitzufahren. Aber auch in den Jahren davor hatte sich seine Interaktion mit Nathalie auf ein absolutes Minimum beschränkt, bestehend aus einem »Hallo, wie geht's?«, wenn er die Mädchen abholte oder zu ihr brachte.

Gemma war also gleichzeitig auch beunruhigt darüber, dass er tatsächlich Zeit mit Nathalie verbringen wollte, vor allem, weil sie und Harper ihn gar nicht dazu gedrängt hatten.

Als Brian in der Einfahrt von Nathalies betreutem Wohnheim parkte, war Gemmas Angst davor, den Fluch der Sirenen nicht zu überleben, dem simplen Wunsch gewichen, nur diesen Nachmittag zu überstehen.

»Hast du angerufen und gesagt, dass ich heute mitkomme?«, fragte Brian, als er den Motor abgestellt hatte.

»Nein.« Harper beugte sich vor, die grauen Augen sorgenvoll geweitet. »Hätte ich das tun sollen?«

Brian schwieg einen Moment. »Nein. Bestimmt ist es kein Problem.«

»Wir sollten reingehen«, schlug Gemma vor, denn es sah so aus, als wäre ihr Vater am liebsten den ganzen Nachmittag lang in seinem glühend heißen Auto sitzen geblieben.

»Ja, gehen wir.« Er nickte, bewegte sich aber nicht.

Brian war immer gebräunt, weil er so viel draußen arbeitete, aber jetzt war seine Haut aschfahl. Seine blauen Augen waren aufgerissen und voller Panik, und er starrte die Armaturen des Trucks so konzentriert an, als hoffe er, dort eine Antwort darauf zu finden, wie er mit dieser Situation umgehen sollte.

So verängstigt hatte Gemma ihren Vater noch nie gesehen. Das hieß nicht viel, da er selten Angst zeigte, aber heute wirkte er wie erstarrt.

»Dad?« Harper war aus dem Auto gestiegen, blieb aber an der Tür stehen und beobachtete ihn. »Willst du wirklich mit reinkommen?«

»Ja.« Er nickte wieder und leckte sich die Lippen. »Ich muss das tun. Ich muss sie sehen.«

Gemma griff nach Brians riesiger, ledriger Hand, in der ihre fast verschwand, und drückte sie sanft.

»Du schaffst das, Dad«, sagte sie.

Er lächelte ihr zu, wirkte aber immer noch krank. »Du hast recht. Bringen wir's hinter uns.«

Endlich öffnete Brian die Fahrertür und stieg aus. Gemma folgte ihm langsam. Es war eine dumme Idee gewesen, Shorts anzuziehen. Ihre Beine klebten an den Plastiksitzen des Trucks fest und sie musste sie vorsichtig von der Auflage lösen, bevor sie aussteigen konnte.

Harper und Brian warteten vor der Eingangstür auf sie, und Gemma ging zu ihnen und klopfte. Sie war so nervös und ängstlich wie noch nie vor einem Besuch bei ihrer Mutter. Der Nachmittag konnte so leicht in einem Desaster enden.

Bereits bevor sich die Tür öffnete, hörte Gemma Nathalie rufen: »Das ist für mich! Ich mach auf!«

Nathalie riss die Tür mit einem strahlenden Lächeln auf. »Meine Mädchen!«

Das Schlimmste an den Besuchen bei Nathalie war, dass der Unfall zwar ihr Gehirn irreparabel beschädigt hatte, sie aber noch genauso aussah wie früher. Sie war groß und elegant und wirkte eher wie ein Model als wie eine Mutter, und schon gar nicht wie eine Person mit Gehirnverletzung. Ihre Augen waren so goldbraun wie Gemmas und ihr Lächeln war wunderschön. Die einzigen Anzeichen für ihren Zustand waren ihr *Harry-Potter*-T-Shirt, die grellrosa Strähne in ihrem langen braunen Haar und die Abziehtattoos von Welpen und Kätzchen, die ihren Arm bedeckten.

Für jemanden wie Brian, der sie schon länger nicht gesehen hatte, musste es ein ungeheurer Schock sein, dass sie genauso aussah wie in seiner Erinnerung. Es wäre einfacher gewesen zu akzeptieren, dass sie nicht mehr dieselbe war, wenn sie auch anderes ausgesehen hätte. Aber so war es nicht.

»Hi, Mom«, sagte Gemma.

»Oh, wie schön du heute aussiehst.« Nathalie schlang die Arme um Gemma und drückte sie heftig an sich. Dann sah sie Harper und drückte ihr liebevoll den Arm. »Und du auch.«

»Hallo, Mom.« Harpers Stimme war ein paar Oktaven höher als sonst, woran Gemma merkte, dass auch sie extrem nervös war.

»Wir haben heute noch jemanden mitgebracht«, sagte Gemma, als ihre Mutter sie endlich losließ. Sie ging einen Schritt zur Seite, damit Nathalie Brian besser sehen konnte. »Erkennst du ihn?«

»Hallo, Nathalie.« Brian hob die Hand und winkte ihr ungelenk zu.

»Ist das … ist das dein Freund?«, fragte Nathalie. Dann beugte sie sich zu Gemma vor und senkte die Stimme. »Schätzchen, er ist zu alt für dich.«

»Nein, Mom. Das ist Dad«, versuchte Gemma ihr zu erklären.

»Brian«, fügte Harper hinzu. »Mein und Gemmas Vater. Er ist dein Ehemann.«

»Was?« Nathalie richtete sich auf und schüttelte den Kopf. »Nein. Ich bin nicht verheiratet.«

»Doch, das bist du, Mom«, sagte Harper sanft.

»Aber …« Nathalie schaute Brian verwirrt und ein bisschen entsetzt an. »Aber er ist so alt.«

»Eigentlich bin ich nur sechs Monate älter als du«, sagte Brian so lässig wie möglich.

Sie verschränkte die Arme vor der Brust. »Und wann habe ich Geburtstag, du Schlauberger?«

»Am 6. Oktober 1973«, erwiderte Brian sofort.

»Gut geraten«, sagte Nathalie, aber ihrer Miene nach zu urteilen wusste sie nicht, ob das Datum korrekt war. Das war es, aber es konnte gut sein, dass Nathalie sich nicht mehr daran erinnerte, wann sie geboren war.

»Und mein zweiter Vorname?«

»Anne«, sagte Brian und zeigte auf Gemma. »Genau wie Gemmas.«

»Und seit wann sollen wir verheiratet sein?«, fragte Nathalie, aber sie begann offenbar, ihm zu glauben, denn ihr Gesicht war weicher und ihre Miene neugieriger geworden.

»Im vergangenen April waren es zwanzig Jahre.« Brian senkte einen Moment den Blick und schaute sie dann wieder an.

»Zwanzig Jahre?«, fragte Nathalie.

»Er ist es wirklich«, sagte Gemma, um ihre Mutter zu überzeugen.

»Ich bin es wirklich, Nat«, wiederholte Brian schlicht.

»Nat?« In ihren Augen blitzte schmerzliches Erinnern

auf und sie ließ die Arme sinken. »So hast du mich immer genannt. So nennt mich heute niemand mehr.«

»Es tut mir leid. Ich kann dich auch anders nennen«, sagte Brian.

»Nein. Mach nur.« Sie streckte den Arm aus und griff nach seiner Hand. »Kommt rein, kommt rein. Wir müssen uns unterhalten.«

Nathalie führte Brian durch das Haus und stellte ihn dem Pflegepersonal als ihren Ehemann vor. Brian lächelte höflich. Die Pfleger brachten Nathalies Mitbewohner in ihre Zimmer, um der Familie ein bisschen Privatsphäre zu geben. Nathalie setzte sich an den großen Esstisch, rückte ihren Stuhl dicht an Brians und betrachtete ihn fasziniert.

Gemma und Harper wussten nicht genau, wie sie reagieren sollten, also setzten sie sich nur stumm an den Tisch und lauschten dem Gespräch ihrer Eltern.

»Wie haben wir uns kennengelernt?«, fragte Nathalie.

Brian hatte die Hand auf den Tisch gelegt und sie strich immer wieder leicht darüber. Gemma hatte sie das noch nie tun sehen. Es war, als wolle sie seine Hand in ihre nehmen, sei aber zu unruhig, um stillzuhalten. Deshalb streichelte sie ihn immer wieder.

»Wir haben uns in der Grundschule kennengelernt«, erzählte Brian. »Aber wir haben uns erst in der Highschool ineinander verliebt.«

»Wir waren ein Highschool-Pärchen?«, fragte Nathalie.

Er nickte. »Ja, das waren wir.«

»Hast du mich zum Abschlussball eingeladen?«

»Ja, das habe ich.«

»Ich wusste es«, quiekte sie und lachte. »Welche Farbe hatte mein Kleid? Wie sah ich aus?«

»Es war dunkelblau und du warst wunderschön.« Bei der Erinnerung musste Brian lächeln. »Das warst du immer. Das bist du auch heute noch.«

»Hast du mir einen Heiratsantrag gemacht?«

»Ja.« Er nickte. »Er war nicht sehr romantisch. Ich war viel zu nervös und habe mich ständig verhaspelt. Du hast meine Absicht erraten, bevor ich es schaffte, die Worte herauszubringen, aber du hast sofort eingewilligt, meine Frau zu werden.«

Natalie berührte den goldenen Ehering, den er immer noch am Ringfinger trug, und er ließ es geschehen. »Wo ist mein Ring?«

»Äh, den haben die Mädchen«, sagte Brian. »Gemma, um genau zu sein.«

»Er liegt in dem Schmuckkästchen auf meiner Kommode«, sagte Gemma, und Nathalie schaute sie einen Moment lang an, bevor sie ihre Aufmerksamkeit wieder auf Brian richtete.

»Warum trage ich ihn nicht?«, fragte Nathalie.

»Wir wollten ihn sicher für dich aufbewahren«, erklärte Brian.

»Hast du Fotos von unserer Hochzeit?«

»Natürlich.« Er nickte wieder. »Ich habe sie nicht bei mir, aber es gibt ganz viele.«

»Und nachdem wir geheiratet haben, bekamen wir die Mädchen?« Nathalie schaute wieder ihre Töchter an.

»Ja. Die beiden sind unsere Töchter.« Brian nickte in ihre Richtung, sah sie aber nicht an. Wahrscheinlich wollte er nicht, dass sie den Kummer in seinen Augen sahen.

Nathalie starrte Harper und Gemma an, als habe sie die Mädchen noch nie zuvor gesehen. »Sie sind wunderschön.«

»Ja, das sind sie«, stimmte Brian ihr zu und lächelte leise.

»Harper sieht aus wie du.« Nathalie legte den Kopf schief. »Sie hat deine Nase und deine Augen, aber ihre sind grau, nicht so blau wie deine.«

»Ich finde sie auch viel hübscher als mich«, stimmte Brian lächelnd zu.

Harper lachte unsicher. »Danke, Dad.«

»Ihr besucht mich oft«, sagte Nathalie zu den Mädchen. »Ich sehe euch immer wieder. Ich erinnere mich an euch.« Sie zeigte auf Gemma. »Du schwimmst in der Schulmannschaft und du …«, sie zeigte auf Harper, »du gehst bald aufs College.«

»Ja, das stimmt«, sagte Harper.

»Ich war mal Leistungsschwimmerin«, erzählte Gemma. »Aber jetzt spiele ich in einem Theaterstück mit.« Sie beugte sich vor. »Du hast früher auch auf der Bühne gestanden. Weißt du das noch?«

»Nein.« Nathalie schüttelte den Kopf. »Sollte ich?«

»Nein.« Gemma zwang sich zu einem Lächeln. »Das ist schon okay, Mom.«

Nathalie wandte sich wieder Brian zu. Sie hörte damit auf, seine Hand zu streicheln, hielt sie einfach fest und sah ihm in die Augen. »Du besuchst mich nie, richtig?«

»Nein, das stimmt«, sagte Brian mit belegter Stimme. »Es tut mir leid.«

»Warum nicht?«, fragte Nathalie, und ihr Tonfall war vorwurfsvoll geworden.

»Du … du erinnerst dich kaum noch an mich.« Brian wählte seine Worte sehr sorgfältig. »Es ist sehr schwierig für mich, dich zu sehen und nicht wie früher mit dir zu reden, als du meine Frau und die Mutter meiner Kinder warst. Ich will mit dir über unser gemeinsames Leben reden, aber das geht nicht.« Er schluckte heftig. »Du erinnerst dich nicht daran.«

»Warum erinnere ich mich nicht an dich?«, fragte Nathalie.

»Ich weiß es nicht.« Er schüttelte den Kopf. »Kurz nach dem Unfall hast du dich besser an mich erinnert, als wir uns häufig gesehen haben. Es ist also meine Schuld. Ich hätte länger bei dir bleiben müssen.«

»Ich würde mich gerne an dich erinnern«, sagte Nathalie leise. »Du scheinst sehr nett zu sein und du hast schöne Augen.« Sie hob die Hand und berührte die Krähenfüße in seinen Augenwinkeln.

»Danke«, sagte Brian.

»Haben wir uns geliebt?«, fragte Nathalie und ließ ihre Hand wieder sinken.

»Ja.« Brian atmete zitternd aus. »Wir haben uns sehr geliebt.« Er schürzte die Lippen. »Und es tut mir leid, dass ich dich im Stich gelassen habe.«

»Wie hast du mich denn im Stich gelassen?«

»Ich hätte dich häufiger besuchen müssen. Ich hätte für dich da sein müssen.«

»Wenn ich dich so geliebt habe, wie du sagst, dann hätte ich gewollt, dass du glücklich bist«, sagte Nathalie. »Und wenn es dich traurig macht, mich zu besuchen, dann ist es vielleicht besser, dass du nicht gekommen bist.«

Sie hatte wieder mit Brians Hand gespielt, aber er drehte sie um und hielt nun die ihre fest. Tränen standen in seinen Augen und er schniefte.

»Ich vermisse dich, Nat.«

»Ich würde dir gerne sagen, dass ich dich auch vermisse, aber ich erinnere mich nicht an dich«, gestand Nathalie.

»Ich liebe dich. Ich werde dich immer lieben«, sagte Brian. »Aber ich kann das nicht mehr.«

Er stand auf, beugte sich vor und küsste Nathalie auf die Stirn. Er verharrte einen Augenblick in dieser Haltung und atmete ihren Duft ein, dann drehte er sich um und ging aus dem Zimmer.

»Dad?« Harper stand auf und lief ihm nach.

»Habe ich etwas falsch gemacht?«, fragte Nathalie und schaute Gemma unsicher an.

»Nein, Mom. Du hast gar nichts falsch gemacht.« Gemma stand auf, ging um den Tisch herum und setzte sich neben Nathalie. »Du hast heute alles sehr gut gemeistert.«

»Aber ich habe ihn traurig gemacht.« Sie starrte Gemma an. »Und dich auch.«

»Nein, ich bin nicht traurig.« Gemma wischte sich die Augen. Sie weinte noch nicht, aber sie spürte die Tränen kommen. »Es ist nicht deine Schuld.«

»Gemma.« Nathalie strich ihr eine Haarsträhne aus dem Gesicht und lächelte. »Du siehst heute wirklich hübsch aus.«

»Danke, Mom.« Gemma lachte und schniefte gleichzeitig. »Ich wünschte, du wärest wieder hier.«

»Was meinst du damit?«, fragte Nathalie. »Ich bin doch hier.«

»Nein, wirklich hier. Ich weiß, dass du irgendwo ganz tief dadrin vergraben bist …« Gemma verstummte. Ihr war gerade eine Idee gekommen.

Sie schaute sich um und vergewisserte sich, dass sie und Nathalie allein waren. Dann nahm sie die Hand ihrer Mutter, beugte sich zu ihr und sagte leise: »Ich will etwas ausprobieren, Mom. Ich werde dir jetzt etwas vorsingen. Reagier einfach so, wie es sich am besten anfühlt, okay?«

»Okay.« Nathalie hatte ihre Stimme wie Gemma zu einem Flüstern gesenkt.

»Mom, ich weiß, dass du dadrin bist«, sang Gemma leise flüsternd. Ihre Stimme formte eine perfekte Melodie, und Nathalie begann sofort, sich zu entspannen. *»Ich will, dass du dich an alles erinnerst, was du vergessen hast. An Harper, an Dad und an mich. Ich will, dass du zu uns zurückkommst.«*

»Ich …« Nathalie runzelte die Stirn. »Ich …« Sie verzog das Gesicht und berührte ihren Kopf.

»Mom, ist alles okay?« Gemma fasste nach Nathalies Arm. »Was ist los? Erinnerst du dich an etwas?«

»Es tut weh!« Nathalie legte wimmernd die Hände an die Schläfen. Ihre Nase begann zu bluten.

»Oh nein, Mom, es tut mir so leid«, rief Gemma entsetzt. »Schau mich an, Mom. Bitte. Schau mich an.«

»Es tut weh«, wiederholte Nathalie, aber sie schaute Gemma mit tränennassen Augen an.

»Vergiss mein Lied«, sang Gemma. *»Vergiss, was ich gesungen habe.«*

»Ich kann nicht«, sagte Nathalie beinahe flehentlich.

»Ich kann mich nicht an das erinnern, was du willst. Ich kann nicht diejenige sein, die du haben willst. Es tut mir leid.« Dann schrie sie auf und hielt sich den Kopf. »Mach, das es aufhört! Nimm den Schmerz weg!«

»Dein Kopf tut nicht mehr weh«, sang Gemma schnell, bevor die Pfleger ins Zimmer eilten. *»Du wirst nie wieder Kopfschmerzen haben.«* Und von einem Augenblick zum anderen hörte es auf. Nathalie schaute sie mit rot geweinten Augen an und wischte sich mit dem Handrücken die Nase ab.

»Was ist passiert?«, fragte sie.

»Nichts, Mom. Du hattest nur Kopfschmerzen.«

Als Nathalies Pfleger hereinkamen, um nachzusehen, ob es ihr gut ging, stand Gemma auf und ging nach draußen. Wenn sie nur dazu fähig gewesen wäre, den Menschen zu helfen, die sie liebte, dann hätte sie den Fluch, eine Sirene zu sein, mit Freuden ertragen. Aber alles, was sie erreicht hatte – alles, was sie je erreichen würde –, war, alles nur noch schlimmer zu machen.

DREIUNDZWANZIG

Einsamkeit

Da Daniel das Paramount nicht mit Sägemehl füllen wollte, zerschnitt er die großen Bretter hinter dem Theater mit der Kreissäge. Er hatte ein Brett aufgebockt und überprüfte alle Abmessungen zweimal.

Die Sonne brannte ihm auf den Rücken, heute würde ein unglaublich heißer Tag werden. Daniel hatte sein Hemd schon vor einer Stunde ausgezogen und sich ein Tuch um die Stirn gebunden, damit ihm der Schweiß nicht in die Augen lief.

»Sie lassen dich an einem Samstag arbeiten?«, fragte Penn mit ihrer seidigen Stimme. Ihre Worte verzauberten ihn zwar nicht, aber er konnte trotzdem hören, wie verführerisch ihre Stimme klang. »Das ist ja Sklavenarbeit.«

»Ich wollte heute arbeiten«, erwiderte Daniel, ohne sie anzusehen. Er konzentrierte sich weiterhin auf seine Aufgabe und markierte das Holz mit einem Bleistift. »So störe ich die Proben und die Leute nicht, die hier sonst arbeiten.«

»Ach, ich weiß nicht.« Penn kam auf ihn zu, sodass er sie

aus dem Augenwinkel sehen konnte. »Ich fände es ziemlich aufregend, dich oben ohne arbeiten zu sehen.«

»Dann ist es ja gut, dass du nicht in der Anwaltskanzlei nebenan arbeitest.« Daniel richtete sich auf und sah Penn zum ersten Mal an. »Was kann ich heute für dich tun?«

Penns Rock war so kurz, dass der Saum nur bis zur Mitte ihrer Oberschenkel reichte. Ihre Beine wirkten unglaublich lang, gebräunt und durchtrainiert. Sie trug ihr langes, schwarzes Haar offen und die Brise wehte es aus ihrem schönen Gesicht. Ihr spektakuläres Dekolleté sprengte beinahe ihr tief ausgeschnittenes Top. Die vollen Lippen hatte sie zu einem verführerischen Lächeln verzogen.

Daniel wusste, dass sie wunderschön war. Sie war die Fleisch gewordene Verkörperung sexueller Perfektion, das musste er zugeben. Auf der Welt hatte es sicher noch nie eine Frau gegeben, die schöner oder sinnlicher war.

Und dennoch. Er wusste das zwar, fühlte sich aber nicht zu ihr hingezogen. Irgendetwas an ihrer Makellosigkeit stieß ihn ab, aber es war noch mehr als das. Selbst wenn er außer acht ließ, dass sie ein Monster war, und sich nur auf ihr körperliches Erscheinungsbild konzentrierte, fehlte ihm irgendetwas an ihr.

Es war, als sei sie nicht wirklich real. Penn spielte zwar meisterhaft auf der Klaviatur der Verführung, aber für ihn klangen die Töne, die sie traf, falsch. Ihr menschliches Antlitz war nur eine Fassade, hinter der nichts steckte.

»Ich bin ein bisschen spazieren gegangen und habe dich arbeiten sehen. Also dachte ich, ich sage mal Hallo«, sagte Penn.

»Hallo, Penn.« Er lächelte ihr zu. »Zufrieden?«

»Wohl kaum.« Sie lachte. »Du hast mich noch nie befriedigt, aber ich kenne da ein paar Tricks, die dir sicher gefallen würden.«

Daniel verdrehte die Augen und wandte sich von ihr ab. »Charmant.«

»Du sagst das zwar ironisch, aber ich glaube, du meinst es ernst.« Penn kletterte auf den Sägebock neben ihn, während er sich über seine Entwürfe beugte.

»Denkst du das wirklich?« Er schaute sie ungläubig an. »Wann habe ich dir diesen Eindruck denn vermittelt? Als ich dich ins Gesicht geschlagen habe? Oder als du es für nötig hieltest, mir mehrfach in die Rippen zu treten?«

Er bezog sich auf ihre Begegnung am 4. Juli, als er zum ersten Mal in seinem Leben eine Frau geschlagen hatte. Obwohl er nicht ganz sicher war, dass Penn in dieser Hinsicht zählte. Schließlich war sie ein männerfressendes Monster.

Penn winkte ab. »Das war doch nur Spaß. Niemand wurde verletzt.«

»Hast du schon vergessen, dass Lexi an dem Abend deinen Freund getötet hat?«, fragte Daniel sie abwesend und notierte etwas auf seinen Plan.

»Hat Gemma dir das erzählt?« Penn schnalzte mit der Zunge. »Ich dachte, sie behält dieses kleine Geheimnis für sich. Vor allem nach dem, was sie selbst getan hat.«

Einen Moment lang versuchte Daniel, sie weiter zu ignorieren. Er hatte alle Abmessungen anhand der Entwürfe überprüft, also musste er jetzt nur noch die Bretter zusägen. Er stand auf und schaute zu Penn, die ihn grinsend beobachtete.

»Okay, ich gebe auf«, sagte er dann und klopfte mit dem Bleistift gegen seine Handfläche. »Was hat Gemma gemacht?«

»Hat sie es dir nicht erzählt?«, fragte Penn mit gespielter Verwunderung. »Ich dachte, zwischen dir und der kleinen Schwester deiner Freundin gäbe es keine Geheimnisse. Findest du es nicht auch ein bisschen seltsam, wie viel Zeit ihr beide miteinander verbringt?«

»Nein. Ich finde es eher seltsam, wie viel Zeit ich mit dir verbringe.« Daniel ging ein paar Schritte zur Seite, legte die Entwürfe auf den Boden und beschwerte sie mit einem Holzklotz, damit sie nicht fortwehten, während er arbeitete.

»Da hast du recht«, sagte Penn. Sie stieg von dem Sägebock, folgte ihm aber nicht.

»Also … Was hat Gemma nun getan?« Er schaute sie an. »Oder war das eine Lüge, um meine Aufmerksamkeit zu bekommen?«

»Oh nein, sie hat wirklich etwas getan.« Penn lächelte breit. »Sie hat in der Stadt, in der wir gewohnt haben, einen jungen Mann getötet und sein Herz gefressen. Ich kann mich nicht an seinen Namen erinnern, aber den kannte ich wahrscheinlich auch nicht. Gemma hat das ganz allein gemacht.«

Daniel klemmte sich den Bleistift hinters Ohr und versuchte, sich daran zu erinnern, was er über die Angelegenheit wusste. All das war schon über einen Monat her, und Gemma hatte nie viel über ihre Zeit mit den Sirenen gesprochen, jedenfalls nicht mit ihm.

Er wusste nur, was er in der Zeitung gelesen hatte. Es hatte einen Bericht darüber gegeben, dass ein Typ namens

Jason Way ermordet worden war, ein Mann Mitte dreißig, der wegen Vergewaltigung und häuslicher Gewalt im Knast gesessen hatte. Dieser Artikel hatte Daniel und Harper auf die Spur der Sirenen geführt, nachdem Gemma mit ihnen abgehauen war. Sie hatten in einem Strandhaus eine Stunde Fahrt von Myrtle Beach entfernt gewohnt. Harper hatte überall vergeblich nach Gemma gesucht, bis Daniel den Artikel über den Mord entdeckt hatte.

Er war genau wie die anderen Opfer der Sirenen ausgeweidet worden, also hatten Daniel und Harper angenommen, dass Penn, Lexi oder Thea ihn umgebracht hatten. Aber nun behauptete Penn, es sei Gemma gewesen.

»Die Leiche, die man in Myrtle Beach gefunden hat?«, fragte Daniel. »Der Vergewaltiger?«

»Kann sein.« Penn senkte den Blick, offenbar enttäuscht, dass Daniel so gelassen reagierte. »Ich kenne die Details nicht.«

»Ich bin sicher, dass Gemma sich nur schützen wollte, falls sie wirklich getan hat, was du behauptest.«

Penn schnaubte verächtlich. »Das ist alles? Du lässt sie mit einem Mord davonkommen und mir zeigst du die kalte Schulter?«

»Es ist die wärmste Schulter, die ich dir zeigen kann, Penn«, sagte Daniel ehrlich.

Er fuhr mit seiner Arbeit fort und drängte sich an ihr vorbei, um seine Werkzeuge zu holen.

»Was machst du da eigentlich?«, fragte Penn, als er überprüfte, ob das Verlängerungskabel eingesteckt war.

»Ich baue die Bühnenbilder für das Stück. Thea hat dir doch sicher davon erzählt.«

»Sie hat mir schon viel zu viel darüber erzählt«, stöhnte Penn. »Sie hört gar nicht mehr damit auf, Shakespeare zu rezitieren. Es ist total ätzend.«

»Ich dachte, dir gefällt so was sicher. Stammt das nicht aus deiner Blütezeit?« Daniel ging wieder in ihre Richtung, weil sie neben seiner Kreissäge stand. Er kauerte sich neben der Maschine auf den Boden und überprüfte die Kabel und Klingen.

»Jede Zeit ist meine Blütezeit«, sagte Penn selbstbewusst. »Ich komme nie aus der Mode.«

Er musste grinsen. »Dann entschuldige bitte.«

»Was ist das auf deinem Rücken?«

»Meine Tätowierung?«

Daniels Tattoo nahm fast seinen gesamten Rücken ein. Es war ein dicker, schwarzer Baum, dessen Wurzeln bis unter den Bund seiner Jeans reichten. Der Stamm wuchs an seiner Wirbelsäule entlang und neigte sich dann nach rechts, sodass die Äste sich über seine Schulter und seinen Oberarm wanden.

Die Zweige schienen schattiert zu sein, aber sie wanden sich nur an den Narben entlang, die seinen oberen Rücken und seine Schulter bedeckten. Die Schatten waren echt, und das Tattoo sollte die Narben verdecken, die er davongetragen hatte, als er in eine Schiffschraube geraten war.

»Nicht das Tattoo«, sagte Penn. »Die Narben.«

Er kauerte immer noch neben der Säge und justierte die Klinge, also schenkte er ihr kaum Aufmerksamkeit. Aber plötzlich spürte er, wie ihre Fingerspitzen sanft über seine Tätowierung strichen, und er zuckte zurück und schüttelte ihre Hand ab.

»Momentchen, Penn.« Daniel drehte sich zu ihr um und streckte abwehrend die Hand aus. »Ich fasse dich nicht an, und ich würde es zu schätzen wissen, wenn du mich auch nicht anfasst.«

»Der Unterschied ist, dass es mir gar nichts ausmachen würde, dass du mich anfasst«, erwiderte Penn lächelnd, und er stand auf. »Und du weißt es zwar noch nicht, aber du würdest es genießen, meine Hände überall zu spüren.«

Sie streckte die Hand aus, um ihm über den Bauch zu streicheln, aber er packte ihr Handgelenk, bevor sie ihn berührte. Sein Griff war so fest, dass es für einen Menschen schmerzhaft gewesen wäre, aber sie lächelte nur zu ihm auf.

»Das ist meine letzte Warnung«, sagte Daniel leise und drohend. »Okay?«

Penn leckte sich die Lippen, seine Wut schien sie nicht zu beeindrucken. »Und was willst du machen, wenn ich dir nicht gehorche?«

Daniel erwiderte nichts, weil er nicht wirklich wusste, was er dann tun würde. Er hatte schließlich nichts gegen sie in der Hand. Also ließ er sie los und wich ein paar Schritte zurück, um den Abstand zwischen ihnen zu vergrößern.

»Ich hatte einen Unfall«, sagte er schließlich.

»Was?«, fragte Penn und rieb sich abwesend das Handgelenk.

Er zeigte auf seinen Rücken. »Daher stammen die Narben. Bei dem Unfall wurde auch mein Gehör beschädigt.«

»Was?«, wiederholte Penn, und etwas in ihrem Tonfall ließ ihn zu ihr hinsehen. »Was hast du gerade gesagt?«

»Deshalb bin ich gegen deinen Gesang immun.« Er

schaute ihr voll ins Gesicht. »Ich weiß, dass du vermutet hast, ich sei vielleicht mit deinem Exfreund verwandt, aber das bin ich nicht. Ich bin nur ein ganz gewöhnlicher Mensch mit einem Gehörschaden.«

»Bist du dir da sicher?«, fragte Penn beinahe flüsternd.

»Ja, ziemlich sicher.« Er nickte. »Vielleicht kannst du ja jetzt von mir ablassen und dein Interesse einem anderen Typen zuwenden, der deinen Standards eher entspricht.«

Einen Moment lang dachte er, sie werde anbeißen. Penn schien tatsächlich kurz unsicher zu werden, aber dann warf sie achselzuckend ihr Haar zurück.

»Ich bin froh, dass du nicht mit Bastian verwandt bist«, sagte sie. »Er war ein Mistkerl.«

»So ein Glück für mich.« Daniel wandte seine Aufmerksamkeit wieder dem Umriss zu, den er auf den Balken gezeichnet hatte.

»Du könntest deine Ohren sicher operieren lassen.« Penn beugte sich vor und präsentierte Daniel ihr Dekolleté, aber er achtete nicht darauf.

»Ich wurde bereits operiert und es ist alles in Ordnung.« Er schaute zu ihr hoch und kniff seine haselnussbraunen Augen gegen das grelle Sonnenlicht zusammen. »Außerdem, mal ehrlich: Fändest du mich auch noch so toll, wenn ich nur ein weiterer Zombie wäre, der unter deinem Liebesbann steht?«

»Wahrscheinlich nicht«, gestand Penn.

»Warum benutzt du den Gesang dann?«, fragte Daniel sie direkt. »Warum hörst du nicht damit auf und lässt die Leute tun, was sie wollen?«

»Ich kann nichts dagegen machen«, sagte Penn gleichgültig. »Alle kriechen vor mir, ohne dass ich irgendetwas dafür tue.«

»Ehrlich gesagt klingt das nach einem schrecklichen Leben.«

»Manchmal ist es das«, sagte Penn merkwürdig leise und wehmütig. Dann schüttelte sie ihre Verstimmung ab und lächelte ihm strahlend zu. »Aber meistens ist mein Leben genau so, wie ich es haben will.«

»Wie alt bist du?«

»Schwer zu sagen.« Sie strich sich das Haar hinters Ohr. »Damals hatten wir andere Kalender als heute. Aber ich bin mir ziemlich sicher, dass ich im Jahre 24 vor Christus geboren wurde.«

»Und kurz danach wurdest du zur Sirene, die alle dazu bringen konnte, ihr zu gehorchen?«

»So ist es«, erwiderte sie fröhlich.

Er stützte sich auf dem Sägebock ab und schüttelte den Kopf. »Das klingt nach Einsamkeit.«

Ihr Lächeln verrutschte einen Augenblick lang, und in diesem Moment begriff Daniel, dass er den Nagel auf den Kopf getroffen hatte. Die Show, die Penn abzog, ihre Beteuerungen, sie sei glücklich und alles sei perfekt, waren wirklich nur – Show. Sie war einsam.

»Ich hatte meine Schwestern«, sagte sie, senkte aber den Blick. »Und ich habe geliebt. Ein Mal.«

»Bastian?«, fragte Daniel, den der Gedanke faszinierte, dass Penn tatsächlich aufrichtige Gefühle für jemanden gehegt haben sollte. »Den Unsterblichen, der gegen dich immun war?«

»Den Mistkerl«, erinnerte Penn ihn.

»Du konntest ihn nicht kontrollieren«, sagte er, und sie nickte. »Hat er dich verlassen?«

Sie befeuchtete ihre Lippen und holte tief Luft, bevor sie antwortete. »Das ist schon lange her.«

»Warum verbringst du nicht mehr Zeit mit Unsterblichen? Vielleicht verliebst du dich ja noch mal«, schlug Daniel vor.

»Das bezweifle ich.« Penn winkte ab, ohne nachzudenken. »Außerdem sind nur noch sehr wenige von uns übrig. Irgendwann stirbt alles.«

»Außer dir.«

»Außer mir.« Sie nickte.

»Also, wenn du weiter hier herumhängen willst, dann musst du mir bei der Arbeit helfen.« Daniel ging zu ihr und nahm seine Kreissäge.

»Was?« Sein Vorschlag schien Penn fassungslos zu machen. »Ich arbeite nicht.«

»Wenn du nicht arbeitest, rede ich nicht weiter«, sagte er. »Und jetzt halt dieses Brett fest.«

Penn wirkte nicht gerade glücklich über den Gedanken, aber sie gehorchte ihm. Daniel holte seine Schutzbrille aus der Tasche, setzte sie auf und begann dann, die Bretter zuzuschneiden. Den Lärm, den die Säge machte, empfand er als echten Segen, denn so musste er sich nicht weiter mit Penn unterhalten.

VIERUNDZWANZIG

Verbündete

Nach dem Besuch bei ihrer Mutter hatte Harper das dringende Bedürfnis, sich abzulenken. Die Fahrt nach Hause war in drückendem Schweigen verlaufen, und besonders Gemma schien völlig aus dem Häuschen zu sein. Sowohl Brian als auch sie weigerten sich, darüber zu reden, und verzogen sich in ihre Zimmer.

Harper beschloss, dass frische Luft ihr guttun würde, obwohl draußen über dreißig Grad im Schatten herrschten. Sie zog sich die kürzeste Hose an, in der sie sich wohlfühlte, schlüpfte in ein Trägertop und ging nach draußen.

Daniel hatte ihr gestern Abend gesagt, er wolle heute beim Theater an seinen Sets arbeiten, also beschloss sie, in die Stadt zu laufen und ihn zu besuchen. Vielleicht konnten sie ja zusammen zu Mittag essen, aber selbst wenn nicht, wäre es nach dem Morgen, der hinter ihr lag, eine reine Wohltat, ihn zu sehen.

Aber als sie das Paramount erreichte und Penns unverwechselbares Lachen hörte, wurde ihr klar, dass der Tag nur noch schlimmer werden würde.

»Ich hab dir doch gesagt, dass es nicht schwer ist«, sagte Daniel gerade, als Harper um die Ecke bog.

Er hatte ihr den Rücken zugedreht und seine nackte Haut glänzte vor Schweiß. Penn stand neben ihm. Beide beugten sich über ein Stück Holz, aber für Harpers Geschmack lehnte sich Penn viel zu dicht an Daniel.

»Ich habe in meinem Leben noch keinen einzigen Tag gearbeitet«, lachte Penn wieder. »Woher hätte ich das wissen sollen?«

»Du hältst nur ein Brett fest«, sagte Daniel. »Das schafft jeder. Sogar eine verwöhnte Prinzessin wie du.«

»Du hältst mich also für eine Prinzessin?«, neckte Penn.

»Du bist bei der Arbeit, wie ich sehe«, unterbrach Harper das Gespräch mit lauter Stimme.

Penn warf ihr einen wütenden Blick zu und ihre dunklen Augen wirkten noch bedrohlicher als sonst. Daniel drehte sich langsamer um, aber sein Gesicht verzog sich zu einem breiten Grinsen, als er sie sah.

»Hallo, Harper«, sagte er. »Ich hatte nicht damit gerechnet, dich heute zu sehen. Wolltest du nicht deine Mom besuchen?«

»Ich bin schon wieder zurück.« Harper verschränkte die Arme vor der Brust. »Ich dachte, ich komme mal vorbei und besuche dich. Aber offenbar bist du beschäftigt, also bis bald.«

»Super. Tschüs«, rief Penn fröhlich und winkte ihr zu.

»Sie geht nirgendwohin.« Daniel warf Penn einen bösen Blick zu und ging zu Harper, die am Rand der Rasenfläche stehen geblieben war. »Was ist los? Bist du sauer auf mich?«

»Warum sollte ich sauer auf dich sein?«, fragte Harper

sarkastisch. »Nur weil ich einen der schlimmsten Tage meines Lebens hinter mir habe und du hier stehst und mit meiner Todfeindin flirtest? Sie ist ein waschechtes Monster, das dich, mich und alle, die wir kennen, umbringen will, und du plauderst mit ihr, als wäret ihr alte Freunde?«

Daniel schüttelte den Kopf. »Das ist absolut nicht das, was hier passiert, und das weißt du auch. Du bist viel zu klug, um wegen einer solchen Lappalie eifersüchtig zu werden.«

»Ich bin nicht eifersüchtig«, zischte Harper, und Penn kicherte an ihrem Platz bei den Sägeböcken. »Ich wäre genauso sauer, wenn du deine Balken mit Hitler zersägen würdest. Sie ist abgrundtief böse und du solltest weder nett zu ihr sein noch Zeit mit ihr verbringen.«

»Ich hoffe doch sehr, du wärest schockierter, wenn ich mit Hitler hier stünde. Der wäre nämlich inzwischen ein Zombie«, gab Daniel zu bedenken.

»Ach, vergiss es.« Harper drehte sich auf dem Absatz um und marschierte los.

»Warte, Harper.« Daniel folgte ihr, aber sie blieb erst stehen, als Penn sie nicht mehr hören konnte. Und selbst dann nur, weil Daniel sie am Arm festhielt. »Harper.«

»Ich habe dich gebeten, dich von ihr fernzuhalten«, sagte Harper. »Und das war nur zu deinem Besten. Sie wird dich umbringen, wenn du zu viel Zeit mit ihr verbringst, und das weißt du auch. Ist es so falsch von mir, dass ich dich nicht sterben sehen will?«

»Nein, aber ist es denn so falsch, dass ich sie bei Laune halten will, damit sie dich und Gemma nicht tötet?«, fragte Daniel. »Denn nichts anderes versuche ich hier. Ich will nur den Frieden nicht gefährden, Harper.«

»Ich weiß, aber …« Harper strich sich das Haar aus dem Gesicht. »Vielleicht war es eine schlechte Idee, sich mit dir einzulassen.«

»Nein.« Daniel schüttelte den Kopf. »Ich weigere mich, dieses Gespräch weiterzuführen. Heute nicht und sonst auch nicht. Du kannst nicht einfach wieder in diesen Modus umschalten.«

»Welchen Modus?«, fragte Harper.

»Den, in dem du mir sagst, dass wir nicht zusammen sein können, weil du mich schützen willst oder so einen Quatsch.« Er winkte ab. »Wir haben das bereits ausdiskutiert, weißt du noch? Du hast nicht das Recht, zu bestimmen, was ich tun will oder nicht.«

»Und was soll ich stattdessen tun? Soll ich dich weiter mit dem Teufel flirten lassen?«

»Ich flirte nicht«, korrigierte Daniel. »Und ja. Du sollst mich das tun lassen, was ich tun muss, um uns alle zu schützen. Und ich lasse dich dasselbe tun.«

»Ich weiß nicht, ob ich das kann, Daniel«, gab Harper zu.

»Hör mal, es ist wirklich heiß hier draußen«, sagte Daniel. »Geh doch zu Pearl's, bestell dir etwas zu trinken und kühl dich ab. Ich komme gleich nach, dann kannst du mir von deinem schrecklichen Vormittag erzählen.«

»Und was ist mit Penn?«

»Was soll mit Penn sein?«, fragte Daniel. »Wir sind mitten in der Stadt und es ist heller Tag. Heute wird sie mein Herz bestimmt nicht verspeisen.«

»Okay«, lenkte Harper ein. »Dann treffen wir uns in ein paar Minuten bei Pearl.«

»Ich brauche höchstens eine Viertelstunde.« Daniel ging bereits wieder in Richtung Theater. »Ich muss nur meine Werkzeuge wegräumen.«

Seufzend folgte sie seinem Rat und ging die kurze Strecke bis zu Pearl's Bistro. Ein Teil von ihr hätte am liebsten kehrtgemacht und Daniel beim Aufräumen geholfen, aber nur, weil sie Penn nicht über den Weg traute.

Allerdings befürchtete sie nicht wirklich, dass Penn Daniel nachmittags in aller Öffentlichkeit angreifen würde, und sie glaubte auch nicht, dass sich Daniel in irgendeiner Form zu Penn hingezogen fühlte.

Er hatte recht. Auf lange Sicht betrachtet war es besser, Penn nicht allzu sehr zu verärgern. Aber Harper glaubte einfach nicht daran, dass es eine gute Idee war, sich mit ihr anzufreunden.

Als sie die Tür des Bistros öffnete, blies ihr die Klimaanlage erfrischend kühle Luft entgegen, und sie fühlte sich gleich ein bisschen besser. Es war eine schlechte Idee gewesen, in dieser drückenden Hitze einen Spaziergang zu machen, aber die kühle Luft im Bistro weckte ihre Lebensgeister wieder.

Harper zog sich einen Barhocker heran, kletterte auf den alten Vinylbezug und bestellte ein Glas Eiswasser. Wenn Daniel kam, würde sie bestimmt noch etwas anderes bestellen, aber im Moment wollte sie nichts weiter als Flüssigkeit und Abkühlung.

»Du solltest schwimmen gehen«, sagte eine raue Stimme neben ihr.

Harper hatte sich das Wasserglas gegen die Wangen gedrückt und nicht darauf geachtet, wer außer ihr noch im

Bistro war. Jetzt senkte sie das Glas, schaute zur Seite und sah Thea auf den Hocker neben ihr klettern.

»Ich schwimme nicht gern«, erwiderte Harper. Sie setzte sich gerader hin und rührte mit dem Strohhalm in ihrem Glas.

»Du bist wirklich das genaue Gegenteil deiner Schwester.« Thea legte ihre Handtasche auf die Bar, wühlte einen Moment darin und zog dann ein Haargummi heraus. Bevor sie weitersprach, beugte sie sich nach hinten und fasste ihr langes rotes Haar zu einem Pferdeschwanz zusammen. »Ihr zwei seid wie Tag und Nacht.«

»Und du?« Harper warf ihr einen Seitenblick zu. »Wie sehr ähnelst du deiner Schwester?«

»Was darf es heute sein?«, unterbrach Pearl ihr Gespräch.

»Nur eine Kirschlimo«, sagte Thea mit einem freundlichen Lächeln.

Pearl lächelte zurück, wirkte aber einen Moment lang so verwirrt wie ein vernarrter Teenager, der unverhofft seinem Idol begegnet. Selbst ohne ihren Gesang einzusetzen, faszinierte Thea alle Männer und Frauen, die sich in ihrer Gegenwart aufhielten.

»Die Bande zwischen Schwestern sind sehr komplexe Gebilde«, erklärte Thea, als Pearl ihre Bestellung weitergab. Sie legte die Unterarme auf den verblichenen Tresen und schaute Harper an. »Das verstehst du sicher besonders gut.«

»Ich glaube schon.« Harper nickte.

»Du und ich haben wirklich eine Menge gemeinsam«, fuhr Thea fort. »Ich bin die Älteste, genau wie du.«

»Penn ist jünger als du?«, fragte Harper überrascht.

»Jepp.« Thea nickte. Pearl brachte ihre Limo und sie dankte ihr höflich. Sie nahm einen tiefen Schluck, bevor sie weitersprach. »Die meisten halten Penn für älter, daran bin ich gewöhnt.«

»Sie ist ziemlich herrschsüchtig«, bemerkte Harper.

»Daran bin ich schuld.« Thea lächelte wehmütig. »Unsere Mütter waren in unserer Kindheit nie für uns da, also musste ich Penn und Aggie quasi allein großziehen. Penn war das Nesthäkchen und ich habe sie viel zu sehr verwöhnt.«

»Das kann ich verstehen.« Harper stützte das Kinn auf ihre Faust und beobachtete Thea. »Aber das war vor langer Zeit. Als du gemerkt hast, dass Penn zu einer verwöhnten Göre geworden ist, warum hast du da nicht eingegriffen?«

»Wenn man sich Penn wirklich widersetzt und ihr etwas abschlägt …« Thea verstummte. »Sagen wir mal so: Dann bekommt man nicht noch einmal die Chance, ihr etwas abzuschlagen.«

»Na toll«, murmelte Harper. »Und ich fürchte, Gemma hat es sich bereits zur Gewohnheit gemacht, ihr zu widersprechen.«

»Mach dir keine Sorgen um Gemma«, sagte Thea. »Sie ist deine Schwester, aber jetzt ist sie auch meine.«

Harper sah sie zweifelnd an. »Willst du damit sagen, dass du sie beschützt?«

»So ungefähr.« Thea trank noch einen großen Schluck Limo. »Gemma erinnert mich ein bisschen an Persephone.«

»Das Mädchen, das ermordet wurde, weil ihr nicht aufgepasst habt?«, fragte Harper.

»Fehler haben ein Gutes.« Thea schaute sie mit einem Lächeln an. »Man tendiert dazu, sie nicht zwei Mal zu machen.«

»Warum erzählst du mir das?«, fragte Harper. »Was willst du damit erreichen?«

»Ich mag Gemma, und ich möchte, dass sie lange Zeit bei uns bleibt», erklärte Thea. »Lexi ist nervtötend und Penn ist … na ja, eben Penn. Ich hätte zur Abwechslung mal wieder gerne jemanden auf meiner Seite.«

»Und du glaubst, das könnte Gemma sein?«

»Ja, das glaube ich«, sagte Thea. »Und ich glaube auch, das Einzige, was sie wirklich davon abhält, sich auf ihr Leben als Sirene einzulassen und eine von uns zu werden, bist du.«

Harper schüttelte den Kopf. »Der wahre Grund, aus dem sie keine von euch werden will, ist, dass ihr böse seid und Penn ein Monster ist! Du bist ein Monster.«

»Wenn Gemma sich uns mit ganzem Herzen anschließt, dann werde ich alles tun, was in meiner Macht steht, um ihr Leben, ihre Sicherheit und ihr Glück zu schützen«, sagte Thea. »Aber wenn sie sich weiterhin gegen Penn stellt und versucht, sich von uns fernzuhalten, dann kann ich sie nicht beschützen.«

Harper schluckte mühsam. »Ich kann diese Wahl nicht für sie treffen.«

»Das nicht, aber du kannst sie gehen lassen.« Thea zog ein paar Dollar aus der Tasche und legte sie auf den Tresen. »Wir sehen uns.«

»Da bin ich mir sicher«, murmelte Harper, als Thea von ihrem Barhocker glitt.

Als sie allein war, legte Harper den Kopf in die Hände. Zum ersten Mal fragte sie sich, ob es für Gemma vielleicht das Beste sein könnte, eine Sirene zu bleiben. Der Preis dafür wäre zwar sehr hoch, aber wenn es bedeutete, dass sie glücklich werden und am Leben bleiben durfte, war es auf jeden Fall eine bessere Wahl, als sie sterben zu lassen.

FÜNFUNDZWANZIG

Verfolgung

Der gestrige Besuch bei Nathalie hatte Brian völlig ausgelaugt. Es war für sie alle kein leichter Tag gewesen, aber ihn hatte es am schlimmsten getroffen.

Den Rest des Tages hatte er in der Garage verbracht, wo er angeblich an einem Projekt arbeitete. Aber als Harper Gemma zu ihm schickte, um ihn zum Abendessen zu holen, stand er nur vor seiner Werkbank, trank Bier und starrte ins Leere.

Obendrein war ausgerechnet am heißesten Tag des Jahres die Klimaanlage im Haus kaputtgegangen. Sie hatten nur eine alte Fenstereinheit im Wohnzimmer, also wurde es oben nie wirklich kühl. Fürs Erdgeschoss reichte das Ding allerdings völlig aus, weil das Haus so klein war.

Statt in die Stadt zu fahren und eine neue Klimaanlage zu kaufen, bestand Brian darauf, die alte zu reparieren. Er nahm sie mit in die Garage und hämmerte schon den ganzen Tag lang daran herum. Bisher allerdings ergebnislos.

Während Harper in der Garage stand und ihren Dad zu überreden versuchte, von Bier auf Wasser umzusteigen, damit er nicht umkippte, bereitete Gemma alles für ihren Plan vor. Sie hatte Marcy bereits gesimst und sich vergewissert, dass auch sie bereit war. Jetzt musste sie es nur noch schaffen, Harper irgendwie abzulenken.

»Hallo?«, antwortete Daniel nach dem dritten Klingeln.

»Hi, Daniel. Was machst du gerade?«, fragte Gemma flüsternd. Sie stand in ihrer Schlafzimmertür, beobachtete die Treppe und horchte darauf, ob sich die Eingangstür öffnete.

»Warum flüsterst du?« Daniel klang sofort angespannt. »Ist etwas passiert?«

»Nein, ich will nur nicht, dass Harper mich hört«, erklärte Gemma. »Sag mal, kannst du mir einen Gefallen tun?«

Er zögerte, bevor er erwiderte: »Möglicherweise.«

»Du musst Harper heute beschäftigen.«

»Warum? Was hast du vor?«, fragte Daniel.

»Ich fahre mit Marcy nach Sundham, um ihre Freundin aus dem Buchladen zu besuchen«, erklärte Gemma. »Wir versuchen, herauszufinden, wo die Schriftrolle sein könnte oder wo wir Demeter oder die Musen finden können.«

»Und warum darf Harper davon nichts wissen?«, fragte Daniel.

»Weil ich ihr gar nichts mehr erzählen will, das etwas mit den Sirenen zu tun hat«, sagte Gemma. »Ich versuche es zumindest.«

»Du willst also, dass ich Harper zu mir einlade, damit du dich mit Marcy davonstehlen kannst?«, fragte Daniel. »Wird Marcy dich nicht verpetzen?«

»Nein. Ich habe sie schwören lassen, mich nicht zu verraten. Außerdem liebt sie Heimlichkeiten.«

Daniel seufzte. »Okay, ich mache es. Aber kannst du mir versprechen, dass du dich nicht in Gefahr begibst? Dass du nicht verletzt wirst oder so?«

»Ach was. Ich gehe nur in einen Buchladen«, antwortete Gemma. »Wie gefährlich kann das schon sein?«

Nachdem Gemma aufgelegt hatte, dauerte es nur ein paar Minuten, bis Harper ins Haus kam und sagte, sie werde jetzt Daniel besuchen. Sie lud Gemma ein, sie zu begleiten, und versuchte, sie mit der Aussicht auf Daniels Klimaanlage zu locken, aber Gemma schaffte es, abzulehnen, ohne sie misstrauisch zu machen.

Als Harper weg war, verkündete Gemma ihrem Dad, sie wolle schwimmen gehen, und er sagte, sie solle sich nicht überhitzen und nicht zu weit rausschwimmen. Dann schrieb sie Marcy eine SMS und die holte sie in ihrem Gremlin ab. Und schon waren sie auf dem Weg nach Sundham.

»So lang ist die Fahrt wirklich nicht«, sagte Marcy, als sie vor dem Buchladen parkten. »Ich weiß nicht, worüber sich deine Schwester solche Sorgen macht.«

»Du kennst doch Harper«, sagte Gemma und öffnete die Autotür. »Wenn sie sich keine Sorgen mehr machen würde, wäre sie nicht mehr am Leben.«

Marcy ging als Erste unter dem quietschenden alten Schild mit der Aufschrift CHERRY LANE BOOKS hindurch und Gemma folgte ihr. Als sie das letzte Mal hier gewesen waren, hatten sie Lydia ganz hinten in einer dunklen, verborgenen Ecke des Ladens gefunden, aber diesmal wartete sie direkt an der Tür auf sie.

»Hallo«, zwitscherte Lydia. Sie saß auf der Ladentheke

neben einer antiken Kasse und hielt einen Stapel glitzernder Karten in der Hand, ein paar waren bereits neben ihr ausgebreitet.

Wie sie so in ihrem geblümten Pulli auf dem Tresen saß und die Beine, die in orangefarbenen Strumpfhosen steckten, über den Rand baumeln ließ, erinnerte Lydia Gemma wirklich an eine Elfe. Sie war so zierlich und fröhlich und hatte ihr kurzes, schwarzes Haar mit rosafarbenen Spangen zurückgesteckt.

»Hi, Lydia«, sagte Marcy, als sie zur Theke gingen.

»Noch einmal danke, dass du für uns aufgemacht hast«, sagte Gemma. »Ich weiß, dass du sonntags eigentlich geschlossen hast.«

»Kein Problem«, winkte Lydia ab und zwinkerte Gemma zu. »Ich mache gerne mal eine Ausnahme für übernatürliche Wesen. Ich kann schließlich nicht erwarten, dass sie sich menschlichen Zeitvorstellungen anpassen, stimmt's?«

»Ich weiß es jedenfalls zu schätzen«, versicherte Gemma.

»Sorry. Ich war gerade dabei, mir die Karten zu legen.« Lydia musterte einen Moment lang die Karten neben sich, legte den Kopf schief und überlegte. Dann schüttelte sie den Kopf und sammelte die Karten wieder ein.

»Diese Woche wird ziemlich viel los sein.«

»Das tut mir leid«, sagte Marcy.

»Ach, das braucht es nicht.« Lydia lächelte strahlend und mischte die Karten. »Besser zu viel zu tun als Langeweile, sage ich immer.«

»Marcys Motto ist genau das Gegenteil«, bemerkte Gemma grinsend.

Marcy nickte. »Da hat sie völlig recht.«

»Ich weiß.« Lydia lachte klimpernd und legte ihre Karten beiseite. »Okay. Ich habe eure E-Mail mit den Namen bekommen, nach denen ich suchen soll. Ich habe schon angefangen, aber es könnte eine Weile dauern.«

»Mist.« Marcy lehnte sich neben Lydia an die Theke. »Aber wahrscheinlich gibt es keine griechische Datenbank für Nationalgötter, oder?«

»Leider nicht«, sagte Lydia bedauernd. »Und dass die meisten dieser Götter und Göttinnen nicht gefunden werden wollen, macht die Sache auch nicht einfacher.«

»Warum wollen sie nicht gefunden werden?«, fragte Gemma.

»Menschen und andere Unsterbliche haben immer wieder versucht, sie zu fangen oder zu töten.« Lydia zog ein Knie an die Brust und lehnte sich dagegen. »Sie wollten ihre Macht nutzen, hatten Angst vor ihnen oder gaben ihnen die Schuld an ihren Problemen. Es ist ziemlich heikel, so viel Macht zu haben.«

»Das kann ich mir vorstellen«, sagte Gemma.

»Deshalb haben auch so viele ihre Namen geändert«, fuhr Lydia fort. »Wie nennen sich eure Sirenenfreundinnen zurzeit? Sicherlich nicht Peisinoe und Thelxiepeia, stimmt's?«

Gemma schüttelte den Kopf. »Nein. Sie nennen sich Penn und Thea.«

»Viel besser auszusprechen und zu schreiben«, sagte Lydia. »Das ist ein zusätzlicher Vorteil.«

»Die Griechen und ihre bescheuerten Namen«, murmelte Marcy.

Lydia grinste. »Das würden die Griechen sicher auch über uns sagen.«

»Und was ist mit Acheloos?«, fragte Gemma. »Weißt du, ob er noch lebt?«

»Nicht mit Sicherheit«, gestand Lydia hilflos. »Viele Götter sind so tief untergetaucht, dass nichts darüber bekannt ist, ob sie noch leben oder nicht. Aber ich habe mich auf seine Spur gesetzt. Und auf Demeters auch.«

»Und die Musen?«, fragte Gemma.

»Über die habe ich etwas erfahren, aber leider nichts Gutes«, berichtete Lydia traurig. »Die beiden, die ihr sucht – Terpsichore und Melpomene –, sind definitiv tot, genau wie Kalliope, Euterpe, Klio, Thalia und Urania. Die beiden anderen sind schon seit Jahrhunderten verschollen und gelten ebenfalls als tot.«

»Willst du damit sagen, dass es keine Musen mehr gibt?«, fragte Marcy und schaute Lydia an.

»Ich fürchte, so ist es.«

»Verdammt.« Gemma fuhr sich durchs Haar. »Ich hatte wirklich gehofft, sie könnten der Schlüssel sein, um die Schriftrolle zu zerstören.«

»Den Papyrus zu zerstören wäre auch mit einer Muse ziemlich unmöglich«, erinnerte Lydia sie.

»Ziemlich unmöglich ist aber nicht völlig unmöglich«, wandte Gemma ein. »Thea hat mir von diesem Asterios erzählt, der mithilfe einer Muse seinen Fluch gebrochen hat.«

»Redest du vom Minotaurus?« Lydia beugte sich interessiert nach vorne. »Stiermenschen gibt es schon seit tausend Jahren nicht mehr.«

»Richtig.« Gemma nickte. »Weil der Fluch gebrochen wurde.«

»Und du sagst, eine Muse hat ihm verraten, wie er sich befreien kann?« Lydia tippte sich ans Kinn und dachte nach. »Das leuchtet mir ein. Musen hüteten eine Menge Geheimnisse, wahrscheinlich sind sie deshalb auch alle tot. Der andere Grund ist ihre grenzenlose Liebesfähigkeit.«

»Grenzenlose Liebesfähigkeit?«, fragte Marcy. »Ist das ein Euphemismus dafür, dass sie Prostituierte waren? Serienkiller haben es nämlich immer auf Nutten abgesehen.«

»Die Unsterblichen wurden aber nicht von Serienkillern ermordet«, wandte Lydia ein und warf Marcy einen amüsierten Blick zu. »Die Musen gaben ihre Unsterblichkeit auf, wenn sie sich in einen Sterblichen verliebten. Sie verzichteten auf ihr ewiges Leben, um dafür eine echte Beziehung zu einem Menschen eingehen zu können. Anders als die Wirt-Parasit-Beziehungen, die sie als Musen hatten. Und dann starben sie an natürlichen Ursachen, wie alle anderen Sterblichen auch.«

»Ist das auch den Göttern passiert? Zum Beispiel Acheloos?«

»Nein. Er ist ein wahrer Unsterblicher – er wurde so geboren«, antwortete Lydia. »Nur diejenigen, die mit Unsterblichkeit entweder gesegnet oder verflucht wurden, können sie aufgeben. Alle anderen müssen ewig leben. Außer natürlich, sie werden ermordet.«

»Falls Acheloos tot ist, muss er also ermordet worden sein«, überlegte Gemma laut.

»Genau. Das ist die einzige Möglichkeit.«

Marcy rückte ihre Brille zurecht und starrte nachdenklich zu Boden. »Merkwürdig, dass Unsterblichkeit gleichzeitig ein Segen und ein Fluch sein kann.«

»Ewiges Leben ist ein zweischneidiges Schwert«, stimmte Lydia zu.

»Wie tötet man eigentlich einen Gott?«, fragte Gemma.

»Das kommt auf den Gott an. Wenn du den Sonnengott töten willst, musst du es wahrscheinlich mit Hilfe der Dunkelheit tun«, antwortete Lydia.

Gemma dachte daran, dass Acheloos ein Flussgott gewesen war. »Einen Wassergott müsste man also wahrscheinlich austrocknen, richtig?«

Lydia nickte. »Das könnte funktionieren.«

»Kann man so auch eine Sirene töten?«, fragte Marcy.

»Nein, aber es ist viel einfacher, eine Sirene zu töten, als einen Gott umzubringen. Ein Gott – also so jemand wie Apollo oder Acheloos – wäre ungefähr hier.« Lydia streckte die Hand über ihren Kopf. »Und ein Unsterblicher, wie eine Sirene, ein Werwolf oder ein Troll, wäre ungefähr hier.« Sie hielt sich die Hand vors Kinn.

»Und wo wären Menschen auf dieser Skala?«, fragte Marcy, und Lydia hielt sich die Hand vor den Bauch. »So weit unten?«

»Ja, wir sind ziemlich anfällig«, bestätigte Lydia und fuhr dann mit ihrer Ausführung fort: »Niedere Unsterbliche, wie zum Beispiel Vampire, können jedenfalls auf mehrere Arten sterben. Zum Beispiel durch das Brechen des Fluchs, Verhungern oder einen Pflock ins Herz. Aber es gibt nur eine einzige Art, einen Gott zu töten, und die ist in der Regel sehr kompliziert und gefährlich.«

»Eine Sirene lässt sich also auf mehrere Arten umbringen?«, hakte Gemma nach.

»Nach eurem letzten Besuch habe ich Nachforschungen

angestellt und ein paar Möglichkeiten gefunden, Sirenen zu töten. Aber die meisten dauern ziemlich lange«, erklärte Lydia. »Sirenen können verhungern, und sie sterben, falls es bei Vollmond weniger als vier von ihnen gibt oder sie mehrere Wochen voneinander getrennt sind. Es gibt nur eine einzige Art, eine Sirene sofort zu töten.«

»Und ist das ein Pflock im Herz oder eine Silberkugel im Kopf?«, fragte Marcy eifrig.

Lydia schüttelte den Kopf. »Leider nein. So einfach ist es nicht.«

»Natürlich nicht«, murmelte Gemma.

»Moment.« Lydia lehnte sich zurück und drückte ein paar Knöpfe an der Kasse. Mit einem lauten *Ping* ging die Schublade auf. Lydia wühlte darin herum und zog dann ein kleines, gefaltetes Stück Papier heraus. »Hier.«

Lydia streckte Gemma den Zettel entgegen, aber die zögerte.

»Was ist das?«

»Die Anleitung dafür, eine Sirene zu töten. Nicht alle Sirenen auf einmal, aber falls du gegen eine einzelne kämpfst und sie aus Notwehr aufhalten musst, erfährst du hier, wie das geht.«

»Danke.« Zögernd nahm Gemma den Zettel an. »Woher weißt du all diese Dinge?«

Lydia lächelte verschmitzt. »Man könnte sagen, das ist das Familiengeschäft. Meine Großmutter ist eine Hexe und mein Vater ein Vampir.«

»Moment.« Marcy kniff die Augen zusammen und starrte Lydia an, als sehe sie ihre Freundin zum ersten Mal. »Heißt das, du bist ein Vampir? Oder eine Hexe?«

»Weder noch, ehrlich gesagt«, antwortete Lydia. »Es heißt nur, dass ich eine besondere Verbindung und ein angeborenes Interesse für das Übernatürliche habe. Falls es dich beruhigt, meine Oma ist eine relativ gute Hexe«, fügte Lydia hinzu, da Marcy sie immer noch anstarrte. »Sie hat früher immer mal wieder Unsterblichen geholfen, die in Schwierigkeiten steckten, aber hauptsächlich war sie eine Art Chronistin.« Lydia zeigte auf den Laden. »Viele der Bücher und Schriftrollen, die ich hier habe, stammen noch von meiner Großmutter. Sie wurden von Generation zu Generation weitergereicht.«

»Hast du schon mal eine Schriftrolle zerstört?«, fragte Gemma.

»Nein.« Lydia legte eine Pause ein, holte tief Luft und fuhr dann fort: »Aber ehrlich gesagt wollte ich das auch noch nie tun. Unsere Aufgabe war schon immer, diese Wesen zu beschützen.«

»Warum? Einige von ihnen sind doch abgrundtief böse«, wandte Gemma ein.

»Es gibt auch böse Menschen, die schreckliche, verabscheuenswerte Dinge tun, aber das bedeutet nicht, dass wir alle böse sind und den Tod verdienen«, sagte Lydia. »Es gibt allerdings Kreaturen, die nicht zögern würden, die Schriftrolle der Menschen zu zerstören, falls sie ihnen in die Hände fiele.«

»Willst du damit andeuten, dass auch wir verflucht sind?«, fragte Marcy, die sich offenbar wieder entspannt hatte.

»Auch Sterblichkeit ist zugleich Segen und Fluch«, sagte Lydia schlicht.

»Wirst du mir helfen, die Schriftrolle zu zerstören, falls ich sie finde?«, fragte Gemma. »Oder würde das gegen deine Natur verstoßen?«

»Es liegt vor allem in meiner Natur, denen zu helfen, die in Not sind.« Lydia wählte ihre Worte mit Bedacht. »Wenn ich die Werkzeuge und Informationen habe, die du brauchst, um dich und die deinen zu schützen, dann werde ich sie dir gerne überlassen.«

»Hast du inzwischen eine Ahnung davon, wo der Papyrus sein könnte?«, fragte Marcy und richtete ihre Aufmerksamkeit auf Gemma. »Ich weiß, dass du bisher vergeblich gesucht hast.«

»Ich glaube, jetzt ist er bei den Sirenen«, sagte Gemma. »Anfangs war er woanders versteckt, aber ich habe Thea gesagt, dass ich danach suche. Ich glaube, sie werden ihn so lange bewachen, bis ich nicht mehr lebe oder nicht mehr daran interessiert bin, ihn zu vernichten.«

»Aber das wird nicht passieren, oder?«, fragte Lydia.

»Nein. Ich kann nicht aufgeben.«

»Es tut mir leid, dass ich dir nicht wirklich helfen konnte«, sagte Lydia mit aufrichtigem Bedauern.

»Du warst mir eine große Hilfe«, versicherte Gemma mit einem Lächeln. »Danke.«

Auch Marcy bedankte sich bei Lydia, die versprach, sich bald bei ihr zu melden. Dann verließen sie den Laden. Gemma schwirrte der Kopf von all den neuen Informationen, die sie von Lydia bekommen hatten.

»Okay«, sagte Marcy, als sie beide in ihrem Gremlin saßen. »Wie tötet man nun eine Sirene?«

Gemma faltete den Zettel auseinander. Es war die Fotokopie einer Illustration aus einem alten Buch. Sie zeigte genau, was zu tun war, und enthielt auch ein detailliertes Diagramm mit möglichen Waffen, das auf Englisch beschriftet war.

Marcy beugte sich vor und starrte auf den Zettel. »Das sieht doch gar nicht so schlimm aus.« Dann zeigte sie auf ein besonders bösartig wirkendes Instrument, eine Mischung aus Axt und Spieß. »Aber es wäre einfacher, wenn wir eine Streitaxt hätten.«

SECHSUNDZWANZIG

Ende der Fahnenstange

Als Aiden Gemma am selben Abend anrief und sich mit ihr verabreden wollte, fiel ihr kein Grund ein, ihn abzuweisen. Natürlich war ihr klar, dass es unzählige Gründe gab, nicht mit Aiden auszugehen, aber ihr wachsender Hunger, die schreckliche Hitze und die düstere Gewissheit, dass es immer unwahrscheinlicher wurde, dass es eine Rettung für sie gab, setzten ihr so zu, dass sie für jede Ablenkung dankbar war.

Sie wusste, dass sie sich noch mehr anstrengen musste, um die Schriftrolle zu finden. Aber da sie ziemlich sicher war, dass die Sirenen sie bewachten, würde sie darum kämpfen müssen, sie in die Hände zu bekommen. Dank Lydia wusste sie inzwischen wenigstens, was sie tun musste, aber sie war nicht überzeugt davon, dass sie es wirklich schaffen würde. Es war eine ziemlich brutale Angelegenheit.

Aber sie wollte warten, bis Harper auf dem College war. Sie würde in ein paar Tagen aufbrechen und dann eine halbe Stunde Fahrzeit entfernt ihr eigenes Leben leben.

Dort wäre sie sicher, falls die Sirenen auf Rache sinnen sollten.

Also hatte Gemma für die nächsten Tage nur geplant, nach Möglichkeiten zu suchen, den Papyrus zu zerstören, ihren Hunger im Zaum zu halten und den Sirenen aus dem Weg zu gehen – zumindest Penn und Lexi. Wenn sie es so betrachtete, war es eine glückliche Fügung, dass Aiden sie angerufen hatte.

Er holte sie für ihr Date ab, und Brian kam lange genug aus der Garage, um ihm vage mit den Höllenqualen zu drohen, die ihn erwarten würden, falls er seine Tochter verletzte oder entjungferte. Aiden schien ihm nicht zu gefallen und er betrachtete sein schickes Auto mit verächtlichem Blick. Aber er ließ Gemma gehen, da er offenbar spürte, dass sie dringend eine Luftveränderung brauchte.

Das Date lief nicht schlecht. Dinner im Jachtklub mit Aussicht auf die Bucht. Es war ein bisschen nobler, als Gemma es gewöhnt war, aber Aiden bestellte Weißwein und schenkte ihr ein Glas ein. Sie hatte bisher nur einmal einen Schluck Bier aus der Flasche ihres Dads stibitzt, weil sie eine Wette gewinnen wollte, und obwohl ihr das Essen nach dem Wein nicht mehr so richtig schmeckte, kam sie sich sehr exotisch und erwachsen vor.

Das Abendessen dauerte recht lange, also ließen sie das Kino ausfallen, und Aiden nahm sie mit in einen der Klubs, die am Strand lagen. Dort gefiel es Gemma allerdings nicht. Es war zu voll und viel zu heiß.

Aber für dieses Problem gab es eine simple Lösung – sie gingen einfach. Am Sonntagabend waren alle anderen Etablissements geschlossen, also brachte Aiden Gemma wieder nach Hause. Harpers Auto war immer noch weg, und das Haus war dunkel, also nahm Gemma an, dass ihr Dad bereits schlief.

»Es war schön heute Abend«, sagte Gemma, als sie in Aidens geparktem Auto saßen. Er hatte den Motor angelassen, also kühlte sie die Klimaanlage, und aus der Anlage klang leise das Gotye-Album.

»Fand ich auch.« Aiden lehnte den Kopf gegen seine Rückenlehne und schaute Gemma an. Er lächelte. Sein Lächeln hatte etwas Unwiderstehliches an sich und seine braunen Augen funkelten.

»Ich will eigentlich, dass der Abend noch weitergeht«, gestand Gemma.

Er streckte die Hand aus und streichelte ihren Handrücken. »Das könnte er auch.«

»Ja?«, fragte Gemma hoffnungsvoll und biss sich auf die Lippe. »Woran hattest du gedacht?«

Aiden beugte sich zu ihr, blickte ihr forschend in die Augen und lächelte selbstbewusst. Und als sich sein Mund stürmisch auf ihren presste und sie den Minzgeschmack seiner Zunge spürte, breitete sich tiefe Befriedigung in ihr aus.

Dies war der körperliche Kontakt, nach dem sie sich so gesehnt hatte. Aiden erfüllte ein Verlangen in ihr, das sie nicht einmal sich selbst gegenüber zugeben wollte. Sein Mund war ein bisschen zu grob, und seine Hände packten ihre Arme und Taille ein bisschen zu fest, aber das machte alles nur noch aufregender.

Gemmas Haut kribbelte so angenehm wie kurz vor der Transformation, aber sie drängte das Monster in ihr, das

Aidens Küsse aufgeweckt hatten, zurück und brachte es zum Schweigen. Hitze stieg in ihr auf und sie stöhnte leise.

Das spornte Aiden an, und er drückte einen Knopf an der Sitzseite, um die Rückenlehne abzusenken.

»Das ist besser«, sagte er mit einem heiseren Flüstern, als der Sitz so flach war wie ein Bett, und Gemma lachte leise.

Er legte sich auf sie und sein Körper fühlte sich schwer und kraftvoll an. Ein Teil von Gemma wusste, dass ihre Lage nicht ungefährlich war, da er sie in eine Position gebracht hatte, in der sie sich kaum bewegen, geschweige denn wehren konnte, aber die Sirenenlust in ihr drängte ihre Bedenken beiseite.

Gemma wollte nicht nachdenken, sich keine Sorgen mehr machen und keine Angst mehr empfinden.

Sie verlor sich ganz im Hier und Jetzt.

Aiden ging ein bisschen ruppiger mit ihr um, als sie es gewöhnt war, und obwohl Gemma selbst das nicht besonders toll fand, machte es die Sirene in ihr erst richtig wild. Er biss ihr in den Hals, als er ihn küsste, und ihre Haut begann zu lodern. Seine Hand vergrub sich in ihrem Haar und zog leicht daran, und sie musste all ihre Kräfte aufbieten, um nicht die Beherrschung zu verlieren.

Aber dann glitt seine Hand zur Knopfleiste ihrer Bluse, und in dem Moment wusste Gemma, dass sie die Notbremse ziehen musste.

»Aiden, lass uns nichts überstürzen«, flüsterte sie ihm ins Ohr, als er ihre Brust umfasste.

Aber statt auf sie zu hören, drückte er nur fester zu – was ehrlich gesagt ziemlich schmerzhaft war.

»Aiden!« Gemma schob ihn weg und endlich ließ er sie los.

»Sorry.« Er lächelte sie an, sein blondes Haar fiel ihm in die Stirn. »Ich habe mich hinreißen lassen, aber ich weiß jetzt, wo die Grenze ist.«

»Okay. Aber bitte respektiere sie auch«, warnte sie ihn, und mit einem dreisten Grinsen versprach er ihr, dass er das tun würde.

Als er sie wieder küsste, waren seine Lippen sanfter. Das war gut, denn das gab ihr die Chance, die Beherrschung wiederzugewinnen. Doch nach ein paar Sekunden war alles wieder wie zuvor: Er küsste sie heftig und vergrub die Hand in ihrem Haar. Seine freie Hand wanderte diesmal allerdings nicht zu ihrer Brust, sondern packte sie um die Taille. Gemma schlang die Arme um ihn. Ihre Augen waren geschlossen, und sie konzentrierte sich darauf, wie sich ihr Körper anfühlte. Nicht nur darauf, wie angenehm sich das Kribbeln anfühlte, sondern auch darauf, wie stark es wurde, denn das war das Monster in ihr, das sich befreien wollte. Es zurückzudrängen, sich selbst zu beherrschen, war die größte Freude, die Gemma bei einer solchen Knutscherei empfand.

Dann glitt Aidens Hand zwischen ihre Beine und sie riss die Augen auf.

»Aiden«, sagte sie, aber er hörte nicht zu. Er schob seine Hand nur weiter hoch, bis er beinahe an Teilen ihres Körpers angekommen war, die sie noch nie einen Mann hatte berühren lassen. »Aiden!«

»Sei doch nicht so prüde, Gemma«, knurrte Aiden ihr ins Ohr und küsste ihren Hals. »Lass uns ein bisschen Spaß haben.«

»Mir macht das aber keinen Spaß«, sagte sie und versuchte, ihn wegzustoßen. Aber er war stark und hielt sie fest.

»Entspann dich und lass es einfach geschehen«, drängte Aiden. Sie versuchte, ihm das Knie in die Eier zu rammen, aber er wich ihr geschickt aus. Er lag jetzt ganz auf dem Beifahrersitz und drückte sie mit seinem vollen Gewicht in die Polster.

Gemmas Mund begann zu zittern, und ihre Finger juckten und wurden länger. Aber so schrecklich dieses Erlebnis auch war und so wenig sie mit Aiden schlafen wollte, umbringen wollte sie ihn auch nicht.

In diesem Moment wurde Gemma viel zu spät klar, dass dies völlig anders war als ihre harmlosen Knutschereien mit Kirby. Sie hatte weder Aiden unter Kontrolle, noch das Monster in ihr. Nicht einmal sich selbst.

»Geh runter von mir, Aiden!«, schrie Gemma jetzt und drückte ihn mit voller Kraft von sich weg.

Er knallte gegen das Autodach und sie hielt ihn dort ein paar Sekunden fest. Gemma atmete tief ein und aus und versuchte verzweifelt, ihre Verwandlung aufzuhalten. Dann ließ sie ihn los und verschränkte die Hände. Langsam nahmen ihre Finger wieder ihre normale Form an.

»Du Schlampe!«, brüllte Aiden, die Augen vor Verwirrung und Wut aufgerissen.

»Nein, Aiden«, schrie sie noch, bevor seine Hand sich um ihre Kehle schloss. Ihr war nun klar, dass sie ihn verletzen musste, wenn sie ihm entkommen wollte.

In diesem Augenblick wurde die Beifahrertür aufgerissen, und bevor Gemma begriff, was gerade passierte, hatte jemand ins Auto gegriffen und Aiden von ihr weggerissen.

Gemma setzte sich keuchend auf und sah, dass Alex Aiden zu Boden geworfen hatte. Er kniete über Aiden, hielt ihn mit einer Hand am Hemdkragen fest und schlug ihm mit der freien Faust zweimal so heftig ins Gesicht, dass Gemma den Aufprall hören konnte.

»Fass Gemma nie wieder an«, knurrte Alex, die Faust immer noch schlagbereit. Aiden versuchte, etwas zu sagen, aber er spuckte nur Blut aus. »Hast du mich gehört? Fass Gemma nie wieder an.«

»Ich hab's gehört«, murmelte Aiden.

»Gut«, sagte Alex, und dann schlug er Aiden noch einmal.

»Alex!«, schrie Gemma und hechtete aus dem Auto. »Bring ihn nicht um!«

Alex ließ Aidens Hemd los, sodass er zu Boden fiel. Dann stand Alex auf und knallte die Autotür zu. Aiden rappelte sich auf, so schnell er konnte, stieg in sein Auto und verfluchte Alex und Gemma dabei halblaut.

Die beiden beobachteten, wie Aiden mit quietschenden Reifen aus der Einfahrt raste. Trotz der Wärme schlang Gemma zitternd die Arme um sich. Alex schüttelte seine Hand aus. Er hatte Aiden so brutal geschlagen, dass sie bestimmt schmerzte.

»Danke«, sagte Gemma nach ein paar Sekunden leise.

»Was zum Teufel ist mit dir los, Gemma?«, fragte Alex, und sie registrierte überrascht die Wut in seiner Stimme. »Was hast du mit diesem Typen zu schaffen? Er ist ein Arschloch!«

»Ich wusste nicht, dass er so ein Arschloch ist, als ich mit ihm ausgegangen bin«, sagte Gemma.

»Das ergibt keinen Sinn.« Er schüttelte den Kopf und knurrte. »Ich bin so wütend.«

»Jetzt ist alles vorbei. Geh lieber nach Hause«, sagte Gemma sanft.

»Du kapierst das nicht.« Alex drehte sich wieder zu ihr um und vergrub die Hände in seinen Haaren. »Ich wollte ihn umbringen, weil er dir wehgetan hat. Aber ich hasse dich!«

Gemma senkte den Blick und nickte, um nicht in Tränen auszubrechen. »Es tut mir leid.«

»Warum will ich, dass du in Sicherheit bist, wo ich dich doch hasse?«, fragte Alex verzweifelt. »Warum mache ich mir Sorgen um dich? Warum habe ich Angst, du könntest sterben, ohne zu erfahren, was ich für dich fühle, wo ich doch nur Verachtung für dich empfinde?«

Gemma rang um Fassung, und als sie sprach, waren ihre Worte kaum zu hören. »Ich weiß es nicht.«

»Du lügst! Das weiß ich einfach.« Alex stand dicht vor ihr und schrie sie aus voller Kehle an. »Lüg mich nicht an, Gemma. Bitte. Lüg mich darüber nicht an.«

»Alex, es wäre besser, wenn du einfach nach Hause gehen würdest«, sagte Gemma, die ihn immer noch nicht ansehen konnte. »Vergiss, dass du mich je gekannt hast.«

»Das kann ich nicht vergessen!«, brüllte Alex, und sie zuckte zusammen. »Ich träume jede Nacht von dir! Weißt du, wie das ist? In meinen Träumen sind wir noch zusammen und ich liebe dich. Und dann wache ich jeden Morgen auf und hasse dich, und mich, und die ganze verdammte Welt!«

»Natürlich weiß ich, wie das ist!« Gemma hob den Kopf und sah ihn mit Tränen in den Augen an. »Mir geht es jeden Tag genauso! Nur, dass ich dich nicht hasse.«

»Warum nicht?«, fragte Alex beinahe flehentlich. »Warum hasst du mich nicht? Warum haben wir Schluss gemacht?«

Gemma schaute wieder zu Boden. »Du würdest es nicht verstehen.«

»Warum nicht? Wenn ich mit dir Schluss gemacht habe, warum sollte ich dann meine eigenen Gründe nicht verstehen? Was zum Teufel ist passiert, Gemma?«

Das Licht über der Eingangstür ging an und Gemma wich einen Schritt von Alex zurück. Sie hörte, wie sich die Tür quietschend öffnete und ihr Vater nach draußen kam.

»Gemma?«, fragte Brian. »Alles in Ordnung?«

»Ja, Dad.« Sie schniefte und wischte sich die Augen. »Ich komme gleich rein.«

»Ich warte solange«, sagte Brian. Sie wagte nicht, sich umzudrehen und ihn anzusehen, aber er konnte höchstens anderthalb Meter hinter ihr stehen.

»Dad, es ist okay«, drängte sie, aber Alex wich bereits zurück.

»Sie müssen besser auf sie aufpassen, Mr Fisher«, sagte Alex und ging rückwärts auf sein Haus zu. »Ihre Tochter treibt sich mit ziemlich unangenehmen Typen herum.«

»Was soll das heißen?«, fragte Brian. »Gemma? Was soll das heißen?« Er kam zu ihr und stellte sich neben sie, während Alex in seinem Haus verschwand.

Gemma schüttelte den Kopf. »Es war ein langer Abend, Dad.«

»Warum ist da Blut in meiner Einfahrt?«, fragte Brian und zeigte auf die kleine Blutlache, die Aiden hinterlassen hatte.

Gemma seufzte. »Aiden ist zudringlich geworden und Alex hat ihn dafür verprügelt, okay? Es war ein übler Abend am Ende eines üblen Wochenendes im grässlichsten Sommer meines ganzen Lebens. Ich will nur noch reingehen und in mein Bett kriechen. Bitte lass mich das tun.«

Brian starrte sie mit müden Augen an. Sein Haar war verwuschelt und er trug sein altes Football-T-Shirt und die dazu passende Jogginghose. Auf ein solches Gespräch war er nicht vorbereitet gewesen.

»Okay«, sagte er schließlich.

»Danke.« Gemma drehte sich um und stürmte ins Haus.

Sie rannte in ihr Schlafzimmer, aber statt sie zu trösten, schien alles in dem Zimmer sie zu verhöhnen. Dies alles waren die Überbleibsel ihres alten Lebens, all der Dinge, die sie geliebt hatte und nie wieder lieben konnte. Des Menschen, der sie nie wieder sein würde.

Hektisch riss sie ihr Michael-Phelps-Poster von der Wand. Auf ihrem Nachttisch stand ein gerahmtes Foto ihrer Mutter, und sie warf es gegen die Wand, dass die Scherben nur so stoben. An der Decke hingen die verblassten Leuchtsterne, die Alex vor vielen Jahren für sie an die Decke geklebt hatte. Gemma sprang auf ihr Bett und versuchte, sie abzureißen, aber sie war zu klein. Sie sprang immer wieder vergeblich hoch und bald schluchzte sie vor Frustration, Wut und Trauer.

»Gemma?«, fragte Brian und öffnete ihre Tür.

»Es ist alles kaputt, Dad«, schluchzte sie und ließ sich aufs Bett fallen. »Ich habe alles verloren, was ich liebe.«

»Das stimmt nicht.« Brian kam ins Zimmer und setzte sich neben sie. »Ich bin noch hier und ich gehe nirgendwohin.«

Seine Worte ließen Gemmas Schluchzen nur noch stärker werden. Brian schloss seine Tochter in die Arme und drückte sie fest an sich. Sie weinte an seiner Schulter, und er strich ihr übers Haar und versprach ihr immer wieder, dass alles gut werden würde.

SIEBENUNDZWANZIG

Deal mit dem Teufel

Daniels größtes Problem mit der Insel war, dass er hier keinen Fernsehempfang hatte, weil kein Kabel hierher verlegt worden war. Aber er wusste, dass er eigentlich keinen Grund hatte, sich zu beschweren, da er auf seinem Boot schließlich auch kein Fernsehen gehabt hatte. Und jetzt hatte er wenigstens genug Platz für seinen großen Fernseher, den er bislang hatte einlagern müssen und der nun im Wohnzimmer stand.

Harper war bei ihm gewesen, um der Hitze zu entfliehen, und er hatte ihr sehr gerne Obdach geboten. Aber seit sie nach Hause gefahren war, saß er alleine hier herum, und irgendwie war er heute unruhig. Er legte eine DVD ein, denn er hatte beschlossen, dass es besser war, sich zum fünfzigsten Mal *Der weiße Hai* anzuschauen, als die Wände anzustarren.

Die kleine Klimaanlage, die er an einem Fenster der Hütte installiert hatte, kühlte das Zimmer zwar ab, aber nicht weit genug. Harper hatte die Regel aufgestellt, dass sie beide all ihre Kleidungsstücke anbehalten mussten, wenn sie miteinander allein waren, also war er ausnahmsweise nicht allzu traurig darüber, dass sie nach Hause gefahren war, denn das bedeutete, dass er ein paar Schichten ablegen konnte.

Er stand vor dem Fernseher, knöpfte sein Hemd auf und beobachtete, wie eine ahnungslose Frau allein im Ozean schwamm und von einem Weißen Hai verfolgt wurde.

»Dum, dum, dum, dum«, sang Daniel den Soundtrack mit. Da hörte er, wie etwas aufs Dach prallte. »Was zum Henker war das denn?«

Er schaute zur Decke auf, bevor er merkte, wie bescheuert das war – schließlich konnte er nicht hindurchsehen. Dann hörte er ein zweites Poltern, das diesmal vom Boden zu kommen schien. Er stoppte den Film und ging dann zur Eingangstür, um nachzusehen, was da draußen los war.

»Ich gehe zur Eingangstür wie ein dummes Mädel in einem Horrorfilm«, murmelte er. Er machte kehrt und holte sich einen Baseballschläger aus dem Wandschrank. »Jetzt muss ich nur daran denken, auf keinen Fall rauszugehen und zu fragen: ›Ist da jemand?‹«

Daniel öffnete die Tür und erwartete, einen Waschbären, Harper oder Jason Vorhees zu sehen. Aber stattdessen stand Penn vor ihm und lächelte ihn so schlüpfrig an wie immer.

»Hallo, schöner Mann«, gurrte sie.

»Was zur Hölle machst du denn hier?«, fragte Daniel, aber statt ihm zu antworten, glitt sie an ihm vorbei und ging ins Haus.

»Klar, komm rein. Das hatte ich gemeint.«

»Nett hast du's dir gemacht«, sagte Penn und bewunderte die Hütte. »Viel gemütlicher als bei meinem letzten Besuch.«

Daniel seufzte und schloss die Tür. Er legte den Schläger auf das Schneidebrett in der Küche. Im Moment sah es nicht so aus, als würde er ihn brauchen, aber bei Penn konnte man nie wissen.

»Wie bist du hierhergekommen?«, fragte er. »Du bist trocken, also kannst du nicht geschwommen sein.«

»Ich bin geflogen.«

Der Reißverschluss ihres Trägerkleides stand offen, so hatten ihre riesigen, schwarzen Schwingen Platz gehabt, sich auszubreiten. Jetzt waren sie wieder verschwunden und ihre Haut war glatt und makellos. Aber Daniel wusste, welches Monster sich darunter verbarg.

»Ach, stimmt ja.« Er nickte. »Du bist auch noch ein Vogelmonster. Ich hatte beinahe vergessen, wie verdammt scheußlich du bist. Danke, dass du mich daran erinnert hast.«

Penn wirkte völlig ungerührt. Sie hüpfte auf den Küchentresen und schlug langsam und aufreizend die Beine übereinander. Daniel wandte den Blick ab.

»Deine Freundin war ja ewig hier. Ich dachte schon, sie geht gar nicht mehr, und war kurz davor, sie zu schnappen und von einer Klippe zu werfen.«

Daniels Herz setzte einen Schlag aus. »Aber das hast du nicht gemacht, oder? Harper ist lebendig und gesund, stimmt's?«

»Ich habe ihr keins ihrer hübschen Haare gekrümmt«, versicherte Penn ihm. »Ich wusste, dass es die Stimmung verderben würde, wenn ich ihr wehtue, also habe ich mich zurückgehalten.«

»Stimmung? Welche Stimmung?«, fragte Daniel. »Und hast du gerade zugegeben, dass du mich die ganze Nacht lang beobachtet hast? Verfolgst du mich jetzt?«

Penn schüttelte den Kopf. »Das ist ein so unschönes Wort.«

»Trifft es aber offenbar ganz genau.« Daniel lehnte sich an die Wand und verschränkte die Arme vor der Brust.

»Ich habe nur daran gedacht, was du gestern gesagt hast, und wollte mit dir darüber reden«, sagte Penn so fröhlich, als seien sie alte Freunde, die sonntags gern gemeinsam brunchten.

»Was soll ich gesagt haben? Ich erinnere mich nicht, dass ich dich darum gebeten habe, mir nachzuspionieren.«

»Ich wollte unter vier Augen mit dir reden, und weil ich deine Freundin nicht umbringen darf, habe ich gewartet, bis sie gegangen ist. Das ist alles, okay?«

Penn klang verärgert, und Daniel beschloss, sich zurückzuhalten. Alles lief besser, wenn Penn nicht wütend oder mordlustig war.

»Klar. Okay«, sagte er. »Und welche meiner Aussagen hat dich nun dazu gebracht, mir einen Besuch abzustatten?«

»Ich bin einsam«, sagte Penn, aber ohne die Verwundbarkeit, die sie ihm gestern gezeigt hatte.

»Ich dachte, deine Schwestern leisten dir Gesellschaft«, erinnerte Daniel sie.

»Aber die kann ich nicht ausstehen.« Penn dachte kurz nach und schüttelte dann den Kopf. »Okay, Thea mag ich. Und ich weiß noch nicht, ob ich Gemma hasse oder nicht.

Jedenfalls geht sie mir auf die Nerven. Aber Lexi hasse ich wirklich. Sie ist furchtbar.«

»Ja, Familien sind nicht einfach.«

»Aber ich bin auf andere Art einsam.« Sie glitt vom Tresen, wobei ihr Kleid kurz bis zum Ansatz ihrer Oberschenkel hochrutschte. »Es ist schon so lange her, dass ich einen richtigen Mann in meinem Leben hatte.«

Daniel hob die Hände. »Ich glaube, ich weiß, wohin dieses Gespräch führen wird, und ich würde es gerne sofort beenden. Ich bin nicht dieser Mann in deinem Leben und werde es auch niemals sein. Niemals.«

»Du wirst deine Meinung ändern, wenn du mich erst besser kennengelernt hast«, sagte Penn, aber sie war stehen geblieben, was hoffentlich ein gutes Zeichen war.

»Na ja … Penn, ich meine das wirklich nicht böse, aber du bist ein Monster. Ich glaube nicht, dass wir jemals zusammenpassen werden, weil ich nämlich kein Monster bin. Zumindest kein so böses wie du.«

»Das ist lächerlich. Ich kann jeden Mann haben, den ich will.«

»Dann nimm sie dir. Nimm sie alle.« Er machte eine auffordernde Geste. »Beziehungsweise lass dich nehmen.«

Penn kam jetzt mit langsamen, geschmeidigen Schritten auf ihn zu. »Aber ich will die anderen nicht. Ich will dich.«

»Das ist sehr schmeichelhaft, aber …« Er schüttelte den Kopf.

»Weißt du, mit wie vielen Männern ich geschlafen habe?«, fragte Penn.

»Ich weiß nicht, wieso du glaubst, das würde dich für mich attraktiver machen.«

»Daniel!«, herrschte Penn ihn an. Sie stand jetzt vor ihm und blickte mit ihren dunklen Augen zu ihm auf. »Sei still und hör mir zu. Bedeutet dir deine Freundin etwas?«

Daniel leckte sich die trockenen Lippen. »Ich glaube, du weißt, dass es so ist.«

»Und an ihrer Schwester liegt dir auch etwas, richtig?«

»Worauf willst du hinaus, Penn?«, fragte Daniel, dem bei ihren Fragen zunehmend unwohl wurde.

»Ich will einen Deal mit dir aushandeln. Ich will, dass du mit mir schläfst.«

»Penn.« Daniel lachte hohl. »Nein, das kann ich nicht.«

»Ich lasse sie am Leben, wenn du mit mir schläfst«, sagte Penn samtweich und verführerisch.

»Glaubst du wirklich, du kannst mich mit Drohungen dazu bringen, mich in dich zu verlieben?«, fragte Daniel fassungslos.

»Nein. Ich glaube, ich kann dich mit Drohungen dazu bringen, mit mir zu schlafen. Und danach wirst du nie wieder von meiner Seite weichen wollen«, sagte Penn sachlich.

»Penn. Das ist …« Er senkte den Blick. »Das ist ekelhaft. Das mache ich nicht.«

»Ach, wirklich?« Penn zog eine Augenbraue hoch. »Ich verspreche dir, dass ich Harper und Gemma in Ruhe lasse, wenn du *ein einziges Mal* mit mir Sex hast. Ich würde die Menschen verschonen, die dir am meisten bedeuten, und dir außerdem die beste Nacht deines Lebens bescheren.«

Daniel versuchte sie mit einer anderen Taktik abzuweisen und fragte: »Weißt du eigentlich, wie verzweifelt das klingt? Wie erbärmlich dieses Angebot ist?«

»Glaub mir, Daniel, das weiß ich sehr genau«, versicherte Penn, und ihre Miene verriet ihm, dass sie die Wahrheit sagte. »Aber ich habe viel darüber nachgedacht. Ich will dich, und ich werde alles tun, um dich zu bekommen.«

»So toll bin ich wirklich nicht«, beteuerte Daniel. »Du kannst ein paar meiner Exfreundinnen fragen. Ich würde dich sicher enttäuschen.«

»Bist du noch Jungfrau?«, fragte Penn.

Er zögerte und antwortete dann: »Nein. Aber es ist schon eine Weile her.«

»Dann verlange ich ja wirklich nicht viel von dir.« Sie lächelte ihn an. »Lass es uns einfach tun. Ich kann dich Dinge fühlen lassen, die du noch nie zuvor gefühlt hast.« Sie machte noch einen Schritt auf ihn zu, bis sie beinahe an ihn gepresst war. »Ich zeige dir eine Ekstase, die alle Grenzen deines Körpers überschreitet. Lass mich dich glücklich machen.«

Sein Hemd stand ganz offen, er fühlte sich ihr ausgeliefert.

Beinahe zögernd legte sie ihm die Hände auf den Bauch und er ließ es zu. Heftig atmend starrte er auf sie herunter. Penn stellte sich auf die Zehenspitzen, und er schloss die Augen, damit er sie nicht sehen musste, als sie ihre Lippen auf seine drückte. Sie küsste ihn sanft – beinahe zärtlich.

Zuerst reagierte Daniel nicht, aber irgendwann begann er, den Kuss zu erwidern. Ihr Körper drückte sich heiß an seinen, doch er ließ die Arme hängen, denn er wollte sie nicht berühren.

Sie beugte sich vor und küsste ihn leidenschaftlicher und

überrascht registrierte er, dass sein Körper auf sie reagierte. Er verabscheute sie zwar, aber wenn sie ihn berührte, fühlte sich das tatsächlich gut an.

Ihre Lippen wanderten nach unten, über seinen Hals zu seiner Brust. Er lehnte sich zurück und legte den Kopf an die Wand, und er spürte, wie ihre Hände nach unten wanderten und den Knopf seiner Jeans öffneten.

»Penn …« Daniel schob ihre Hände beiseite. Sie ließ seine Hose los, legte ihm aber die Hände um die Taille und schmiegte sich an ihn. »Nein. Penn.« Sie versuchte, ihn wieder zu küssen, aber er drehte den Kopf weg, ergriff ihre Handgelenke und schob sie von sich. »Ich habe Nein gesagt. Ich kann das nicht machen.«

Penn riss sich aus seinem Griff los, wich einen Schritt zurück und stampfte wütend mit dem Fuß auf. Ihre Augen färbten sich gelbgrün, und Daniel blieb an der Wand stehen, weil er sie nicht noch mehr reizen wollte.

»Es ist wegen dieser dummen Kuh, stimmt's?«, wütete Penn. »Wenn ich sie aus dem Weg schaffe, hast du keinen Grund mehr, mich abzuweisen!«

»Hör bloß auf.« Daniel ging zu Penn und baute sich bedrohlich vor ihr auf. »Im Moment bist du nur ein Ärgernis für mich. Du belästigst zwar die Menschen, die mir etwas bedeuten, aber du hast mir bislang noch nichts getan. Wenn du allerdings Harper oder Gemma etwas tust, dann hast du mich zu deinem Feind gemacht. Dann werde ich alles tun, was in meiner Macht steht, um dich zu vernichten, und du wirst mich nie wieder anrühren.«

»Und wo liegt da der Unterschied zu jetzt?« Sie warf genervt die Hände hoch, aber ihre Augen hatten wieder ihre menschliche Farbe. »Du sagst mir doch jetzt auch schon, dass ich keine Chance bei dir habe. Was nützt es mir also, sie am Leben zu lassen? Aus welchem Grund sollte ich dir diesen Gefallen tun?«

Daniel entspannte seine Haltung ein wenig. »Wenn du wirklich so viel für mich empfindest, wie du behauptest, dann willst du mir nicht wehtun.«

»Ich glaube nicht, dass du viel von der Liebe verstehst«, höhnte Penn.

Er lachte freudlos. »Nein. Ich glaube, du bist diejenige mit den merkwürdigen Vorstellungen von Liebe.«

»Okay, dann bin ich jetzt mal ganz ehrlich«, sagte Penn. »Karten auf den Tisch. Ich bin seit mehr als zweitausend Jahren am Leben. Und früher hatte ich starke Gefühle, aber nach einer Weile stumpft das Herz einfach ab. Alles wird nur noch fade Wiederholung. Vielleicht liebe ich dich wirklich nicht. Vielleicht liebe ich gar nichts. Aber du bist der erste Mann seit langer, langer Zeit, der mich interessiert, und ich werde lügen, morden und alles und jeden vernichten, um zu bekommen, was ich will. Verstehst du, was ich dir damit sagen will?«

»Ja«, sagte Daniel leise.

»Du hast die Wahl. Was willst du haben? Den Kopf deiner Freundin auf einem Tablett oder eine Nacht mit mir?« Sie verschränkte die Arme vor der Brust und wartete auf seine Antwort.

Daniel schluckte. »Na gut. Aber nicht heute.«

»Wann?«

»Wenn Harper zum College gefahren ist.«

»Wann geht sie?«

»In ein paar Tagen.« Er fuhr sich durchs Haar. »Ihre Seminare beginnen am Donnerstag.«

»Heute ist Sonntag«, sagte Penn. »Also schlafen wir in vier Tagen miteinander.«

»Sagen wir Freitag. Ich brauche einen Tag, um mich … vorzubereiten.« Daniel schwieg einen Moment. Dann sagte er: »Aber sie darf es nie erfahren, okay? Harper darf nie davon Wind bekommen. Und Gemma auch nicht.«

Penn lächelte. »Von mir erfährt sie es sicher nicht.«

»Penn. Ich meine es ernst.« Er sah ihr fest in die schwarzen Augen. »Ich will Harper nicht wegen dir verlieren.«

»Okay, wir haben einen Deal.« Sie grinste. »Sollen wir ihn mit einem Kuss besiegeln?«

»Höchstens mit einem Handschlag.«

»Von mir aus.« Sie streckte die Hand aus und er ergriff sie und schüttelte sie kurz.

»Ich habe gerade meine Seele dem Teufel verkauft«, murmelte Daniel.

»Ach, so schlimm bin ich gar nicht.« Penn lehnte sich an ihn und lächelte zu ihm auf. »Und wenn ich mit dir fertig bin, wirst du glauben, du seiest gestorben und im Paradies gelandet.«

Daniel wich rückwärts vor ihr zurück und öffnete ohne hinzusehen die Tür hinter sich. Er bedeutete ihr, zu gehen. »Danke für deinen Besuch, bitte komm nicht bald wieder, ruf mich nicht an, dann rufe ich auch nicht an«, sagte er, als sie an ihm vorbei in die heiße Nacht hinausglitt.

Sie drehte sich noch einmal um und warf ihm eine Kusshand zu, aber Daniel knallte die Tür ins Schloss.

Dann stützte er sich mit einer Hand an der Tür ab und

beugte sich mit gesenktem Kopf nach vorne. Er hatte keine Ahnung, ob es die richtige Entscheidung gewesen war, einen Deal mit Penn einzugehen, aber er hätte sich definitiv am liebsten übergeben.

»Scheiße«, seufzte er. »Ich brauche eine Dusche.«

ACHTUNDZWANZIG

Missvergnügen

Die Bühne war so schwach beleuchtet, dass Gemma den leeren Zuschauerraum gut erkennen konnte. Aber eigentlich starrte sie nur mit stumpfem Blick vor sich hin und spielte abwesend mit der silbernen Kette, die sie um den Hals trug. Das Theater blieb auch in der größten Sommerhitze einigermaßen kühl, aber merkwürdig feucht. Es war klamm und roch muffig.

Gemma war gestern Abend lange wach geblieben und hatte in den Armen ihres Dads geweint, der vergeblich versucht hatte, sie zu trösten. Heute Morgen war sie ohne jede Anzeichen für ihren Kummer aufgewacht – sie hatte weder rot geweinte Augen, noch geschwollene Backen oder eine Triefnase. Die Sirene in ihr ließ sie strahlender aussehen als je zuvor, aber innerlich fühlte sie sich entsetzlich.

In ihr war etwas zerbrochen. Gemma hatte den Jungen, den sie liebte, zerstört, weil ihr Versuch, ihn zu schützen, nach hinten losgegangen war. Was sie auch tat, sie machte alles nur noch schlimmer. All ihre Versuche, sich und die

Menschen, die sie liebte, zu retten, brachten sie nur noch mehr in Gefahr.

»Ein zierlich Püppchen«, sagte Thea, und Gemma registrierte abgelenkt, dass sie lauter sprach als noch vor ein paar Sekunden. *»Lieber gar geheult. Wüsstest du nur, warum?«* Sie räusperte sich und wiederholte dann: *»Wüsstest du nur, warum?* Bianca?«

»Bianca?« Toms britischer Akzent betonte den Ärger in seiner Stimme noch. Er hatte in der ersten Reihe gesessen, um einen objektiven Eindruck von der Produktion zu bekommen, aber als Gemma nicht reagierte, stand er auf. »Hey, Bianca?«

»Gemma«, flüsterte Kirby und schaffte es, Gemma damit aus ihren Gedanken zu reißen.

»Was?« Sie blinzelte, schaute sich benommen auf der Bühne um und versuchte, zu begreifen, was gerade geschah.

Thea, Kirby und ein paar andere Schauspieler standen mit Gemma auf der Bühne und probten eine Szene mit ihr. Sie alle starrten sie an und warteten darauf, dass sie etwas sagte oder tat, aber Gemma konnte sich beim besten Willen nicht mehr daran erinnern, was sie jetzt machen musste.

Am Rand der Bühne stand Aiden neben dem Vorhang. Seine Lippe war geschwollen, er hatte ein blaues Auge und eine zerkratzte Wange. Alle hatten entsetzt nach seinen Verletzungen gefragt, als er zur Probe gekommen war, aber er hatte darauf bestanden, dass bis zur Premiere in zwei Wochen alles wieder verheilt sein würde.

Zu Gemma hatte er kein einziges Wort gesagt, aber sie hatte ihn ein paarmal dabei erwischt, wie er sie wütend anstarrte. Wahrscheinlich hatte er sie noch viel häufiger angeglotzt, ohne dass sie es bemerkt hatte, denn heute war es ihr unmöglich, ihre Aufmerksamkeit auf ihre Umgebung zu richten.

»Schön, dass du dich entschlossen hast, ins Hier und Jetzt zurückzukehren«, sagte Tom mit einem gezwungenen Lächeln. »Wenn du Lust hast, könntest du ja auch ein bisschen Text von dir geben.«

»Oh, habe ich mein Stichwort verpasst? Entschuldigung.« Sie versuchte, reumütig dreinzublicken, aber ihm schien egal zu sein, ob es ihr leidtat oder nicht.

»Ich sagte gerade: *Wüsstest du nur, warum?*«, half Thea ihr aus.

»Okay. Äh ...« Gemma legte sich die Hand auf die Stirn, kniff die Augen zusammen und versuchte, sich an ihren Text zu erinnern. *»Ei, Herrn, das heißt ja doppelt mich beleid'gen ...«*

»Falscher Akt, meine liebe Bianca«, sagte Tom, der seine Verachtung kaum verbarg. »Aber natürlich! Du hast ja nur vier Zeilen in dieser Szene! Warum solltest du dir die Mühe machen, sie zu lernen?«

»Sorry. Es ist nur ...« Sie schüttelte den Kopf. »Ich stehe heute irgendwie neben mir.«

Aiden schnaubte im Hintergrund und sie warf ihm einen Blick zu. Er ergötzte sich grinsend an ihrem Scheitern. Das half ihr natürlich nicht weiter, und einen schrecklichen Augenblick lang fürchtete sie, sie werde gleich in Tränen ausbrechen.

Aber dann dachte sie an das Foto ihrer Mutter, das unten vor den Garderoben hing. Nathalie hatte nach der Geburt ihrer Kinder die Schauspielerei mehr oder weniger an den

Nagel gehängt, aber als Gemma noch klein gewesen war, hatte sie noch ein paarmal in Stücken mitgespielt.

Als Nathalie eines Abends ihren Text lernte, hatte Gemma sie gefragt, was ihr am besten daran gefiel, auf der Bühne zu stehen, und sie erinnerte sich noch genau an ihre Antwort.

»Es ist alles live. Auf der Bühne geht es um Leben und Tod, und was auch passiert, die Show muss weitergehen. Du musst dich zusammenreißen und deine Rolle spielen, egal, welchen Mist du gerade gebaut hast. Und das ist eine sehr aufregende Herausforderung«, hatte Nathalie ihr mit einem Lächeln erklärt.

»Kann ihr jemand helfen?«, fragte Tom. »Oder sollen wir den ganzen Abend hier stehen bleiben und ihr beim Stottern zusehen?«

»Äh, ich habe den Text hier«, sagte Kirby. Er blätterte in seinem Skript und suchte eilig nach Biancas Zeile. »Dein Part beginnt mit *Vergnüg dich ...«*

»Vergnüg dich nur an meinem Missvergnügen«, deklamierte Gemma weiter, bevor er geendet hatte. Jetzt kam ihr alles wieder in den Sinn. Sie sprach klar und deutlich und hielt dabei den Blick fest auf Aiden gerichtet. *»Herr, eurem Willen füg ich mich in Demut. Gesellschaft sei'n mir meine Laut' und Bücher, durch Lesen und Musik mich zu erheitern.«*

Der gestrige Abend war schrecklich gewesen, und ihr Leben war ein einziger Scherbenhaufen, aber das bedeutete nur, dass sie sich noch mehr anstrengen musste, um alles wieder in Ordnung zu bringen. Sie war noch nicht bereit, das Handtuch zu werfen. Sie hatte zwar einen Kampf verloren, aber der Krieg war noch nicht entschieden.

»Wunderbar!«, schrie Tom und ging zu seinem Sitz zurück. »Wenn wir jetzt weitermachen, schaffen wir es bis zur Premiere vielleicht, den ersten Akt einmal durchzuspielen!«

»Oh Tranio, hörst du nicht Minerva sprechen?«, sagte Kirby, der als Nächstes dran war.

Gemma wandte den Blick von Aiden ab und konzentrierte sich auf das, was auf der Bühne vor sich ging. Sie versuchte, sich in der Szene zu verankern, die sie gerade spielten. Ihr Abgang folgte wenige Sekunden später, als der Schauspieler, der ihren Vater spielte, sie von der Bühne schickte.

Als Gemma an Aiden vorbeiging, rammte sie ihm die Schulter in die Seite. Was er gestern Abend getan hatte, war unverzeihlich. Sie war als Sirene zwar sehr aufreizend, aber das gab irgendwelchen Typen noch lange nicht das Recht, sie gegen ihren Willen zu befummeln.

Thea hatte ihr gesagt, dass Sirenen Vergewaltiger und Pädophile anzogen, und bisher hatte sie damit leider sehr recht gehabt. Aber sowohl Kirby als auch Alex hatten sich in Gemmas Gegenwart wie Gentlemen benommen, also war es nicht so, dass sie Männer in Perverse verwandelte, die ihre Finger nicht bei sich lassen konnten.

Kurz nach ihrem Abgang ging auch Thea von der Bühne, und sie kam zu Gemma, die hinter dem Bühnenbild stand. Gemma hatte ihr Skript in der Hand, denn sie wollte den Text für ihren nächsten Auftritt noch einmal durchlesen.

»Ist alles in Ordnung?«, fragte Thea leise, um die Schauspieler auf der Bühne nicht zu stören. »Du hast da vorne ziemlich abwesend gewirkt.«

»Ja, es ist alles okay«, log Gemma lächelnd. »Ich hatte nur meinen Text vergessen.«

»Hat Harper dir erzählt, dass wir uns vor ein paar Tagen unterhalten haben?«, fragte Thea.

»Was?« Gemma riss den Kopf hoch. »Warum? Wann? Wo?«

»Beruhig dich. Ich habe sie schließlich nicht umgebracht«, sagte Thea grinsend. »Wir haben uns nur ausgesprochen. Oder besser gesagt, ich habe ihr erklärt, dass es für dich wahrscheinlich das Beste ist, wenn du eine Sirene bleibst.«

»Und wieso glaubst du das?«, fragte Gemma.

»Bisher ist mir noch keine andere Möglichkeit eingefallen, dich am Leben zu erhalten«, sagte Thea.

»Vielleicht hast du recht.« Gemma zwang sich, Thea anzulächeln. »Ich halte mich bedeckt und versuche, besser mit Penn und Lexi auszukommen, wie du es mir geraten hast.«

Thea wirkte überrascht, lächelte aber. »Gut. Es freut mich, dass du meinen Rat ernst nimmst.« Sie legte eine Pause ein und fuhr dann fort: »Aber du musst deine Suche nach der Schriftrolle aufgeben.«

Gemma senkte den Blick. »Du weißt, dass ich das nicht kann.«

»Du wirst sie ohnehin nicht finden«, sagte Thea. »Inzwischen hält Penn sie unter Verschluss.«

»Sie hat sie also tatsächlich woanders hingebracht«, murmelte Gemma.

Thea nickte. »Der Papyrus war in einer Kiste im Flussboden vergraben. Normalerweise verstecken wir ihn im Ozean, aber Penn fand, ein Fluss, der nach unserem Vater benannt ist, wäre ein gutes Versteck.«

»Ist das nicht gefährlich?«, fragte Gemma. »Irgendjemand könnte die Kiste doch finden.«

»Bisher hat sie niemand gesucht«, erwiderte Thea. »Außer dir, natürlich.«

Thea musste ein paar Sekunden später wieder auf die Bühne und Gemma war froh darüber. Sie wusste nicht, ob Thea ihren Lügen geglaubt hatte, denn sie hatte keine Absicht, sich mit den anderen Sirenen anzufreunden.

Aber sie konnte Thea auch nicht erzählen, was sie wirklich vorhatte. Thea hatte ihr schon gesagt, sie werde ihr die Schriftrolle nicht überlassen, also war Gemma von jetzt an auf sich alleine gestellt. Sie konnte Thea nicht in ihre Pläne einweihen.

Die restliche Probe verlief recht gut und Gemma hatte ihren Text auf Anhieb parat. Aber sie hatte weniger Auftritte als Thea, Aiden oder sogar Kirby, also stand sie oft auf der Hinterbühne und beobachtete die anderen.

Gegen Ende des Abends hörte sie die Hintertür zuknallen. Daniel war während der Probe immer wieder rein und raus gewandert, da er draußen arbeitete, um die Probe nicht zu stören. Aber er hatte immer darauf geachtet, die Tür leise zu schließen.

Am äußersten Ende der Bühne führten ein paar Stufen zu einem engen Flur. An einem Ende befand sich die Hintertür des Theaters, und vom anderen Ende ging die Treppe ab, die zum Keller und zu den Garderoben führte.

Gemma verließ ihren Posten beim Vorhang und blickte

in den Flur, um nachzusehen, ob Daniel Hilfe brauchte. Es war sehr ungewöhnlich, dass er so laut war.

Sie hatte erwartet, ihn unter der Last eines großes Set-Stücks schwanken zu sehen, aber er redete nur mit Penn. Er hielt so viel Abstand zu ihr wie möglich und hatte bereits eine Hand an der Türklinke.

Ihre Finger hatten sich in den Ärmel seines Hemds gekrallt, und ihre Nägel waren schwarze Klauen geworden, die sich durch den Stoff bohrten. Ihre schwarzen Augen waren unverwandt auf seine gerichtet, und sie weigerte sich, ihn loszulassen.

Sie diskutierten hitzig im Flüsterton, aber Gemma hörte nicht, was sie sagten. Daniels Gesicht war angespannt und er starrte Penn mit düsterem Blick an.

Dann beugte er sich vor und flüsterte ihr etwas ins Ohr. Gemma hätte gerne gewusst, was er gesagt hatte, denn seine Worte schienen beide nur noch wütender zu machen.

»Spiel keine Spielchen mit mir, Daniel«, zischte Penn schließlich so laut, dass Gemma es hörte.

»Ich glaube, du kennst mich gut genug, um zu wissen, dass ich keine Spielchen mag«, sagte Daniel. Dann schaute er auf und sah Gemma am Bühnenaufgang stehen. »Gemma.«

Penn drehte sich um und sah sie an, und ihr frustrierter Gesichtsausdruck verwandelte sich augenblicklich in ihr normales, verführerisches Lächeln. Sie ließ Daniels Ärmel los und er wich zurück.

»Sorry. Ich habe ein Geräusch gehört und wollte nachsehen, ob alles in Ordnung ist«, erklärte Gemma schnell.

»Alles okay«, sagte Daniel. »Penn wollte nur wissen, ob

die Probe schon vorbei ist, aber da sie noch läuft, wartet sie draußen in ihrem Auto.« Er warf Penn einen harten Blick zu und versuchte dann, Gemma anzulächeln. »Du weißt ja, wie ungern Penn stört.«

»Da hast du recht.« Penn lächelte Gemma an und zwinkerte dann Daniel zu. »Bis bald.« Sie ging durch die Hintertür und knallte sie mit voller Absicht besonders laut zu.

»Sorry.« Daniel lächelte ihr schuldbewusst zu. »Ich wollte die Probe nicht unterbrechen.«

»Keine Sorge, das hast du nicht.« Gemma ging die Stufen hinunter, blieb aber auf der zweiten stehen, sodass sie auf Augenhöhe waren. »Sie ist sowieso gleich vorbei.«

»Gut.« Daniel ging in Richtung Tür. »Ich sollte mich beeilen.«

»Was war denn das gerade? Mit Penn?«, rief Gemma ihm nach.

Er blieb stehen, rieb sich den Nacken und antwortete mit einem hohlen Lachen: »Ach, du kennst doch Penn. Sie ist immer …«

»Nein, Daniel. Irgendetwas geht hier vor«, beharrte Gemma. Er schien ihr nicht antworten zu wollen, also drängte sie: »Wir haben doch ausgemacht, uns alles zu erzählen. Weißt du noch?«

»Nein, ehrlich gesagt hatten wir ausgemacht, dass du mir alles erzählst«, korrigierte er sie und sah sie mit sehr ernster Miene an.

»Ja, damit du mir helfen kannst, Harper zu beschützen«, sagte Gemma. »Und um es dir leichter zu machen, mir den Rücken zu stärken. Aber das gilt auch umgekehrt. Ich kann dir helfen.«

Daniel lächelte bitter. »Dieses Mal nicht, Kleine.« Er lehnte sich gegen die Wand. »Wenn du mir wirklich helfen willst, dann finde diese Schriftrolle und zerstöre sie. Nur so kommen wir alle unbeschadet aus diesem Schlamassel heraus.«

»Ich tue mein Möglichstes«, beteuerte Gemma. »Lydia sucht jemanden, der weiß, wie man solche Dinger kaputt macht. Sobald ich die Schriftrolle in den Händen habe, ist alles vorbei.«

»Gut.« Daniel rieb sich die Augen und schwieg einen Moment lang. »Soll ich dich nach der Probe nach Hause begleiten?«

»Nein, ich kann auch allein gehen. Geh lieber nach Hause und ruh dich aus«, sagte Gemma. »Du siehst aus, als sei das nötig.«

»Mach ich.« Er winkte ihr schwach zu und ging zur Tür hinaus. »Pass auf dich auf, Gemma.«

Gemma hatte Daniel eigentlich von ihrem Plan erzählen wollen, nach Harpers Abreise gegen die Sirenen anzutreten. Aber nach dem heutigen Abend wusste sie, dass das nicht ging. Er musste ihretwegen schon mehr als genug ertragen.

NEUNUNDZWANZIG

Fotos

Wie sollen wir feiern?«, fragte Marcy und setzte sich neben dem Computer, an dem Harper arbeitete, auf den Schreibtisch.

»Feiern?« Harper löste den Blick vom Monitor und schaute Marcy an.

»Ja. Heute ist dein letzter Arbeitstag«, erinnerte Marcy sie. »Das muss gefeiert werden.«

»Es ist Dienstagabend, Dad kocht für uns und Gemma lässt die Probe ausfallen, damit wir alle gemeinsam zu Abend essen können«, sagte Harper. »Zählt das?«

»Wohl kaum.« Marcy schnaubte. »Wir müssen um die Häuser ziehen. Die Nacht zum Tage machen. Die Stadt auf den Kopf stellen. So was in der Art.«

»Mir gefällt die Stadt so, wie sie ist, und nachts schlafe ich gern.« Harper schob die Tastatur zur Seite und lehnte sich in ihrem Stuhl zurück. »Außerdem muss ich noch packen.«

»Wann gehst du offiziell?«, fragte Marcy.

»Die Kurse beginnen am Donnerstag, also will ich morgen fahren. Ich möchte mich ein bisschen auf dem Campus umsehen, bevor ich am Donnerstag ins kalte Wasser springe.«

»Ich dachte, du kennst den Campus schon«, sagte Marcy. »Das hast du doch behauptet, als wir in Sundham waren.«

»Nicht gut genug.« Harper schüttelte den Kopf. »Meines Wissens nach sind die meisten Studenten schon am Wochenende oder gestern eingetroffen. Die Orientierungskurse laufen schon.«

Marcy rutschte auf dem Tisch zurück und verschränkte die Beine zum Schneidersitz. »Hast du deine Seminare schon belegt?«

»Ja, ich habe mich online registriert. Aufs College bin ich bestens vorbereitet. Nur hier wächst mir alles über den Kopf.«

»Wie läuft es denn mit Gemma?«, fragte Marcy vorsichtig.

Harper drehte sich auf ihrem Stuhl und stöhnte. »Ich weiß es nicht.« Sie schüttelte den Kopf. »Sie hat sich am Sonntagabend mit Alex gestritten, aber sie will nicht darüber reden. Was ich davon weiß, hat mir Dad erzählt.«

»Wenigstens klingt das nach einem normalen Teenagerproblem«, stellte Marcy fest. »Das ist doch gut.«

»Vielleicht.« Harper hielt den Stuhl an und blickte zu Marcy auf. »Vor ein paar Tagen hatte ich ein echt merkwürdiges Gespräch mit Thea. Sie hat mir gesagt, dass sie Gemma beschützt und will, dass sie eine Sirene bleibt.«

»Und?«, fragte Marcy achselzuckend. »Wusstest du das nicht schon?«

»Irgendwie schon. Aber sie hat ein paar Sachen gesagt,

die mich nachdenklich gemacht haben.« Harper kaute auf der Innenseite ihrer Backe herum. »Glaubst du, es wäre besser, wenn Gemma eine Sirene bleibt?«

»Inwiefern besser?«

»Wenn die einzige Alternative zum Sirenendasein der Tod ist, dann sollte sie sich lieber dafür entscheiden, eine Sirene zu bleiben.« Harper starrte sie an. »Richtig?«

»Richtig«, nickte Marcy.

»Sie hat den Papyrus noch nicht gefunden.« Harper beugte sich vor, stützte die Ellbogen auf den Tisch und legte den Kopf auf ihre Hände. Sie schaute Marcy unsicher an. »Also sollte ich lieber hierbleiben, stimmt's?«

»Wovon redest du?«, fragte Marcy.

»Gemma macht gerade so viel durch, dass ich hierbleiben und sie unterstützen sollte.«

»Das ist auch jetzt der Fall und du bist trotzdem bei der Arbeit«, sagte Marcy. »Du kannst nicht die ganze Zeit ihre Hand halten. Wenn du aufs College gehst, kannst du trotzdem jeden Abend zu Hause verbringen, wenn du willst. Es ist wirklich nicht weit weg. Du machst aus einer Mücke einen Elefanten.«

»Ich will … ich will nur sichergehen, dass ich das tue, was für uns alle das Beste ist«, brummte Harper. »Und ich habe das Gefühl, ich bin eine schreckliche Schwester.«

»Oder ein Kontrollfreak.«

»Wahrscheinlich beides. Ein schrecklicher Kontrollfreak.«

»Du musst das alles nicht so schwarz sehen«, sagte Marcy. »Daniel, ich und sogar Thea passen auf Gemma auf. Wie viele Babysitter für deine Schwester brauchst du denn noch?«

»Ich weiß, ich weiß«, seufzte Harper. »Ich wünschte nur, wir hätten schon eine Lösung in Aussicht.«

»Na ja … Ich habe noch mal mit Lydia geredet.«

Harper ließ die Arme sinken und richtete sich auf. »Hat sie noch was herausgefunden?«

»Leider nicht. Ich habe sie gebeten, nach Demeter, Acheloos oder anderen griechischen Sagengestalten Ausschau zu halten. Sie hat versprochen, dass sie es versucht, aber sie weiß nicht, wo sie sich verstecken. Ihre Spezialität sind Wandler, deshalb war sie auch so fasziniert von den Sirenen. Sie hatte keine Ahnung, dass sie welche sind.«

»Wandler?«, wiederholte Harper.

»Ja, Formenwandler.« Marcy schüttelte sich, als versuche sie, ihre Gestalt zu verändern oder als habe sie einen leichten Krampfanfall. Dann hörte sie wieder auf. »So wie sich eine Sirene von einem hübschen Mädchen in ein Vogelmonster verwandelt. Man würde sie Transformer nennen, wenn die Roboter sich den Namen nicht schon unter den Nagel gerissen hätten. Der dumme Optimus Prime hat alles kaputtgemacht.«

»Wir stecken also wieder mal in einer Sackgasse«, murmelte Harper und sackte wieder nach vorn.

»Nicht ganz. Lydia hat gesagt, sie habe ein paar Dinge über die Musen gehört, aber ihrer Meinung nach seien alle inzwischen tot.«

»Die Musen sind tot, und du meinst immer noch, dass wir nicht in einer Sackgasse stecken?«, fragte Harper skeptisch.

»Lydia kennt Leute, die sie persönlich gekannt haben.

Also gibt es wenigstens eine indirekte Verbindung«, beharrte Marcy.

»Das wäre hilfreich, wenn wir Verwandtschaftsverhältnisse bestimmen wollten, aber nicht um einen Fluch zu brechen.«

»Okay, dann sind wir eben jetzt Hänsel und Gretel.« Marcy drehte sich zu Harper um und wurde immer aufgeregter, als sie ihre Theorie erzählte: »Aber statt im Wald ausgesetzt zu werden und uns an Lebkuchenhäusern zu mästen, folgen wir einer Spur von Hinweisfragmenten. Und diese Hinweise werden uns zu einer Muse, zu Demeter oder zu einer anderen Gottheit führen, die unser Scheißproblem lösen wird, und das ist viel besser, als mit Hänsels und Gretels dämlichen Eltern nach Hause zu gehen.«

»Deine Analogien sind wirklich erbärmlich«, bemerkte Harper.

»Nix da«, widersprach Marcy. »Du bist nur erbärmlich schlecht darin, zu verstehen, was ich damit sagen will.«

»Nein, ich hab's ja kapiert. Und du hast recht. Ich weiß, dass wir es schaffen.« Sie seufzte. »Aber ich habe das Gefühl, uns läuft die Zeit davon.«

»Das liegt daran, dass der Sommer vorbei ist und du aufs College musst«, sagte Marcy, um sie aufzuheitern. »Aber du bist bestimmt ständig zu Hause. Es wird sein, als wärest du nie fortgegangen. Abgesehen davon, dass ich ab morgen tatsächlich meinen Job machen muss. Und das ist ziemlich doof.«

»Ja, nur du und Edie in einem Raum, bis sie einen Ersatz für mich gefunden hat. Hältst du das aus?« Harper lächelte sie an.

»Na ja, es hilft, dass sie inzwischen unglaublich lange Mittagspausen macht. Glaubst du, sie nutzt die Zeit für einen Quickie mit Gary?«

»Igitt.« Harper rümpfte die Nase. »Außerdem ist sie schon seit über einer Stunde weg. Das kann man schon nicht mehr Quickie nennen.«

»Oh, Harper, du böses Mädchen! Sehr gut gesteigert!«

»War mir ein Vergnügen.«

»Schau mal.« Marcy zeigte auf die Tür. »Dein tapferes Ross ist gekommen.« Harper hob den Kopf und sah Daniel auf die Bücherei zulaufen, eine alte braune Schachtel unter dem Arm.

Sie war ein bisschen überrascht darüber, dass er hier war. Gestern hatte sie ihn ein paarmal angerufen, aber er war nicht rangegangen. Irgendwann hatte er ihr eine SMS geschickt, in der stand, es gehe ihm gut, er sei nur extrem beschäftigt.

»Ross?«, fragte Harper mit einem Seitenblick zu Marcy. »Dir ist schon klar, dass ein Ross ein Pferd ist, oder?«

»Ehrlich?«, fragte Marcy ungerührt. »Dann muss ich da was verwechselt haben. Dann eben dein Ritter ohne Furcht und Tadel.«

Die Glocke über der Tür bimmelte und Daniel kam zu ihnen an die Theke.

»Siehst du? Ein Ritter ohne Furcht und Tadel«, sagte Marcy kichernd.

»Ihr redet bestimmt über mich«, sagte Daniel. »Macht ruhig weiter. Tut so, als sei ich gar nicht hier.«

»Ich weiß nicht, ob es dir aufgefallen ist, aber wir arbeiten hier, Daniel.« Marcy versuchte, schnippisch zu klingen, aber ihre Stimme war so monoton, dass es kaum auffiel. »Dies ist Harpers letzter Tag, und sie muss sich konzentrieren und heute all die Arbeit fertig machen, die sie ansonsten in den nächsten neun Monaten erledigen würde. Wir sind also ziemlich beschäftigt.«

»Marcy«, schimpfte Harper, aber sie musste lachen.

»Sorry, Marcy«, sagte Daniel. »Ich brauche nur ein paar Minuten. Versprochen.«

»Von mir aus«, sagte Marcy mit einem dramatischen Seufzer und kletterte vom Tisch. »Dann gehe ich eben ins Büro und esse Edies Fruchtjoghurt auf.«

»Warum das denn?«, fragte Harper.

»Wenn sie ihn isst, dann stellt sie total obszöne Sachen mit dem Löffel an. Das ist ekelhaft. Glaubt ihr etwa, ich mag Pfirsichjoghurt? Oh nein.« Marcy schüttelte entschieden den Kopf und ging zu Edies Büro. »Aber ich esse ihn für alle Kunden dieser schönen Bücherei. Sie sollten mir danken. Ich bin eine Heldin.«

Harper richtete ihre Aufmerksamkeit auf Daniel. »Hallo! Was kann ich für dich tun?«

»Ich weiß, dass du heute Abend mit deiner Familie essen willst, und da will ich euch nicht stören.« Er hob die Schachtel, die er in den Händen hielt, und legte sie vor Harper auf den Tisch. »Aber ich wollte dir das hier geben, bevor du gehst.«

»Du musst mir doch kein Abschiedsgeschenk machen«, sagte Harper.

Daniel lachte und schaute sie beschämt an. »Jetzt fühle ich mich schlecht, weil ich dir wirklich nichts besorgt habe. Das hier habe ich gefunden.«

»Was ist das?«, fragte Harper, hob den Deckel ab und schaute hinein.

»Ich entrümpele gerade die Hütte und habe über meinem Wandschrank ein geheimes Dachbodenkabuff gefunden«, erklärte Daniel. »Dort lebten ein paar Mäuse und sonst war nur diese Schachtel dort. Es sind ein paar Erinnerungsstücke drin.«

Obenauf lagen stapelweise alte Fotos. Ein paar waren angeknabbert, vermutlich von den Mäusen, die Daniel erwähnt hatte, aber die meisten waren in gutem Zustand.

»Ich dachte, wir hätten Bernies Sachen alle ausgeräumt. Ich hatte mich schon gefragt, warum er keine Fotos von seiner Frau in seinen Fotoalben hatte«, sagte Harper und nahm die Fotos in die Hand.

»Weil er sie alle dadrin hatte«, erwiderte Daniel.

Aber das brauchte er ihr nicht zu sagen. Sie hatte nur die oberste Schicht genommen, doch bereits jetzt sah sie, dass sie Dutzende Fotos von Bernie und seiner Frau in den Händen hielt. Beide wirkten sehr jung, und Harper vermutete, dass Bernie höchstens Anfang zwanzig gewesen sein dürfte.

Sein Hochzeitsfoto war besonders schön. Das Brautkleid seiner Frau war elegant und sie selbst absolut atemberaubend. Ihr langes, blondes Haar fiel ihr in weichen Wellen über die Schultern und ihr Lächeln war strahlend schön. Bernie stand neben ihr, ein junger Mann, der nie glücklicher und attraktiver ausgesehen hatte. Aber sie dominierte das Bild. Es war beinahe, als könne die Kamera sich nur auf sie konzentrieren.

»Sie war wunderschön.« Harper bewunderte ein Bild,

auf dem Bernies Frau einen züchtigen 50er-Jahre-Bikini trug, und zeigte es dann Daniel. »Schau sie dir an. Und schau mal, wie gut Bernie ausgesehen hat. Sie waren so glücklich.«

Als sie das Foto Daniel hinhielt, konnte sie die Inschrift auf der Rückseite sehen: Bernard und Thalia McAllister – Flitterwochen, Juni 1961.

»Und Thalia ist so ein schöner Name«, bemerkte Harper. »Ich vergesse immer, dass sie so heißt, aber ich finde den Namen sehr hübsch.« An irgendetwas erinnerte der Name sie, aber sie konnte es nicht einordnen. »Kommt dir der Name irgendwie bekannt vor?«

»Nein. Ich habe noch nie eine Thalia gekannt«, antwortete Daniel kopfschüttelnd.

»Und du sagtest, die Schachtel habe auf dem Dachboden gestanden?«

»Ja. Außer ihr und Mäusekot habe ich dort nichts gefunden.«

»Komisch«, sagte Harper. »Warum er sie wohl versteckt hat?«

Harper legte das Foto beiseite und suchte weiter unten in der Schachtel, wo unter den Fotos Papiere lagen. Alte Liebesbriefe, Zeitungsartikel mit ihrer Hochzeitsanzeige und einem alten Bericht darüber, dass Bernie mit seinem Erbe die Insel gekauft hatte.

»Wie ist sie gestorben?«, fragte Daniel. Er beugte sich vor und versuchte, die Papiere von oben zu lesen.

»Ich weiß es nicht genau. Sie hatte einen Unfall«, sagte Harper, aber dann entdeckte sie den Zeitungsausschnitt mit Thalias Nachruf. »Oh, hier ist es. Offenbar ist sie von einer Leiter gefallen, als sie ihre Rosen zurückgeschnitten hat. Dabei hat sie sich das Genick gebrochen. Sie war vierundzwanzig. Die beiden waren nur zwei Jahre verheiratet«, sagte sie traurig. »Das ist so schrecklich. Sie dachten, sie würden ihr ganzes Leben miteinander verbringen, und dann … passiert so etwas. Wie tragisch.«

»Nun, Bernie hat eigentlich immer ganz zufrieden gewirkt«, sagte Daniel in dem Versuch, sie zu trösten. »Sein Ende war schlimm, aber er hatte ein ziemlich gutes Leben.«

»Ja, das hatte er.« Sie nickte. »Er hat diese Hütte geliebt. Weißt du, dass er das ganze Ding mit seinen eigenen Händen gebaut hat? Es war ein Geschenk an seine Frau. Er sagte immer, sie habe ihn dazu inspiriert.«

»Pfffft«, machte Daniel, und Harper sah ihn erstaunt an. »Soo toll ist die Hütte nun auch wieder nicht. Ich würde dir ein waschechtes Schloss bauen. Mit Burggraben.«

»Mit Burggraben?« Sie grinste. »Ich muss ja wirklich was Besonderes sein.«

»Das bist du wirklich«, sagte er zustimmend.

Er lächelte sie an, aber irgendetwas daran war anders als sonst. Sein Lächeln reichte nicht bis zu seinen Augen und die blauen Flecken in seinen braunen Augen wirkten trübe. Es war, als hielte er etwas zurück.

Harper wollte ihn gerade fragen, was los war, als das Telefon klingelte.

»Keine Sorge, ich geh dran«, rief Marcy aus dem Büro. »Flirtet ruhig weiter, ihr zwei. Ich arbeite und esse Joghurt.«

»Ich glaube, es passt ihr überhaupt nicht, dass ich gehe«, sagte Harper.

»Ich finde den Gedanken auch nicht gerade prickelnd«, gestand Daniel.

Das musste es sein. Er war traurig darüber, dass sie bald abreisen würde, wollte es ihr aber nicht zeigen. Denn was sonst sollte Daniel vor ihr verbergen wollen?

»Ich könnte auch …«, begann Harper, aber er schnitt ihr sofort das Wort ab.

»Nein. Ich weiß, was du sagen willst, und nein. Ich werde dich vermissen, aber das überlebe ich schon. Und du auch.«

»Edie hat angerufen«, sagte Marcy und kam mit dem leeren Joghurtbecher aus dem Büro. »Sie behauptet, ihr Auto sei nicht angesprungen. In zehn Minuten ist sie hier.«

»Ich lege kurz die Schachtel zu meiner Handtasche.« Harper legte alle Fotos und Papiere wieder hinein und schloss den Deckel. »Ich will sie nicht vergessen, und Edie braucht nicht noch einen Anlass, um über die Freuden der Ehe zu schwadronieren.«

»Ha! Ich habe doch gesagt, dass das nervt«, sagte Marcy triumphierend.

Harper ging zum Büro. »Und ich habe dir nie widersprochen.«

Marcy schob sich die Brille hoch und drehte sich dann zu Daniel um.

»Was geht, Schnucki?«, fragte sie völlig ernst.

»Wie bitte?«, fragte Daniel lachend.

»Ich habe Harper versprochen, auf dich achtzugeben, solange sie weg ist. Ich dachte, du wirst bestimmt eure Flirts vermissen, also springe ich für sie ein. Ist dir das recht, Mausebär?«

Er grinste. »Klingt super, Brillenschlange.«

»Brillenschlange?«, fragte Marcy entsetzt. »Ehrlich? Was Besseres fällt dir nicht ein?«

»Keine Ahnung. Ich bin wohl in Panik geraten.« Er schüttelte den Kopf. »Mein süßes Brillenschlängchen?«

»Du musst noch ein bisschen üben, bevor wir ernsthaft mit dem Flirten beginnen«, sagte Marcy warnend.

»Okay. Was habe ich verpasst?«, fragte Harper, die das Ende des Gesprächs mitgehört hatte.

»Nur den Beginn einer großen Lovestory.« Marcy warf Daniel eine Kusshand zu, der es schaffte, gleichzeitig erschrocken und amüsiert zu wirken.

»Also gut«, sagte Harper zu Daniel und ignorierte Marcy. »Meine Chefin wird bald hier sein, also solltest du besser gehen.«

»Okay. Klingt gut.«

»Aber danke, dass du mir die Schachtel gebracht hast. Sehen wir uns morgen?«

»Jepp. Ich komme rüber und helfe dir beim Packen.«

Sie beugte sich vor, um ihm einen Abschiedskuss zu geben, und er zögerte einen Moment, bevor er sich ebenfalls vorbeugte. Als er sie dann küsste, berührten seine Lippen nur ganz kurz die ihren, bevor er sich wieder aufrichtete.

Ein schnelles Küsschen auf die Lippen war eine Sache, aber Harper war sich nicht sicher, ob die Berührung lange genug gedauert hatte, um als Küsschen zu gelten.

Daniel verabschiedete sich von Marcy und verließ die Bücherei. Er benahm sich, als sei alles ganz normal. Und vielleicht war es das ja auch. Marcy stand direkt neben ihnen, und wahrscheinlich wollte er kein Publikum, wenn er sie küsste. Es konnte auch sein, dass er ein bisschen Abstand wahren wollte, weil er traurig darüber war, dass sie morgen abreiste.

Harper versuchte sich zwar einzureden, dass alles in Ordnung war, aber als Daniel aus ihrer Sichtweite verschwunden war, war sie sich sicher, dass er etwas vor ihr verbarg.

DREISSIG

Trennung

Da Harper morgen früh nach Sundham ziehen würde, wollte Gemma ihr zeigen, dass sie und Brian auch ohne sie zurechtkommen würden. Denn ihr war klar, dass es Harper auch ohne den Ärger mit den Sirenen nicht leichtgefallen wäre, abzureisen, und sie wollte sie so gut wie möglich beruhigen.

Den ganzen Tag hatte Gemma die Hausarbeiten erledigt, die ihre Schwester sonst übernahm. Eigentlich hätte sie ohnehin einen Teil übernehmen müssen, aber Harper erledigte meist alles, bevor Gemma dazu kam.

Brian kam kurz vor Harper von der Arbeit nach Hause und ging in den Hintergarten, um den Grill anzuwerfen. Der Sommer neigte sich dem Ende zu und er wollte ihr letztes richtiges Familienabendessen mit einem Barbecue feiern.

Er nahm sich ein Bier, stellte sich an den Grill und wendete Burger und Bratwürste. Harper setzte sich neben ihn, redete mit ihm über ihre Zukunftspläne und gab Gemma so die Chance, ihre Arbeit fertig zu machen.

Sie hatte den ganzen Tag Wäsche gewaschen. Die letzte Ladung war hauptsächlich Kleidung ihres Vaters gewesen, und sie ging nach oben in sein Zimmer, um sie einzuräumen. Brian hatte ihnen schon immer erlaubt, in sein Zimmer zu gehen. Meist ließ er sogar die Tür offen stehen, aber Gemma hatte eigentlich nie einen Grund, hineinzugehen.

Die Vorhänge waren zugezogen, also war das Zimmer recht dunkel.

Das Bett war ordentlich gemacht, und Gemma sah, dass er immer noch dieselbe Tagesdecke hatte wie vor zehn Jahren. Nathalie hatte sie vor ihrem Unfall gekauft, und obwohl sie schon ziemlich abgewetzt war, hatte Brian sie nie durch eine neue ersetzt.

Gemma stellte den Wäschekorb auf sein Bett und öffnete den Schrank. Die meisten Kleider darin gehörten ihm – seine wenigen guten Hemden, alte T-Shirts und Flanellhemden. Aber auch ein paar Kleider ihrer Mom hingen noch dort.

Sie schob Brians Kleidung zur Seite, um Nathalies besser sehen zu können. Ihr Hochzeitskleid steckte in einem Plastiksack, der es eigentlich schützen sollte, aber die Schleppe wirkte vergilbt und an dem bestickten Oberteil fehlten ein paar Perlen.

Das blaue Kleid, dass Nathalie in *Endstation Sehnsucht* getragen hatte, hing ohne Schutzhülle auf einem Bügel, und Gemma streckte die Hand aus und berührte es. Es bestand aus rauem, aber dünnem Stoff. Sie holte es aus dem Schrank und hielt es vor sich.

Der einzige Spiegel im Raum befand sich über der Kommode, und Gemma drehte sich um und betrachtete sich.

Nathalie war größer als sie, also war das Kleid ein bisschen zu lang, und außerdem war Gemma dünner als ihre Mutter. Aber sonst wirkte es wie für sie gemacht.

»Gemma!«, rief Brian von unten. »Das Essen ist fertig!«

»Ich komme!«, rief sie.

Sie bewunderte noch ein paar Sekunden lang ihr Spiegelbild mit dem Kleid und fragte sich, was ihre Mom von ihrem Leben halten würde. Wenn Nathalie bei ihnen gewesen wäre, hätte Gemma sich dann auch in eine Sirene verwandelt? Wäre Harper genauso neurotisch geworden? Wären sie alle glücklicher gewesen?

Auf diese Fragen würde Gemma nie eine Antwort bekommen, also hängte sie das Kleid wieder auf, schloss die Schranktür und ließ die Kleider ihres Dads auf dem Bett liegen.

»Wir essen drinnen«, erklärte Brian, als Gemma in die Küche kam. »Ich wollte eigentlich im Garten essen, aber es ist viel zu heiß. Dieses Jahr haben wir richtige Hundstage.«

»Ja, seit ein paar Tagen ist es wirklich sehr heiß«, sagte Harper und stellte Ketchup und Senf auf den Tisch.

Alle setzten sich und luden sich die Teller mit Fleisch und Kartoffelchips voll. Brian nahm einen tiefen Schluck Bier und Harper und Gemma nippten an ihren Limos. Niemand sprach.

»Bist du bereit für morgen, Harper?«, brach Brian schließlich das Schweigen.

»Noch nicht ganz, aber fast«, antwortete Harper zwischen zwei Bissen. »Ich muss noch ein paar Sachen einpacken, aber das mache ich morgen früh.«

»Gut.« Er nickte. »Ich arbeite morgen nur den halben Tag, also kann ich dir dabei helfen, alles ins Auto zu laden. Danach könnten wir alle zusammen nach Sundham fahren und dir beim Einzug helfen.«

»Das klingt gut«, sagte Harper. »Daniel wollte auch mitkommen. Kann er mit euch zurückfahren? Auf der Hinfahrt kann er bei mir im Auto sitzen.«

Brian dachte einen Moment lang nach, dann nickte er. »Äh, klar. Das ist kein Problem.« Er schaute Gemma fragend an. »Ist das okay für dich? Du musst im Truck schließlich neben ihm sitzen.«

»Kein Problem«, sagte Gemma. »Daniel beißt nicht.«

»Das will ich hoffen«, murmelte Brian.

»Tja …«, machte Harper, als sich erneut Schweigen über den Tisch senkte. Gemma rührte ihr Essen kaum an und knabberte nur an den Kartoffelchips. »Das ist unser letztes gemeinsames Abendessen. Jedenfalls für eine Weile.«

»Jepp.« Brian lächelte Gemma an. »Jetzt sind nur noch wir zwei übrig, Kleines. Hältst du das aus?«

»Klar.« Gemma erwiderte sein Lächeln.

»Ich glaube, wir kommen zurecht«, versicherte er Harper mit schiefem Grinsen.

Danach verstummten sie wieder. Die Fishers waren zwar keine besonders geschwätzige Familie, aber beim Essen unterhielten sie sich eigentlich ungezwungen. Die ungewisse Zukunft bedrückte sie jedoch, und es fiel ihnen heute schwer, fröhlich zu plaudern.

»Ich wollte hauptsächlich heute mit euch gemeinsam zu Abend essen, weil Harper morgen ans College geht«, sagte Brian schließlich und starrte auf seinen halb leeren Teller. »Aber das ist nicht der einzige Grund. Ich wusste, dass ich so bald nicht wieder die Chance bekommen werde, mit euch beiden gemeinsam zu reden, und, äh … ich muss mit euch reden.«

»Was ist los?«, fragte Harper. »Hast du Krebs?«

»Harper!«, sagte Gemma entsetzt. »Warum fragst du so was? Warum denkst du immer gleich das Allerschlimmste?«

»Beruhigt euch.« Brian hob die Hand. »Ich habe keinen Krebs und auch sonst keine Krankheit. Allen geht es gut.«

»Sorry«, sagte Harper. »Aber wenn ich ›ich muss mit euch reden‹ höre, dann rechne ich sofort mit schlechten Neuigkeiten.«

»Dann … hör damit auf. Es muss nicht immer alles schlecht sein.« Gemma lehnte sich zurück und schaute Brian an. »Was ist los, Dad?«

»Ich lasse mich von eurer Mutter scheiden«, platzte Brian heraus.

Harper und Gemma verstummten augenblicklich und starrten ihn an.

»Warum?«, fragte Gemma dann, und als sie das Schweigen gebrochen hatte, feuerten beide Schwestern wie aus dem Maschinengewehr Fragen ab.

»Was wird aus Moms Krankenversicherung?«, fragte Harper und beugte sich über den Tisch.

»Der Unfall ist fast zehn Jahre her«, sagte Gemma. »Warum bist du so lange mit ihr verheiratet geblieben, wenn du dich jetzt von ihr scheiden lässt?«

»Wo wird sie leben?«, fragte Harper. »Du darfst Mom nicht obdachlos machen.«

»Liegt es daran, dass Harper aufs College geht?«, fragte Gemma.

»Wenn du dir die Versicherung und das College nicht leisten kannst, dann brauchst du mir kein Geld zu geben. Das habe ich dir schon gesagt«, stellte Harper klar.

»Warum hast du sie besucht? Wusstest du da schon, dass du dich von ihr scheiden lassen wirst?«, fragte Gemma.

»Seit wann planst du das schon?«, fragte Harper.

»Ihr beide müsst aufhören zu reden«, sagte Brian ruhig, aber bestimmt. »Ich werde euch alles erklären, wenn ihr still zuhört.« Er wartete, bis beide schwiegen, ehe er fortfuhr. »Danke. Ich liebe Nathalie. Oder habe sie geliebt. Was ich für sie empfinde, ist sehr kompliziert. Aber … wir sind kein echtes Ehepaar mehr. Sie ist keine Ehefrau.«

»Sie ist *deine* Ehefrau«, sagte Gemma spitz.

Brian schüttelte den Kopf. »Ich kann nicht mehr mit ihr reden.«

»Doch, das kannst du«, sagte Gemma beharrlich. »Wir reden mit ihr. Wir besuchen sie jede Woche.«

»Ich kann mit jemandem reden, der aussieht wie meine Frau und klingt wie meine Frau. Aber Nathalie ist nicht meine Frau«, erklärte Brian traurig. »Ich kann ihr nichts von euch oder meinem Job erzählen. Ich kann meine Sorgen und Probleme nicht mit ihr teilen. Ich kann nicht mit ihr lachen.«

»Aber Dad, ihr Zustand hat sich seit Jahren nicht verändert.« Harpers Tonfall war sanfter und weniger anklagend als Gemmas. »Sie ist schon sehr lange so, wie sie jetzt ist, und das wusstest du. Warum jetzt?«

»Ich bin vor allem wegen euch mit ihr verheiratet geblieben«, gab Brian zu. »Ich wusste, dass eine Scheidung euch sehr traurig gemacht hätte, und ich wollte sie auch nicht verlassen. Sie ist krank. Das weiß ich. Ich wollte nicht der Mann sein, der sie verlässt oder nicht mit ihrer Krankheit umgehen kann.«

»Aber du kannst nicht damit umgehen«, stellte Gemma fest, und Harper blickte sie scharf an.

»Nein. Es gibt nichts, womit ich umgehen könnte, Gemma«, entgegnete Brian. »Wir führen schon seit langer Zeit keine Ehe mehr. Sie ist immer noch meine Familie. Sie ist eure Mutter und sie wird immer zu dieser Familie gehören. Das wird sich niemals ändern. Wir werden nur nicht mehr verheiratet sein.«

»Und warum jetzt?«, fragte Harper noch einmal.

»Ihr werdet älter. Und ich sehe, wie ihr Mädchen damit kämpft, euren Platz im Leben zu finden. Wir befinden uns schon seit sehr langer Zeit in einem Schwebezustand, als könnten wir nicht vor und nicht zurück. Und ich will euch das Gefühl geben, dass es für euch eine sichere, starke Basis gibt, damit ihr selbstbewusst in die Welt hinausziehen könnt.«

Gemma schnaubte. »Und du glaubst, eine Scheidung gibt uns mehr Sicherheit?«

»Ich glaube, die Scheidung wird euch zeigen, dass man manchmal Dinge verändern muss«, sagte Brian. »Manchmal passiert etwas Schlimmes, an dem niemand schuld ist, aber daran darf man sich nicht festbeißen. Man muss das Beste aus seinem Leben machen, und ich war euch da leider bisher kein besonders gutes Vorbild, fürchte ich.«

»Wir wissen, dass du dein Bestes getan hast, Dad.« Harper lächelte ihn matt an.

»Das war aber nicht gut genug«, sagte Brian.

»Und was passiert jetzt mit Mom?«, fragte Gemma.

»Ich habe mit dem Anwalt geredet, der Bernies Nachlass verwaltet hat, und er sagte, eure Mom hätte als geschiedene Frau sogar Anspruch auf bessere medizinische Versorgung«, sagte Brian.

»Muss sie dann umziehen?«, fragte Gemma.

Brian schüttelte den Kopf. »Nein, nein. Das stand nie zur Debatte. Ich hätte diese Entscheidung nicht getroffen, wenn das bedeutet hätte, euch eure Mutter wegzunehmen oder ihre Lebensqualität zu verschlechtern. Ich werde weiterhin ihr gesetzlicher Vormund bleiben und sie muss auch nicht umziehen. Wenn ihr älter seid, dann könnt ihr die Vormundschaft übernehmen, falls ihr wollt, aber das will ich euch nicht aufbürden. Ich habe kein Problem damit, mich um ihre Angelegenheiten zu kümmern.«

»Ich verstehe immer noch nicht, warum es gerade jetzt sein muss«, sagte Harper.

»Ich will, dass ihr beide glücklich seid. Das ist ganz ehrlich das Allerwichtigste für mich. Euch beide glücklich und gesund zu sehen.« Er machte eine Pause und fuhr dann fort: »Aber ihr werdet erwachsen und lebt jetzt euer eigenes Leben. Ich bekomme euch ja kaum noch zu Gesicht.«

»Sorry, Dad«, sagte Harper.

»Das muss dir nicht leidtun. Genau so muss es sein. Aber ich bin einundvierzig Jahre alt und werde bald allein in diesem Haus leben. Und ich kann nicht weiterhin eine Frau lieben, die nie wieder zurückkommen wird.«

»Wenn du es für das Beste hältst, dann hast du meine Unterstützung«, sagte Harper.

»Danke, mein Schatz.« Brian berührte sanft ihre Hand.

»Gemma.« Harper beugte sich vor und nahm die Hand ihrer Schwester. »Es wird alles gut.«

»Es kommt mir nur so vor, als würden alle Mom im Stich lassen.« Gemma schluckte mühsam. »Und es ist nicht ihre Schuld. Mom hat nichts falsch gemacht. Sie kann ihre Persönlichkeit nicht mehr kontrollieren.«

»Das weiß ich«, sagte Brian. »Und das ist auch keine Strafe. Es geht nicht darum, wer an der Situation schuld ist, und niemand lässt sie im Stich. Ich möchte, dass das absolut klar ist.«

»Ich weiß, dass es mir eigentlich nichts ausmachen sollte, weil ich sechzehn bin und Mom nicht mal hier lebt. Es wird sich nichts verändern. Aber …« Sie seufzte tief.

»Wir werden sie nicht vergessen oder uns nicht mehr um sie kümmern«, sagte Harper. »Du weißt, dass ich das niemals zulassen würde, richtig?«

»Ja«, sagte Gemma widerstrebend. »Das weiß ich. Sorry.« Sie rieb sich die Augen. »Ich bin seit einiger Zeit sehr emotional, und das … ach, ich weiß nicht. Es tut mir leid, Dad. Ich weiß, dass du diese Entscheidung nicht leichtfertig getroffen hast, und dass du Mom liebst. Wenn du also das Gefühl hast, dass du das tun musst, dann verstehe ich es.«

Und das tat sie auch. Tief in ihrem Inneren verstand sie ihn.

Aber im Moment kam es ihr so vor, als sei eine Flutwelle über sie hereingebrochen und habe ihr ganzes Leben zerstört. Und egal, wie sehr sich Gemma auch bemühte, die Fluten einzudämmen, sie schaffte es einfach nicht.

EINUNDDREISSIG

Wahnsinn

Thea hatte begonnen, weiß gepuderte Perücken zu tragen, um die kahlen Stellen auf ihrem Kopf zu verdecken. Beinahe jede Sekunde, die sie nicht mit Bastian zusammen war, verbrachte sie im Meer vor ihrem Haus. Nur auf diese Weise konnte sie die Wassermelodie ein bisschen dämpfen, die sie mittlerweise fast in den Wahnsinn trieb. Sie weckte Thea in der Nacht auf, und dann hatte sie keine andere Wahl, als sich nach draußen zu schleichen, in der Hoffnung, dass das Salzwasser ihre Gedanken entwirren würde.

Aber nichts funktionierte mehr richtig. Zu den Schmerzen und der ständigen Migräne waren auch noch Halluzinationen gekommen. Sie hörte in ihrem leeren Zimmer Krähen schreien und aus dem Augenwinkel sah sie Flügel flattern. Sie fühlte sich, als stehe sie am Rand des Wahnsinns.

Die dicken Vorhänge waren noch zugezogen, aber die Fenster standen weit offen. Der Winterwind, der übers Mittelmeer blies, blähte die Vorhänge und ließ etwas Licht ins Zimmer fallen.

Trotz der eisigen Temperaturen trug Thea nur ein ärmelloses Unterkleid. Ihr struppiges rotes Haar war von ihrer Stirn aus zu zwei Zöpfen geflochten, die ihre kahlen Stellen verdeckten, und endete in einem dünnen Zopf auf ihrem Rücken.

Sie wanderte durch ihr Zimmer, kaute an ihren abgebrochenen Fingernägeln und kratzte sich. Das Summen der Wassermelodie übertönte alle anderen Geräusche, und sie hörte nicht, dass Bastian ihre Schlafzimmertür öffnete. Als sie merkte, dass jemand sich ins Zimmer geschlichen hatte – sie hatte schlichtweg vergessen, dass Bastian sich jeden Morgen zu ihr schlich, wenn er aus dem Bett aufgestanden war, das er mit Penn teilte –, hätte sie ihn beinahe angegriffen.

»Thea!« Bastian packte ihre schmalen Handgelenke, bevor sie ihm die Augen auskratzen konnte. »Was ist denn in dich gefahren?«

Ihr Gesicht, das zu einer Fratze verzogen gewesen war, entspannte sich, als sie ihn erkannte, und sie löste ihre Hände aus seinen, warf sich in seine Arme und schluchzte jämmerlich an seiner Brust. Sein Hemd stand offen, sodass sie seine warme Haut an ihrer spürte.

»Verzeih mir, mein Liebster«, flüsterte sie in seine Brust. Ihre Stimme war nur noch ein heiseres Flüstern. Sie klang zwar immer noch angenehm, aber das war kein Vergleich zu der seidenweichen, honigsüßen Stimme, die sie früher gehabt hatte.

»Was ist denn los?« Bastian packte ihre Schultern und schob sie grob zurück. »Es ist so kalt und dunkel wie der bitterste Winter in diesem Zimmer.«

»Es ist zu heiß draußen und die Sonne blendet mich«, erklärte Thea.

Bastian ging zu den Fenstern und schloss sie, und Thea folgte ihm auf dem Fuß. Als er die Vorhänge öffnete, kauerte sie sich zusammen und bedeckte ihre Augen, also zog er sie seufzend wieder zu.

»Thea, du richtest dich zugrunde«, sagte Bastian so sanft wie möglich. »Du musst baden, dich anziehen und etwas essen. Nutze diesen Morgen, um dich präsentabel zu machen, und dann komm nach unten und frühstücke mit mir und deinen Schwestern.«

»Ich bin wirklich am Ende meiner Kräfte«, gestand Thea mit einem Schluchzen. »Ich kann nicht mehr. Ich muss essen.«

»Dann iss doch was!« Er hob frustriert die Hände.

»Nein, ich muss fressen.« Sie flüsterte das letzte Wort, als habe sie Angst, jemand belausche sie, und schlang dann die Arme um sich.

»Fressen?« Bastian legte den Kopf schief. »Hast du denn nicht mit deinen Schwestern zusammen gefressen?«

Thea schüttelte den Kopf. »Nein. Du hast mich darum gebeten, es nicht zu tun, deshalb habe ich schon seit Monaten nicht mehr gefressen. Anfangs war es kein Problem, aber die letzten Wochen waren unerträglich.«

»Deshalb geht es dir so schlecht?«, fragte Bastian. »Deshalb der Haarausfall, die Leichenblässe und die schrecklichen Wutanfälle?«

»Sie waren nicht schrecklich«, wehrte sie ab. »Und ich habe nur getan, was du verlangt hast.«

»Ich habe nie von dir verlangt, nicht mehr zu fressen«,

sagte Bastian überrascht. »Das würde ich niemals tun. Als ich mich mit dir eingelassen habe, wusste ich von dem Monster in dir, und was es braucht, um zu überleben.«

»Aber ich bin kein Monster!«, schrie Thea. »Du hast mir gesagt, du könntest mich nicht lieben, weil ich Penns Blutdurst teile. Aber ich habe ihn aufgegeben. Ich habe dir zuliebe auf alles Böse verzichtet.«

Bastian starrte sie an, aber seine strahlend blauen Augen schienen durch sie hindurch zu blicken. Es dauerte ein paar Sekunden, bis er wieder sprach, und in diesen Sekunden hörte Thea nur ihren Herzschlag und die unerbittliche Wassermelodie.

»Thea. Das habe ich nie von dir verlangt«, sagte er schließlich. »Ich habe nie von dir verlangt, irgendetwas aufzugeben. Falls du meine Worte so aufgefasst hast, war es ein Missverständnis, und das tut mir leid.«

»Mein Blutdurst ist dir also egal?« Thea seufzte zutiefst erleichtert auf und lächelte ihn benommen an. »Dann steht jetzt nichts mehr zwischen uns. Ich werde heute Abend fressen und dann können wir aufbrechen.«

»Aufbrechen?«, fragte Bastian.

»Ja.« Immer noch lächelnd kam Thea auf ihn zu.

»Penn hat keinen Weg gefunden, um den Fluch zu brechen. Wir sind so weit gereist und haben doch nirgendwo eine Lösung gefunden. Sogar die Musen bestehen darauf, dass wir bis in alle Ewigkeit verflucht sein werden. Aber wenn du akzeptierst, dass in mir ein Monster lebt, dann macht das nichts aus.«

»Ich akzeptiere es, aber ich verstehe nicht, weshalb wir aufbrechen sollten.«

»So können wir zusammen sein. Ich liebe dich, und obwohl du es noch nicht ausgesprochen hast, weiß ich, dass auch du mich liebst«, sagte Thea. »Wenn der Fluch kein Hindernis für unsere Liebe bedeutet, können wir Penn aus dem Weg räumen und gemeinsam weiterziehen.«

»Das klingt ja nett, aber Aggie und Gia würden nie einwilligen, deine Schwester zu ermorden«, wandte Bastian ein.

»Es wird ihnen nichts ausmachen.« Thea lehnte sich an ihn, grub ihre Finger in den weichen Stoff seines Hemdes und schaute zu ihm auf. »Wenn Penn tot ist, werden sie auf mich hören. Wenn ich sage, dass es so sein muss, werden sie mir glauben.«

»Du willst, dass ich dir dabei helfe, deine Schwester zu töten, und dann mit dir von hier fortgehe und bis in alle Ewigkeit im Liebestaumel lebe?«, fragte Bastian, aber in seiner Stimme lag eine Kälte, die Thea Angst machte.

»Ja«, sagte sie, aber ihr Lächeln wurde unsicher.

»Warum sollte ich das tun?«, fragte Bastian und lachte düster. »Warum sollte ich das wollen?«

»Weil wir einander lieben.« Thea blickte ihm forschend in die Augen und suchte nach der Wärme, die sie einst dort gefunden hatte.

»Du hast meine Zuneigung zu dir für etwas gehalten, was sie nicht ist.« Er riss sich von ihr los und machte einen Schritt zurück. »Ich habe aus sehr gutem Grund nicht gesagt, dass ich dich liebe, Thea. Denn ich liebe dich nicht.«

»Was machst du dann hier?«, fragte Thea mit zitternder Stimme. »Warum bist du jeden Tag in mein Bett gekommen? Warum lebst du schon seit Monaten in unserem Haus?«

»Weil ich ein Mann bin und du eine schöne Frau«, erwiderte Bastian. »Weil ich obdachlos bin und du reich bist. Du warst schon mit so vielen Männern zusammen, Thea. Ich dachte, du wüsstest, wie ein solches Arrangement funktioniert.«

»Nein.« Sie schüttelte den Kopf und ging zu ihm. »Das hier ist etwas anderes. Wir haben etwas geteilt. Ich weiß, dass du etwas für mich empfindest.«

Sie griff wieder nach seinem Hemd und klammerte sich verzweifelt an ihn, und als er versuchte, sich zu befreien, weigerte sie sich, ihn loszulassen.

»Thea, lass mich los. Ich habe mit dir einen schweren Fehler gemacht, und es ist Zeit, dass ich weiterziehe. Ich habe schon viel zu viel Zeit in diesem Haus und mit dir und deinen Schwestern verbracht.«

»Du gehst?«, schrie Thea. »Du kannst nicht gehen! Ich werde nicht zulassen, dass du alles wegwirfst. Ich weiß, dass du mich liebst!«

»Thea!« Bastian hatte sich endlich befreit und stieß sie so heftig von sich, dass sie zu Boden stürzte. »Ich liebe dich nicht. Ich habe dich nie geliebt und das werde ich auch niemals tun!«

»Das ist nicht wahr, Bastian.« Sie weinte hemmungslos zu seinen Füßen. »Das glaube ich nicht.«

»Meine Frau Eurydike ist die Einzige, die ich jemals geliebt habe«, sagte Bastian. »Als sie starb, gab ich die Musik auf, nahm einen neuen Namen an und hörte auf, zu lieben. Ich habe mein Herz aufgegeben, Thea. Ich kann dich nicht lieben.«

Er wandte sich ab und Thea rappelte sich mühsam auf.

Sie griff nach seinem Arm, um ihn aufzuhalten, aber er ging weiter. Ihre Füße rutschten auf dem kalten, glatten Boden aus, und sie stolperte und fiel wieder zu Boden. Bastian blieb stehen und betrachtete das Häufchen Elend, zu dem Thea geworden war.

»Bitte, Bastian«, flehte sie. »Es ist mir egal, ob du mich liebst oder nicht, aber bitte, verlass mich nicht. Ich kann ohne dich nicht leben.«

»Hör mit diesem Theater auf, Thea«, sagte Bastian angeekelt. »Ich hätte nie vermutet, dass du so willensschwach bist. Kaum vorzustellen, dass ich dich einst deiner Schwester vorgezogen habe.« Er schnaubte verächtlich.

»Was muss ich tun, damit du bleibst?«, fragte Thea und beachtete seine Beleidigungen gar nicht. »Sag mir, was ich tun soll, und ich werde es tun!«

»Du kannst nichts tun!«, schrie Bastian und starrte entnervt auf sie herab. »Du bist eine Hure, Thea. Deshalb bin ich hiergeblieben. Deshalb habe ich mit dir geschlafen. Du bedeutest mir nicht mehr als eine gewöhnliche Hure, und ich dachte, das wüsstest du.«

Er drehte sich um und diesmal griff Thea nicht nach ihm. Sie saß auf dem Boden und sah den Mann, den sie liebte, gehen. Und etwas zerbrach in ihr.

In all ihren Lebensjahren hatte sie nie wahre Liebe gekannt, aber als sie sie gefunden hatte, hatte sie alles dafür geopfert. Ihre Gesundheit, ihre Schönheit, ihren Geist. Und jetzt hatte ihr der Mann, für den sie das alles getan hatte, ins Gesicht gesagt, sie sei nur eine Konkubine für ihn gewesen.

»Ich bin keine Hure«, knurrte Thea und stand auf.

Sie spürte die Verwandlung nicht. In ihr tobte eine blinde Wut, die alles andere auslöschte. Sie merkte nur an Bastians Gesichtsausdruck, dass sie sich verändert haben musste. Er riss die Augen auf und öffnete den Mund, um zu schreien.

Bevor ein Laut seinen Mund verlassen konnte, stürzte sich Thea auf ihn. Ihr Arm war länger und stärker geworden, die Hände waren Klauen mit scharfen Krallen. Sie riss ihm mühelos die Brust auf. Und sie genoss den Moment, als sie sein Herz in der Hand hielt und ihm eine Blutfontäne aus dem Mund schoss.

Dann öffnete sie ihr Maul weit und schlug ihre scharfen Reißzähne in sein Fleisch.

Erst später, als ihre Raserei abgeklungen war und sie in einer Blutlache saß, Bastians Leiche neben sich, wurde ihr klar, was sie da gerade getan hatte.

»Bastian«, sagte sie, und Tränen liefen ihr über die Wangen. Sie kroch zu ihm und zog seinen Kopf auf ihren Schoß. Sein Gesicht hatte ihre Attacke unversehrt überstanden, und sie schloss ihn in die Arme und strich ihm mit blutigen Fingern das Haar aus der Stirn.

Und dann brach sie in verzweifeltes Schluchzen aus.

ZWEIUNDDREISSIG

Aufbruch

Harpers Taschen standen gepackt auf ihrem Bett, aber sie konnte immer noch nicht glauben, dass sie wirklich gleich aufbrechen würde. Ihr Magen war ein einziger Knoten, und sie konnte das Gefühl nicht abschütteln, dass keine Entscheidung, die sie treffen würde, die richtige war.

Sie hatte in der Nacht kaum geschlafen und war bei Tagesanbruch aufgestanden, um zu packen. Nicht nur ihre Nervosität hatte sie schlaflos gemacht. Es war beinahe unerträglich heiß. Die Klimaanlage reichte nicht bis nach oben und ihr Ventilator blies ihr nur heißen Wüstenwind ins Gesicht.

Doch sie ließ sich davon nicht beirren. Sie musste eine Aufgabe zu Ende bringen, also band sie ihr Haar zurück und machte sich an die Arbeit. Es war ungewöhnlich für sie, etwas so lange hinauszuschieben, aber sie hatte sich immer noch nicht endgültig dafür entschieden, wirklich aufs College zu gehen.

Nachdem Gemma aufgestanden war, hatte sie Harper in ihrem Zimmer besucht. Die Schwestern hatten über die bevorstehende Scheidung ihrer Eltern gesprochen, die Gemma noch immer nicht ganz akzeptieren wollte. Aber hauptsächlich hatte ihre kleine Schwester versucht, Harper davon zu überzeugen, dass sie das Richtige tat und die Welt nicht davon untergehen würde, dass sie in eine 50 Kilometer weit entfernte Stadt umzog.

Harper stemmte die Hände in die Hüften und starrte auf ihre Taschen hinab. Alle Kleider, die sie mitnehmen wollte, lagen ordentlich gefaltet in ihrer Sporttasche und einem Koffer. Ihre Kosmetika hatte sie in eine Plastiktüte gepackt, damit sie nicht auslaufen konnten, und sie dann ebenfalls in ihrer Sporttasche verstaut.

Ihre Bücher – die sie allesamt online bestellt hatte, weil das billiger war, als sie an der Uni zu kaufen – lagen in einer schweren Umhängetasche neben dem Schreibtisch. Ihr Computer, der E-Reader und verschiedene Ladekabel steckten in ihrer Laptoptasche.

Alles war bereit zum Aufbruch. Nur sie selbst nicht.

»Hallöchen.« Daniel klopfte an ihre offene Zimmertür.

Sie lächelte ihn gezwungen an, als er ins Zimmer kam. »Hi.«

»Du bist offenbar fertig mit dem Packen.« Daniel schaute sich im Zimmer um. »Bin ich zu spät dran? Du hattest doch gesagt, ich soll um zehn Uhr bei dir sein, oder?«

Er stand neben ihr, fühlte sich aber merkwürdig weit weg an. Zwischen ihnen lag nur ein knapper halber Meter Abstand. Aber als Harper sich ein bisschen näher zu ihm beugte, wich er zurück – als wollte er vermeiden, dass sie ihn berührte.

Seit ein paar Tagen war er irgendwie merkwürdig. Harper

konnte nicht genau erklären, woran sie das gemerkt hatte, denn er hatte genauso mit ihr geredet wie immer und auch viel Zeit mit ihr verbracht. Irgendetwas jedoch kam ihr anders vor als sonst.

Aber vielleicht bildete sie sich das auch nur ein. Ihre Nervosität und Unentschlossenheit hatten sich bestimmt auch auf ihre Beziehung ausgewirkt, vor allem, weil Daniel zu den Gründen gehörte, aus denen sie am liebsten hiergeblieben wäre.

»Nein, du bist pünktlich«, sagte Harper und beschloss, ihre Beunruhigung zu ignorieren. Er war schließlich heute Morgen hierhergekommen, um ihr beim Packen zu helfen und mit ihr nach Sundham zu fahren, also musste zwischen ihnen eigentlich alles in Ordnung sein. »Ich bin früh aufgestanden und habe schon mal losgelegt.«

»Das ist doch gut, oder?«, fragte Daniel.

»Ich glaube, ich kann das nicht«, platzte Harper heraus, und der dünne Panzer aus Vernunft, den sie um sich errichtet hatte, brach in sich zusammen. »Ich kann nicht gehen. Alle sagen mir, dass ich gehen soll, dass ich das Richtige tue, aber so fühlt es sich nun mal nicht an.«

»Langsam, langsam«, sagte Daniel und versuchte zu verhindern, dass sie in heillose Panik ausbrach. »Beruhig dich. Du weißt doch, dass niemand auf dich wütend sein wird, egal, wofür du dich entscheidest, richtig?«

»Doch. Mein Dad.«

»Mal abgesehen von deinem Dad«, räumte er ein.

»Es kommt mir nur so vor, als würde ich alles zerstören, wenn ich die falsche Entscheidung treffe. Ich will meine Zukunft nicht ruinieren, aber Gemmas auch nicht.« Sie starrte ihn an, die grauen Augen groß und bittend. »Sag mir, was ich tun soll.«

»Das kann ich nicht machen, Harper.« Daniel lächelte traurig und schüttelte den Kopf. »Das geht nicht. Du musst diese Entscheidung treffen, ganz unabhängig davon, was die anderen sagen oder denken.«

»Ich weiß, aber …« Harper verstummte hilflos.

Sie wusste, dass niemand ihr die Entscheidung abnehmen konnte, und das wollte sie im Grunde genommen auch gar nicht. Es kam ihr nur so unmöglich vor, eine Wahl zu treffen. Ihr Herz war hin und her gerissen zwischen dem Wunsch, für ihre Schwester und ihre Familie zu sorgen, und dem Wunsch, die Zukunft anzugehen, für die sie beinahe ihr ganzes Leben lang gearbeitet hatte.

»Vergiss Gemma mal für einen Moment. Vergiss ihre Probleme, deinen Dad, deine Mom und mich. Vergiss uns alle.« Daniel wedelte mit den Händen, als wolle er alle aus ihren Gedanken löschen. »Was würdest du wollen? Was würdest du für den Rest deines Lebens tun wollen, wenn du dich nicht um uns kümmern müsstest?«

Harper setzte sich zwischen ihre Taschen aufs Bett. Sie starrte zu Boden und dachte zum ersten Mal seit langer Zeit darüber nach, was sie selbst wirklich wollte.

»Nach dem Unfall wurde meine Mutter ein halbes Dutzend Mal am Gehirn operiert«, sagte sie schließlich. »Und nach jeder OP saßen mein Dad, Gemma und ich im Wartezimmer, bis der Arzt zu uns kam. Er erklärte uns dann, was er gemacht hatte und wie die OP verlaufen war. Ich weiß noch, dass ich damals dachte: *Wow. Dieser Typ weiß wirklich alles*. Er war ruhig und gelassen und schaffte es, dass ich auch ruhig wurde und daran glaubte, dass alles gut werden würde. Zumindest relativ gesehen. Ich habe immer eine Million Fragen über meine Mom und die Behandlungsmethoden gestellt, und er hat auf jede einzelne geantwortet. Und seit damals weiß ich, dass ich genau das auch machen will. Ich wollte so sein wie er. Seine Arbeit faszinierte mich, und außerdem wollte ich alle Antworten kennen und lernen, wie man Menschen rettet. Meine Mom ist nur wegen ihm überhaupt noch am Leben.«

Daniel schob Harpers Reisetasche beiseite, um Platz zu schaffen, und setzte sich neben sie aufs Bett.

»Das klingt, als sei dieser Beruf für dich gemacht«, sagte er.

»Macht es mich zu einem schrecklichen, egoistischen Menschen, wenn ich sage, dass ich wirklich gerne gehen würde?« Sie schaute ihn an. »Dass ich das trotz allem tun will?«

Er lächelte. »Nein. Es ist gut, sich seine Träume zu erfüllen, besonders, wenn man wie du so hart dafür gearbeitet hat.«

»Aber wenn ich nicht hier bin und Gemma etwas zustößt, würde ich mir das nie verzeihen.«

»Du wirst aber hier sein, Harper«, sagte Daniel lachend. »Du tust so, als würdest du in den Krieg ziehen.« Du bist nur eine halbe Stunde Autobahnfahrt entfernt, und ich bin sicher, dass du mehr Zeit zu Hause als an der Uni verbringen wirst.«

»Ich weiß, aber was ist, wenn etwas passiert und ich erst eine halbe Stunde später hier sein kann?«, fragte Harper.

»Dann bin ich in zwei Minuten hier, und Marcy in ein

paar Sekunden, und Thea wahrscheinlich sofort«, erwiderte Daniel. »Und Alex würde Gemma bestimmt auch helfen, wenn sie in Gefahr wäre. Und notfalls könnten wir immer noch deinen Dad einspannen. Gemma ist nicht auf sich allein gestellt und du auch nicht. Du bist nicht die Einzige, die sich um sie kümmern kann.«

»Ich weiß.« Harper fuhr sich mit der Zunge über die Lippen und traf endlich eine Entscheidung. »Okay. Dann fahre ich.« Sie sah Daniel scharf an. »Aber du musst mir versprechen, auf Gemma aufzupassen.«

»Das mache ich mit Freuden«, versicherte er.

»Ich weiß, dass ich das eigentlich nicht von dir verlangen kann, weil du mein Freund bist und wir noch nicht sehr lange zusammen sind. Gemma zu beschützen ist eigentlich nicht deine Aufgabe«, sagte Harper hastig. »Eigentlich ist es nicht einmal meine Aufgabe. Aber ich muss einfach sicher sein können, dass ihr nichts passiert, und ich vertraue dir.«

»Harper«, unterbrach Daniel lächelnd ihre Tirade. »Ich weiß. Es ist okay. Und ich würde niemals zulassen, dass dir oder Gemma etwas zustößt.«

»Danke.« Harper beugte sich zu ihm und wollte ihn küssen, aber bevor sie ihm nahe kommen konnte, stand Daniel auf und wich einen Schritt vom Bett zurück.

»Ist irgendetwas passiert?«, fragte sie verwirrt. »Habe ich etwas falsch gemacht?«

»Nein.« Er kratzte sich den Hinterkopf und wich ihrem Blick aus. »Wie kommst du denn darauf?«

»Du willst mich offenbar nicht küssen.«

Daniel lachte, aber es klang hohl. »Warum sollte ich dich nicht küssen wollen?«

»Das weiß ich nicht.« Sie schaute zu ihm auf und fürchtete das Schlimmste. »Deshalb frage ich ja.«

»Es ist nur …« Achselzuckend begann er, im Zimmer auf und ab zu gehen. »Du weißt schon … du wirst bald gehen … es ist eine emotional anstrengende Zeit für dich und ich will dich nicht zu irgendetwas überreden …«

»Wovon redest du?«, fragte Harper.

»Es ist gerade einfach eine Menge los.« Er machte mit der Hand einen großen Kreis, der offenbar diese Menge repräsentieren sollte.

Ihr rutschte das Herz in die Magengrube. »Willst du mit mir Schluss machen?«

»Was?« Er schaute überrascht auf und schüttelte den Kopf. »Nein. Nein, Gott, nein. Ich …«

Sie wartete ein paar Sekunden darauf, dass er den Satz vollendete, aber als das nicht geschah, stand sie auf und drängte: »Was ist es dann?«

Daniel senkte den Blick. »Es ist nichts.«

»Ist irgendetwas passiert?« Harper legte den Kopf schief und versuchte, ihm in die Augen zu sehen.

»Nein. Ich bin nur …« Daniel seufzte und hob endlich seine haselnussbraunen Augen. »Ich werde dich vermissen.«

»Ich werde dich auch vermissen.« Sie ging auf ihn zu und legte ihm die Hände auf die Brust. Diesmal wich er nicht zurück. »Aber ich komme jedes Wochenende nach Hause. Wir werden uns sehr häufig sehen.«

»Ich weiß«, sagte er, aber der Schmerz in seinen Augen verriet ihr, dass ihm noch etwas anderes auf dem Herzen lag.

»Ist noch etwas?«, fragte Harper. »Ich habe das Gefühl, dass du mir etwas verschweigst.«

»Nein«, sagte er. »Ich denke nur daran, was ich tun werde, wenn du nicht mehr da bist.«

»Du wirst mehr Schlaf bekommen und mehr Zeit zum Arbeiten haben«, scherzte Harper. »Klingt doch gut, oder?«

»Ja, sicher.«

»Ich werde wahrscheinlich so oft anrufen und simsen, dass du gar nicht merken wirst, dass ich nicht mehr da bin.«

»Oh, das werde ich mit Sicherheit merken.« Daniel legte ihr einen Arm fest um die Taille und strich ihr mit der freien Hand eine Haarsträhne hinters Ohr. »Du weißt, wie viel du mir bedeutest, oder?«

»Ja, natürlich«, sagte Harper. »Und du bedeutest mir auch sehr viel.«

»Ich würde nie etwas tun, um dich zu verletzen.« Seine Stimme war plötzlich leise, rau und belegt. Seine Hand lag in ihrem Haar, sein schwieliger Daumen streichelte ihre Wange. »Ich will dich nicht enttäuschen oder im Stich lassen.«

»Und das tust du auch nicht, Daniel«, sagte Harper sehr ernst. »Du beeindruckst mich immer wieder, mit deiner Geduld, deiner Güte und deiner Stärke. Was du für andere Menschen tust, für mich und meine Familie …«

»Ich würde alles tun, um dich zu beschützen und glücklich zu machen.« Er blickte ihr forschend, beinahe andächtig ins Gesicht und schluckte.

»Ich weiß.«

»Ich liebe dich«, sagte Daniel leise.

Harper blickte sprachlos zu ihm auf. Dann traf sie die

Wucht seiner Worte, die sich sowohl wunderbar als auch furchterregend anfühlten.

Und dann küsste Daniel sie leidenschaftlich, sodass sie nicht antworten musste. Es war beinahe, als wolle er verhindern, dass sie sprach, als habe er Angst davor, was sie sagen würde. Sie legte die Arme um seinen Hals, zog ihn an sich und hoffte, dass das Antwort genug war.

Vorher mochte er sich ja zurückgehalten haben, aber das tat er jetzt definitiv nicht mehr. Seine Hand lag auf ihrem Gesicht und seine Finger vergruben sich in ihr Haar. Sein Arm um ihre Taille war alles, was sie noch aufrecht hielt.

Harper hatte sich auf die Zehenspitzen gestellt, um seinen Kuss besser erwidern zu können, aber sie verlor das Gleichgewicht und beide stolperten nach hinten. Er legte ihr beide Arme um die Taille, um sie zu halten. Ihre Bluse war hochgerutscht, also landete seine Hand auf ihrer bloßen Haut und ließ Hitze in ihr aufsteigen.

Er machte einen Schritt vorwärts, den Mund immer noch auf ihren gepresst, und schob sie nach hinten, bis ihre Beine ans Bett stießen und sie beide darauf fielen. Unter ihr lag ein Kleiderstapel, der sie zwang, den Rücken durchzustrecken, aber das war gut – denn es drückte sie noch fester an ihn.

Seine fiebrigen Küsse, bei denen seine Bartstoppeln angenehm über ihre Haut rieben, genügten ihr plötzlich nicht mehr. Sie wollte mehr von ihm. Sie wollte ihn mit Haut und Haaren. Ihre Hände glitten unter sein Hemd und gruben sich in seine starken Rückenmuskeln, und sie presste ihn an sich. Unter ihren Fingerspitzen spürte sie die unebene Fläche seiner Narben, und plötzlich wurde ihr klar, dass sie gerade zum ersten Mal seine Tätowierung berührte.

Daniel stützte sich mit beiden Armen neben Harpers Körper auf, um sie nicht zu zerquetschen. Aber sie bog ihren Körper seinem entgegen und zog die Beine an, bis ihre Oberschenkel sich gegen seine Taille drückten. Ein leises Stöhnen entrang sich ihm, und ihre Lippen verschluckten es.

Plötzlich hustete Brian laut und unterbrach den Moment. Harpers Wangen brannten sofort nicht mehr vor Lust, sondern vor Scham.

Daniel rollte hastig von ihr herunter, und sie zog ihre Bluse herunter und setzte sich auf. Sie waren beide zwar noch völlig bekleidet, aber ziemlich zerknittert.

Brian stand im Flur vor ihrem Zimmer, aber er starrte auf den Flur. Wahrscheinlich wollte er nichts sehen, was er nie mehr vergessen konnte.

»Ich wollte dir nur sagen, dass ich wieder zu Hause bin«, sagte er. »Ich bringe noch schnell Gemmas Auto in Ordnung, bevor wir aufbrechen. Und euch beiden würde ich raten, entweder nach unten zu kommen oder kalt zu duschen. Getrennt.«

»Äh, danke, Dad«, murmelte Harper und starrte angestrengt den Fußboden an. »Wir kommen gleich runter.«

»Gut«, sagte Brian und setzte sich in Bewegung.

DREIUNDDREISSIG

Zerbrochen

Gemma wusste, dass Brian ihr Auto zum Teil aus schlechtem Gewissen reparierte. Dabei hatte er sich eigentlich nichts vorzuwerfen. Er war erwachsen und hatte jedes Recht, seine Ehe zu beenden, zumal seine Gründe wirklich stichhaltig waren.

Eigentlich hätte seine Entscheidung sie nicht verletzen dürfen, aber es schmerzte dennoch. Das merkte Brian natürlich, und auch deshalb versuchte er, seinen Teil dazu beizutragen, ihr Leben ein bisschen einfacher zu machen.

Außerdem war er wahrscheinlich der Meinung, dass sie in diesem Sommer schon genug durchgemacht hatte. Er hatte ihr versprochen, ihr Auto jedes Mal zu reparieren, wenn es kaputtging. Normalerweise war das keine allzu schwierige Aufgabe, aber in der Hitze, die seit ein paar Tagen herrschte, war alles anstrengend, das einen Aufenthalt im Freien erforderte. Die Sonne knallte auf sie herab und die Luft war schwül und drückend.

»Kannst du es reparieren?«, fragte Gemma. Sie lehnte

sich gegen das geschlossene Garagentor, während ihr Dad den Kopf unter die Motorhaube steckte.

»Ja.« Er hatte mit seiner rechten Hand an einem Ventil gedreht, aber jetzt blickte er nur noch stumm in den notdürftig geflickten Abgrund. »Aber ich muss erst ein Ersatzteil besorgen.«

Ein unbehagliches Schweigen senkte sich über sie, also fragte Gemma: »Ist Harper schon fertig?«

»Ach, wer weiß«, murmelte Brian.

»Hast du nicht nachgesehen?«

»Doch«, schnaubte Brian. »Sie sagte, sie käme gleich runter, aber ich bin rausgegangen, also weiß ich nicht, ob sie schon so weit ist.«

»Oh.« Sie wusste nicht, warum Brian so komisch reagierte, aber ihr Vater wollte offensichtlich auch nicht darüber reden. »Danke, dass du dich um mein Auto kümmerst, Dad.«

»Kein Problem.« Er richtete sich auf und wischte sich mit einem Lappen das Öl von den Händen. »Sag mal, was hältst du eigentlich von diesem Daniel?«

»Daniel? Er ist ein netter Kerl.«

»Behandelt er deine Schwester gut?« Brian schaute Gemma aufmerksam an.

»Ja.« Sie nickte. »Soviel ich weiß, behandelt er sie sehr gut.«

»Gut.« Er wischte angelegentlich an dem Öl herum. »Glaubst du, es ist was Ernstes?«

»Möglich«, sagte Gemma achselzuckend. »Ich weiß, dass Harper ihn sehr mag.«

»Ach, verdammt.« Brian seufzte und schob dann den

Lappen in seine Hosentasche. »Ich wusste schließlich, dass das irgendwann passieren würde.«

»Was denn?«

»Dass ihr beide mit Jungs ausgeht.« Brian schaute mit zusammengekniffenen Augen ins Sonnenlicht, damit er seine Tochter nicht ansehen musste. »Ich habe allerdings immer gehofft, wenigstens eine von euch würde als alte Jungfer enden.«

»Sorry, Dad.« Gemma grinste.

»Und hier kommt noch mehr Ärger.« Er zeigte aufs Nachbarhaus, und als Gemma hinüberblickte, sah sie Alex auf sie zukommen.

Er trug nicht seinen Arbeitsoverall, sondern normale Klamotten, aber sein Boba-Fett-T-Shirt war ihm ein bisschen zu klein geworden. Vor ein paar Wochen hatte es ihm noch gepasst, aber jetzt saß es an der Brust und an den Oberarmen ziemlich eng.

Er hatte die Hände in den Taschen seiner Jeans vergraben und kam mit gesenktem Kopf auf sie zu. Sein dickes Haar fiel ihm in die Stirn.

»Hallo, Alex«, sagte Brian. »Ich habe dich schon ein paar Tage lang nicht mehr bei der Arbeit gesehen.«

»Ja, mir ging es nicht besonders gut.« Er schaute Brian einen Moment lang an und wandte sich dann Gemma zu. »Hi, Gemma. Kann ich kurz mit dir reden?«

Sie richtete sich auf, blieb aber am Garagentor stehen. »Klar.«

»Gemma?«, fragte Brian, der die beiden beobachtete. »Soll ich hier draußen bleiben und noch ein bisschen an deinem Auto herumschrauben?«

»Nein, das ist schon in Ordnung, Dad.« Sie versuchte, ihn beruhigend anzulächeln.

Brian zögerte kurz, dann nickte er. »Na gut. Dann sehe ich mal nach, wie weit Harper ist. Aber wir müssen bald los.«

»Okay. Danke, Dad«, sagte Gemma.

Alex und sie schwiegen, bis Brian ins Haus gegangen war. Dann hob Alex endlich den Kopf und schaute sie an. Sie hätte ihm am liebsten das braune Haar aus der Stirn gestrichen, um in seinen Augen nach der Wärme zu suchen, die einmal dort gewesen war.

Aber sie tat es nicht. Weniger aus Angst davor, wie er reagieren würde, wenn sie ihn berührte, sondern eher, weil sie Angst hatte, dass sie keine Wärme in ihm finden würde.

»Ich möchte, dass du ganz ehrlich zu mir bist, Gemma«, begann Alex.

»Okay, ich versuche es.«

»Nein, Gemma«, zischte er. »Keine Ausflüchte. Vollkommen ehrlich. Falls du mich je geliebt hast, dann lüg mich jetzt nicht an.«

Sie schluckte. »Okay.«

»Ich habe dich geliebt«, sagte Alex, und sie wich seinem Blick aus. »Und ich glaube, ich habe dich sehr lange geliebt. Oder zumindest sehr gemocht. Aber seit unserem ersten Kuss war ich Hals über Kopf in dich verliebt.«

»Ich weiß nicht, warum du mir das erzählst – es gibt nichts, worüber ich …«

»Weil ich dich von ganzem Herzen geliebt habe und dich jetzt verabscheue«, erklärte Alex. »Aber das ist auch nicht wahr. Es ist, als *müsste* ich dich verabscheuen. Aber ich kann es nicht richtig.«

»Es tut mir leid«, flüsterte Gemma.

»Ich habe mir stundenlang den Kopf zerbrochen und nachgegrübelt. Aber mir fällt kein einziger Grund dafür ein, weshalb sich meine Liebe in Hass verwandelt hat. Ich erinnere mich nicht einmal daran, wie ich mit dir Schluss gemacht habe. Weißt du es noch?«

»Natürlich weiß ich es«, sagte Gemma, aber das war nicht die reine Wahrheit.

Alex hatte nicht mit ihr Schluss gemacht. Aber natürlich erinnerte sie sich noch ganz genau daran, dass sie Alex mit Hilfe ihres Sirenengesangs davon überzeugt hatte, dass er sie nicht liebte. Sie dachte jeden Tag daran und wünschte sich, sie könnte es zurücknehmen, obwohl sie nur so für seine Sicherheit garantieren konnte.

»Was habe ich gesagt? Was waren meine Gründe?«, fragte Alex beharrlich.

»Du … du hast gesagt …«, stammelte Gemma, während sie fieberhaft überlegte, was der Grund für ihre Trennung gewesen sein könnte.

Bis vor ein paar Tagen hatte Alex sie nie danach gefragt. Er hatte einen Monat lang kein Wort mit ihr geredet. Also hatte sie sich bis jetzt noch keine Ausrede dafür einfallen lassen müssen, warum ihre Beziehung zerbrochen war.

»Ich habe gar nicht mit dir Schluss gemacht, stimmt's?«, fragte Alex. »Es war überhaupt nicht meine Idee. Du hast mich mit deinem Gesang verzaubert.«

»Nein, ich …«

»Gemma!«, brüllte Alex frustriert. »Ich weiß, dass du es getan hast. Ich will nur, dass du es zugibst.«

Gemma starrte auf den Boden, aber sie spürte seinen Blick auf ihr brennen. »Es war nur zu deinem Besten.«

»Zu meinem Besten?« Er lachte höhnisch. »Du hattest kein Recht, das zu tun! Nicht das geringste Recht dazu, meine Gefühle zu kontrollieren und mein Herz und meinen Verstand aus der Bahn zu werfen! Begreifst du nicht, was du mir angetan hast? Ich kann mich an nichts mehr freuen. Ich bin ständig tieftraurig oder wütend. Du hast mir alle Liebe genommen, die in meinem Herzen war.«

»Das wollte ich nicht.« Jetzt sah sie zu ihm auf, mit Tränen in den Augen. »Ich wollte nur, dass du aufhörst, mich zu lieben, damit du in Sicherheit bist und die Sirenen sich nicht mehr für dich interessieren. Ich wollte dir nie wehtun.«

»Es ist egal, was du tun wolltest!«, schrie er, und sie zuckte zusammen. »Hast du mich gefragt, ob ich damit einverstanden bin? Hast du überhaupt mit mir darüber geredet?«

»Nein. Ich wusste, wie du reagieren würdest.«

Er schnaubte. »Du wusstest, was ich sagen würde, und hast es trotzdem gemacht?«

»Ich konnte doch nicht zulassen, dass du wegen mir verletzt oder getötet wirst!«

»Gemma, ich würde lieber sterben, als mich weiterhin so zu fühlen wie jetzt. Begreifst du das?« Er beugte sich vor, bis sein Gesicht nur Zentimeter von ihrem entfernt war, und seine dunklen Augen loderten vor Zorn. »Zu sterben wäre viel besser als nie wieder lieben zu können!«

»Ich wusste nicht, dass das passieren würde«, sagte sie. »Ich dachte, du würdest mich einfach vergessen. Alex, ich wollte dir nicht wehtun.«

»Und was soll ich jetzt machen?«, fragte Alex. »Wie soll ich mein restliches Leben überstehen?«

»Ich weiß es nicht.« Sie schüttelte den Kopf. »Ich könnte noch einmal für dich singen.«

Alex riss die Augen auf. »Auf keinen Fall! Das hat mich doch kaputtgemacht. Komm bloß nicht in meine Nähe mit deinem Gesinge! Du hast keine Ahnung, wie du es kontrollieren oder benutzen sollst. Wahrscheinlich bringst du mich nächstes Mal aus Versehen um.«

Gemma nickte, insgeheim erleichtert. Alex hatte recht. Sie wusste nicht genau, wie sie den Gesang einsetzen musste, und nachdem sie gerade erst Nathalie aus Versehen damit verletzt hatte, wollte sie keine Experimente mehr machen.

»Ich weiß, und es tut mir leid«, sagte sie wieder.

»Das reicht nicht, Gemma!« Alex verlor die Beherrschung, holte aus und versetzte dem Garagentor neben Gemmas Kopf einen heftigen Faustschlag. Sie zuckte zusammen, bewegte sich aber nicht. »Hast du Angst vor mir?«

»Nein.« Sie schaute ihm tief in die braunen Augen, und hinter der Qual und der Verwirrung fand sie einen Funken Wärme – einen Hauch von dem Alex, den sie immer noch verzweifelt liebte. »Sollte ich?«

»Das Schlimmste an all dem ist, dass ich dich trotz all meiner Wut und all meinem Hass irgendwie immer noch liebe«, gestand er ihr leise. »Es gibt Teile von mir, denen sogar dein Sirenengesang nichts anhaben kann.«

Er beugte sich vor und küsste sie. Gemma stellte überrascht fest, dass dieser neue, wütende Alex nicht, wie sie erwartet hatte, heftig und gierig küsste, sondern sanft. Nicht so sanft wie früher, denn in seinem Kuss lag eine neue Intensität. Als begreife er, dass ihm nur wenige kostbare Sekunden blieben, in denen die Mauer zwischen ihnen gefallen war und er sie wirklich lieben und im Arm halten konnte.

Gemma schlang ihm die Arme um den Hals, aber das brachte ihn wieder zu Bewusstsein. Er packte ihre Arme und drückte sie gegen das Tor. Sein Atem ging keuchend und er starrte sie mit einer Mischung aus Sehnsucht und Verachtung an.

»Ich kann das nicht«, sagte er schließlich. Er ließ sie los und wich zurück.

»Ich werde dir helfen«, versprach Gemma. Sie löste sich von der Garage, folgte ihm aber nicht. »Ich bringe das wieder in Ordnung.«

Alex drehte sich um und rannte zu seinem Haus zurück, und Gemma holte tief Luft und lehnte sich wieder gegen das Tor. Sie hatte zwar noch keine Ahnung, wie, aber sie würde alles in ihrer Macht Stehende tun, um wiedergutzumachen, was sie ihm angetan hatte.

Ein paar Minuten später kamen Harper, Daniel und Brian aus dem Haus, und offenbar hatte Gemma es geschafft, sich einigermaßen zu beruhigen, denn niemand kommentierte ihren Zustand. Daniel fuhr mit Harper in ihrem Auto mit, während Gemma schweigend im Truck ihres Dads saß.

Als sie in der Sundham University angekommen waren, kam sich Gemma ein bisschen fehl am Platz vor. Alle anderen Studenten hatten sich offenbar schon in ihren Zimmern eingerichtet, und außer Harper hatte niemand eine Entourage dabei, die schwer bepackt zu ihrem Zimmer stiefelte.

Das Zimmer wurde möbliert vermietet, also hatte Harper nur ihre persönlichen Habseligkeiten mitgebracht. Sie hatte sich ein Hochbett mit Schreibtisch ausgesucht, das zwar bereits in ihrem Zimmer stand, aber noch nicht aufgebaut war.

Harpers Mitbewohnerin war schon in ihrem gemeinsamen Zimmer und hängte gerade ein Poster von Florence + the Machine auf, als Gemma und Harper hereinkamen. Sie drehte ihnen den Rücken zu, und ihr welliges, blondes Haar war zu einem losen Knoten gezwirbelt. Als Brian und Daniel begannen, mit dem Hochbett zu kämpfen, kam sie zu den Mädchen, um sich vorzustellen.

»Du musst meine Mitbewohnerin sein«, sagte sie. Ihre braunen Augen waren groß und wirkten sehr unschuldig, aber irgendetwas an ihrem Lächeln gefiel Gemma nicht. »Ich dachte schon, du kommst nicht mehr.«

»Ja, ich habe mir Zeit gelassen.« Harper lächelte verlegen.

»Das macht doch nichts.« Das Mädchen grinste breit. »Meine Oma hat immer gesagt, das Warten auf Gutes lohnt sich immer.«

»Ich hoffe, sie hat auch diesmal recht«, erwiderte Harper. »Ich bin Harper Fisher, und das ist meine kleine Schwester Gemma.«

»Hi«, sagte Gemma und ergriff die Hand, die Harpers Mitbewohnerin ihr entgegenstreckte. »Schön, dich kennenzulernen.«

»Ich bin Olivia Olsen, aber meine Freunde nennen mich Liv«, sagte das Mädchen, und ihr Lächeln wurde noch breiter. »Und ich hoffe, dass wir alle gute Freundinnen werden.«

VIERUNDDREISSIG

Konsequenzen

Gia hatte ihr Wehklagen gehört. Aggie und Penn waren bereits zu ihrer morgendlichen Schwimmrunde aufgebrochen und befanden sich so weit draußen im Meer, dass sie nicht hörten, wie Thea zusammenbrach, nachdem sie den einzigen Mann abgeschlachtet hatte, den sie je geliebt hatte.

Als Gia ins Zimmer kam, saß Thea blutüberströmt auf dem Boden und hielt die Leiche ihres Liebhabers in den Armen. Thea wäre wahrscheinlich unbeweglich sitzen geblieben, bis Penn nach Hause gekommen wäre und sie aus Rache ebenfalls getötet hätte.

Wenn Gia nicht gewesen wäre, hätte Thea nicht gewusst, was sie sonst hätte tun sollen. Seit sie gefressen hatte, konnte sie zwar wieder klarer denken, aber ihre Trauer war viel stärker als aller Verstand und beeinträchtigte ihr Urteilsvermögen.

Die schöne, sanfte Gia fragte Thea nicht einmal, was geschehen war und warum es passiert war. Sie brachte sie einfach ins Badezimmer und wusch sie, und dann ging Gia zu Bastians Leiche und wickelte sie in ein Laken.

Sie schickte Dienstboten los, um Eimer mit Wasser zu holen, und als sie wiederkamen, begann sie, das Blut auf dem Boden mit Decken und Handtüchern aufzuwischen. Als Thea sich weitgehend von Blut gesäubert hatte, ging sie zu Gia, kniete sich neben sie und begann, den Boden abzuschrubben. Dann verließen die beiden das Haus und nahmen Bastians Leiche mit. Sie tauchten ins Meer und brachten ihn so weit hinaus, wie sie konnten. In der Tiefe beschwerten sie den toten Körper mit Steinen. Um den Rest würden sich die Fische und die Gezeiten kümmern.

Als sie fertig waren, das Meer sie von allen Blutspuren befreit hatte und die blutigen Tücher entsorgt waren, wollte Thea sich bei Gia bedanken, aber die winkte nur ab und ging ins Esszimmer, wo Aggie und Penn bei einem späten Frühstück saßen.

Thea hatte es immer ungerecht gefunden, dass Gia eine von ihnen geworden war. Sie nannten sie zwar ihre Schwester, denn die Sirenen waren eine Art Schwesternschaft, aber sie war nicht blutsverwandt mit ihnen. Im Gegensatz zu Thea, Aggie und Penn hatte Gia sterbliche Eltern gehabt. Sie war Persephones erste Kammerzofe gewesen und hatte ihre Sache offenbar sehr gut gemacht, bis die anderen drei Mädchen aufgetaucht waren.

Wenn Penn, Thea und Aggie sie an jenem schicksalhaften Tag nicht dazu überredet hätten, mit ihnen zu kommen, wäre Gia gerne zurückgeblieben, um ihren Schützling zu bewachen. Persephone liebte es, Gias Gesang zu lauschen, wenn sie ihr die Haare flocht.

Aber sie hatten Gia mit sich gezerrt, Persephone war vergewaltigt und ermordet worden, und ihre rasende Mutter hatte alle vier für immer verflucht – sogar die freundliche Gia, die als Mensch mit der schönsten Singstimme weit und breit gesegnet gewesen war.

Es dauerte nicht lange, bis Penn bemerkte, dass Bastian verschwunden war, und sie drehte völlig durch. Anfangs vermutete sie, dass ihm etwas passiert sein könnte, denn sie konnte nicht glauben, dass ein Mann sie verlassen würde. Aber nachdem Thea, Aggie und Gia auf sie eingeredet hatten, schien Penn schließlich zu akzeptieren, dass Bastian sich aus dem Staub gemacht hatte.

Ihren Zorn besänftigte das allerdings keineswegs. Sie stürmte durchs Haus, machte Sachen kaputt, kreischte und schrie. Sie zerfleischte mehrere Diener, die sie falsch angeschaut hatten. Das Gute an Penns Besessenheit war, dass sie die Veränderung an Thea nicht bemerkte. Sie strahlte wieder, ihr Haar war üppig und sie war nicht länger so frenetisch. Ihre Stimme war allerdings immer noch heiser, und Penn hänselte sie damit – wie sie es schon seit Monaten getan hatte.

Die anderen Sirenen hatten nicht verstanden, warum sie aufgehört hatte, mit ihnen zu fressen, obwohl Aggie es zu unterstützen schien und sich auch selbst einschränkte. Sie fraß nicht so wenig wie Thea, weil es schmerzhaft und schädlich war, aber sie bemühte sich wenigstens.

Eine Woche nach Bastians Verschwinden erreichte Penns Wut ihren Höhepunkt. Sie durchwühlte sein Zimmer und suchte nach Hinweisen darauf, wohin er gegangen war, damit sie ihm nachreisen und ihn töten konnte. Die anderen drei versuchten, ihr nicht in die Quere zu kommen, und verbrachten den Nachmittag im Salon.

Gia spielte Klavier und sang, Aggie stickte – was seit mehr als einem Jahrhundert ihre Lieblingsbeschäftigung war –, und Thea hatte sich auf eine Récamiere gelegt und versuchte, ein Buch zu lesen. Da stürmte Penn ins Zimmer.

»Welche von euch war es?«, knurrte sie, und Theas Herz blieb stehen.

»Wie bitte?«, fragte Aggie.

»Bastian.« Penn hielt ein paar zerknitterte Zettel in der Hand und zeigte sie den anderen. »Ich habe das hier in seinem Zimmer gefunden. Welche von euch hat das geschrieben?«

»Wovon sprichst du eigentlich?«, fragte Aggie, aber Thea wusste es bereits.

Sobald sie die Zettel gesehen hatte, war ihr bewusst, worauf Penn hinauswollte, und sie verfluchte sich dafür, dass sie so dumm gewesen war. Sie hatte so sorgfältig alle Beweise für den Mord an Bastian vernichtet. Aber auf den Gedanken, Beweise für ihre Affäre zu vernichten, war sie nicht gekommen.

»Ich rede hiervon!« Penn warf die Zettel zu Boden. »Und spielt bloß nicht die Ahnungslosen. Ich weiß, dass eine von euch das geschrieben hat.«

Aggie legte ihren Stickrahmen beiseite und stand auf. Sie hob einen Zettel vom Boden auf, strich ihn glatt und las laut: *»Bastian, mein Liebster, ich kann unseren nächsten gemeinsamen Augenblick kaum erwarten. Wenn wir getrennt sind, sterbe ich und erwache erst wieder zum Leben, wenn ich deine Arme um mich spüre.«* Sie schaute von dem Zettel auf und schüttelte den Kopf. »Verzeih mir, liebste Schwester, aber ich verstehe nicht. Was haben deine Liebesbriefe mit Bastians Verschwinden zu tun?«

»Das sind nicht meine Liebesbriefe, du Schwachkopf!«, zischte Penn. »Ich habe das nicht geschrieben. Das war eine von euch!«

Thea setzte sich auf, sagte aber nichts und versuchte, möglichst ausdruckslos zu wirken. Sie spürte, dass Gia sie vom Klavier aus beobachtete, aber auch Gia sagte kein Wort.

»Und warum denkst du, dass eine von uns diese Briefe geschrieben hat?«, fragte Aggie ganz sachlich. »Sie könnten ebenso gut von einer Magd oder einer alten Liebschaft stammen.«

»Nein, nein, nein.« Penn kniete sich kopfschüttelnd auf den Boden und durchsuchte die Briefe. »Dieser da. Hier.« Sie hielt ihn Aggie hin und sie las ihn vor.

»Dein Sirenengesang, er ruft mich in der Nacht. Selbst wenn ich bei deiner Schwester liege, sei versichert, denke ich nur an dich.«

Thea stöhnte innerlich auf, aber sie blieb unbeweglich sitzen. Sie und Bastian hatten sich gegenseitig oft Liebesbriefe unter ihren Schlafzimmertüren durchgeschoben. Thea hatte ihre oft im Oberteil ihres Kleides mit sich herumgetragen, damit sie sie jederzeit anschauen und wieder und wieder lesen konnte.

Aber wenn Bastian und sie sich liebten, zog sie ihr Kleid meist aus, und dann landeten die Zettel irgendwo und blieben unauffindbar. Diesen hatte sie offenbar nach einem Schäferstündchen in Bastians Zimmer vergessen.

»Siehst du?«, fragte Penn mit lodernden Augen. »Eine von euch wollte ihn mir stehlen.«

»Penn, selbst wenn – was ich stark bezweifle – eine von uns mit ihm geschlafen hat: Ich war es nicht«, sagte Aggie. »Und es bedeutet nichts. Bastian hat uns verlassen. Er ist nicht mit einer deiner Schwestern durchgebrannt, sondern hat uns alle zurückgelassen.«

»Nein.« Penn schüttelte den Kopf und stand wieder auf. »Eine von euch hat ihn fortgetrieben. Sie hatte eine Affäre mit ihm und hat ihn verscheucht. Eine meiner Schwestern hat mich hintergangen und den Mann vertrieben, den ich liebe. Und sie wird dafür bezahlen.«

»Beruhige dich, Penn«, rief Aggie. »Tu jetzt nichts Unüberlegtes.«

»Welche von euch war es?«, schrie Penn. Sie ignorierte Aggie, schaute sie nicht mal an, sondern sah zuerst zu Thea und dann zu Gia.

Thea hielt ihrem Blick gleichmütig stand, obwohl ihr Herz so laut hämmerte, dass sie nichts anderes hörte. Dann wanderte Penns Blick zu Gia, die sofort den Kopf senkte. Gia hatte nichts Falsches getan – sie duckte sich immer, wenn Penn mit ihr schimpfte.

Aber diesmal wertete Penn ihre Reaktion als Beweis ihrer Schuld.

»Du warst es!«, brüllte Penn und stürzte sich auf sie. »Du warst es, richtig?«

»Nein, Penn, das würde ich niemals …« Gia versuchte, sich zu verteidigen, aber Penn legte ihr die Hand um den Hals und rammte sie gegen die Wand.

»Penn!« Aggie sprang auf. »Hör auf damit! Lass sie runter!«

»Sie hat meine einzige Chance auf Glück zerstört«, knurrte Penn. »Und dafür zerstöre ich jetzt sie.«

Gias blaue Augen waren weit aufgerissen und sie zog an Penns Hand. Aber Penn hatte bereits begonnen, sich in den Vogel zu verwandeln. Ihre Beine verwandelten sich unter ihrem Kleid, und sie wuchs und stand bald auf den Füßen und Beinen eines Emu.

Ihre Arme hatten sich verlängert und ihre Finger waren zu Klauen mit gebogenen Krallen geworden. Ihr seidiges schwarzes Haar wurde dünner, da ihr Kopf anschwoll und die Form veränderte, um ihrem mit Reißzähnen besetzten Maul Platz zu bieten. Die Flügel brachen durch den Stoff ihres Kleides, breiteten sich aus und verdeckten Thea teilweise die Sicht.

Gia jedoch veränderte sich nicht. Ihre Augen blieben die ganze Zeit blau, also hatte sie sich nicht einmal ansatzweise in das Vogelmonster verwandelt, das sie hätte beschützen können.

Thea würde noch viele, viele Jahre über diesen Tag nachdenken, und sie konnte sich nie erklären, warum Gia sich nicht verwandelt hatte. Es gab nur zwei Möglichkeiten. Vielleicht weigerte Gia sich zu glauben, was hier geschah. Sie glaubte nicht, dass Penn ihr wirklich etwas tun würde und wollte sie nicht dadurch noch wütender machen, dass sie sich verteidigte.

Aber vielleicht wollte Gia auch sterben. Sie hatte dieses Leben nie gewollt und war immer eine Außenseiterin geblieben. Möglicherweise war Penns Reaktion genau das, was sie gewollt hatte, und das war der Grund dafür, dass sie sich nicht wehrte oder Thea verriet.

Mit einer schnellen Bewegung griff Penn in Gias Brust und riss ihr das Herz heraus. Aggie schrie, sie solle aufhören, aber es war bereits zu spät. Gia öffnete den Mund, aber es kam kein Ton heraus. Sie bewegte ihre Lippen nur lautlos, wie ein Fisch unter Wasser. Als Penn sich daranmachte, ihr den Kopf abzureißen, schloss Thea die Augen.

Aber ihre Ohren konnte sie nicht verschließen und sie hörte das Zerreißen von Haut und Fleisch, das Krachen von Knochen und das nasse Schmatzen, mit dem Gias Kopf zu Boden fiel. Diese Geräusche würden sie noch Jahre später in ihren Albträumen verfolgen.

Denn während des gesamten grausamen Spektakels, während ihre Schwester Gia für ein Verbrechen ermordete, das Thea begangen hatte, war sie stumm geblieben.

FÜNFUNDDREISSIG

Entschlossenheit

Asterios und der Minotaurus-Fluch gingen Gemma einfach nicht mehr aus dem Kopf. Als er die Schriftrolle zerstört hatte, waren alle Stiermenschen zu Staub zerfallen und es war, als habe der Fluch nie existiert.

Gemma wusste, dass sie sich erneut auf die Suche nach dem Papyrus machen musste – sobald sie ohne Harper wieder zu Hause war. Sie musste ihn unter allen Umständen finden. Es ging nicht mehr nur um sie allein – auch Alex war darauf angewiesen.

Sie hatte noch ein bisschen Zeit mit ihrem Dad verbracht, dem Harpers Abreise sehr nahezugehen schien. Nach ihrer Rückkehr hatten sie in Pearl's Bistro zu Abend gegessen und Brian hatte während des Essens kaum ein Wort herausgebracht. Er wirkte irgendwie verloren.

Danach gingen sie nach Hause, und Gemma rief sofort Thea an. Ihr Vorwand war, sie zu einem nächtlichen Schwimmausflug einzuladen, aber eigentlich wollte sie herausfinden, was die Sirenen so trieben und wann sie sich am besten ins Haus schleichen konnte.

Thea hatte keine Lust gehabt zu schwimmen, aber nachdem sie sich über Lexi beschwert und von der Probe geschwärmt hatte, erwähnte sie nebenbei, dass die Sirenen morgen die Stadt verlassen würden, um zu fressen. Thea hatte schon längere Zeit nicht mehr gefressen und sie wurde allmählich unruhig.

Gemma versuchte, nicht darüber nachzudenken, dass morgen jemand sterben würde, um die Sirenen zu ernähren. Sie wusste, dass sie fressen mussten, und es tröstete sie ein wenig, dass sie sich sehr zurückhielten und zumindest nicht in Capri nach Opfern suchten. Aber je schneller sie die Schriftrolle fand, desto schneller konnte sie die Sirenen vernichten, und dann würde niemand mehr für sie sterben müssen. Und endlich hatte sie eine Chance dazu.

Am Donnerstagmorgen wachte Gemma mit neuer Entschlossenheit auf. Sie blieb so lange wie möglich zu Hause. Thea hatte ihr zwar nicht gesagt, wann die Sirenen aufbrechen wollten, aber Gemma konnte sich nicht vorstellen, dass Lexi und Penn Morgenmenschen waren. Also wartete sie bis zum frühen Nachmittag.

Als sie entschieden hatte, dass es jetzt spät genug war, sprang sie auf ihr Fahrrad und fuhr in die Stadt zur Bücherei. Sie trug ein Kleid, also trat sie schnell, aber vorsichtig in die Pedale.

Gemma hatte Daniel nichts von ihrem Vorhaben erzählt – was eindeutig gegen die Abmachung verstieß, die sie mit ihm getroffen hatte. Aber ihm schien etwas auf dem Herzen zu liegen, und wenn alles gut lief, würden sie beide sich um die Sirenen nicht mehr viel länger Sorgen machen müssen. Es war besser, wenn sie ihr Vorhaben allein erledigte und so wenige Leute wie möglich mit hineinzog.

Der Himmel war schon den ganzen Vormittag bewölkt gewesen und Gemma spürte ein paar vereinzelte Regentropfen auf ihrer Haut. Aber das machte ihr nichts aus. Es war so heiß und schwül, dass es schön wäre, wenn es regnen und ein bisschen abkühlen würde.

Gemma schloss ihr Fahrrad vor der Bücherei ab. Als sie die Tür öffnete, kam es ihr nach der Hitze draußen vor, als betrete sie einen Kühlschrank. In der Bücherei war recht viel los, was vermutlich daran lag, dass es drückend heiß war und bald ein Sturm losbrechen würde.

Marcy saß an der Theke, hatte den Kopf in den Nacken gelegt und versuchte, einen Bleistift zwischen ihrer Oberlippe und ihrer Nase einzuklemmen. Sie schien die Kunden um sich herum nicht zu bemerken und sah auch Gemma erst, als sie direkt vor ihr stand.

»Hi, Marcy.«

Marcy senkte den Kopf und der Bleistift fiel zu Boden. Achselzuckend setzte sie sich auf und Gemma lehnte sich an die Theke.

»Willst du dich für die Stelle bewerben?«, fragte Marcy. »Wir suchen nämlich eine Aushilfe, und ich könnte mir vorstellen, dass eine Fisher-Schwester hier gern gesehen würde.«

»Das ist gar keine schlechte Idee«, sagte Gemma. »Erinnere mich noch mal daran, wenn wir mehr Zeit haben. Dann schreibe ich eine Bewerbung.«

»Jetzt hast du also keine Zeit?« Marcy zog eine Augenbraue hoch. »Was willst du dann hier?«

Gemma lächelte sie an. »Ich will dich um einen Gefallen bitten.«

»Ich kaufe dir weder Zigaretten noch Alkohol«, antwortete Marcy sofort. »Harper würde mich umbringen und Spaß macht das Zeug sowieso nicht. Falls du aber ein Tattoo willst, könnte ich dich mit einem Künstler bekannt machen, der auch Minderjährigen welche macht.«

»Woher kennst du den?«, fragte Gemma, die sich einen Moment hatte ablenken lassen. »Hast du ein Tattoo?«

Marcy stand auf und hob ihre Bluse an. Sie drehte sich zur Seite, damit Gemma das Tattoo über ihrem Hüftknochen sehen konnte. Es zeigte die Meerhexe Ursula aus *Arielle, die Meerjungfrau*. Ihre Tentakel kräuselten sich über Marcys Hüfte, und Ursula lächelte mit blutroten Lippen und zwinkerte dem Betrachter zu.

»Du hast dir eine Disney-Figur eintätowieren lassen?«, fragte Gemma geschockt.

»Hey. Sie ist eine extrem coole Meerhexe, okay?« Marcy zog ihre Bluse wieder nach unten und setzte sich auf ihren Stuhl. »Sag mal, gibt es eigentlich so was wie Meerhexen?«

Gemma schüttelte den Kopf. »Das bezweifle ich.«

»Schade.« Marcy verzog enttäuscht das Gesicht. »Es wäre cool, wenn du einen Deal mit der Meerhexe machen könntest. Du würdest doch sicher deine Stimme aufgeben, um keine Sirene mehr sein zu müssen, oder?«

»Das würde ich. Aber ich fürchte, diese Option habe ich nicht.«

»Das Leben wäre viel einfacher, wenn es wie ein Zeichentrickfilm funktionieren würde«, sagte Marcy, und einen Moment lang glitt ihr monotoner Tonfall ins Wehmütige.

»Das wäre es«, stimmte Gemma zu. »Aber nun zu dem Gefallen, um den ich dich bitten möchte.«

»Du kannst mich gerne bitten, aber ich behalte mir das Recht vor, abzulehnen«, sagte Marcy mit misstrauisch zusammengekniffenen Augen.

»Natürlich. Ein Riesengefallen ist es aber gar nicht«, sagte Gemma. »Ich brauche nur jemanden, der mich zum Haus der Sirenen fährt.«

»Oben auf der Klippe?«

»Ja. Mein Auto tut's mal wieder nicht, und ich wollte schnell raufgehen, bevor die Sirenen zurück sind«, erklärte Gemma. »Es ist nur eine kurze Autofahrt, aber mit dem Fahrrad würde ich für den Berg viel zu lange brauchen.«

»Wo sind denn die Sirenen?«, fragte Marcy.

»Ich weiß es nicht genau. Thea sagte, sie würden die Stadt verlassen, um zu fressen, und sie sagte auch, sie werde es wahrscheinlich nicht rechtzeitig zur Probe schaffen. Ich will so lange wie möglich im Haus bleiben und brauche außerdem ein Fluchtauto.«

»Verstanden. Wann willst du los?«

»Sobald es geht.«

»Ich müsste also weg von der Arbeit?«, fragte Marcy.

»Ich könnte auch warten, bis …«

»Hey, wenn ich gehen muss, dann muss ich eben gehen«, schnitt Marcy ihr das Wort ab und stand auf. Sie holte ihre Autoschlüssel aus einer Schublade. Auf dem Weg zur Tür rief sie in Richtung Büro: »Edie? Ich muss los! Muss einer Freundin helfen. Es geht um Leben und Tod!«

»Wann kommst du wieder?« Edie kam aus ihrem Büro

und sah gerade noch, wie Marcy und Gemma aus der Tür gingen. »Marcy?«

In der kurzen Zeit, die Gemma in der Bücherei verbracht hatte, war es draußen zehn Grad kühler geworden. Es regnete noch nicht richtig, aber der Wind war stärker geworden und Gemma war erneut dankbar dafür, dass Marcy sie fuhr. Mit dem Fahrrad gegen den Wind den Berg hinaufzufahren hätte eine Ewigkeit gedauert.

Selbst in Marcys Gremlin war es eine Viertelstunde Fahrt durch die Stadt und über die gewundene Straße, die zwischen den Kiefern hindurchführte. Gemma bat Marcy, ein Stück weit vom Haus entfernt zu parken, in der Nähe des Aussichtspunkts, an den sie Alex mitgenommen hatte.

»Danke, Marcy.« Gemma schnallte sich ab. »Ich habe keine Ahnung, wie lange es dauern wird. Wenn du keine Lust mehr hast, zu warten, kannst du einfach fahren.«

»Ich lasse dich doch nicht hier sitzen«, schnaubte Marcy empört. »Am besten gehe ich mit dir rein.«

»Lieber nicht. Ich weiß nicht, wann die Sirenen zurückkommen, und wenn sie uns beide dadrin finden, werden sie mächtig sauer sein.«

»Dann sollte ich vielleicht nach ihnen Ausschau halten«, schlug Marcy vor. »Ich könnte dich warnen, bevor sie kommen.« Gemma biss sich auf die Lippe und überlegte, also drängte Marcy: »Komm schon, Gemma. Harper wird mich umbringen, wenn ich zulasse, dass dir etwas passiert. Lass mich wenigstens die Tür bewachen. Das lassen Fred und Velma Shaggy und Scooby immer machen, und was gut genug für Shaggy ist, ist auch gut genug für mich. Das ist mein Lebensmotto.«

Gemma musste grinsen. »Okay. Aber wenn du eine Sirene siehst, geh ihr aus dem Weg. Vor allem, wenn es sich um Penn oder Lexi handelt.«

»Alles klar«, sagte Marcy. »Meine Mutter hat weder eine Närrin noch eine Heldin großgezogen.«

Marcy und Gemma stiegen aus dem Auto und schlichen sich durch den kleinen Wald, der den Aussichtspunkt vom Haus der Sirenen trennte. Der Wind blies durch die Bäume, wehte Piniennadeln umher und heulte durch die Äste.

Das Haus stand mitten auf einer kleinen Lichtung direkt am Rand der Klippe. Die Einfahrt war leer, also waren die Sirenen offenbar schon aufgebrochen. Um sicherzugehen, klopfte und klingelte Gemma dennoch.

Als niemand antwortete, beschloss sie, dass die Luft rein sein musste.

Die Tür war nicht verschlossen, aber das hatte Gemma auch nicht erwartet. Penn glaubte nicht, dass irgendjemand es wagen würde, sie zu bestehlen, und selbst wenn, wäre es ihr egal gewesen, da nichts in diesem Haus wirklich ihr gehörte. Sie konnte alles ohne große Mühe ersetzen.

Gemma ließ Marcy draußen zurück und sagte, sie solle klingeln und dann in den Wald fliehen, wenn sie die Sirenen sah. Sobald Gemma die Klingel hörte, würde sie sich durch die Hintertür aus dem Haus schleichen. Zumindest war das ihr Plan.

Nachdem sie das Erdgeschoss kurz durchsucht hatte, ging Gemma nach oben ins Loft, wo sie den Papyrus vermutete. Sofern er überhaupt im Haus versteckt war.

Das Obergeschoss bestand aus einem riesigen Raum, der eigentlich das Schlafzimmer des Hausherrn gewesen war.

Aber Penn, Lexi und Thea schienen ihn sich zu teilen. Zwei Doppelbetten passten problemlos in den Raum und an der Wand fand auch noch ein Einzelbett Platz. Dem kleinen Haufen pinkfarbener Unterwäsche nach zu urteilen, der auf dem kleinen Bett lag, schlief dort vermutlich Lexi.

Durch die großen Oberlichter sah Gemma dunkle Wolken über sich hinwegwirbeln. Inzwischen waren sie beinahe schwarz, und sie schaltete das Licht im Wandschrank an. Mehr Licht wollte sie nicht machen, denn das würden die Schwestern von der Straße aus sehen, wenn sie nach Hause kamen.

Der riesige, begehbare Wandschrank war mit Klamotten vollgestopft. Sie hingen auf Bügeln, ruhten in Schubladen oder lagen in Haufen auf dem Boden. Der Schrank war mit zahlreichen Schubladen und Staufächern ausgestattet, also hatte Gemma eine Menge zu tun.

Die Sirenen hatten unglaublich viele Schuhe. Pumps, Keilsandalen, Stiefel und Ballerinas in allen Farben des Regenbogens. Gemma riss Schuhe aus Regalen und durchstöberte Schubladen auf der Suche nach einem doppelten Boden oder einem Geheimfach.

Donner grollte über ihr und im Wandschrank ging das Licht aus. Gemma erstarrte, denn sie fürchtete, jemand habe den Schalter betätigt, aber dann wurde ihr klar, dass der Wind den Strommast umgerissen haben musste.

Es war zu dunkel im Schrank, um weiterzusuchen, also ging Gemma wieder ins Schlafzimmer hinaus. Sie ging zum Nachttisch und wühlte in der Schublade. Im Grunde hoffte sie auf einen Hinweis darauf, wo die Schriftrolle versteckt war, aber sie hätte sich auch mit einer Taschenlampe zufriedengegeben.

Mit lautem Krachen prallte etwas gegen das Oberlicht, und Gemma erschrak so heftig, dass sie beinahe aufgeschrien hätte. Sie schaute nach oben und sah, dass der Regen endlich eingesetzt hatte und ein wahrer Wolkenbruch auf die Hütte niederging. Der Regen prasselte so laut gegen das Glas und auf das Dach, dass das Geräusch im Zimmer widerhallte.

Gemma wollte gerade ihre Suche wieder aufnehmen, als sie von unten ein Klappern hörte. Sie blieb, wo sie war, und lauschte aufmerksam, aber außer dem Regen hörte sie nichts mehr. Dann folgte ein lauter Knall, und diesmal war sie sicher, dass der Sturm nichts damit zu tun hatte.

Es hatte nicht geklingelt, aber Gemma wurde zu spät klar, dass ja ein Stromausfall herrschte. Wenn die Klingel elektrisch funktionierte, wäre kein Klingelton zu hören gewesen. Langsam und leise ging Gemma zu dem Geländer, das um das Loft herum verlief.

Erst als sie ganz am Rand stand und direkt nach unten schaute, sah sie, was das Geräusch verursacht hatte.

Dort stand Lexi und starrte zu Gemma empor. Ihr langes, blondes Haar tropfte in eine kleine Pfütze zu ihren Füßen und sie trug einen Bikini. Bis auf den Zeigefinger ihrer rechten Hand war sie komplett menschlich. Ihre türkisblauen Augen funkelten im Dämmerlicht, und ihr Lächeln war glücklich und ohne jede Bösartigkeit, was es nur noch gruseliger machte.

Ihre linke Hand hatte Marcys Pferdeschwanz gepackt und sie riss ihr den Kopf nach hinten. Marcys Brille lag zerbrochen auf dem Boden, gleich neben der kleinen Pfütze. Sie hatte eine Schnittwunde an der Augenbraue, Blut tropfte ihr die Schläfe herunter und ihre Augen waren vor Angst weit aufgerissen.

Sie verharrte stumm und bewegungslos, und Gemma begriff sofort, warum.

Der lange, mit einer Kralle bewehrte Finger an Lexis sonst menschlicher rechter Hand drückte leicht auf Marcys Halsschlagader. Wenn sie sich bewegte oder auch nur schrie, würde ihr der Hals aufgerissen.

»Hallo, Gemma«, sagte Lexi freundlich mit ihrer Kleinmädchenstimme. »Ich weiß, dass du eigentlich Verstecken spielen wolltest, aber ich kenne da ein viel besseres Spiel. Komm doch runter, dann erkläre ich dir, wie es geht.«

SECHSUNDDREISSIG

Furcht und Zittern

Liv hatte Harper anhand ihres Stundenplans gezeigt, wo ihre Seminare stattfinden würden. Liv stammte zwar aus einer Kleinstadt in Delaware, aber sie war bereits vor einer Woche in ihr Wohnheimzimmer gezogen. Dank dieser zusätzlichen Eingewöhnzeit und den Orientierungsveranstaltungen kannte sich Liv am College schon ziemlich gut aus und wusste, wie hier alles ablief.

Liv war wirklich unglaublich hilfsbereit und nett. Ein bisschen zu nett. Wenn Harper einen Witz machte, lachte sie immer laut, egal, wie lahm er gewesen war. Sie hatte Harper auch schon hundert Mal gesagt, wie klug und hübsch sie doch sei.

Ebenfalls merkwürdig war, dass Liv ständig von ihren »supercoolen« neuen Freunden schwärmte, als wolle sie Harper damit beeindrucken. Aber immer, wenn Harper ihr eine Frage zu ihnen stellte, wechselte Liv sofort das Thema.

Trotz alledem war Liv eine willkommene Ablenkung für sie gewesen, und Harper hätte es geschafft, nicht alle zwei Minuten Gemma oder Daniel anzurufen oder anzutexten.

Sie schrieb ihnen natürlich trotzdem ein paar SMS, nur um sicherzugehen, dass alles in Ordnung war. Und beide hatten das bestätigt.

Obwohl Liv sich die Zeit genommen hatte, Harper all ihre Seminarräume zu zeigen, war Harper so abgelenkt, dass sie alles vergaß, was Liv ihr gezeigt hatte. Zu ihren ersten beiden Kursen kam sie zu spät, und zum dritten schaffte sie es nur deshalb pünktlich, weil Liv ebenfalls daran teilnahm und sie bis zum Hörsaal führte.

Sie saßen nebeneinander, und als der Professor die Leseliste ausgab, registrierte Harper überrascht und erleichtert, dass sie einige der Bücher darauf bereits in der Schule gelesen hatte. Es sah aus, als entwickle sich der Tag zum Besseren, aber dann spürte Harper einen merkwürdigen Schmerz in ihrer Brust.

Sie holte tief Luft und hoffte, dass er dadurch verschwinden würde, aber er wurde nur noch schlimmer. Ihre Brust fühlte sich wie zugeschnürt an und ihr wurde übel. Dann erfasste sie die nackte Panik, intensiv und anhaltend. Adrenalin durchströmte sie.

Andere Menschen hätten dieses Erlebnis als eine Panikattacke eingestuft und das hätte wahrscheinlich auch ein Arzt diagnostiziert.

Aber es war etwas anderes. Sobald Harper die Angst und den stechenden Schmerz im Bauch spürte, wusste sie, was es war.

»Gemma«, flüsterte sie.

»Harper?« Liv beugte sich zu ihr. »Alles okay? Du siehst ziemlich krank aus.«

»Nein, ich muss ...« Sie holte tief Luft. »Ich muss gehen.«

Sie stand hastig auf und warf dabei ihre Bücher zu Boden. Bei dem Lärm drehten sich alle zu ihr um, und sie bückte sich, um sie aufzuheben, und murmelte eine Entschuldigung. Der Professor fragte, ob alles in Ordnung sei, aber sie antwortete nicht.

Harper eilte aus dem Hörsaal, so schnell ihre Füße sie trugen. Im Flur musste sie stehen bleiben und sich an der Wand abstützen. Die Angst und der Schmerz waren so stark, dass sie beinahe bewusstlos wurde.

»Harper?«, fragte Liv. Sie war ihr gefolgt, um nach ihr zu sehen. »Was ist los?«

»Ich muss zu meinem Auto«, keuchte Harper. »Ich muss nach Hause.«

»Ich glaube, du solltest in diesem Zustand nicht fahren.«

»Bitte.« Harper schaute sie flehentlich an. »Hilf mir zu meinem Auto. Ich muss nach Hause. Jetzt sofort.«

»Okay.« Liv nickte und schlang dann ihren Arm um Harpers Taille, um sie zu stützen.

Auf dem Weg griff Harper in ihre Tasche und suchte ihr Handy. Gemmas Name stand als Erstes in ihrer Kontaktliste und sie drückte die Anruftaste. Es klingelte und klingelte und irgendwann ging die Mailbox dran.

Sie verließen das Fakultätsgebäude und standen im strömenden Regen. Harper war erst vor ein paar Minuten zum Unterricht gegangen und da hatte es noch nicht geregnet. Jetzt schüttete es so heftig, dass sie kaum noch etwas sah.

Das hielt sie jedoch nicht davon ab, noch mal anzurufen. Sie versuchte es wieder und wieder. Aber Gemma hob nicht ab.

SIEBENUNDDREISSIG

Befreiung

Daniel hatte eine wichtige Entscheidung getroffen – er musste es Harper sagen. Er hatte tagelang mit sich gehadert, aber endlich hatte er sich mit der Tatsache abgefunden, dass Harper von seinem Deal mit Penn erfahren musste.

Als er diese Entscheidung getroffen hatte, musste er nur noch den richtigen Zeitpunkt finden, um es ihr zu gestehen. Ein Teil von ihm dachte, es wäre vielleicht einfacher, zu warten, bis vollendete Tatsachen vorlagen, denn dann wäre das Ganze schon vorbei.

Er wusste genau, wenn er Harper davon erzählte, bevor er mit Penn schlief, dann würde sie versuchen, es ihm auszureden. Das allein wäre nicht so schlimm gewesen, aber schlimm war, dass sie es wahrscheinlich schaffen würde.

Er wollte zwar nicht mit Penn schlafen – auf keinen Fall wollte er das. Er war sich nicht einmal sicher, ob er im Ernstfall seinen Teil der Abmachung würde erfüllen können – allerdings war er nach neulich Abend, als Penn ihn geküsst hatte, zumindest halbwegs überzeugt davon, dass das kein Problem sein würde. Egal, was sein Herz und sein Verstand fühlten oder dachten, sein Körper reagierte offenbar auf bestimmte Reize.

Aber Penn hatte ihm Gemmas und Harpers Sicherheit garantiert. Das konnte er nicht ablehnen.

Natürlich war ihm klar, dass diese Garantie nicht ewig halten würde. Wenn er mit Penn schlief, gab es danach nur zwei mögliche Entwicklungen: Entweder würde sie das Interesse an ihm verlieren und ihn, Harper und Gemma aus reiner Mordlust töten. Oder es gefiel ihr, dann würde sie ihn weiter erpressen, damit er sie regelmäßig befriedigte.

Es gab auch eine dritte Option, in der der Sex Daniel ebenfalls gefiel und er aktiv eine Beziehung mit Penn anstrebte. Penn war sicher, dass sich die Dinge so entwickeln würden, aber er bezweifelte es.

Seiner Meinung nach konnte nichts in der Welt sich so gut anfühlen, dass es ihn dazu bringen würde, sich in sie zu verlieben.

Das bestmögliche Szenario war, dass Penn Daniel weiterhin erpressen würde und ihm versprach, Harper und Gemma zu beschützen, wenn er regelmäßig mit ihr schlief. Und deshalb musste er Harper die Wahrheit sagen, bevor er sich darauf einließ. Er wollte sie nicht immer wieder betrügen, egal, wie gut die Gründe dafür auch sein mochten. Sie musste erfahren, was er vorhatte, damit sie selbst entscheiden konnte, ob sie weiterhin an einer Beziehung mit ihm interessiert war.

Daniel wusste genau, dass er sie wegen dieser Sache vielleicht verlieren würde. Und obwohl er sich nur darauf eingelassen hatte, weil er sie liebte, hätte er Verständnis dafür, wenn sie ihn deshalb verlassen würde.

Aber wenn er sich zwischen der Möglichkeit, sie zu verlieren und dafür lebendig und glücklich zu sehen, und der Möglichkeit, mit ihr zusammen zu sein und sie dafür leiden und sterben zu lassen, entscheiden musste, fiel ihm die Wahl leicht. Er würde sich jederzeit für Ersteres entscheiden, egal, wie teuer er es bezahlen musste.

Da er und Penn morgen ihren Deal vollziehen würden, musste er wohl heute mit Harper sprechen. Allerdings wollte er das nicht am Telefon erledigen und leider hatte er kein Auto.

Das hatte Daniel zu Alex geführt, in dessen Auffahrt er jetzt neben Alex' blauem Cougar stand. Der Himmel über ihnen war dunkel, aber es regnete noch nicht.

»Bist du sicher?«, fragte Daniel, als Alex ihm die Autoschlüssel gab. »Ich will dir keine Unannehmlichkeiten machen.«

»Nein, das geht schon.« Alex schüttelte den Kopf.

»Kommst du trotzdem zur Arbeit?«, fragte Daniel.

»Ich arbeite schon seit ein paar Tagen nicht mehr«, gestand Alex.

Daniel musterte ihn. Er hatte Alex vor einer Woche das letzte Mal gesehen, als er ihn mit dem Boot von seiner Insel aufs Festland gefahren hatte. Alex war ziemlich verkatert gewesen, aber dennoch schien es ihm besser zu gehen als am Abend vorher.

Erst als er jetzt mit ihm sprach, fiel ihm auf, was sich verändert hatte. Wenn er Alex im vergangenen Monat über den Weg gelaufen war, hatte er entweder zu Boden oder ins

Leere gestarrt. Aber heute sah Alex ihn zum ersten Mal seit langer Zeit wieder an.

»Ach so?«, fragte Daniel. »Willst du kündigen?«

»Vielleicht, falls sie mich noch nicht gefeuert haben«, sagte Alex achselzuckend. »Ich muss einfach etwas anderes machen. Im Hafen zu arbeiten ist nichts für mich.«

»Ist irgendetwas passiert?«, fragte Daniel.

»Ich weiß nicht.« Alex runzelte die Stirn. »Ich glaube, ich muss mir ein bisschen freinehmen und ein paar Dinge klären. Mir ging es in letzter Zeit nicht gut und … ach, ich weiß nicht. Aber ich habe das Gefühl, dass es wieder aufwärts geht.«

Donner grollte über ihnen, und Alex schaute zu den schweren Wolken auf, die am Himmel vorbeirasten. Der Wind blies ihm das Haar aus dem Gesicht, und seine Augen blickten so fasziniert, als habe der Sturm ihn verzaubert.

»Ich sollte da draußen sein und den Sturm jagen«, sagte er halblaut zu sich selbst.

Auch Daniel richtete den Blick nach oben. »Es sieht aus, als ob der Sturm gleich losbricht.«

»Da ist auf jeden Fall etwas Größeres unterwegs«, stellte Alex fest.

»Dann sollte ich losfahren, damit ich in Sundham bin, bevor es richtig losgeht«, sagte Daniel mit einem Blick auf Alex.

Der nickte. »Okay.« Er wartete, bis Daniel sich abgewandt hatte, bis er sagte: »Du, Daniel. Redest du … redest du oft mit Gemma?«

»Schon recht oft«, antwortete Daniel unsicher. »Wieso?«

»Ich kann …« Alex schüttelte den Kopf, als habe er Mühe, die richtigen Worte zu finden. »Im Moment kann ich sie nicht so beschützen, wie ich es eigentlich will. Zwischen uns … ist noch einiges im Argen. Aber ich will, dass sie in Sicherheit ist.«

»Das verstehe ich«, sagte Daniel.

»Kannst du auf sie aufpassen?«, fragte Alex und schaute ihn an. »Nur, bis ich mich wieder im Griff habe. Kannst du sie für mich im Auge behalten und sie beschützen?«

»Ja, natürlich.« Daniel nickte.

Alex lächelte erleichtert. »Danke.«

»Keine Ursache. Ich bringe dir dein Auto morgen früh zurück.«

»Ja, ist gut«, sagte Alex. »Nimm dir so viel Zeit, wie du brauchst.«

Ohne jede Warnung prasselte plötzlich Regen auf sie herab. Als Daniel mit Alex gesprochen hatte, waren gelegentlich ein paar vereinzelte Tropfen gefallen, aber jetzt war es, als habe der Himmel seine Schleusen geöffnet.

»Ich geh mal rein«, sagte Alex und war schon auf dem Weg ins Haus.

»Klar.« Daniel drückte auf einen Knopf, um das Auto zu entriegeln, und suchte nach dem Türgriff. »Danke noch mal!«

Als er ins Auto sprang, war er bereits tropfnass. Er hatte nur ein paar Sekunden draußen im Regen gestanden, aber es schüttete so heftig, dass er beinahe völlig durchweicht war. Er rubbelte sich die Haare und schüttelte ein paar Tropfen ab.

Daniel konnte Auto fahren, hatte aber noch nie Alex'

Cougar gesteuert, also nahm er sich ein paar Minuten Zeit, um sich zu akklimatisieren. Das Schwierigste daran, in einem fremden Auto zu sitzen, war, herauszufinden, wie man die Geschwindigkeit der Scheibenwischer einstellte.

Als er das herausgefunden hatte, fuhr er rückwärts aus Alex' Ausfahrt. Daniel war noch nicht einmal am Ende der Straße angekommen, als sein Handy in seiner Tasche vibrierte. Auf dem Display stand Harper, also holte er tief Luft und beschloss, dass er ihr so wenigstens sagen konnte, dass er ihr einen Besuch abstatten würde.

»Hi, Harp…«, begann Daniel, aber weiter kam er nicht, denn sie schrie ihm voller Panik ins Ohr.

»Wo ist Gemma? Bist du okay? Bist du bei ihr? Was ist los?«

»Was?« Daniel hatte das Stoppschild an der Kreuzung erreicht, und da keine Autos hinter ihm warteten, beschloss er, hier stehen zu bleiben, bis er begriffen hatte, warum Harper so ausflippte. »Mir geht es gut. Ich habe keine Ahnung, wo Gemma ist, aber ich sitze in einem Auto.«

»Welches Auto?«, fragte Harper. »Wo fährst du denn hin? Hast du mit Gemma gesprochen?«

»Ich habe mir Alex' Auto ausgeliehen«, erklärte Daniel. »Ich dachte, ich fahre heute Abend zu dir und besuche dich. Mit Gemma habe ich heute nicht geredet.«

»Nein!«, rief Harper. »Du kannst heute nicht kommen! Irgendetwas stimmt nicht. Irgendetwas ist mit Gemma passiert. Du musst sie finden.«

»Langsam, Harper«, sagte Daniel. »Ich kann dich kaum verstehen.«

»Ich rufe sie immer wieder an, aber sie geht nicht ans Telefon«, sagte Harper. Ihre Stimme zitterte, und es klang, als sei sie den Tränen nahe. »Und ich weiß es einfach. Ihr ist etwas passiert, und ich glaube nicht, dass ich es rechtzeitig nach Capri schaffe.«

»Fährst du gerade Auto?«, fragte Daniel entsetzt. »Harper, bitte fahr rechts ran, bis du dich beruhigt hast. Du bist beinahe hysterisch, es regnet in Strömen, und du telefonierst. Du wirst einen Unfall bauen.«

»Nein, mir geht's gut, Daniel«, wehrte Harper ab. »Du musst nur Gemma finden.«

»Ja, okay, das mache ich. Sobald du rechts rangefahren bist.«

»Bitte, Daniel!«, schluchzte Harper. »Sie ist verletzt. Ich spüre es. Sie ist verletzt!«

»Okay, beruhig dich«, sagte Daniel so gelassen er konnte. »Ich suche sie. Weißt du, wo sie sein könnte?«

»Nein, aber wahrscheinlich ist sie bei den Sirenen«, sagte Harper, und Daniel war derselben Meinung.

»Ich fahre jetzt zu ihrem Haus.« Daniel fuhr auf die Kreuzung. »Du musst tief durchatmen und runterkommen. Ich suche Gemma und bringe sie in Sicherheit. Und sobald alles geklärt ist, ruft einer von uns dich an, okay?«

»Okay.« Harper atmete aus und klang schon ein bisschen ruhiger. »Danke. Und entschuldige, dass ich dich angerufen habe. Ich wusste nicht, an wen ich mich sonst wenden sollte.«

»Kein Problem«, versicherte Daniel ihr. »Ich kümmere mich darum.«

»Danke«, wiederholte Harper. »Und sei vorsichtig, okay? Ich will nicht, dass du auch noch verletzt wirst.«

»Ich passe auf. Gute Fahrt und bis bald.«

Daniel warf das Handy auf den Beifahrersitz und beschleunigte.

Harpers schlimmste Befürchtungen wurden wahr und sie war noch keine vierundzwanzig Stunden weg.

Kurz überlegte er, ob es sein konnte, dass Harpers Paranoia ihr einen Streich spielte, aber er verwarf den Gedanken sofort als Blödsinn. Harper und Gemma hatten diese merkwürdige psychische Verbindung, und wenn sie sagte, dass Gemma in Schwierigkeiten steckte, dann stimmte das wohl auch.

Ob die Sirenen daran beteiligt waren, blieb allerdings abzuwarten. Daniel glaubte nicht, dass Penn ihren Deal so kurz vor dem anvisierten Datum platzen lassen würde. Aber sie hatte nur versprochen, dass sie selbst Gemma und Harper nicht töten würde. Für die anderen Sirenen hatte sie nicht gesprochen.

Er raste durch die Stadt und ignorierte Geschwindigkeitsbegrenzungen und rote Ampeln, wann immer es ging. Als er den Hügel hinauffuhr, wurde die Strecke etwas unwegsamer. Es regnete so stark, dass die Straßen überflutet waren. Das Auto schlidderte in den Kurven, und der Sturm blies ihn ein paarmal beinahe von der Straße.

Als er es endlich zur Einfahrt des Hauses der Sirenen geschafft hatte, verlor er im Schlamm die Kontrolle über den Wagen, der sich einmal um die eigene Achse drehte und dann im sumpfig gewordenen Gras unter einem Baum stecken blieb.

Aber das war Daniel egal. Er sprang einfach aus dem Auto und rannte zum Haus.

Schon bevor er hineinging, wusste Daniel, dass ihn nichts Gutes erwarten würde. Ein Vorderfenster war von innen zerborsten und ließ den Starkregen ins Haus, und er hörte ein monströses Gebrüll – ein Geräusch, das er schon einmal gehört hatte, als Penn ihn in ihrer Vogelform umbringen wollte.

»Gemma!«, brüllte Daniel und riss die Eingangstür auf.

Er war noch nie im Haus gewesen, also hatte er keinen Vergleich, aber das Innere wirkte ziemlich verwüstet.

Eine Couch war umgekippt, ein Couchtisch in der Mitte auseinandergebrochen. Sogar der Kühlschrank war von der Wand gerissen und umgestoßen worden. Er lag mit offener Tür auf der Seite, Essen und Getränke fielen und liefen heraus. Er wirkte wie ein ausgeweidetes Küchengerät.

Marcy lag auf dem Bauch, von der Couch halb verdeckt. Daniel erkannte nicht, ob sie tot oder nur bewusstlos war. Er hatte allerdings keine Zeit, nach ihr zu sehen oder sich um sie zu sorgen, denn vor ihm befand sich ein noch viel größeres Problem.

Gemma kauerte unter der Treppe, die sie als Schutzschild benutzte. Sie hielt einen Schürhaken in der Hand und richtete ihn auf das grässliche Monster, das vor ihr stand.

Lexi hatte Daniel den Rücken zugekehrt und ihre riesigen goldenen Schwingen weit ausgebreitet, also konnte er kaum etwas sehen. Ihre Beine waren viel länger geworden, also war sie mindestens einen halben Meter größer als sonst.

Die glatte, gebräunte Haut ihrer Beine war blaugrünen Schuppen gewichen und das Knie drückte sich nach hinten durch. Ihre Füße waren eindeutig Vogelfüße geworden, die fünf Zehen waren zu dreien zusammengewachsen und mit langen, scharfen Krallen bewehrt.

Auch ihr Kopf war größer und länger geworden, sodass ihr langes blondes Haar ihren Schädel nicht mehr gleichmäßig bedeckte. Es war strohiger und dunkler geworden, die dünnen Strähnchen wehten im Wind, der durch den Raum blies.

Die Lexi-Kreatur hatte ihn hereinkommen hören, also drehte sie sich zu ihm um. Ihre großen Augen waren vogelgelb und ihr Maul stand voller spitzer Reißzähne. Sie hatte die Lippen zurückgezogen, um ihren Zähnen mehr Raum zu geben, und auch ihr Kiefer wirkte größer als zuvor.

Statt etwas zu sagen, warf Lexi nur den Kopf zurück und lachte, als sie ihn sah. Es klang mehr wie das Krähen eines Raben als nach einem menschlichen Lachen. Ein dämonischer Unterton schwang darin mit, und Daniel wusste, dass das kein gutes Zeichen sein konnte.

ACHTUNDDREISSIG

Widerstand

Gemma hatte Lexi abgewehrt, so gut sie konnte, was nicht einfach gewesen war, da sie sich weigerte, zum Monster zu mutieren. Lexi hingegen war zu einer übernatürlichen Kreatur mit Superkräften geworden, die sich im Blutrausch befand. Sie hatte Gemma ein paarmal kräftig in den Bauch getreten, und ohne ihre Heilkräfte hätte Gemma davon sicherlich innere Blutungen davongetragen. Deshalb hatte sie sich unter der Treppe versteckt – sie konnte Lexi unmöglich im offenen Zweikampf besiegen.

»Genau dich wollte ich heute treffen«, sagte Lexi mit ihrer grässlichen Monsterstimme zu Daniel.

Als sie Gemma den Rücken zudrehte, stand diese auf und rammte Lexi den Schürhaken tief in die Schulter. Sie wusste nicht, wohin sie sonst stechen sollte, da Alex bereits bewiesen hatte, dass ein Stich ins Herz ihr nichts anhaben konnte.

Lexi brüllte vor Wut auf und packte den Schürhaken mit ihren langen, dürren Fingern. Gemma glitt an ihr vorbei und rannte gebückt los, um nicht von Lexis aufgeregt schlagenden Flügeln erwischt zu werden. »Lauf, Daniel«, schrie Gemma und rannte auf ihn zu.

Dann fiel ihr Marcy wieder ein, und sie drehte sich um und rannte an ihre Seite. Bevor sie sie jedoch erreichte, hatte Lexi sich bereits von dem Schürhaken befreit und schleuderte ihn durch den Raum. Daniel duckte sich in letzter Sekunde, und er segelte knapp über seinen Kopf hinweg und prallte gegen die Wand.

Lexi stand zwischen Gemma und Marcy, also schluckte Gemma mühsam und machte einen Schritt zurück in Daniels Richtung. Lexi senkte mit zusammengekniffenen Augen den Kopf, und als sie nach vorne trat, bewegte sie ihren Hals auf eine Art, die Gemma an einen Truthahn auf Futtersuche erinnerte. Leider war das Bild nicht sehr komisch, da Gemma und Daniel das Futter waren.

»Hast du einen Plan?«, fragte Daniel, als Gemma dicht vor ihm stand.

»Leider nicht«, gestand Gemma.

»Ich aber«, sagte Lexi und ihr Mund verzerrte sich zu einem grotesken Lächeln. »Ich werde euch beide töten, eure Herzen fressen und dann aus dieser verdammten Stadt abhauen. Ihr zwei seid schuld daran, dass ich hier festsitze, und wenn ich euch losgeworden bin, kann ich dieses gottverdammte Dreckskaff endlich hinter mir lassen.«

»Das wird Penn nicht gefallen«, wandte Daniel ein.

»Ach ja? Sie wird nicht mehr viel dagegen ausrichten können, wenn ihr beide tot seid«, gab Lexi zurück und stürzte sich auf ihn.

Ihre Beine waren lang und verliehen ihr enorme Schnelligkeit. Sie wirkte ungelenk und viel zu groß, aber sie war beweglich und schnell.

Gemma packte Daniels Hand und zog ihn in letzter Sekunde aus Lexis Reichweite. Sie hatten vor dem zerbrochenen Fenster gestanden, und Lexi rutschte in der Wasserlache aus, die sich auf dem Boden gebildet hatte. Sie schlidderte über den Boden und krachte wenig anmutig gegen die Wand.

Es würde nur Sekunden dauern, bis sie wieder auf den Füßen stand, was Gemma nicht genug Zeit gab, um Marcy zu packen und von hier zu verschwinden.

Sie mussten sich eine Strategie überlegen. Gemma rannte blindlings zu dem einzigen Ort im Haus, an dem Daniel und sie sich kurz sammeln und beraten konnten.

Sie führte ihn hastig in die Speisekammer und knallte die Tür hinter ihnen zu. Der Raum war klein und völlig dunkel, aber beide passten problemlos hinein. Die Tür war zwar nicht besonders stabil, aber wenigstens stand irgendetwas zwischen ihnen und Lexi.

»Was ist dein Plan?«, keuchte Daniel und lehnte sich an die Tür.

»Der Plan ist, einen Plan zu schmieden«, sagte Gemma.

»Lasst mich rein, lasst mich rein«, säuselte Lexi so seidig sie konnte. Ihr Tonfall war nicht so verführerisch wie sonst. Als Vogelmonster schaffte sie es beim besten Willen nicht, honigsüß zu klingen.

Sie kratzte mit ihren Krallen über die Tür und Gemma lief ein Schauer über den Rücken. Aber Lexi versuchte nicht ernsthaft, die Tür zu öffnen. Noch nicht. Das unheimliche Kratzen war reine Effekthascherei.

»Nie im Leben«, gab Daniel zurück, und Lexi lachte wieder laut.

Danach herrschte ein paar Sekunden lang absolute Stille, was Gemma gar nicht gefiel. Sie wusste nicht, was Lexi da draußen vorhatte, aber es konnte nichts Gutes sein.

»Du solltest mir doch Bescheid sagen, bevor du dich in Gefahr begibst«, erinnerte Daniel Gemma grimmig.

»Sorry.« Sie zog eine Grimasse und lehnte sich ebenfalls gegen die Tür. »Ich dachte nicht, dass es gefährlich wird.«

»Warum verwandelst du dich nicht in das Monster?«, fragte Daniel, leise, falls Lexi zuhörte.

Gemma schüttelte den Kopf, obwohl er das in der Dunkelheit nicht sehen konnte. »Das kann ich nicht.«

»Das kannst du bestimmt.«

»Nein. Ich kann mich zwar verwandeln, aber ich kann das Monster nicht kontrollieren«, erklärte sie. »Es könnte gut sein, dass ich in diesem Zustand jemanden verletze.«

»Im Moment wäre das nicht das Schlechteste«, gab Daniel zu bedenken.

Seit Lexi sie angegriffen hatte, kämpfte Gemma dagegen an, das Monster an die Oberfläche gelangen zu lassen. Es war der natürliche Instinkt ihres Körpers, sich zu verwandeln, um sich zu verteidigen, aber Gemma hatte Angst. Wenn das Monster erst einmal die Oberhand gewonnen hatte, würde es möglicherweise völlig von ihr Besitz ergreifen.

Lydia hatte ihr zwar die Anleitung dafür gegeben, wie man eine Sirene töten musste, aber Gemma wusste nicht, ob sie dazu fähig sein würde. In ihrer menschlichen Gestalt bestimmt nicht. Und sie wusste nicht, ob sie das Monster in ihr gut genug kontrollieren konnte, um Lexi anzugreifen.

»Ich habe mich schon einmal verwandelt, und ich erinnere mich nicht mal mehr daran«, gestand Gemma plötzlich. »Ich war nicht mehr ich selbst. Ich war nur noch das Monster und in diesem Zustand habe ich jemanden getötet.«

Plötzlich warf sich Lexi heftig gegen die Tür. Daniel und Gemma, die sich bislang nur daran angelehnt hatten, drückten jetzt mit ihrem ganzen Gewicht dagegen, um sie zuzuhalten.

»Ich kann mich nur wiederholen: In unserer momentanen Situation klingt das gar nicht so schlecht«, presste Daniel zwischen zusammengebissenen Zähnen hervor, als Lexi sich wieder gegen die Tür warf.

»Ja, falls ich Lexi töte. Aber was wäre, wenn ich auf dich oder Marcy losgehe?«, konterte Gemma. »Nein. Das kann ich nicht riskieren.«

»Wir müssen irgendetwas tun, sonst wird Lexi uns ziemlich bald den Garaus machen«, drängte Daniel, als die Tür zu splittern begann. »Kannst du dich teilweise verwandeln? Ich habe gesehen, dass die anderen Sirenen das manchmal tun.«

»Ich weiß nicht, wie das geht.« Gemma drückte gegen die Tür, aber sie wusste, dass es nicht mehr lange dauern würde, bis Lexi durchbrach. »Ich habe es versucht, aber bisher habe ich mich entweder ganz oder gar nicht verwandelt.«

Lexis Hand brach durch ein kleines Loch in der Tür durch. Es war gerade groß genug für ihr schmales Handgelenk, und die Holzsplitter, die von dem Loch abstanden, piksten Gemma in den Rücken. Lexis lange, krallenbewehrte Finger suchten nach Gemma oder Daniel.

»Mach die Tür auf!«, befahl Daniel, und als Gemma nicht sofort reagierte, brüllte er: »Mach die Tür auf, Gemma!« Sie stand am Türgriff, Daniel stand bei den Scharnieren, und Lexis Hand war genau zwischen ihnen und grapschte abwechselnd nach ihnen beiden.

Gemma wusste zwar nicht, was Daniel vorhatte, aber sie riss die Tür auf. Lexis Handgelenk steckte im Holz fest, also zog Gemma sie mit der Tür in den Raum.

Lexi taumelte in die Speisekammer und warf dabei Konservendosen und Gewürzgläser von den Regalen. Sie passte kaum in den winzigen Raum, und einer ihrer Flügel hatte sich im Türrahmen verfangen. Während Lexi kreischend versuchte, sich zu befreien, ließ Gemma sich zu Boden fallen und krabbelte eilig zwischen Lexis Beinen nach draußen. Sie schaffte es sogar, dabei nicht getreten zu werden.

Daniel tat es ihr nach, aber er hatte weniger Glück. Lexi trat wild um sich und traf ihn mit voller Wucht in die Rippen. Er schrie auf, krabbelte aber weiter.

Gemma rannte zu Marcy und hoffte, sie würde sie erreichen, bevor Lexi wieder frei war. Daniel hingegen konnte sich dank Lexis Tritt nur noch sehr mühsam bewegen. Gemma sah ihn nicht, aber sie hörte ihn schreien, und danach das Geräusch von zerberstendem Glas.

Als sie sich umdrehte, sah sie, dass eines der großen Panoramafenster zerbrochen und Daniel verschwunden war. Lexi stand mitten im Raum und lächelte Gemma freundlich an. Offenbar hatte sie Daniel gepackt und ihn durch das Fenster in Richtung Steilhang geworfen.

»Du Miststück«, knurrte Gemma und stürzte sich auf sie.

Aber Lexi war blitzschnell. Sie holte aus und schlug Gemma so schmerzhaft auf die Brust, dass sie zu Boden fiel. Lexi stand über ihr und gackerte wie ein Vogel, und Gemma streckte die Hand aus und packte sie am Bein.

Sie zog, so stark sie konnte, und schaffte es, Lexi aus dem Gleichgewicht zu bringen. Sie taumelte zurück, wedelte mit Armen und Flügeln und machte dabei so viel Wind, dass Papiere durch den Raum wirbelten. Dann fiel sie rücklings zu Boden.

Gemma rappelte sich auf und kroch zu ihr. Wie in Lydias Diagramm angegeben, kletterte sie auf Lexi. Sie setzte sich auf ihren nackten Bauch und klemmte sie zwischen den Beinen ein.

Sobald sie dort saß, griff Lexi nach oben und packte sie.

Ihre langen Finger schlossen sich um Gemmas Hals und schnürten ihr die Luft ab. Gemma ballte die Faust und schlug Lexi mit voller Kraft in den Bauch, als könne sie das weiche Fleisch mit bloßer Hand durchstoßen.

Lexi kreischte und warf Gemma ab, die heftig gegen den Kamin prallte.

Hustend und nach Atem ringend überlegte Gemma sich fieberhaft eine neue Strategie. Sie konnte Lexi auf keinen Fall ohne eine Waffe aufhalten, wenn sie sich nicht in das Monster verwandeln wollte.

Leider hatte Gemma keine Zeit, nach einer Waffe zu suchen, denn Lexi stürzte sich sofort wieder auf sie. Gemma entzog sich ihr ganz knapp und packte einen der goldenen Flügel, die sich hinter Lexi ausbreiteten. Sie riss daran, so fest sie konnte. Aber Lexi war stärker. Sie schlug mit den

Flügeln und schleuderte Gemma wieder zu Boden. Dann rannte sie auf ihren Vogelbeinen rasend schnell zu ihr und trat sie mit voller Wucht.

Ihr krallenbewehrter Fuß knallte gegen Gemmas Bauch und riss eine tiefe Wunde in das zarte Fleisch, aber das war noch nicht das Schlimmste. Der Tritt war extrem brutal gewesen, und Gemma knallte so heftig gegen die Wand, dass sie einen Augenblick das Bewusstsein verlor.

Sie hatte keine Ahnung, wie lange sie ohnmächtig gewesen war, aber als sie die Augen öffnete, schmerzte ihr Kopf entsetzlich und sie sah nur verschwommen. Lexi ragte über ihr auf und lachte gackernd über ihren Schmerz. Gemma versuchte, sich zu bewegen, aber diesmal schaffte sie es nicht sofort, aufzustehen.

»Ich geh jetzt raus und erledige Daniel«, verkündete Lexi und wich zurück. »Aber keine Sorge. Sobald ich sein Herz gefressen habe, komme ich wieder und kümmere mich um dich.«

NEUNUNDDREISSIG

Massaker

Daniel war mit dem Gesicht nach unten in Matsch und Scherben gelandet. Er rollte sich auf den Rücken – vorsichtig, weil Lexi ihm offenbar eine Rippe gebrochen hatte. Der Regen prasselte so heftig auf ihn herunter, dass es sich wie Nadelstiche anfühlte.

Als er aufschaute, sah er Lexi aus dem Fenster klettern. Sie musste ihre Flügel einklappen, um durchzupassen.

Daniel versuchte sich aufzurichten, aber sein Fenstersturz hatte ihn ziemlich mitgenommen.

Lexi kam mit großen, eleganten Storchenschritten auf ihn zu. Als sie über ihm stand, hielten ihre Schwingen den Regen von ihm ab. Sie legte den Kopf schief und starrte ihn an.

»Ich kann es kaum erwarten, dein Herz zu fressen«, sagte sie und leckte sich mit ihrer merkwürdigen Schlangenzunge über die Zähne.

»Tja, ich fürchte, dir wird nichts anderes übrig bleiben.«

Daniel rollte sich auf den Rücken, zog die Beine an die Brust und trat ihr dann so stark er konnte mit beiden Füßen gegen die Brust. Lexi taumelte zurück und verlor auf dem matschigen Boden beinahe das Gleichgewicht. Sie schlug mit den Flügeln, um nicht umzufallen.

Daniel rappelte sich auf und sah Gemma aus der Hintertür rennen. Sie stolperte und hielt sich den Arm vor den Bauch. Daniel sah Blut auf ihrem T-Shirt. Gemma stellte sich zwischen ihn und Lexi und starrte sie wütend an.

»Das reicht jetzt, Lexi!«, brüllte sie.

Daniel stand hinter Gemma, aber er sah, wie es begann. Ihre Finger wurden länger und ihre Nägel verwandelten sich in lange, schwarze Krallen. Ihr Mund zuckte, und er wusste, dass ihr gerade schreckliche Reißzähne wuchsen.

Aber bevor Gemma ihre Verwandlung beenden konnte, schlug Lexi mit den Flügeln. Sie beugte sich vor, traf Gemma absichtlich mit ihrer Schwinge und schleuderte sie über die Klippe in den Abgrund.

»Gemma!«, schrie Daniel und rannte los. Er blieb am Rand des Abgrunds stehen und schaffte es gerade noch, nicht selbst abzustürzen.

Er konnte nur noch zusehen, wie Gemma unten auf die Felsen prallte. Die Wellen brachen sich weiß schäumend an der Steilwand und Gemma verschwand augenblicklich in der tobenden Gischt.

»Du wirst gleich bei ihr sein«, sagte Lexi. »Aber zuerst verspeise ich dein Herz.«

Sie war größer als er, was das Zielen schwierig machte, und er musste in die Luft springen, um sie zu treffen. Aber seine Faust fand ihr Ziel und landete direkt auf ihrer Schläfe.

Lexis Vogelmonster-Oberkörper war länger als ihr

menschlicher, und ihre Rippen stachen grotesk hervor. Darunter befand sich die verwundbare, weiche Haut ihres Bauchs, und Daniel rammte seine andere Faust so fest wie möglich hinein. Quiekend taumelte sie zurück und er schlug noch einmal nach ihr. Sie schlug wild mit den Flügeln, und der heftige Wind, der dadurch entstand, blies ihn beinahe über den Rand, aber er stemmte sich dagegen.

Dann machte er den Fehler, wieder nach ihrem Kopf zu schlagen. Sie hatte sich vorgebeugt, um ihren Stand stabiler zu machen, und die Gelegenheit erschien ihm günstig. Also versetzte er ihr einen rechten Haken, aber statt ihren Kiefer zu erwischen, schlug er ins Leere. Sie hatte blitzschnell den Kopf zur Seite gedreht und rammte ihm die Zähne in den Oberarm.

Daniel schrie vor Schmerz auf. Lexis Mund war mit unzähligen spitzen Zähnen gefüllt, die wie in einem Nadelkissen wild durcheinanderstanden. Er konnte spüren, wie ein paar seinen Arm durchstießen und auf der anderen Seite wieder herauskamen.

Als sie seinen Arm losließ, sank Daniel auf die Knie. Der Regen prasselte auf seinen Arm, vermischte sich mit seinem Blut und floss in den Schlamm.

»Na? Bist wohl doch nicht so zäh, wie du gedacht hast, stimmt's?«, fragte Lexi.

Er versuchte, aufzustehen, aber Lexi trat ihm gegen die Brust. Dieser Tritt war noch brutaler als der letzte, und er wurde zurückgeschleudert, landete auf dem Rücken und schlidderte noch ein paar Meter durch den Matsch.

Lexi hatte ihm die Luft aus den Lungen gepresst, und es dauerte ein paar schmerzhafte Sekunden, bis er wieder atmen konnte. Er hustete heftig und rang mit brennenden Lungen nach Luft.

Daniel versuchte wieder, sich aufzusetzen, aber dann spürte er Lexis Fuß auf seinem Bauch. Sie drückte ihn zu Boden. Ihre Klauen durchstießen den Stoff seines T-Shirts und drangen in seine Haut ein. Er packte ihren Knöchel, dessen Haut sich reptilienartig anfühlte, und versuchte, sie wegzustoßen. Aber sie rührte sich keinen Millimeter.

»Es ist vorbei, Daniel«, verkündete sie. »Ich werde dich jetzt töten.«

Lexi beugte sich vor und griff mit ihren langen Fingern nach seiner Brust. Daniel bereitete sich auf das Unvermeidliche vor, und er bedauerte nur, dass er Harper im Stich gelassen hatte. Er hatte ihr versprochen, auf Gemma aufzupassen, und er hatte versagt.

Er starrte Lexi an und hielt ihren Blick fest. Wenn sie ihn töten wollte, sollte sie ihn dabei wenigstens ansehen. Ihre Flügel schützten ihn vor dem Regen, also konnte er sie anblicken, ohne die Augen zusammenzukneifen.

Plötzlich riss Lexi den Kopf hoch und ein qualvoller Schrei entrang sich ihrer Kehle. Ihre Flügel bewegten sich und eisiger Regen traf ihn im Gesicht. Er schloss die Augen und spürte dann auch warme Flüssigkeit auf seiner Haut.

Der Fuß auf seinem Bauch löste sich, und Daniel hob den Arm, um sich vor dem Regen zu schützen. Er setzte sich auf.

Lexi war ein paar Schritte zurückgewichen und ihr rechter Flügel schlug heftig. Der andere … war nicht mehr da. Blut spritzte aus ihrer Schulter und sie schrie vor Schmerzen.

Penn stand vor ihm. Abgesehen von ihren Armen, die so lang und klauenbewehrt waren wie Lexis, wirkte sie völlig menschlich. In einer Klaue hielt sie Lexis goldenen Flügel, den sie nun so achtlos beiseitewarf wie ein Stück Abfall.

»Was soll das, Penn?«, kreischte Lexi. »Ich habe doch nur Spaß gemacht!«

»Ich habe dir befohlen, ihn in Ruhe zu lassen«, sagte Penn. Sie machte einen Schritt auf Lexi zu, und die wich bis an den Rand des Abgrunds zurück. »Ich sagte, du solltest weder ihn noch diese dummen Fisher-Mädels verletzen. Und was machst du?«

»Ich habe nur Spaß gemacht, Penn!«, winselte Lexi, aber Penn wirkte nicht überzeugt.

Lexi wich weiter zurück und rutschte im Schlamm aus.

Sie fiel zu Boden. Ihr Kopf ragte über den Abgrund hinaus, aber der Rest ihres Körpers befand sich auf sicherem Grund. Sie schlug hilflos mit ihrem verbliebenen Flügel, aber jetzt stürzte sich Penn auf sie und drückte sie zu Boden.

Sie setzte sich auf Lexis Bauch, hielt sie fest und legte ihr eine Hand um die Kehle. Lexi gurgelte und begann, an Penns Hand zu zerren. Sie strampelte wirkungslos mit den Beinen, denn sie konnte Penn nicht erreichen.

Mit ihrer freien Hand riss Penn Lexis Bauch auf und griff tief in ihren Brustkorb hinein, um ihr Herz zu erreichen. Lexi schrie noch lauter und strampelte wie verrückt, aber es war vergebens. Penn riss ihr Herz heraus und hielt Lexi den kleinen, schwarzen Klumpen vors Gesicht.

Lexi fletschte die Zähne und versuchte, Penn abzuwerfen, also packte Penn ihre Kehle noch fester. Lexis gelbe Augen traten aus ihren Höhlen, als Penns Hand schließlich Fleisch und Knochen durchdrang. Sie riss Lexi den Kopf ab und warf ihn weit ins Meer hinaus.

VIERZIG

Verantwortung

Beim Aufprall auf die Felsen hatte Gemma sich das Rückgrat gebrochen. Aber die Wellen erfassten sie und zogen sie in die Tiefe, bevor sie schreien konnte.

An Land war sie im Begriff gewesen, nachzugeben und sich in das Monster zu verwandeln, und das wurde ein echtes Problem, als sie im Wasser landete.

Ihre Finger waren bereits verlängert und ihre Füße hatten sich in Vogelfüße mit drei Zehen verwandelt.

Das machte es ihr nicht nur beinahe unmöglich, zu schwimmen, sondern behinderte offenbar auch ihre Verwandlung zur Meerjungfrau. Sie steckte mitten im Transformationsprozess fest und konnte sich weder in Fisch noch Geflügel verwandeln.

Auch heilte ihr Körper nicht. Ihr Rücken schmerzte entsetzlich und sie spürte ihre Beine nicht mehr. Aber das war noch nicht ihr größtes Problem. Sie konnte nicht atmen und die Wellen spülten sie in die Tiefe. Sie würde ertrinken.

Als sie mit den Händen panisch in Richtung Meeresoberfläche paddelte, begann das Salzwasser endlich, seine Wirkung zu tun. Ein Schauer rann über ihre Beine und ihre Klauen verwandelten sich in Flossen. Ihre Lungen brannten, aber der Schmerz in ihrem Rücken verstummte. Ihr Körper heilte.

Als Gemma kurz davorstand, das Bewusstsein zu verlieren, strömte endlich Luft in ihre Lungen und sie konnte wieder unter Wasser atmen. Mit heftigen Schwanzschlägen schoss sie an die Oberfläche und atmete keuchend.

Die Wellen hatten sie von der Klippe fortgetrieben und sie schwamm wieder in Richtung Land. Als sie bei den Felsen ankam, die am Fuß der Klippe aus dem Meer ragten, kroch sie auf einen großen Brocken hinauf.

Das war leichter gesagt als getan. Der Stein war glitschig und nass, und die Wellen und der Regen peitschten auf sie nieder und drückten sie wieder nach unten. Außerdem behinderte sie ihr Fischschwanz, sobald sie das Wasser verlassen hatte.

Nach Atem ringend kauerte sie auf dem Felsen, bis ihr Schwanz sich wieder in Beine verwandelt hatte. Sie dankte ihrem Glücksstern dafür, dass sie heute ein Kleid angezogen hatte, aber sie hatte noch weit größere Probleme.

Es würde zu lange dauern, an der Klippe nach oben zu klettern. Daniel war in Gefahr, und wenn sie zu spät kam, würde Lexi ihn zum Abendessen verspeisen. Sie schloss die Augen und versuchte, die Verwandlung heraufzubeschwören.

Das Problem war, dass sie sich bisher nur verwandelt hatte, wenn ihr Leben in akuter Gefahr gewesen war. Es war instinktiv passiert. Und obwohl Daniel ihr wichtig war und sie ihn unbedingt retten wollte, schien das für ihren Körper nicht Motivation genug zu sein.

»Komm schon, leg los«, flüsterte sie und ballte die Hände zu Fäusten. »Verwandel dich endlich.«

Und schließlich spürte sie etwas. Allerdings nicht wie sonst zuerst in ihren Augen und ihren Händen. Diesmal juckten ihre Schultern und dann spürte sie einen stechenden Schmerz. Im Gegensatz zu den anderen Transformationen war diese offenbar schmerzhaft. Die Flügel brachen durch ihre Haut, und es fühlte sich tatsächlich an, als würden Fleisch und Haut zerreißen. Sie musste sich auf die Lippe beißen, um nicht laut aufzuschreien.

Zwei riesige, kupferfarbene Flügel breiteten sich hinter ihr aus. Sie drehte den Kopf zur Seite und betrachtete, wie sie im Regen schlugen. Danach schien ihre Verwandlung aufzuhören. Sie hätte sich zwar gerne vollständig in das Monster verwandelt, um besser mit Lexi kämpfen zu können, aber Flügel genügten fürs Erste.

Das Fliegen fiel ihr so leicht wie mit ihrem Fischschwanz zu schwimmen oder Jasons Herz mit ihren Klauen herauszureißen. Sie konzentrierte sich kurz, dann schlugen die Flügel synchron und trugen sie den Steilhang hinauf.

Auf ihrem Weg nach oben kam ihr ein blutiger Kopf entgegen. Dem strähnigen, blonden Haar nach zu urteilen, hatte er Lexi gehört, und sie flog noch schneller.

Als Gemma oben ankam, saß Daniel aufrecht. Er war bei Bewusstsein und offenbar nicht allzu schwer verletzt. Gemma schwebte in der Luft, versuchte, die Situation zu überblicken und hatte sich noch nicht entschieden, ob sie landen oder mit ihm davonfliegen sollte.

Penn kletterte gerade von Lexis Überresten herunter. Ihre Arme waren bis zum Ellbogen mit Blut besudelt. Thea stand im Haus und beobachtete die Szene durch das zerbrochene Fenster.

»Ich hab doch gesagt, wir sollten Lexi mitnehmen«, sagte Thea gerade. »Ich wusste, dass sie irgendetwas vorhat.«

»Ja, ja, du hast immer recht.« Penn leckte sich das Blut von den Händen, hielt sie dann in die Luft und ließ die Reste vom Regen abwaschen. »Thea, komm her und bring diese Leiche ins Haus, damit wir nicht das ganze Blut verlieren. Wir brauchen es, um eine neue Sirene zu machen.«

Thea stöhnte, kam aber nach draußen und gehorchte.

Gemma landete sanft neben Daniel und er schaute zu ihr auf. Aus einer Wunde an seiner Stirn lief ihm Blut in die Augen. Er lächelte schief, als er sie sah, und wirkte gleichzeitig erleichtert und benommen.

»Gott sei Dank lebst du noch«, sagte er.

»Ja, das tue ich. Und wie geht's dir?«, fragte Gemma und musterte ihn besorgt.

»Und du hast diese Dinger.« Er zeigte auf ihre Kupferflügel und ignorierte ihre Frage.

Sie kauerte sich neben ihn und breitete die Flügel aus, um sie beide vor dem Regen zu schützen. »Bist du okay?«

»Ja, das ist er, aber das hat er nicht dir zu verdanken«, sagte Penn. Sie kam zu ihnen, während Thea die Leiche durch die Hintertür ins Haus zerrte. »Was war denn los mit dir? Wieso hast du es so weit kommen lassen?«

»Ich habe versucht, mich zu wehren«, erklärte Gemma. »Aber sie hat mich von der Klippe geworfen, und ich habe keine Ahnung, wie ich diese Monster-Sache kontrollieren soll.«

»Du musst die Kontrolle abgeben«, erklärte Penn. »Dann hättest du sie töten können.« Sie winkte ab und richtete ihre Aufmerksamkeit auf Daniel. »Bist du okay?«

»Ich habe ein paar Schrammen und Platzwunden.« Er hielt seinen Arm hoch, den Lexis Zähne durchbohrt hatten. »Aber ich werde es überleben.«

»Bist du fit genug für morgen?«, fragte Penn.

»Was ist denn morgen?«, fragte Gemma verdutzt.

Daniel hielt den Blick auf Penn gerichtet und ignorierte Gemma. »Das habe ich doch gesagt.«

»Ich will dich aber in Höchstform«, forderte Penn.

Gemma schaute beide nacheinander an. »Wovon redet ihr?«

»Du schuldest mir was«, sagte Penn. Zuerst zu Daniel, aber dann zeigte sie auch auf Gemma. »Ihr beide schuldet mir was. Und das werde ich nicht vergessen.«

Mit diesen Worten drehte Penn sich um, ging ins Haus zurück und überließ es Gemma, sich weiter um Daniel zu kümmern.

»Was sollte denn das?«, fragte Gemma.

»Nichts.« Er schüttelte den Kopf und wich ihrem Blick aus.

»Ach du Scheiße!«, schrie Marcy im Haus. Offenbar war sie wieder bei Bewusstsein und konnte sich bewegen. »Was zum Teufel ist das?« Wahrscheinlich hatte sie gerade Lexis enthauptete, ausgeweidete Leiche entdeckt.

»Wir sollten sie holen und abhauen«, sagte Gemma.

»Ja.« Daniel nickte.

Als er aufzustehen versuchte, verzog er das Gesicht, also legte Gemma ihm den Arm um die Taille und zog ihn hoch. Er legte ihr vorsichtig den Arm um die Schultern, um nicht gegen ihre Flügel zu stoßen, und stützte sich schwer auf sie.

Als sie zum Haus zurückgingen, um Marcy zu holen, sagte Gemma: »Wir müssen Harper von heute Abend erzählen, aber wir sollten auf keinen Fall erwähnen, wie gefährlich das Ganze wirklich war.«

»Oh ja. Sie würde durchdrehen, wenn sie erfährt, was wirklich passiert ist.« Daniel blickte auf und bewunderte Gemmas Flügel. »Die sind wirklich cool.«

»Ja, das sind sie.« Sie seufzte. »Jetzt muss ich nur noch herausfinden, wie man sie wieder loswird.«

EINUNDVIERZIG

Erleuchtung

»Es war wirklich nicht so schlimm.« Zum hundertsten Mal versuchte Daniel, seine Verletzung herunterzuspielen.

»Das glaube ich nicht. Egal, wie oft du es behauptest«, insistierte Harper.

Er lehnte in ihrer Küche am Tresen und streckte ihr seinen Arm hin, damit sie die Bisswunden säubern konnte, die Lexi ihm verabreicht hatte.

Die Wunde über seinem Auge war bereits mit ein paar Pflastern überklebt.

Harper war schon beinahe in Capri gewesen, als Gemma sie anrief, um ihr zu sagen, dass alles in Ordnung sei. Mit Details hatte sie sich nicht aufgehalten.

Harper war zu Hause angekommen, als Marcy Gemma und Daniel gerade absetzte, also hatte sie mit eigenen Augen gesehen, in welchem Zustand die beiden waren.

Gemma wirkte zwar unversehrt, aber ihr Kleid war am Rücken blutverschmiert, der Stoff zerrissen.

Daniel verfügte nicht über Gemmas Heilkräfte und sah grässlich aus.

Beide hatten Harper knapp berichtet, was sich mit den Sirenen abgespielt hatte, und sie wusste, dass sie vor ihr verbergen wollten, wie gefährlich das Ganze wirklich gewesen war. Als sie fertig erzählt hatten, war Gemma nach oben gegangen, um sich das Blut und den Schmutz abzuduschen und sich frische Kleidung anzuziehen.

Daniel hatte keine Wechselkleidung bei ihnen deponiert, also begnügte er sich damit, Harper seine Wunden versorgen zu lassen. Als sie Alkohol auf die Löcher in seinen Armen tupfte, zuckte er zusammen.

»Sorry, aber ich muss das säubern«, sagte Harper. »Du hast keine Ahnung, wo Lexis Mund gewesen sein könnte.«

»Ich weiß. Es brennt nur ein bisschen.«

»Die meisten Löcher gehen ganz durch.« Sie hob seinen Arm und musterte ihn. »Du solltest wirklich zum Arzt gehen.«

»Das wird schon wieder.«

Sie sah ihn streng an. »Daniel.«

Er versuchte, ebenfalls streng zu blicken, musste aber grinsen. »Harper.«

Sie verdrehte die Augen und betupfte seinen Arm weiter mit einem in Alkohol getränkten Papiertaschentuch. »Du bist voller Matsch und deine Kleider sind nass. Geh am besten unter die Dusche und zieh dir was Trockenes an.«

Daniel beobachtete, wie Harper sich an seinem Arm zu schaffen machte, und verzog das Gesicht, als sie an einem Loch herumtupfte.

»Fährst du heute wieder zur Uni zurück?«

»Nein. Nach heute Abend weiß ich nicht, ob ich überhaupt jemals wieder zurückgehe.«

»Harper.« Er zog seinen Arm weg und sie schaute ihn an. »Wir haben heute Abend bewiesen, dass wir es auch ohne dich schaffen können.«

»Schau dich doch an, Daniel!« Harper zeigte auf sein blutiges, zerrissenes Hemd. »Du bist verwundet und wärst beinahe gestorben!«

»Ich lebe aber noch«, sagte er ganz sachlich. »Es geht mir gut, und Gemma auch. Wir haben es überlebt.«

Harper schnaubte. »So gerade.«

»Jetzt wird es eine Zeit lang ruhiger werden.«

»Warum glaubst du das?«, fragte Harper skeptisch.

»Jetzt, da Lexi tot ist, wird wieder Ruhe einkehren.«

»Bist du sicher, dass sie tot ist?«, fragte Harper.

»Lexi? Ja.« Er nickte. »Sie ist tot.«

»Warum hat sie es getan? Warum hat Penn Lexi getötet, um dich zu retten?« Harper starrte ihn an und wartete gespannt auf seine Antwort.

Er senkte den Blick. »Ich weiß es nicht.«

»Verschweigst du mir etwas?«, fragte Harper, und sie hatte wieder das merkwürdige Gefühl, als zöge Daniel sich innerlich zurück und verberge etwas vor ihr.

Er zögerte, bevor er mit »Nein« antwortete.

»Daniel.« Sie machte einen Schritt auf ihn zu und legte ihm sanft die Hand auf die Brust. Der Stoff seines T-Shirts lag feucht unter ihrer Hand. »Wenn es noch etwas gibt, das ich wissen sollte, dann sag es mir bitte, egal, was es ist. Wir stecken beide im selben Schlamassel.«

»Ich weiß.« Er lächelte sie an, aber in seinen Augen lag etwas Dunkles, das er zu verbergen versuchte. »Und ich würde es dir sagen.«

»Gut«, sagte Harper, denn sie wusste nicht, wie sie ihn dazu bringen sollte, zu reden. Wenn er darauf bestand, dass alles in Ordnung war, musste sie ihm vertrauen. Er bedeutete ihr viel und hatte ihr nie einen Grund gegeben, an ihm zu zweifeln. »Ich liebe dich.«

Er beugte sich vor, küsste sie sanft auf den Mund und lächelte. »Ich weiß.«

Die Eingangstür flog auf, und sie hörte Brians schwere Arbeitsstiefel zu Boden fallen. Er hatte sie offenbar vor der Tür ausgezogen. Harper schaute auf die Uhr an der Mikrowelle und sah, dass es schon weit nach vier Uhr war. Sein Arbeitstag war beendet.

»Oh, Scheiße. Mein Dad ist da.« Sie hatte keine Ahnung, wie sie ihm die Situation erklären sollte.

Als ihr Vater in die Küche kam, hatte sie etwas Abstand zwischen sich und Daniel gebracht. Brians Haare und sein Overall waren regennass, und er wirkte nicht erfreut darüber, sie zu sehen.

»Hallo, Dad«, sagte Harper so fröhlich sie konnte.

»Hallo, Mr Fisher«, sagte Daniel. Er richtete sich auf und versuchte, präsentabel auszusehen.

»Was ist hier los? Hattest du einen Unfall?«, fragte Brian und musterte Daniel.

»Äh, ja. Sozusagen«, sagte Harper. »Daniel war in Schwierigkeiten.«

»Was machst du überhaupt hier?« Brian richtete seine Aufmerksamkeit auf sie. »Solltest du nicht an der Uni sein?«

»Ja, schon, aber …« Sie rieb sich den Nacken. »Daniel hat angerufen und mir von dem Unfall erzählt, also dachte ich, ich komme lieber heim und … helfe ihm.«

»Unfall?« Brian kam näher, damit er sich Daniel genauer ansehen konnte. »Was für ein Unfall hinterlässt Löcher in Armen?«, fragte er dann.

»Das ist eine lange Geschichte«, antwortete Daniel ausweichend.

Brian verschränkte die Arme vor der Brust. »Du stehst gerade in meiner Küche und lässt dich verarzten. Sieht aus, als hättest du eine Menge Zeit.«

»Das ist wahr.« Daniel überlegte einen Moment lang, dann wandte er sich an Harper. »Äh, Harper, willst du deinem Dad nicht erklären, was passiert ist? Du kannst so was viel besser als ich.«

Sie lächelte ihn grimmig an und begann dann: »Na ja, Daniel war … er war auf der Insel und …«

»Du weißt schon, dass ich merke, wenn du mir Bullshit erzählst, richtig?«, fragte Brian. »Du versuchst ja nicht einmal, glaubwürdig zu wirken.«

»Dad, manche Dinge …« Harper seufzte. »Ich muss dir nicht alles erzählen.«

»Solange du in meinem Haus lebst, schon«, konterte Brian.

»Ich bin keine sechzehn mehr, Dad.« Harper verschränkte trotzig die Arme vor der Brust. »Und genau genommen lebe ich auch nicht mehr hier.«

»Genau genommen doch«, widersprach Brian. »Harper, hör auf mit dem Gewäsch. Hier ist schon seit langer Zeit irgendetwas los. Nicht nur mit dir, sondern auch mit deiner Schwester und Alex. Irgendetwas geht hier vor, und es wird allmählich Zeit, dass ich erfahre, was es ist.«

»Dad …« Harper verstummte und überlegte, wic sie ihrem Dad die Situation erklären sollte, ohne völlig wahnsinnig zu wirken.

»Ich bin eine Sirene«, sagte Gemma in dem Moment, und Harper und Brian blickten auf und sahen sie im Türrahmen stehen.

»Gemma!«, schrie Harper entsetzt.

»Er weiß, dass etwas nicht stimmt, Harper«, sagte Gemma achselzuckend. »Diese Lügerei wird allmählich lächerlich und ich will euch nichts mehr verheimlichen müssen. Also spiele ich ab jetzt mit offenen Karten.«

»Du bist eine Sirene?« Brian schaute sie fassungslos an. »Eine Art singende Meerjungfrau?«

»Es ist ein bisschen komplizierter, aber ja, mehr oder weniger.«

Brian starrte sie an, ohne etwas zu sagen. Harper beobachtete nervös, wie er die Stirn runzelte und Gemma mit zusammengekniffenen Augen musterte.

»Dad, sie sagt die Wahrheit«, brach Harper das Schweigen, um ihrer Schwester mehr Glaubwürdigkeit zu verleihen.

»Ich könnte für dich singen, um es dir zu beweisen, aber ich will dir nicht wehtun«, sagte Gemma. »Ich habe Alex völlig aus der Bahn geworfen und das will ich nie wieder jemandem antun.«

»Bernie hat mir immer gesagt, ich solle mich vor den Sirenen in Acht nehmen«, sagte Brian schließlich.

»Was?«, sagten Harper und Gemma gleichzeitig.

»Er sagte, irgendwann würden die Sirenen kommen und ich müsste darauf vorbereitet sein.« Brian schüttelte den Kopf. »Ich habe es für exzentrisches Geschwätz gehalten, aber ich hätte wohl besser zuhören sollen. Aber dass meine eigene Tochter eine von ihnen sein würde, hätte ich nie vermutet.«

»Dad, wovon redest du?«, fragte Harper.

Ein Klopfen an der Eingangstür unterbrach das Gespräch, aber Harper ließ ihren Vater nicht aus den Augen.

»Ich mach auf«, sagte Gemma und ging zur Tür.

Harper wollte ihren Vater gerade weiter ausquetschen, da hörte sie Gemma sagen: »Thea, was machst du denn hier?«

Sobald Harper Theas Namen hörte, rannte sie aus der Küche. Sie hätte Gemma am liebsten aus dem Weg geschubst und Thea gesagt, sie solle verschwinden, aber sie blieb einen Meter zurück, da sie zuerst erfahren wollte, was die Sirene vorhatte.

»Ich habe das Auto deines Freundes vorbeigebracht«, sagte Thea. Sie stand auf der Schwelle und zeigte auf Alex' dreckiges Auto, das in der Einfahrt parkte. »Ich dachte, das ist das Mindeste, was ich nach diesem Tag für dich tun kann.«

»Danke«, sagte Gemma. »Ist Penn sehr sauer?«

»Eigentlich nicht. Ich glaube, sie hat schon lange nach einem Vorwand gesucht, um Lexi loszuwerden.«

»Du wolltest also nur das Auto herbringen?«, fragte Gemma, da Thea immer noch bewegungslos im strömenden Regen vor ihnen stand.

»Nein.« Thea griff in die große Tasche, die über ihrer Schulter hing, und zog ein zusammengerolltes Stück Papier heraus. »Ich wollte dir das hier geben.«

»Ist das …« Gemma nahm es und starrte auf den zerlesenen Papyrus. »Das ist die Schriftrolle«, sagte sie erstaunt und sah wieder Thea an. »Warum gibst du sie mir?«

»Du hast doch danach gesucht, oder?«, fragte Thea verschmitzt.

»Ja, aber …« Gemma seufzte. »Wenn ich das Ding zerstöre, dann stirbst du auch.«

»Kann gut sein.« Thea nickte ergeben und blickte in den strömenden Regen hinaus. »Ich habe mit ansehen müssen, wie Penn drei unserer Schwestern mit bloßen Händen getötet hat. Lexi war mir egal, aber Gia und Aggie …« Sie verstummte und schluckte mühsam. »Aggie wollte die Schriftrolle zerstören.« Thea drehte sich um und sah Gemma an. »Deshalb hat Penn sie getötet. Aggie war der Meinung, wir hätten lange genug gelebt und genügend Unschuldige getötet.« Sie machte eine Pause. »Jetzt ist mir klar, dass sie recht hatte.«

»Danke«, sagte Gemma leise.

»Na ja. Ich weiß nicht, wie man das Ding zerstört, und mir hat es noch nie genützt.« Thea deutete auf die Schriftrolle. »Vielleicht hast du ja mehr Glück.« Dann drehte sie sich um, ging in den Regen hinaus und ließ Gemma und Harper in der Tür stehen.

AMANDA HOCKING, geboren 1984, lebt in Austin, Minnesota. Sie wurde im Zeitraum von Dezember 2010 bis März 2011 mit ihren selbst verlegten Romanen überraschend zur Auflagen- und Dollar-Millionärin. Inzwischen hat die ehemalige Altenpflegerin Filmrechte für eine ihrer Trilogien verkauft und mit dem US-Verlag St Martin's Press Verträge über mehrbändige Jugendbuchreihen abgeschlossen. Hocking gilt als derzeit erfolgreichste selbst verlegte Schriftstellerin der Welt.

Weitere Informationen zu der Autorin unter
amandahocking.blogspot.com, **www.vampirmond.de** und **facebook.de**

Von Amanda Hocking sind bei cbt bereits erschienen:

Unter dem Vampirmond – Versuchung (16135)
Unter dem Vampirmond – Verführung (16136)
Unter dem Vampirmond – Verlangen (16139)
Unter dem Vampirmond – Schicksal (16140)

Die Tochter der Tryll – Verborgen (16144, Band 1)
Die Tochter der Tryll – Entzweit (16145, Band 2)
Die Tochter der Tryll – Vereint (16146, Band 3)

Watersong – Sternenlied (16159, Band 1)
Watersong – Wiegenlied (16160, Band 2)

Amanda Hocking

Die Tochter der Tryll

352 Seiten,
ISBN 978-3-570-16145-6

ca. 304 Seiten,
ISBN 978-3-570-16144-9

ca. 320 Seiten,
ISBN 978-3-570-16146-3

Wendy Everly lebt ein Leben als Außenseiterin, bis Finn sie in die Welt der Tryll entführt. Endlich versteht Wendy, wer sie wirklich ist. Doch das magische Reich der Tryll ist tief entzweit. Nur Wendy ist mächtig genug, das Volk zu einen – wenn sie bereit ist, alles zu opfern ...

www.cbt-jugendbuch.de

20142

Amanda Hocking

Watersong

Sie sind schön. Sie sind stark. Und gefährlich. Penn, Lexi und Thea sind Sirenen – und suchen eine Vierte im Bunde. Immer tiefer ziehen sie Gemma in eine Welt, die faszinierender, abgründiger und tödlicher ist als alles, was Gemma je erlebt hat...

Sternenlied, Band 1
320 Seiten,
ISBN 978-3-570-16159-3

Wiegenlied, Band 2
320 Seiten,
ISBN 978-3-570-16160-9

Todeslied, Band 3
ca. 400 Seiten,
ISBN 978-3-570-16161-6